rororo panther
herausgegeben von Jutta Lieck und Eberhard Naumann

96.–135. Tausend September 1984

Originalausgabe
Veröffentlicht im Rowohlt Taschenbuch Verlag GmbH,
Reinbek bei Hamburg, Dezember 1983
Copyright © 1983 by Rowohlt Taschenbuch Verlag GmbH,
Reinbek bei Hamburg
Die Rechte an den einzelnen Beiträgen liegen
bei den jeweiligen Autoren,
falls im Quellenverzeichnis (S. 251) nicht anders vermerkt
Umschlagentwurf Dieter Wiesmüller
Alle Rechte vorbehalten
Gesetzt aus der Bembo (Linotron 404)
Gesamtherstellung Clausen & Bosse, Leck
Printed in Germany
880-ISBN 3 499 15283 5

SVENDE MERIAN/NORBERT NEY (Hg.)

NICHT MIT DIR UND NICHT OHNE DICH

LESEBUCH FÜR
SCHLAFLOSE NÄCHTE

ROWOHLT

Svende Merian, geb. 1955, lebt als freie Schriftstellerin in Hamburg. Mitglied im Verband deutscher Schriftsteller (Vorstand Hamburg). Bisherige Veröffentlichungen: «Der Tod des Märchenprinzen» (rororo Nr. 5149); «Laßt mich bloß in Frieden» (als Hg. zusammen mit Norbert Ney und Henning Venske), 1981; «Von Frauen und anderen Menschen», 1982; «Mutterkreuz», 1983.

Norbert Ney, geb. 1951 in Eutin/Holstein. Arbeitet seit 1974 als Übersetzer, Autor, Rundfunkmitarbeiter. Lebt seit 1980 mit seiner Katze in Hamburg. Zahlreiche Veröffentlichungen, u. a. «Sterilisation des Mannes ...», 1978; «Ich bin sterilisiert», 1981; «Danke, man lebt!», 1978; «Nichtsdestotrotz», 1979; «Laßt mich bloß in Frieden» (zusammen mit Svende Merian und Henning Venske), 1981; «Liebe Laster Leid & Lust», Stories & Märchen, Trier 1983; Herausgeber des Bandes «Sie haben mich zu einem Ausländer gemacht ...» (rororo rotfuchs 353), 1984.

INHALT

VORWORT

I *FEUER UND FLAMME*
   Ich mit dir, du mit mir – aber was dann?

Renate und Peter O. Chotjewitz: Brief	13
Bernhard Lassahn: Der Verliebte	14
Harald Hurst: flirt	15
Harald Hurst: fahrt ins blaue	16
Barbara Maria Kloos: Doppelherz	16
Ingeborg Middendorf: Etwas zwischen ihm und mir	17
Birgit Rabisch: Runde Gedanken	27
Birgit Rabisch: Was kann ich	28
Christine Haidegger: Distanz	28
Doris Lerche: Zwischenlösung	34
Barbara Maria Kloos: Die Liebe. Ein Trauerspiel. Oder Erkennen Sie die Melodie?	38
Dieter Bongartz: Schlaflose Nacht	40
Ingeborg Haberkorn: Sonntags	42
Imre Török: Marzena	42
Hans Wilhelm: Kurze Begegnung	46
Nora Seibert: «privat»	48
Henning Venske: Eine schöne Beziehung	49
Regina Bollinger: Kleine Bogey-Story	51
Vera Eckert: Sei doch mal mein Khaki-Prinz	54
Alfred Miersch: Weißt du den Weg nach Hause?	56
Ulrich Zimmermann: Die Liebe liebt das Wandern	58
Peter Glaser: Lili und Hardy und ich	60
Hans Eppendorfer: Junge aus einer Kleinstadt	70
Hans-Georg Behr: Rup	77

II HOFFEN UND HARREN
Nicht mit dir und nicht ohne dich – verdammt!

Ingeborg Haberkorn: In schönster Zwietracht	87
Peter Maiwald: Schneewittchen	87
Hubert Winkels: Eifersucht – variiert	88
Kai Metzger: Monika ist auch in Urlaub	89
Frank Schulz: Wer nicht lieben will muß fühlen	96
Daniel Grolle: Sag es mit Blumen	101
Manfred Lührs: Hier stolpert einer reichlich angeschlagen in seiner Wohnung rum	104
Harald Hurst: i hab der's jo g'sagt	111
Christiane Binder-Gasper: hol dich der teufel, liddy	111
Manfred Hausin: Pißgelbes Weihnachtsfest	113
Bernd Martens: Feste Linien	119
Josef Krug: Autobahn mit Raubvögeln	121
Bernhard Lassahn: Liebe in den großen Städten	124
Frank Straass: «So nicht, Roland...»	129
Peter Müller: Wunsch	137
Barbara Maria Kloos: Prost Neujahr einsames Herz!	138
Uta Zaeske: Nebel	139
Karin Voigt: Wachzustand der jungen Frau Katja	142
Ulrich Zimmermann: Unverhoffte Trennung	144
Harald Hurst: Bei Stenzels und Schleis	146

III ZORN UND ZWEIFEL
Ich mit mir, du mit dir – und wir?

Bernhard Lassahn: Rolltreppenfahren	153
Jürgen Lodemann: Die neue Wildheit	155
Harald Hurst: hochzeitstag	166
J. Monika Walther: Bruno oder Das blaue Haus	166
Ute Scheub: Geschlechterkrieg	170
Dagmar Scherf: Eins, zwei, viele...	173
Ulrich Zimmermann: Lysistrata läßt grüßen	175
Peter O. Chotjewitz: Eines Morgens bei Schambeins	176
Wolfgang Bittner: Theorie von den zwei Hälften	186
Frank Göhre: So ein Vormittag: Stereo	193

Margot Schroeder: Getroffen	201
Bernd Martens: Anatomisch verzweifelt gesättigt	201
Harald Hurst: d'eiladung	202
Harald Hurst: abschied	202
Corinna Maria Waffender: Auf Wiedersehen	212
Hanna Weimer: Der große Zampano	216
Renate Chotjewitz-Häfner: Schwierigkeiten beim Schreiben der Wahrheit	223
Maja Bauer: An Lydia	228
Margot Schroeder: Besuch	231
Roswitha Fröhlich: Seniorenkiste	231
Jo Micovich: Themenstellung	234

DIE AUTOREN   243

QUELLENNACHWEIS   251

VORWORT

Nein, *so* sollte unsere Beziehung niemals werden!
Schließlich hatten wir ja schon eine Ehe hinter uns: die unserer Eltern!
Alles, nur das nicht. Ineinander verhakt, unauflöslich bis zum bitteren
Ende, in der «kleinsten Zelle des Staates», bis daß der Tod uns scheidet
... Mord und Totschlag, Streit und eheliche Pflichten. Nein, so nicht,
niemals! Wir wollten es anders machen ...
Der Aufbruch begann mit der 68er Studentenrevolte. Die Parole
«Wer-zweimal-mit-derselben-pennt-gehört-schon-zum-Establishment» brachte den damaligen Zeitgeist treffend auf den Punkt. Die
Normen für «die revolutionäre Beziehung» wurden von Männern verhandelt und festgeschrieben. Die Kommunen, die zuerst in Berlin gegründet wurden, waren Ausdruck für den radikalen Bruch mit den
alten Normen. Auf sämtlichen Ebenen des Zusammenlebens wurde
experimentiert; die Theorien, die damals aufgestellt wurden, wirkten
bis weit in die 70er Jahre nach und blieben Bestandteil der späteren
Beziehungsdebatten. Man probierte das Leben in Wohngemeinschaften aus und widmete sich primär der politischen Arbeit. Zweierbeziehungen galten schlechthin als tabu; wer von Eifersucht sprach, machte
sich lächerlich: die Reste des Kleinbürgers in uns.
Aber die Menschen mit ihren unterschiedlichen Bedürfnissen überlebten und mit ihnen die Angst vor Liebesentzug und Beziehungsverlust.
Immer mehr begannen sich das einzugestehen. Der ‹subjektive Faktor›
wurde untersucht, die ‹neue Subjektivität› entdeckt und propagiert,
Zweierkisten wieder aufgemacht. Macht das Private öffentlich! Dazu
stand man jetzt. Die Beziehungsfluktuation blieb als äußerer Ausdruck
des gemeinsamen Scheiterns. Wer das erste Jahr überstand, galt schon
als «in festen Händen». Manche heirateten sogar, oft nach jahrelangem
Zusammenleben. Viele trennten sich schnell wieder. Das alte Muster
wollte nicht mehr passen.
Dazu kam die neue Frauenbewegung und sorgte für weitere Unruhe,
betroffene Verwirrung und endlose Beziehungsdiskussionen. Das allgemeine Rollenverhalten wurde radikal in Frage gestellt. Männlichkeit

verlor ihren Marktwert, gehörte auf den Müllhaufen der Geschichte; der Softi war gefragt und stand hoch im Kurs. Zwischen Mann und Frau war eine neue Zeit angebrochen...

Einige schienen den «Partner fürs Leben» gefunden zu haben und die absolute Gleichberechtigung realisieren zu können. Doch wenn man genauer hinsah, war und blieb es die alte Geschichte: alltägliche Routine und zermürbende Beziehungsdebatten. Der Frust hatte die Lust längst überholt.

Natürlich gab und gibt es Ausnahmen: Manche Paare sehen wir und staunen verblüfft: Mein Gott, drei Jahre sind die schon zusammen – und eigentlich immer noch ganz gut drauf! Und wir fragen uns im stillen: wie hält das bei denen, was haben die anders gemacht? Wie haben die das geschafft? Wie läuft das mit den konkurrierenden Bedürfnissen von Nähe und Freiraum? Diskutieren sie alles beharrlich aus, oder vermeiden sie Konflikte und lassen sich gegenseitig einfach in Ruhe? Mit anderen Worten: haben sie wirklich Lösungen gefunden, oder haben sie sich in der Anpassung eingerichtet? Und wie könnten mögliche Lösungen überhaupt aussehen?

Es gibt einen schönen Satz: «In der Liebe kann man nichts erzwingen, sie ist wie ein Geschenk». Erst wenn wir diesen Satz ernst nehmen, sind wir in der Lage, Liebe als das Miteinander zweier autonomer Persönlichkeiten zu begreifen.

Wer mit sich selbst unzufrieden ist, macht oft den Fehler, die eigene Unausgegorenheit durch den Partner kompensieren zu wollen. So wird Liebe mit Abhängigkeit verwechselt und aus «I love you» wird «I need you». Wer glaubt, seine Unzulänglichkeit durch den anderen aufheben zu können, wird nur um so härter auf die eigenen Schwächen zurückgeworfen. Wer wiederum die eigenen Schwächen dem anderen zum Vorwurf macht, engt ihn ein. In solchem Klima wird der andere seine Persönlichkeit nicht ausleben können, weil er Angst haben muß, daß der Partner darauf mit Eifersucht reagiert. Die denkbar schlechteste Voraussetzung, sich gegenseitig die unbedingt notwendigen Freiräume zuzugestehen.

Aber zwischen Anspruch und Wirklichkeit klaffen bekanntlich tiefe Schluchten. Diese Untiefen auszuloten, ist die Absicht unseres Buches. Denn eines ist sicher – und da wird Jo Micovich wohl recht behalten – so schnell werden wir dem Thema nicht entkommen!

I FEUER UND FLAMME

*Ich mit dir, du mit mir –
aber was dann?*

RENATE UND PETER O. CHOTJEWITZ

Liebe Svende, lieber Norbert,

nachdem wir Eure Einladung zur Mitarbeit an der Anthologie «Nicht mit Dir und nicht ohne Dich» erhalten haben, setzte bei uns heute morgen, beim späten Frühstück, ein unerwarteter Ideenfluß ein, der nicht versiegen wollte.
Bekanntlich gehört zu den großen Rätseln einer festen Zweierbeziehung schon immer das Problem der alleinstehenden Socken. So kreisten unsere Gedanken am Frühstückstisch ausschließlich um diese. Wir sind ja bekanntlich seit 21 Jahren verheiratet. Zwar wird in unserem Haus nie jemand mit nur einem Socken angetroffen. Dennoch gibt es bei uns so viele einzelne, meist herrenlose Socken, daß schon vor Jahren eine Sammlung angelegt werden mußte. Sie befindet sich in einem Korb, der regelmäßig entleert werden muß.
Nie haben wir uns selber oder einen unserer Söhne mit nur einem Socken aus dem Haus gehen sehen, nie ist jemand von uns mit nur einem Socken zurückgekehrt. Auch Suchaktionen unter diversen Möbelstücken oder in Schubfächern und Kleiderschränken waren nur selten von Erfolg gekrönt. Dennoch, jedesmal, wenn die Waschmaschine geleert wird, befindet sich regelmäßig in ihr ein alleinstehender Socken, und manchmal sind es gleich mehrere.
Wir bitten Euch deshalb, in Eure geplante Anthologie die folgende Suchanzeige aufzunehmen, um dem Singledasein unserer Socken endlich ein Ende zu machen:

Alleinstehender Socken, ca. sieben Jahre alt, gepflegte Erscheinung (Farbe unbestimmt), kaum dünne Stellen, Gummi schon etwas ausgeleiert, Hobbys: Intaktes Schuhwerk, sucht nach einer schweren Enttäuschung (Verlust der Partnerin) Gleichgesinnte (Sandalenliebh. zwecklos) zum Aufbau einer stabilen Zweierbeziehung. Geringfügige farbliche Abweichung kein Hinderungsgrund. Kniestrumpf angenehm. Kein Fußpilz.

Selbstverständlich sind wir gerne bereit, in weiteren Texten Einzelheiten aus unserem Beziehungsleben zu unterbreiten, die dem Titel des Werks gerecht zu werden versprechen.

Mit freundlichen Grüßen unter Kolleg(inn)en, Eure

Peter O. Chotjewitz   Renate Chotjewitz-Häfner

BERNHARD LASSAHN

Der Verliebte

Der Verliebte geht lieber allein in sein Zimmer und schreibt
lange Briefe oder Gedichte, die sich in harten Fällen sogar reimen.
Man darf ihm kein Wort glauben.
Sie leugnen sogar, verliebt zu sein und tarnen sich als gute Freunde.
Kommen sich vor wie der Lone Ranger, dringen überall ein und
täuschen gute Laune vor.
Oft erkennt man sie allerdings an dem sehnsüchtigen Blick, denn:
der Verliebte will mehr.

Man könnte zusammen baden und hinterher so schön Makkaroni essen,
Domino spielen oder Stadt, Land, Fluß, Operette, Philosoph, Rennwagen,
aber:
der Verliebte will mehr.

Er will eine handliche Schmusedecke.
Der Verliebte will mehr.
Er will allen Ernstes eine Zauberformel gegen Postlosigkeit, Verteuerung der Langeweile, Zahnschmerzen und Aufwachen am Morgen.
Der Verliebte will mehr.
Er will einen tragbaren Alleinunterhalter mit eingebautem Transi-

stor und privater Höhensonne. Verliebte singen sogar Lieder und
versuchen noch andere Leute anzustecken:
Der Verliebte will mehr.

Man könnte zusammen zappeln und quieken, aber:
der Verliebte will mehr.

Verliebte entlocken ihren Opfern Geständnisse und berufen sich
lebenslänglich darauf. Sie wollen ihre Opfer in endlosen Gesprächen
zermürben und hinterher mit Versöhnungsgeschenken alles wieder
aufkaufen, bis das Opfer die Schnauze gestrichen voll hat.

Dann macht der Verliebte eine Pause, in der er lange jammert
(er kam sich schon immer so vor wie der Lone Ranger), doch dann
sucht er neue Opfer, denn:
Der Verliebte will mehr.

HARALD HURST

flirt

sie guckt
ob i guck
aber i guck net

i guck
ob sie guckt
aber sie guckt net

aber irgendwie
habe mer
uns gucke g'seh

HARALD HURST

fahrt ins blaue

d'sonn hat g'schiene
wie b'schtellt
un de himmel hat genau
dei lieblingsfarb g'hat
er hätt vielleicht
e schpur satter
blau sei dürfe

aber sonscht
hätt i's gut g'macht
sag'sch uff de haimfahrt
un kraul'sch mer 's g'nick

BARBARA MARIA KLOOS

Doppelherz

Schmaler Segler überm Bauch.
Gezielter Kuß. Darunter quietschen
wie ein rundes Meerschwein tut.
Das jagt uns in die Luft.

Ich fang den Schweiß. Würz mir die
Schnauze. Nehm deine Schultern ins
Gebet: Welche Bisse waren vor mir
da und wo.

Leck deine Brüste ab, die flachen
Teller. Soll nichts übrig sein.
Spick dir die Haut mit guten
Küssen.

Nehm auch den Zipfel in die Zange.
Zieh den Zwerg groß, bis er paßt.
Sammel den Rest im Nabel. Vorrat
für die Nacht.

Rollst du weg, stopf ich die
Ohren mit Wachs. Klappst du
die Augen auf, leg ich dich
wieder um.

INGEBORG MIDDENDORF

Etwas zwischen ihm und mir

Die beiden haben mich geschafft.
Aber total.
Wie ich aussehe: diese Ränder unter den Augen, verschwitzte Haut, und dann fallen mir auch noch die Haare aus.
Die eine Woche Italien – das hat gereicht.
Es war ja praktisch so, wenn der eine mal endlich ausgefallen ist – der Kleine schläft jedenfalls nachmittags – war der andere dran. Abwechselnd. Dabei ist schon einer von beiden reichlich.
Der Junge muß versorgt werden – das ist klar.
Er ist jetzt drei Jahre alt. Obwohl ich denke, daß er vieles, von dem er fordert, daß ich es für ihn tue, selber machen könnte. Im Kindergarten zum Beispiel zieht er sich alleine an und aus. Hier muß ich das alles machen. Oder er trampelt und schreit. Und will ständig etwas: «Habe Durst und habe Hunger, und wo ist meine kleine Lokomative und

Mama meine Uhr. Finde meine Uhr nicht. Mein Kampus (statt Kompaß). Will raus, Mama. Rahaus! Aufstehen. Stehst du auf? Kommst du den kleinen Weg? Steh auf! Mano! Porco dio! Warte! Ich warte! Warte schon lange!» Er stampft auf und heult: «Komm bitte!»
Jeden Morgen werde ich um acht hochgenörgelt.
Und das, obwohl ich dann höchstens drei, vier Stunden geschlafen habe.
Denn da ist der andere, der etwas von mir will – ich will das auch – vierzig Jahre älter als der Kleine. «Komm», sage ich zu ihm, «wir gehen ins Bett. Mach dich nackt. Zieh dich aus!»
Wenn wir dann nebeneinander liegen und er seine Männerhand auf meinen Bauch legt, sie da etwas zucken läßt, so daß die Haut und die darunter liegenden empfindlichen Fleischteile leicht bewegt werden, steigt das Gefühl heiß in mir hoch.
«Ja», sage ich, ich flüstere es, denn das Kind ist da, wenn auch schlafend in einem anderen Zimmer.
«Ja, das ist schön. O ja, streichele mich. Liebkose mich!» Das Wort liebkosen habe ich nur mit Mühe sprechen können. Es ist schwer herauszubringen aus einem Mund, der so trocken ist und schlaftrunken.
«Komm», sage ich, «lege dich auf mich. Ich möchte dein Gewicht spüren. Deine Haut.»
Sein großer schwerer Körper, weich und nachgiebig. Auch stark. Zugedeckt von seiner Fülle, ruhig darunter. Beruhigt.
«Ich reibe mich an dir. Oh, Wahnsinn, das Gefühl, diese Haut, die Wärme, wie mich das durchdringt.»
«Ja», sagt er leise, «das spüre ich jetzt auch. Weißt du, ich habe immer Angst, nicht stark zu sein, stark genug für dich. Aber jetzt fühle ich mich ganz stark. Merkst du das?»
Ich krümme mich unter ihm, mache meinen Arm lang, umfasse sein Geschlecht, die weiche Stärke, die Fülle darunter.
«Oh, oh, daraus sind deine Kinder gemacht, ja?» flüstere ich.
«Ja», sagt er und wird naß.
«Wollen wir das auch, ein Kind machen?»
Ich hebe ihm mein Geschlecht entgegen.
«Nein! Nein!» flüstert er, und ich spüre ihn fest und tief in mir. Er füllt mich sanft aus. Ich werde weit und offen, stoße mich tiefer in ihn hinein.

«Nicht so schnell», sagt er, «wir haben doch Zeit!»
«Nein, haben wir nicht. Das Kind. Der Junge. Gleich kommt der Junge, und in ein paar Tagen reist du ab, und wer weiß, wann wir uns wiedersehen!»
«Aber jetzt bin ich doch da. Ganz bei dir. Jetzt kannst du alles haben.»
Er liegt schwer auf mir, reibt sich an mir. «Fühlst du das? Fühle das doch einfach.»
Er rollt sich zur Seite, immer noch in mir.
Eine Hand umfaßt meine Schulter, drückt sie. Die andere liegt auf meiner Brust, bewegt sie langsam. Sein Geschlecht in mir zuckt. Ich antworte.
«Ja, jetzt sind wir zusammen.»
Meine Hand in seinem Gesicht, flach, seine Formen ertastend, den großen Mund und die scharfe Linie, die sich von den Mundwinkeln dorthin zieht, das große Kinn, die wild wachsenden Haare der Augenbrauen, das Fleisch der Wangen.
«Jetzt sind wir zusammen», sage ich und greife in seine Haare. Die vielen festen Locken, ein dunkles Blond, im Nacken und über den Schläfen weiß. Ich nehme die Haare und halte sie aus der Stirn, um das zu sehen: sein Gesicht. Er schließt die Augen wie Kinder, die denken, man könne sie nicht sehen, wenn sie selber nichts sehen.
«Ich muß dein Gesicht sehen. Wo ist dein Gesicht? Früher hast du mehr Gesicht gehabt.» Denn ich habe ihn schon einmal gesehen vor vielen Jahren, als wir beide Studenten waren. Er lächelt.
«Das habe ich – weitgehend – verloren – bei all den Kompromissen in meinem Leben.»
«Meinst du das ernst?»
«Nein. Natürlich nicht.»
Das hat er zu schnell gesagt. Er nimmt meine Hand aus seinen Haaren, die ihm wieder ins Gesicht fallen.
«Vielleicht ein bißchen», sagt er dann nachdenklich, schweigt und streichelt mich mit dieser großen zärtlichen Hand, deren Haut ausgetrocknet ist, eine Chemikerhand. Er legt die Hand auf meinen Bauch, drückt dort ein wenig und faßt den Hüftknochen an.
«Das ist eine schöne Stelle. Mein Gott, wie machst du das nur. So zart. So zart.»
Er schaukelt mich vorsichtig, wird wieder groß in mir.

«Jetzt bin ich ganz stark für dich. Komm, leg dich so hin, mach gar nichts. Nur die Beine lang. Sieh mich an. Mach die Augen auf!»
Ich sehe ihn an, sein Gesicht ist dunkel im schwachen Licht, das vom Flur in die offenstehende Tür einfällt. Sein Fleisch – geformt in einer mir fremden Weise. Er ist ein Fremder – auch wenn ich ihn schon einmal getroffen habe. In dem dunklen Gang – vor zwanzig Jahren. So lange ist das her. Ein schöner junger Mann damals. Die Haare amerikanisch zurückgekämmt, wellig. Der feste klare Blick, lächelnd, verlegen lächelnd, denn an der Hand führt er ein kleines Kind, ein Mädchen, so alt damals wie mein Kind jetzt. Das Kind zwischen ihnen beiden, ihm und seiner Frau. Ich habe eine blasse Erinnerung an sie – wie sie auf dem Bett liegt – von Ferne die Sirenen des Krankenwagens – die zarte Krümmung des Rückens, der Hüfte, sanft. Ein blondes Gesicht.
«Es ist schrecklich, eine Frau zu sein, hatte deine Frau gesagt. Von Blut wurde gesprochen – aber das Blut war nicht zu sehen.»
«Ja. Da hatte sie eine Abtreibung», sagte er. «Das weiß ich noch genau – und wie böse ich darüber war. Es ist okay mit dem Kind, habe ich zu ihr gesagt. Aber sie wollte es nicht. Es war ihr zu viel.»
Er schaut mich an. «Das war Ende der sechziger Jahre. Von der Studentenbewegung hab ich nicht viel mitgekriegt. Beruf, Kinder und dann zunehmend Schwierigkeiten in der Ehe. Ja, wie soll ich sagen, keine Schwierigkeiten – aber das wurde so nach und nach ausgehöhlt. Und du, was hast du gemacht?» fragt er.
«Ich war jung. Auf Abenteuer aus. Ich hab mich um nichts gekümmert. Meine Familie ging zugrunde. Erst Vater, dann Mutter – beide tot, und zwar furchtbar. Da wollte ich nur jung sein. Mich fühlen. Mich verlieben. Haut. Fleisch. Junges Fleisch. Gesund sein. Schön sein. Ich war Modell. Das wollte ich. Angeschaut werden, begehrt.»
«Wenn ich damals zu dir auf das Zimmer gegangen wäre, wie zu anderen Mädchen – nein, es ist dort nichts passiert – mein Leben wäre, glaub ich, anders verlaufen. Deins nicht. Vielleicht. Ob ich dich hätte halten können?»
«Ich hab nichts getan damals. Ihr habt aufgebaut in der Zeit. Das mache ich heute.»
«Ja», sagt er, «so magst du das sehen. Aber meine Frau hat aufgebaut gegen mich. Auch wenn es uns eine Zeit gutging zusammen – als sie verdiente und wir noch die beiden Mädchen bekamen – im Grunde

wollte sie weg. Wir sind jetzt schon seit Jahren getrennt, und sie hat die Kinder. Die Kleine von damals ist jetzt erwachsen und studiert. Das ist mir am schwersten gefallen», sagt er, «die Trennung von den Kindern. Sie hat mir die Kinder weggenommen. In den letzten Jahren habe ich meine Hauptkraft da rein gesteckt, eine gute Beziehung zu den Kindern zu halten. Auch gegen sie. Deswegen bin ich überhaupt in der Stadt geblieben.»
Er ist still geworden und hat sich aus mir zurückgezogen.
«Würdest du das auch machen – mir das Kind wegnehmen?»
Seine Stimme klingt so gepreßt, daß ich anfange zu lachen.
«Nicht lachen», sagt er. «Du weißt nicht, was das heißt. Dein Kind lebt bei dir.»
«Diese Männer», sage ich und mache mein Kind nach. «Diese Reiber», sage ich dann, immer noch den Kleinen imitierend, der das Wort Weiber nicht aussprechen kann. «Erst Kinder machen und dann nicht fähig sein, Frau und Kind zu lieben. Entschuldige», sage ich dann, «vielleicht trifft das so auf dich auch nicht zu.»
Ich reiche mit einer Hand über ihn nach dem Feuerzeug. Mit der anderen ziehe ich eine Zigarette aus der Packung – eine schneeweiße Schachtel mit großer roter Schrift. Dann reiße ich ein Streichholz an. Im Schein der Flamme ist der Raum wieder da. Die ganz kahlen Wände mit den helleren viereckigen Flächen dort, wo der Vermieter Bilder hängen hatte.
Sein Körper ist dunkel und deutlich auf dem weißen Laken. Ich friere vor Übermüdung und ziehe das dünne Bettuch über mich. Ich habe Kopfschmerzen, und mir ist etwas übel.
«Und dann?» frage ich. «Und die Frauen danach? Und die Kinder, die du hast abtreiben lassen – das hast du doch sicher – wieviele?»
Er schweigt. Es ist ganz still im Raum. Eine weiche Dunkelheit, die alle Farben verschluckt. Nur wenn ich an der Zigarette sauge, kurz ein warmer goldener Farbton auf meiner Haut, der rote Lack der Fingernägel leuchtet auf, und ich sehe das Weiß von Bettuch und Wand.
«Ich will es gar nicht wissen», sage ich. «Aber die anderen Frauen, die haben das sicher nicht verdient. Kennst du die Frauen noch, die dich abgetrieben haben – ach, was rede ich –, du weißt schon, wie ichs meine.»
«Ich kann darüber nicht reden!» Seine Stimme ist sehr schwach.

«Das denke ich mir.»
Ich inhaliere tief. Ein angenehmer Schwindel erfaßt mich, wirft mich flach aufs Bett. Ich strecke mich aus und ziehe das Laken glatt bis zum Kinn.
«Oh, das ist gut. Wenn man so wenig raucht, wirkt es fantastisch. Mein Gott, mir geht es gut!»
Stille. Dunkelheit. Ich fühle mich wohl, geborgen. Ich schließe die Augen, fühle, wie mein Körper schwer wird und warm, wie sich die Müdigkeit wohlig in mir ausbreitet. Nebenan schläft mein Kind. Zu Hause habe ich einen Freund und hier einen anderen Mann, den ich begehre, der schön ist und schwach und der mir nichts antun wird.
«Weißt du», sagt er, «ich denke, ich muß die Frauen schützen, mit denen ich zusammen war.»
Ich lächle. «Ausrede», sage ich sanft.
«Ausrede ist das alles. Ich kenne die Frauen doch gar nicht. Aber du kannst ruhig mal darüber nachdenken, was du so machst.»
Mein Herz beginnt spürbar zu pochen. Es schmerzt. Die Zigarette ist aufgeraucht. Ich drücke sie auf dem kleinen Untersetzer neben mir aus, ohne hinzusehen.
«So viele waren das auch nicht», sagt er plötzlich. «Die eine Frau habe ich aus den Augen verloren, und die andere – ja, die kenne ich noch. Bei der war es sogar zweimal.» Ich sage nichts, halte die Augen geschlossen.
«Sie ist es.» Seine Stimme ist ganz nüchtern und trifft mich wie ein Schlag. «Es ist schlicht und einfach meine Freundin.»
«Poh!» sage ich – ich stoße es heraus, meine Augen sind weit offen. Ich schaue ihn entsetzt an. «Das haut mich um. Das ist ja schrecklich. Zwei Abtreibungen, das darf ja nicht wahr sein. Warum denn nur?»
Er schweigt. Dann sagt er, er sagt es sehr schnell: «Ich will kein Kind mehr und wenn, dann nur mit der Gewißheit, daß es bei mir bleibt. Aber mir nehmen die Frauen die Kinder weg!»
«Deine Frau», sage ich. «Nicht **die** Frauen.»
Ich schaue ihn an, den ich im Dunkel nicht erkennen kann. «Wenn ich mir das vorstelle mit den Abtreibungen, kriege ich Angst vor dir. Dann kann ich dich nicht mehr anfassen.»
«Ja», sagt er nur.
Ich bin hellwach. Die Stille sammelt sich an, breitet sich feindlich aus zwischen uns beiden.

«Soll ich Musik machen?»
Er antwortet nicht.
«Bach, das ist schön», sage ich. «Neulich, ich war allein, habe ich dabei geweint, so unglaublich schön ist das. Toccata c-moll Partita c-moll. Die Frau, die das spielt, Martha Argerich heißt sie, das muß eine glückliche Frau sein, so wie sie das spielt. Hast du ihr Gesicht gesehen auf dem Cover? Sie sieht aus wie eine Mutter, die ihr Kind anschaut, lächelnd.»
«Hör auf!» Die Worte hat er herausgepreßt. «Hör auf, mich zu quälen!»
«Hör es dir doch mal an», sage ich und beuge mich zu den Knöpfen der Anlage, das Laken immer noch schützend um mich gezogen. Die ersten Töne fallen klar und rund wie Perlen in die Dunkelheit.
«Das ist Glück», sage ich. «Das zu empfinden, es aufzuschreiben, es zu spielen, es zu hören. Alles andere vergeht. Das nicht. Nie. Diese Musik wird gespeichert aufbewahrt in Atombunkern. Sogar die Satelliten im All umkreisen die Erde damit.»
«Mach es aus. Ich kann es nicht ertragen.»
«Warum? Die Musik ist unschuldig. Die kann nichts für dein Leben.»
«Warum muß ich mich immer schuldig fühlen?»
«Mußt du doch nicht. Laß es einfach. Aber hör auf mit dem Verdrängen.»
«Ja», sagt er, nimmt meine Hand und drückt sie. «Da hast du recht. Schön, wie du auf mich eingehst.»
«Ich finde es selbstverständlich. Wenn ich meine kostbare Zeit schon mit jemandem teile, mag ich keinen Schmu.»
«Daß ich auch alles falsch mache!» stöhnt er.
«Dein Pech», sage ich und lege meine Wange zärtlich gegen seine. «Ich will doch nur hören, daß ich schön bin.»
Er nimmt mein Gesicht in die Hände, richtet sich auf und schaut mich an. Ein Blick, den ich nicht sehen kann, aber spüren.
«Du weißt doch, daß du schön bist. Die Augen sind das Schönste an dir. Ich habe noch nie eine Frau gesehen, die so schöne Augen hat wie du.»
«Meine Augen kannst du jetzt doch gar nicht sehen. Dafür ist es viel zu dunkel. Ich sehe deine Augen auch nicht. Aber ich fühle dich. Komm,

ich laß dich meinen kleinen Körper fühlen, meinen zarten Körper, meinen armen kleinen zarten Körper.»
Ich ziehe das Laken weg.
«Hier, so lege ich mich auf dich. Oder willst du dich auf mich legen? Warm, warm und weich.»
«Ja, komm, deck mich zu.»
Ich nehme seine Hand und lege sie auf meinen Bauch.
«Man merkt dir gar nicht an, daß da ein Kind drin war», sagt er.
«Du hast mich vorher nicht gesehen.» Er streichelt mich.
«Laß uns nicht mehr reden. Mein Kopf ist dann zu sehr beschäftigt. Ich kann dann nicht mehr fühlen. Und jetzt will ich dich fühlen.»
Er legt sich auf mich. Seine Wärme breitet sich in mir aus.
«So mag ich es am liebsten», sagt er. «Auf dir liegen. Dich ganz spüren, dein Gesicht sehen. Du hast ein schönes Fickgesicht. Ganz weich.»
Ich lache. Das hört sich so ungewohnt an bei ihm. Solch ein Wort benutzt er sonst sicher nie. Er fragt, warum ich lache. Ich sage es ihm.
«Da hast du recht», flüstert er. «Aber bei dir ist alles anders.»
«Ja?» frage ich, während er uns beide schaukelt, wir ineinander ruhen, uns ausbreiten, uns erforschen.
«Erzähl mir, komm, erzähl mir. Das möchte ich wissen, wie du es mit den anderen machst. Bist du da auch so zärtlich?»
«Willst du das?» flüstert er und rollt sich mit mir herum, so daß ich auf ihm liege. Jetzt bin ich es, die ihn zudeckt, die versucht, sich schwer zu machen.
«Wie leicht du bist, federleicht.»
«Nein, ich bin ganz schwer. Merkst du das nicht? Ich muß dich doch erdrücken!»
Ich reibe meine Brüste an ihm, drücke sie gegen ihn, pumpe Luft in meinen Bauch und lasse ihn anschwellen.
«Ja wirklich», sagt er, «das stimmt. Meine Güte, bist du schwer.» Er stöhnt, lacht. «Ja, ja, du kannst mich erdrücken, wenn du willst!»
Er scheint nach Luft zu ringen. Ich liege zwischen seinen Beinen und bewege seinen Schwanz in mir, als wäre es meiner. «Jetzt bin ich der Mann, ja? Das muß doch gut für dich sein. So nehme ich dich. So kann ich das. Ganz oben, spürst du das? Da ist das Gefühl. Das mußt du öffnen. Damit es heraus kann, sich befreien. Sag mir, wie du es mit den

anderen Frauen gemacht hast. Das macht mich an. Sind sie gekommen dabei?»
Er hält inne, ich fühle seinen Blick. Er überlegt. Er dreht sich zur Seite, sein Kopf neben meinem, sein schöner, weicher Körper, leicht gebräunt, zart behaart, feine dünne Haare. Sein Duft. Er erinnert mich – als Kind beim Pilzesuchen in den norddeutschen Wäldern, wenn ich mich niederbeugte und den Schaft vorsichtig, ohne die Wurzel zu verletzen, abtrennte: derselbe Geruch.
«Du riechst wie die Pilze im Moos in meiner Heimat», sage ich und lache, als ich das Wort HEIMAT ausspreche, langsam – wie ein Fremdwort, bei dem ich mir nicht sicher bin.
«Ja, es war richtig», sagt er und lächelt auch.
«Doch», sagt er dann, «sie sind gekommen – oder sie haben mir was vorgemacht.»
«Hast du ihre Möse zucken gefühlt?»
«Ja», sagt er. «doch, das habe ich. So hat es mir am meisten Spaß gemacht, wenn ich das Gesicht dabei sehen konnte. Die Brust sehen, anfassen, wie ich das jetzt bei dir kann. Dann habe ich mich in ihnen bewegt. Manche haben mich hier angefaßt, an der Hüfte, mir da leichte Stöße gegeben. Die Ungeduldigen, die nicht abwarten konnten. Du kannst das auch nicht.»
«Nein, ich kann nicht mehr warten. Du mußt es mir jetzt schon zeigen. Komm, zeig es mir.»
«Ich kann nicht. Nein. Kann das nicht.»
«Warum? Was ist los?»
«Weiß nicht. Ich fühle mich unter Druck.»
«Mußt du aufhören, dich so zu fühlen. Darf ich rauchen? Erlaubst du, daß ich rauche, wenn du in mir steckst? Ich glaube, das tun die anderen nicht. Ist auch nicht schicklich!»
Ich lächle ihn an und reibe mit dem Kopf seine Brust. «Mach dich nur lustig über mich.»
Wir schauen uns an.
«MAMA!» Weinen im Nebenzimmer. Kleine Schritte, die nähertappen. «Mama!»
«Hier», sage ich, «hier sind wir, Schätzchen.»
Die angelehnte Tür wird aufgeschoben. Ein breiter Lichtstreifen fällt ins Zimmer.

«Hier sind wir. Komm!»
Ich drücke die Zigarette aus, strecke dem Kleinen die Arme entgegen. Der Mann neben mir hat sich zugedeckt und sein Gesicht in den Kissen versteckt, um das Kind nicht zu erschrecken.
«Mama», sagt der Junge und wankt auf das Bett zu.
«Ja, komm, leg dich zu uns. Ach, ganz verweint ist der Kleine», sage ich, nehme ihn in den Arm und küsse seine tränennassen Bäckchen. «Brauchst nicht zu weinen. Ich bin doch da.»
Ich greife in die Windeln: naß!
«Und so viel Pipi. Komm, eine neue Pamper. Und dann schlafen wir, ja?»
Ich drücke den Knopf des Plattenspielers. Aus. Die Musik bricht ab. Das Kind dreht den Kopf zum Apparat, blinzelt und vergißt zu weinen. Dann greife ich zur Pamper, die ich vorsorglich jeden Abend neben unser Bett lege. Schlaftrunken und beruhigt läßt sich das Kind versorgen.
«So, jetzt leg dich hierher, zwischen uns.»
Meine Hand streichelt den Nacken des Kindes, das ganz ruhig liegt, aber seine offenen Augen beobachten uns. Ich greife über ihn weg zu der Hand des Mannes. Ich drücke seine Hand. Das Kind richtet sich auf.
«Nein», sagt er ganz klar. «Mama. Nein.»
«Eifersüchtiger kleiner Mann», sage ich lächelnd, «leg dich schön hin. Ich sing dir vor. Was möchtest du hören?»
«Die Blümelein», sagt das Kind.
«Die Blümelein, sie schlafen», beginne ich und strecke meinen Arm zu ihm hin, dem Mann, mit dem ich so gern allein geblieben wäre. Im Dunkel fühle ich sein Lächeln und weiß, daß er uns still die ganze Zeit zusieht.
«Mama», sagt das Kind wieder und will es nicht zulassen, daß da noch jemand ist, den ich streichle.
«Die Blümelein, sie schlafen...» Das Kind legt sich wieder hin, aber es schaut mich aufmerksam an. «... schon längst im Mondenschein...»
Plötzlich muß ich lachen. Ich kann nicht weitersingen, ich lache laut los, und auch das Kind beginnt zu lachen, und der Mann daneben hat sich aufgestützt, sieht uns an und lacht. Drei oder vier Uhr morgens

mit aufgeregten Sinnen in der Wohnung eines Freundes in Italien lachen wir und lachen und lachen.
Eine Frau, ein Kind und ein Mann, der nicht lange bei uns bleiben wird.
Es ist Frühling.
Manche Tage sind schon warm.
Es wird ein schöner Sommer werden.

BIRGIT RABISCH

Runde Gedanken
brustspitzenklar
im Schoß
Perlenleuchten
die Haut so dünn
vor der Seele

die blaue Hüterin
meiner Tiefen
träumt warme Tropfen
in den Puls der Ringe

Sesam öffne mich

BIRGIT RABISCH

Was kann ich über
unsere Liebe sagen
eins vielleicht
ich arbeite wieder
gern

CHRISTINE HAIDEGGER
Distanz

Eisschollen an der Wange, erwache ich. Jeder Traum ist schwärzer als Kälte.
Sie hatten mir abgeraten, zu der Ärztetagung zu fahren. Ich sähe weiß aus, völlig überarbeitet, ein paar Ferientage, sagten sie. Schlaf nachholen. Sie wissen nichts von meinen Nächten außerhalb der Klinik.
Beim gemeinsamen Abendessen nahm ich gehorsam mein Namensschild und steckte es an. Etwa die Hälfte der Anwesenden kannte ich, vertiefte mich in ein Gespräch mit einer Kollegin, während ich den Augen nachgab, herumsah. Vor zehn Jahren noch war ich eine der wenigen Frauen gewesen, jetzt waren wir schon viele, nicht nur ältere, nicht nur Ausländerinnen. Meine ewigkalten Hände fanden sich in vielen Begrüßungshänden wieder, der Saal schien sich in bewegte Farben aufzulösen, langsam schwankten die Wände vor und zurück. Jemandes Stimme sprach aus mir. Dennoch gelangen mir die fremden Sprachen mühelos. Man neigte sich über mich, legte mir Hände von hinten auf die Schultern, warme Wiedererkennensfreude. Gegen elf Uhr war mein linker Mundwinkel wie erstarrt, brannten die Augen vom Rauch. Ich hatte auch im Flugzeug nicht geschlafen. Es gelang mir, an der Bar vorbei ins Foyer zu gelangen, das Versprechen wiederzukommen, an wartende Gläser und gerötete Gesichter gerichtet.

Auf dem Nachttisch lag das grüne Papier mit dem Gerüst des ersten Tages. Orte und Zeiten sauber und übersichtlich, Referentennamen, Herkunftsländer, Themen. Langsam zog ich mich aus, duschte. Dann die Schlaftablette. Den Reisewecker stellen, eine halbe Stunde früher als unbedingt nötig. Langsam in die Tage. Langsam. Das Hotelzimmer kühl und aufgeräumt. Keine Notizen, Ordner, Zettel, Telefone. Allein sein in den Laken und bilderlosen Wänden. Endlich schlafen.
Beim Frühstück die Erste sein, auswählen können. Immer in der Nähe der Tür, immer der Rücken zur Wand. Wie immer, verweigert der Magen die Kooperation. Eine Stunde brauche ich für das Frühstück. Mühsam. Aber ich gewinne. Freundliches Kopfnicken in meine Richtung, als später die anderen kommen. Keiner kommt auf die Idee, sich an einen bereits «besetzten» Tisch zu setzen, solange es noch leere gibt. War das schon immer so? Morgens bin ich froh darüber. Das Kongreßzentrum liegt etwa einen Kilometer entfernt. Die Organisatoren haben einen säuberlichen Busfahrplan erstellt, genaue Abfahrts- und Ankunftszeiten vom Hotel und zurück. Brav besteigen wir die wartenden Busse, die nicht ausgelastet sind. Erfahrene Kollegen, die sich Begrüßung und Einführungsreferate schenken, um länger schlafen zu können oder zu arbeiten.
Das Kongreßzentrum ist groß und riecht noch neu. Wir füllen das Auditorium nur halb. Wieder habe ich gewohnheitsgemäß einen guten Beobachterplatz gewählt, nahe an einem Notausgang, wenn es unerträglich wird, kann ich ungesehen hinaus. Blitzlichter und Reden gehen über uns hin. Das erste Referat hält ein bulgarischer Kollege, den ich schätze, und ich greife automatisch zum Notizblock. Beim Mittagessen will ich versuchen, ihn ein paar Details zu fragen.
Beim Mittagessen trifft verspätet eine Delegation aus Jugoslawien ein, zufällig stehe ich noch im Foyer, ihre ganze Begrüßungsfreude entlädt sich an mir, die Freude wirkt echt, wirkt persönlich, ihre Augen lachen und sie umarmen mich, als wäre ich der Grund ihrer Reise. Und schon sind wir an der Bar, und ich soll in einem Meer von Slibowitz mitschwimmen. Sie sind die ersten, die sofort Tische zusammenrücken, Kellner werden freundlich überstimmt, alles läuft wie in den anderen Jahren, die Stimmen werden lauter, die Sprödigkeit ist verflogen, Gruppen bilden sich, Sprachschwierigkeiten werden mit Hilfe mehrsprachiger Kollegen überwunden. Dennoch fallen mir einige Einzel-

gänger auf. Ich frage nach einem von ihnen, er sitzt halblinks hinter mir, macht sich während des Essens Notizen. «Ach, das ist ein Linker», sagt jemand an meinem Tisch. «Hält auch ein Referat. Interessiert mich nicht besonders.» Ich suche den Namen auf der Liste. Sein Vorname ist Holger. Eigentlich müßte ich mich noch aus dem Vorjahr an ihn erinnern. Ich frage mich, was die Bemerkung «ein Linker» mit einem Arzt zu tun hat. Immer wieder kommen Kollegen, um mich zu begrüßen; und ich fühle mich warm und geborgen. Es gibt Zeiten, da halte ich es ohne Menschen, die mich meinen, nicht den weißen Kittel, nicht aus. In der Klinik könnten sie das nicht verstehen. Sie bewundern meinen Informationsdrang, die anstrengende Reise nach der Überarbeitung der letzten Zeit, sie wissen nicht, daß auch das In-der-Sonne-liegen mir den Schlaf nicht bringt.
Am Nachmittag treffe ich Holger kurz in der Cafeteria. Wir gehen dann gemeinsam in den Saal zurück und sitzen nebeneinander. An seinem Hals pocht eine Ader, er wirkt nervös und verkrampft. Beim Zurückfahren ins Hotel setzt er sich neben mich. Unsere Schenkel berühren sich. Nach einiger Zeit auch unsere Hände.
Beim Abendessen sitzen wir nebeneinander, unsere Beine berühren sich, unsere Schultern wahren Abstand. Wir unterhalten uns mit anderen, sprechen kein Wort miteinander, aber die Sätze gewinnen andere Bedeutung, unser Lachen wird zu hell. Wir stehen nicht vom Tisch auf, wir lassen die anderen zu uns kommen. Jeder Mann, der mit mir spricht, mich berührt, bringt eine Drehung von Holgers Kopf, er streicht sich die Haare aus der Stirn, sieht mich an. Einmal greift er gleichzeitig mit mir nach dem Feuerzeug, und der Moment der Berührung dehnt sich endlos. Dann fällt das Feuerzeug auf den Tisch zurück.
Später gehen wir zu fünft noch in das Zimmer eines Kollegen und trinken Wodka, erzählen Praxisgeschichten. Jeder ist müde, aber keiner will allein bleiben. Holger sitzt auf dem Boden vor mir, meine Knie berühren seine Schulter, manchmal dreht er sich zu mir um und lächelt. Ich habe wenig getrunken, denke an die Schlaftablette. Holger ist noch beim ersten Glas, die anderen schon in einem Vorstadium von Selbstmitleid, ich kenne die Geschichten, die bald kommen werden. Ich trinke mein Glas aus, weiß, daß ich jetzt aufstehen und gehen muß, das wird den Kontakt mit Holger brechen, ich werde doppelt allein sein, es

wird schmerzen. Wir erheben uns beide im selben Moment, überraschend. Nein, wir wollen nichts mehr trinken, nein, wir sind zu müde, ja, wir sehen uns morgen beim Frühstück wieder.
Ich gehe ohne Abschied vor Holger aus der Tür, mit steifkalten Schultern den Gang hinunter zu meinem Zimmer. Mein ganzer Körper schreit. Ich werde zwei Tabletten nehmen, oder ich werde verrückt. Als ich die Tür hinter mir zuziehen will, steht Holger da. Sein Gesicht ist noch bleicher als sonst. «Ich kann mich noch nicht von dir trennen», sagt er. Einen Augenblick stehen wir einander gegenüber in der Tür. Ich bringe kein Wort heraus, aber wahrscheinlich habe ich genickt. Er kommt ins Zimmer und setzt sich auf einen der beiden Stühle, vielleicht geht es ihm wie mir, aber das ist absurd, es ist kein Hinsetzen, es ist ein Fallen, ein Entlassen aus einer ungeheuren Anspannung, ein Nicht-mehr-können. Der niedere Tisch trennt uns, wir sehen einander nicht an, schweigen.
Dann wieder Nähe, dein Kopf auf meinen Knien, Holger, meine Hände in deinen. Berührungspunkte. Dein mir zugewandtes Gesicht, heller Fleck gerade außerhalb des Lichtkreises der Lampe, dunkle, unbewegliche Augen, das in die Stirn fallende Haar. Wenn wir uns bewegen, wird etwas zerbrechen. Ich ziehe mich zurück aus deinen Augen. Der lautlose Quarzwecker sagt sieben Minuten, mein Kopf dröhnt, und die großgemusterten Tapeten füllen meine Augen, die Wände kommen wieder näher, gehen langsam zurück, kommen wieder. Schlafmeer. Schlafmeer. Aber da sind warme Hände, und jemandes Stimme sagt: Ich muß jetzt gehen.
Es ist gut, daß mir die Entscheidung abgenommen wird. Aber Holger bewegt sich nicht. Die Angst in mir wird größer und kälter. Seine Hände werden mich loslassen, und ich werde mit mir allein sein, unberührt und zitternd in meiner kalten Haut, unerträglich und doch zu ertragen, immer wieder zu ertragen, seit Jahren schon. Er darf mich nicht loslassen, ich muß es tun, muß es schnell tun, jetzt. Ich stehe, obwohl der Boden schwankt, und sehe auf Holger hinunter. Gut, daß du mir die Entscheidung abgenommen hast, sage ich lächelnd, sagt meine ganz normale Stimme, weißt du, ich hätte dich gerne hierbehalten. Ich habe Angst vor dem Alleinsein heute. Hat deine Frau das auch manchmal, daß sie Angst hat, nicht mit dir schlafen möchte, nur wie ein Kind sein? Ich warte auf Stirnrunzeln oder Gelächter. Holger ist

aufgestanden. Er sieht mich an, und sein Nicken kommt sofort. Ja, sagt er. Ich weiß, was du meinst. Ich sehe in sein nachdenkliches Gesicht, und der Satz ist plötzlich nicht mehr in meinem Kopf, sondern ich sage ihn laut, bin von ihm überrumpelt: Bist du ein zärtlicher Mensch, Holger? Seine Augen werden wie ausdruckslos, er zieht sich in sich zurück, woran denkt er jetzt, ich weiß nichts von ihm. Ja, ich glaube schon, sagt er. Doch, ja. Und nach einiger Zeit legt er seinen Kopf an meine Schulter. Die Spannung in mir legt sich, ich kann Holger umarmen, ohne zu zittern, werde ganz warm und ruhig. Die Verzweiflung entläßt mich, der Boden bleibt ruhig. Später löse ich mich sanft aus der Umarmung. Jetzt werde ich das Alleinsein ertragen. Ohne mich zu verabschieden, gehe ich ins Bad, komme mit einem Glas Wasser und der Tablette – ich werde doch nur eine brauchen – zurück. Aber Holger ist nicht gegangen. Wir reden bis in die Dämmerung, bis über das Läuten des Weckers hinaus, halten uns im Arm, du kennst diese Situationen, ich brauche dir nichts zu erzählen.
Der nächste Tag vergeht irgendwie, nachmittags hält Holger sein Referat, manchmal sieht er mich an. Schon habe ich mich an seine Gesten gewöhnt, er ist mir vertraut wie von Kindheit an. Beim Abendessen sitzen wir wieder zusammen, berühren uns. Es ist der Abschiedsabend, er wird wie üblich bis in die Morgenstunden dauern, Gruppen und Paare im immer leerer werdenden Saal, übermüdete Kellner, gerade noch an der Grenze der Höflichkeit, verständlich. Die Sperrstunde bestimmt der letzte Gast.
Gegen ein Uhr verabschiede ich mich von allen. Ich habe die Kraft nicht, Holger zu fragen, ob er mit mir kommen will. Qualvolle Verlängerung einerseits, qualvolle Distanz andererseits. Aber er wartet beim Lift auf mich. Noch sechseinhalb Stunden, rechne ich mir aus, während ich auf ihn zugehe.
Ich habe Sehnsucht nach dir, obwohl du noch da bist, sage ich viel später. Er rückt ein Stück ab und sieht mich seltsam an. Nach einer Weile sagt er, ohne den Blick von mir zu lassen: Ja, wir beginnen uns zu lieben.
Ich weiß, daß er recht hat, ich weiß, was ich fühle, aber er soll das nicht fühlen, er darf nicht. Um seinetwillen darf er das nicht. Ich habe nichts zu suchen in seinem Leben außerhalb. Mit kalter Ironie schildere ich ihm unsere Situation, tausend und abertausendmal von anderen ge-

fühlt und durchlebt, lächerlich, sage ich, einfach kindisch. Es ist nur sein Mangel an Erfahrung, wie kann man nach zwei Tagen von Liebe reden. Ich ereifre mich, versuche ihn zu verletzen. Holger sieht mich schweigend an. Und doch ändert das alles nichts, sagt er nach einer Weile. Es ist so.
Wortlos vergrabe ich meinen Kopf an seiner Schulter, er legt den Arm um mich, Schlaf schlägt mich nieder, erinnerungslos. Einmal, es dämmert schon, erwache ich an einem Schluchzen. Sofort ist deine Hand da, Holger, und streichelt mich. Ich bin ja da, sagst du. Ich bin ja da. Das sind sonst meine Worte. Niemand hat sie je zu mir gesagt seit meiner Kindheit. Und sie trösten mich, als wäre ich wieder ein Kind, ich fühle mich angenommen und geborgen, sinke zurück in den Schlaf. Hast du geschlafen in dieser Nacht? Ich weiß es nicht. Nur, daß du im richtigen Moment wach warst.
Beim Frühstück sind zum Glück die anderen, wir sitzen einander schräg gegenüber, ich beobachte dich, versuche, dich häßlich und gewöhnlich zu finden, gewöhnlich vor allem, in nichts von anderen unterschieden, austauschbar. Jetzt schon weiß ich, daß ich dieses Spiel oft und oft spielen werde, selbstironisch über mich herfallen, dich abdrängen wollen werde. Und doch habe ich an diesem Morgen schon gewußt, daß es mir nicht gelingen wird. Vor fünf Jahren schon habe ich es gewußt.
Leute verabschieden sich, Adressen werden ausgetauscht, Taxis warten.
Ich will es dir leicht machen, will das Alltägliche zwischen uns bringen, weiß nicht, ob es mir gelingt. Es genügt, wenn ich leide. Viel schlechtgespielte Normalität auch um uns. Mein Taxi wartet. Holger geht mit mir zum Ausgang. Wir umarmen uns flüchtig. Ich weiß nicht, was ich dir sagen soll, sagst du. Dein Gesicht ist so ernst, deine Augen lassen mich nicht los. Ich werde nachdenken müssen. Und vielleicht gelingt es mir ja, Distanz zu schaffen.
Daran habe ich oft gedacht, Holger. Ich hoffe, es ist dir gelungen, was mir unmöglich war. Fünf Jahre nicht möglich war. Ich habe deine Adresse, lese alle deine Artikel in Fachzeitschriften, vermeide alle Konferenzen und Tagungen, wo auch du bist. Zweimal habe ich es nicht ausgehalten und habe mir Vorträge von dir angehört, es war schwierig, die Termine von der Klinik freizubekommen. Ich saß hinten, beim

Notausgang. Sah, wie du dir die Haare aus dem Gesicht strichst, hörte deine Stimme. Du hast dich nicht verändert. So werde ich also weiterleben, seltsam geteilt. Immer wieder erschrecken, wenn ein Dunkelhaariger sich mit einer bestimmten Geste die Haare aus dem Gesicht streicht, jemand eine bestimmte Zigarettenmarke raucht, weißes Tischtuch, orangeblaue Packung, ich habe aufgegeben, dagegen anzukämpfen. Es wird leichter im Lauf der Zeit. Der Wunsch, dich zu berühren, der Wunsch, dich zumindest zu sehen. Ich kämpfe nicht um Distanz. Ich lebe – nicht mit dir, aber auch nicht ohne dich. Denn da wird immer die Sehnsucht bleiben nach deinem: Ich bin ja da.
Aber meine Träume sind hell geworden und sanft.

DORIS LERCHE

Zwischenlösung

Es war viel zu früh.
Sie stellte sich vor die Glaskästen mit den Kinoreklamen – BEGIERDE – ein Frauengesicht wie Porzellan, schmale Lippen, kühle Augen, sie las die Zeitungskritiken, die allesamt die Ästhetik des Filmes lobten. Als sie fertig war, las sie noch einmal von vorne.
Sie sah in der Glasspiegelung, wie jemand hinter sie trat. Der Mann war zu breitschultrig. Allmählich füllte sich der Platz um sie herum. Wieder stand jemand dicht hinter ihr. Eine Frau.
Sie erinnerte sich an das Rock-Konzert, wie Hans hinter ihr stand, ohne sie zu berühren, sie spürte aufgeregt seine Wärme, sie hätte sich nur ein wenig zurückzulehnen brauchen.
Sie erinnerte sich an Marokko, als sie ganz oben auf den Gipfel des Hassan-Turmes geklettert war, es gab kein Geländer, sie hätte nur einen halben Schritt vorwärts zu machen brauchen.
Hans hatte ihr lange Geschichten über sich und seine Frauen erzählt, schon beim zweitenmal, als sie sich trafen. Ich bin asozial, sagte er, ich bin ein Gnom, ich fühle mich schnell bedrängt. Willst du mir Angst

machen, lachte sie und betrachtete sein Gesicht, das blaß war, über die waagerechten Brauen liefen angestrengte Linien, der Mund war eingeklammert von zwei scharfen Falten. Ich will nicht mehr leiden, hatte er gesagt, ich habe zuviel getan, was ich nicht wirklich wollte, er sah vor sich hin auf das Tischtuch, dort lagen seine Hände, schlanke ruhige Tiere, ein starkes Gefühl wallte in ihr auf, Liebe, dachte sie ohne Staunen, sah ihn nur an, ganz still.
Danach vergaß sie ihn. In der Redaktion trafen sie sich manchmal, sie waren für verschiedene Ressorts als freie Mitarbeiter tätig. Gelegentlich verabredeten sie sich fürs Kino, oder sie gingen zusammen essen. Zwischen ihren Begegnungen waren lange Pausen ohne Sehnsucht.
Aber wenn sie sich trafen, genoß sie atemlos die Millimeter zwischen seinem nackten Arm und ihrem nackten Arm, spürte die Haare auf seiner Haut, wie sie sich sträubten, fühlte sich leer von Gedanken und Wünschen und voll von zärtlicher Freude, er schob den Arm nicht näher und zog ihn nicht fort, sie genoß diesen Bereich zwischen ja und nein, sie fragte sich nie, ob er spürte, was sie spürte.
Aber sie lachte viel und erzählte übermütige Geschichten und blitzte ihn an mit ihren Augen, und er lachte.
Manchmal, beim Abschied, umfaßten sie sich, und er drückte ihre Schultern oder streichelte ihr Gesicht, und sie küßte ihn weich auf den Mund. Sie träumte nie von ihm.
Nun wartete sie vor dem Kino. Sie kannte seine Unpünktlichkeit, unter der seine Frauen oft litten. Sie wartete nicht gern. Er wußte, daß sie nicht gern wartete. Es war viertel nach sechs.
Sie las die Zeitungskritiken zum viertenmal. Bei jedem, der sich hinter sie stellte, glaubte sie Hans zu spüren. Er überraschte sie, gab sich nicht gleich zu erkennen und drückte plötzlich seine Brust an ihren Rücken. BEGIERDE. Kalter Blick, schmaler Mund, Porzellangesicht.
Als sie zufällig aufschaute, sah sie ihn herbeischlendern, es gefiel ihr nicht, daß sie ihn schon von weitem entdeckt hatte, er sollte sie überraschen. Sie lächelten sich fremd an, er entschuldigte sich langatmig, daß er so spät sei, sie spürte ihn nicht bei der Umarmung. War er anders? War sie anders?
Sie kauften Karten. Sie stiegen die teppich-gedämpfte Treppe hinunter. Spiegelwände. Klein, mit krausem Haarschopf ging sie neben einem großen, glatthaarigen Mann.

Im Kinosaal war es dämmrig kühl. Das tat gut nach der schwülen Sommerhitze draußen. Wie sie nebeneinander saßen, schaute sie ihn genau an. Sein langes Gesicht, die großen Augen, die große Nase, den großen Mund. Sie saßen dicht, aber sie spürte ihn nicht.
Im Film schaute sie die lederumrahmten Brüste genau an, die nackten Beine auf hohen Hacken, die begehrlichen Küsse, schade, dachte sie, daß mich das alles gar nicht berührt. Sie hatte einen Liebesfilm mit ihm gesehen, da steigerte jeder Kuß die Nähe zu ihm, die Seitennähte seiner Hose streiften die Seitennähte ihrer Hose, auf der gemeinsamen Sessellehne begegneten sich knisternd ihre Ärmel.
Diesmal waren ihr alle Leinwandküsse und die Nähe seines Körpers gleichgültig. Manchmal hörte sie ihn, wie er tief Luft einsog. Es klang wie ein Stöhnen.
Als der Film zu Ende war, gingen sie hinaus. Das helle Sommerlicht schlug ihr ins Gesicht, komisch, sagte sie, der Film hat mich furchtbar angestrengt, ich verstehe das nicht, ich fand ihn uninteressant, er hat mich nicht weiter berührt, trotzdem fühle ich mich ganz erschöpft.
Er schlug ihr vor, ein wenig spazierenzugehen.
Er fuhr sie in die Felder, das Getreide duftete schwer. Von weitem roch sie den Fluß. Sie gingen den Uferweg entlang, jeder in seiner nackten Erdspur, dazwischen war ein Streifen Gras.
Sie sprachen über den Film. Ihre Worte lachten miteinander, verknäuelten sich, rannten fort und fingen sich wieder, hüpften hin und her über den Grasstreifen, der, mal schmaler, mal breiter, zwischen ihnen lief.
Auf dem Kinderspielplatz erinnerte sie sich an ihre Turnstunden und versuchte einen Aufschwung, der gelang nicht. Verlegen warf sie sich an seine Brust, er fing sie nicht auf.
Sie spürte seinen Blick auf ihrem Scheitel, wo das rotgefärbte Haar braun nachwuchs.
Sie fanden einen freien Tisch in dem Gartenlokal.
Sie bestellte Grill-Spieße, konnte nicht viel essen. Er aß den Rest. Dann sagte er, während er sich zurücklehnte: Du hast mir diesen Brief geschrieben.
Sie hielt den Kopf schräg, zog eine Braue hoch: Ich will kein Problemgespräch.

Ich weiß nicht, ob es ein Problemgespräch wird, sagte er, nach deinem Brief habe ich den Eindruck, du willst mehr von mir, als ich dir geben mag. Ich bin mir aber nicht ganz sicher. Er schaute sie an mit einem klaren geraden Blick und setzte sein Weinglas an den Mund.
Ihr Kopf surrte. Ich habe kalte Füße, murmelte sie und holte ein paar Söckchen, die sie vorsichtshalber eingesteckt hatte, aus ihrer Handtasche. Sie streifte die Sandalen von den Füßen und knetete ihre nackten Zehen, bevor sie die Socken anzog.
Dann begann sie zu reden und erschrak über die sauberen Konturen ihrer Worte. Ich fühle mich wohl bei dir, sagte sie, ich bin verliebt.
Das habe ich befürchtet, er schaute sie streng besorgt an, ich will keine Beziehung.
Sie lachte. Er lachte zurück. Ihr Kopf surrte. Ich suche keinen Freund, sie tastete nach Worten, um ihre Empfindungen einzufangen, sie war nur noch ein Mund, der sich bewegte, ich experimentiere mit mir. Vor einem halben Jahr habe ich mich von meinem Freund getrennt, ich will nie wieder diese Abhängigkeit.
Ich habe Angst vor deinen Erwartungen, sagte er.
Ich sorge für mich selbst, antwortete sie.
Das hat mir vor kurzem schon mal eine Frau gesagt.
Mir ist kalt, sagte sie.
Er zog seine dicke Cordjacke über: Ich will mich nicht anpassen.
Sie saß auf ihrem Stuhl wie festgefroren und erzählte von ihrem Freund, wie er sich immer mehr zurückgezogen habe, wie darauf ihre Erwartungen immer größer geworden seien und seine Abwehr immer grausamer, das wolle sie nie, nie wieder, sie redete und sie redete, und die Luft zwischen ihnen wurde immer kälter.
Gehen wir? fragte er.
Auf dem Weg zum Auto begannen ihre Zähne plötzlich zu klappern.
Sie mußte furchtbar lachen.
Das machst du absichtlich, sagte er.
Sie schüttelte den Kopf, während ihre Zähne unentwegt aneinanderschlugen. Erst als sie eine Weile gefahren waren und Hans die Heizung angestellt hatte, beruhigten sich ihre Zähne.
Zum Abschied umarmten sie sich freundlich.
Sie stieg die Treppe hinauf, öffnete die Wohnungstür, legte die Tasche auf den Küchentisch und zog sich eine Strickjacke an.

Ohne Licht zu machen, stieß sie die beiden Fensterflügel in ihrem Zimmer auf und lehnte sich weit hinaus in die Dunkelheit.
Warum muß ich nicht weinen, dachte sie.
Aber sie empfand nichts weiter als eine grenzenlose, abgrundtiefe, tödliche Langeweile.

BARBARA MARIA KLOOS
Die Liebe. Ein Trauerspiel.
Oder
Erkennen Sie die Melodie?

> *Sterben*
> *Ist eine Kunst, wie alles.*
> *Ich kann es besonders schön.*
>
> *(Sylvia Plath)*

Unsere Protagonistin verliebt sich selten und vorzugsweise unglücklich. Etwa alle zwei Jahre ist so ein Unglück fällig. Ein Unglück gegen die Langeweile. Ein Unglück gegen den Alltag. Ein Unglück schön wie im Film. Mit echten Tränen, schlaflosen Nächten, bisweilen sogar mit hysterischen Schreikrämpfen; eine Spezialität unserer Protagonistin, die sie ebenso lebensnah wie kunstvoll einzusetzen weiß. Ein Unglück läßt sich leicht arrangieren. An Requisiten benötigt unsere Protagonistin – nennen wir sie im weiteren Verlauf schlicht P – zunächst eine Person, bei der sie absolut sicher sein kann, daß jede erotische Annäherung rüde abgewiesen wird. Das kann ein Jugendlicher sein (Typ: Unschuldsengel) oder ein Mann in den besten Jahren (Typ: Vaterfigur), aber keine Frau, kein Kind und ähnliche bewegliche Gegenstände. Zusätzliche Qualitäten des Zielobjektes wie blasser Teint, wasserstoffblonde oder kohlrabenschwarze Haare und stahlblaue Augen sind erwünscht, jedoch nicht obligatorisch. Auch Nickelbrille (Intelligenz!) und Pfeife (überlegene Gelassenheit!) gelten als stimulierende Accessoires. Das jeweils bevorzugte Objekt der Begierde ändert sich zwar von Fall zu Fall; dennoch sind gewisse Parallelen und Überschneidungen auch über längere Entwicklungsphasen unserer P hinweg augenfällig: Intellektuelle Exzentrik, verschrobenes Einzelgängertum bis zum Hospitalismus sowie eine ans Manische grenzende Bibliophilie können keinem der betroffenen Unglückspartner abgesprochen werden. Wenngleich der Unglückspartner für das Schauspiel unabdingbar ist, so ist er doch nicht der einzige Mitakteur P's. Fast ebenso bedeutsam ist die sogenannte Seelenfreundin. Unermüdliche Gesprächspartnerin und moralische Hilfskraft unserer armen P. Tag und Nacht einsatzbereit, ist sie mit jenem gesunden Menschenverstand gesegnet, den unsere P so schmerzlich vermissen läßt. Die diffizile Aufgabe der Seelenfreundin ist es, die langsame Läuterung der unglücklich Liebenden zu unterstützen. Sie hat Fortschritte zu goutieren, Rückschritte liebevoll nachzusehen. Sie hat gemeinsam mit der allzu phantasiebegabten P neue Verhaltensstrategien auszuklügeln, Schlachtpläne zu entwerfen, vermeintliche Siege zu feiern, notwendige Niederlagen zu beweinen. Sie hat im Falle einer Ohnmacht, eines Nervenzusammenbruchs oder eines eindrucksvollen Selbstmordversuchs unserer P hilfreiche Samariterdienste zu leisten. Die durchaus weitverzweigten Funktionen der Seelenfreundin können in Ausnahmefällen – bei extremer Belastung P's – auch auf mehrere Personen verteilt werden, so daß sich die Gemeinde der Mitwisser und Kenner der Tragödie zuweilen enorm ausbreitet und das Unglück zu einer Oper des Leidens anwächst. Sind die Rollen verteilt, die Kulissen gefunden (einsame Waldwege, lauschige Bänke unter Trauerweiden, stille Seelandschaften etc.) und P innerlich auf die nahende Katastrophe eingestimmt, kann das Drama seinen Lauf nehmen. Musikalisch adäquat untermalt (gerne wird zu romantischer Klaviermusik gegriffen; Schubert und Schumann gehören seit Jahren zu den bevorzugten Virtuosen der musikalischen Lautmalerei), nimmt es zunächst seinen sozusagen kontrapunktisch verschleppten Anfang, steigert sich dann dank ausgewählter Rauschmittel wie Hanf, Tabletten und Alkohol zu einer schmerzensreichen Sinfonie. Den erregenden Höhepunkt der Qual versucht unsere P naturgemäß bis an die Grenzen der physischen und psychischen Belastbarkeit auszudehnen, bis er schließlich in wohliger Schwermut verebbt – wir erinnern uns an den Begriff der Kathar-

sis im antiken Drama – und P in der Erinnerung noch so manche schaurigschöne Stunde beschert. Im trauten Freundeskreis bietet dieses unglückliche Intermezzo anspruchsvollen Gesprächsstoff und Gelegenheit zu Maximen und Reflexionen aller Art. Im praktischen Zweijahresrhythmus wird das Trauerspiel wiederholt. So verläuft das Leben unserer Protagonistin im ruhigen Gleichmaß von an- und abschwellendem Unglück.
Wir sprechen P heilig, denn P ist keine von uns.

DIETER BONGARTZ

Schlaflose Nacht

Das Problem war der Platz. Alles andere schien keine Schwierigkeiten zu machen. Sie hatten sich getroffen – als wären sie verabredet gewesen.
Fünf Meter trennten sie von den anderen. Sie saßen auf einem Baumstamm, er unten, sie mit gespreizten Beinen auf seinen Schenkeln. Sie mußten (mußten, mußten) jetzt anfangen. Den ersten, den zweiten Beginn. Oberhalb, unterhalb. Durcheinander aus Enge und Schärfe. Die Jeans waren eng. Die Nacht, ach so dunkel. Fünf Meter sind eine weite Strecke. Reißverschlüsse und Knöpfe.
Die himmlische Macht dieser Nacht nahm sie an ihre Hand, schloß diese Hand. Da hockten sie übereinander im Dunkel, das reine Gefühl, und immer größer die Lust. Zuviel, du, zuviel, ja, genug Lust. Ich könnte jetzt schreien. Ich kann's nicht, ich kann's doch.
Er lachte. So frech und so offen. So eine Nacht, flüsterte er, und ich bin kein bißchen müde und ängstlich.
Ihr Gesicht lag auf seiner Schulter. Die rotblonden Haare stumpf in der Nacht. Feucht ihr Gesicht, warm, braun von den Sommersprossen und strahlend.
Er brauchte länger. Die Enge, verstehst du.
Die Nacht war noch lang und fünf Meter ein wenig zu wenig an Ab-

stand. Später hatten sie Schlafsack und Luftmatratze, da ging es viel besser, da schoben sie sich aneinander und hielten die Luft an, so spannend war es noch immer, da konnten sie endlich die Kleider vergessen, die Schenkel bewegen, sanft an sich zerren, die Beine ausstrecken und gut sein, zusammen. Mann, sagte er, Lene, Mann, du.

Schlaflose Nacht. Der Morgen, er kam, sie zitterten noch. Thomas war müde. Schlaftrunken schaute er nach Lene. Sie hockte neben ihm. Hellbraun die Augen, gefältelt am Rande, Sommersprossen, kurze, rotblonde Locken. Die weißbraune Haut der Rotblonden, dachte er. Ihre Augen ...
Ihre Augen lachten ihn an, streichelten seine Haare, kraulten den Hals. Sie zog ihre Jacke über der Schulter zusammen.
Was machst du, fragte er sie.
Ich geh jetzt, sagte sie da.
Die letzte Erinnerung: die Augen, die nachdenklich (glücklich, glaubt er) auf ihn hinabsehen. Sein zufriedenes Griemeln, das bärenhafte Einrollen, das selbstverständliche: Tschüß dann. Er hatte nicht versucht, sie festzuhalten.
Sie sah ihn am Tag nicht, nie mehr, mied auch die Gruppe, in der er sich aufhielt.
Er sah sie am Tag nicht, nie mehr, nahm es als Zeichen, daß sie jetzt weg war.
Es war grade lange genug, dachten sie beide. Kein Abrücken von der Nähe, wenn wir am Morgen uns ansehen, getrennt durch den Schlaf und die Frage, was noch wird mit uns.
Es war grade richtig, dachten sie beide. Wir werden uns sicher niemals mehr sehen.

Schlaflose Nacht, Mann.

Ach ja: sie war verheiratet, und er war verheiratet. Natürlich nicht miteinander.

INGEBORG HABERKORN

Sonntags

In die Knie mit ihm
möchte ich sinken verstecken
die Finger in seinem Haar
in seinen Händen die Brüste
die Knöpfe die Gürtel schnell
öffnen die Reißverschlüsse
bis wir den Schmerz so rauh
ist der Teppich an unseren Knien
bemerken ich bin doch
katholisch ich auch und da
lachen wir fallen
gleich ineinander um

IMRE TÖRÖK

Marzena

Als ich Marzena kennenlernte, lebte sie erst seit einigen Monaten hier und sprach dementsprechend wenig Deutsch.
Sie gefiel mir sofort, und so fragte ich sie beiläufig, ob sie an dem darauffolgenden Mittwoch mit mir ausgehen wolle. Die Frage fiel beiläufig. Denn sie war eine 19jährige Gymnasiastin, groß und sehr schlank, hatte hellbraunes, hüftlanges Haar, große graugrüne Augen, Schmollippen, schmales Gesicht. Mir war vollkommen klar, daß es ihr an Ausgehmöglichkeiten nicht mangeln konnte. Jedenfalls zog ich von meiner Lebensweise und ihrem Aussehen diesen Schluß.
Sie freute sich und stimmte zu.
Wir fuhren dann in ein kleines Städtchen, spazierten zwischen alten

Fachwerkhäusern, gingen essen. Ich fragte sie, was sie wohl dächte, wie alt wir zusammen wären. Sie tippte auf 46, was mir zwar schmeichelte; aber ich mußte sie doch korrigieren, daß, wenn wir zusammen 46 Jahre zählten, sie nur 13 sein dürfte. Sie lachte.
Da sie nur wenig sprach – meistens fehlte irgendein wichtiges Wort –, übernahm ich bereitwillig die Gesprächsführung, erzählte vom Schreiben, von Lesungen, Auftritten, redete über Literaturzeitschriften, Bücher, Filme, über Schillers Geburtshaus am Ort, und ich weiß nicht, was mir noch alles an Themen eingefallen war, Witze, Streichholztricks, meine frühere Reise in ihre ehemalige Heimat.
Wir lachten viel, am meisten über die Aussichtslosigkeit, uns einander verständlich zu machen. Fest stand, daß sie nach zweieinhalb Wochen in eine Schule fahren würde, um dort Deutsch zu lernen. Und diese Schule lag irgendwo am Ende der Welt. Ich war also reichlich spät dran.
So machte ich den Vorschlag, daß wir am nächsten Abend in eine Disco gehen könnten. Ich dachte mir, das müßte ankommen. Sie war auch gleich begeistert, hatte aber nur am Wochenende Zeit. Locker erwiderte ich, wie sehr mir das passe, da ich furchtbar beschäftigt sei, vom Schreibtisch kaum loskäme und im Grunde nie Zeit hätte.
Noch am gleichen Abend hängte ich mich ans Telefon und fegte den Terminkalender für die kommenden zwei Wochen von sämtlichen Verabredungen und Terminen leer.
Hoffnungsvoll suchte ich nach allen Anzeichen des Frühlings in der Natur, pflückte Veilchen, streichelte die Glockenblumen im Garten, sah nach den grünbetupften Birken in dem blauweißen Aprilhimmel.
Nichts konnte mehr zu spritzig, zu witzig, zu kitschig sein.
Die Disconacht ging bis zwei, sie tanzte fast ununterbrochen, und ich wußte nicht mehr, ob mir vom Tanzen oder vom Zusehen, wie ihr ranker Körper auf die Bässe reagierte, heiß war. Jedenfalls zitterten meine Knie, und das war sicherlich eine Folge mangelnder Übung.
Auf dem Nachhauseweg legte ich meinen Arm um ihre Taille, und sie sagte, daß sie schon lange nicht mehr Tanzen war.
So, so, wollte ich anmerken, aber ich verschluckte diesen Gedanken. Statt dessen versuchte ich ihr zu erklären, daß ich eh in einer Kreativi-

tätskrise steckte und derzufolge in den nächsten Wochen massig Zeit hätte. Ich weiß nicht, ob sie's kapiert hat, aber das war mir auch egal. Hauptsache war, daß die nächste Verabredung feststand.
Wir machten dann Spaziergänge, Fahrten, Ausflüge, schauten von der Kapelle ins weite Tal, einem Drachenflieger nach. Sie lehnte ihren Kopf an meine Schulter, und der Wind blies die letzten Reste des Schnees von den Bergen gegenüber zum Teufel.
Spät abends liefen wir am See entlang, ich wünschte, Frösche würden quaken, aber es war noch viel zu kalt. Sie fror, hakte sich ein, legte dann ihren Arm um meinen Hals, lehnte den Kopf an meine Brust, und ihr Haar wallte an meinem Körper hinunter. So stolperten wir zum Auto.
In dieser Nacht, in dieser Nacht telefonierte ich wieder und ließ auch den einzigen noch wichtigen Termin platzen. Die Dame am anderen Ende der Leitung war zwar sauer, sah es aber ein, daß ich eine wichtige Schaffensphase nicht unterbrechen wollte, und außerdem wußte sie, daß ich log. Dazu kannte sie mich zu genau.
Marzena hatte nicht jeden Tag Zeit, und ich hütete mich, sie nach den Gründen zu fragen. Es war schön zusammen, der Himmel lachte, wenn er lachte. Sonst regnete es. Dann hakte sie sich unter dem Schirm ein, den der Wind immer wieder umstülpte. Wir lachten, machten allen möglichen Unsinn, trieben Fez und neckten einander mit schwachsinnigen Witzen, die von Anspielungen nur so strotzten.
Drei Tage vor ihrer Abreise schlug ich eine Fahrt ins Blaue vor. Die Straße wand sich zwischen felsigen Anhöhen, unter dunklen Tannen blinzelten Lärchen und Kätzchen, weiße Schlehenpracht umsäumte die Hänge, und im Wind wirbelte sie wie Hochzeitsschleier herunter. Supertramp sangen aus dem Radio, und alle Engel und Lerchen sangen in der Luft.
Ich sprach, daß ich nicht mehr schlafen und essen könne, und fragte, ob sie diese Krankheit kenne, da sie doch Medizin studieren wolle. Sie lachte und suchte nach Worten: Die Zeit macht alles.
Wir fuhren zu einem Schloß hoch, liefen mit ausgestreckten Armen im menschenleeren Schloßhof umher, spielten Versteck und gerieten in die Schloßkirche, die jetzt von Sonne überflutet war. In der barocken Stille um uns fragte sie, ob ich das erste Mal hier sei. Das war der Fall. Sie erklärte mir, was ihr ihre Großmutter erzählt habe, daß, wenn man

nämlich zum ersten Male in einer Kirche sei, man sich etwas wünschen müsse. Das gehe dann in Erfüllung.
Ich wünschte. Ich wünschte und wünschte und wie ich wünschte. Es sang und summte und schnurrte um mich, als ob die wohlgenährten Engelchen bucklige Katzen an weißgetünchten, bauchigen Kaminen wären, als ob aus dem braunen, gelben und pastellgetönten Kuppelgemälde Bienenschwärme hervorbrächen, weiße und blaue Fliederbüsche umschwirrend.
Danach liefen wir zur Schloßmauer, schauten hinunter auf das Flüßchen, auf dessen Oberfläche die Sonne tanzte, auf rote Dächer, ich schaute auf ihren roten Mund, auf ihre Schmollippen. Sie legte ihre Hand auf die meine, die auf dem sonnigen Stein lag, und ihre Augen sagten: Es ist schön mit dir. Was meinst du wohl, was ich dir erzählen würde, wenn ich so einfach losplaudern könnte?! Ich würde dir sicherlich sagen, daß es sehr schön war. Ich fühlte mich allein, war fremd hier und unbeholfen. Und es hat wirklich Spaß gemacht, Tanzen zu gehen, Kino und alles das. Ich wäre mit dir auch mitgegangen, wenn du nur halb so viel von Literatur und deinen großen Taten erzählt hättest, auch wenn wir nur halb so viel unternommen hätten. Ich finds auch schade, daß es nur kurz war, manches nur ein heitrer Wunsch geblieben ist. Aber weißt du, diese vergnügten Tage, diese verspielten Stunden, unsere Versponnenheit und kleine Zärtlichkeiten, das hat mir viel gegeben. Übermorgen fahre ich ab und werde oft an dich denken. Es stimmt, daß es in mir auch gebrodelt hat. Du denkst da wahrscheinlich anders, willst eine Frau gleich rumkriegen, und mir ist auch nicht bange darum, daß es dir zu selten gelingt.
«Na, hör mal ...» wollte ich sie unterbrechen. Doch sie sprach mit ihrer weichen, etwas einschmeichelnden Stimme weiter.
Sieh mal, ich hätte sonst keine Möglichkeit gehabt, durch die Gegend zu kutschieren, auszugehen, richtig ausgelassen und lustig zu sein. Ich bin fremd in deinem Land. Wenn dann einer kommt, Verständnis zeigt, Vorschläge macht, mich seine Zuneigung spüren läßt, natürlich fasziniert mich das. Und es ist dann angenehm, sich anzulehnen, herumzublödeln, das Kribbeln zu spüren und zu wissen, dem anderen ergeht es ähnlich. Ich hoffe, daß du ebenfalls sehr viel Schönes von unserer gemeinsamen Zeit mitgekriegt hast, daß du gespürt hast wie ich, welche Leichtigkeit uns umgab, wie berauschend es sein kann, unbefangen

aufeinander zuzugehen. Diese Leichtigkeit zu erfahren, diese Art von Liebe, so vielsagend, so wenig fordernd, das fehlt uns oft, das hat mich mehr als alles andere beeindruckt, davon wird etwas bleiben.
Ihre Hand lag auf der meinen, sie schwieg lächelnd, etwas verträumt. Und ich sagte ebenfalls nichts. Was sollte ich auch sagen.

HANS WILHELM

Kurze Begegnung

Er legte den Hörer auf und schaute auf die Uhr. Sechs Uhr abends und Zeit, für heute Schluß zu machen. Im Büro war außer ihm niemand mehr. Der Schreibtisch konnte so bleiben, er würde morgen früh genau so weitermachen. Es lohnte nicht, aufzuräumen. Die Putzfrau, die er aus der unteren Etage bereits gehört hatte, würde abschließen. Im Hof stand nur noch sein Auto, er stieg ein und fuhr in dem jetzt nicht mehr so starken Verkehr los.
Die Adresse hatte er sich gemerkt, um nichts aufschreiben zu müssen. Er fand auch die Straße, eine typische Wohnviertel-Straße mit Häusern aus der Jahrhundertwende, nicht besonders vergammelt, nicht besonders hergerichtet. Eben Häuser. Mit dem Parkplatz war es schwieriger, und erst nach einigem Kurven fand er in einer Parallelstraße eine Parklücke. Dann ging er zu der gesuchten Hausnummer. Dritter Stock, er stieg knarrende Holzstiegen hinauf, die frisch gebohnert waren, grüßte freundlich eine Frau, die ihm entgegenkam, und läutete an der einzigen Tür im dritten Stock.
Ich habe angerufen, sagte er dem Mädchen, das öffnete. Ja, komm herein. Er trat hinter ihr in einen Flur und von dort aus gleich in ein kleines Zimmer. Die Vorhänge waren zugezogen und es war dämmrig, obwohl es draußen noch sehr hell war. Er sah eine große Liege, einen mannshohen Spiegel mit Goldrahmen und zwei Sessel an einem kleinen Tischchen.
Im Spiegel konnte er sich sehen, Mittelalter, noch einigermaßen

schlank, weil er Bier nicht besonders mochte, Haare waren vorhanden, sie waren blond, und deswegen sah man seine grauen Haare an den Schläfen nur bei genauerem Hinsehen. Er war einigermaßen lässig gekleidet, die Firma, bei der er arbeitete, legte keinen Wert auf konservative Kleidung, und er auch nicht.
Es kostet hundert Mark, das ist mit Gummi, und als er nichts sagte, fügte sie hinzu, zweihundert Mark ohne. Er nahm seine Geldbörse aus der Tasche und gab ihr zwei Hundertmarkscheine.
Zieh dich schon aus, ich bin gleich wieder da, sagte sie und verschwand hinter einer Tür, die offenbar ins Badezimmer führte. Er zog Schuhe und Socken aus, knöpfte sein Hemd auf und legte es über einen Sessel, zog Hose und Unterhose aus, legte beides auf den Sessel.
Auf der großen Liege lag über der Tagesdecke ein Badetuch, das frisch aussah. Er legte sich drauf und verschränkte die Arme hinter seinem Kopf. Ein Kissen war nicht vorhanden. An das Dämmerlicht hatten seine Augen sich inzwischen gewöhnt. Das Mädchen kam aus dem Badezimmer, sie war jetzt nackt, sie war blond und mußte sehr jung sein.
Sie beugte sich gleich über ihn und nahm sein Glied in den Mund. Da es noch schlaff war, mußte sie es mit einer Hand halten. Bald hatte er eine Erektion, er griff mit einer Hand an ihren Busen. Leg dich auf mich, sagte er. Sie setzte sich breitbeinig über ihn und führte sein jetzt stark erigiertes Glied bei sich ein. Dann bewegte sie sich im Reitsitz auf ihm. Nach kurzer Zeit konnte er seinen Samenerguß nicht mehr zurückhalten. Er stöhnte kurz und hatte seinen Orgasmus. Sie rutschte von ihm herab, zeigte auf eine Kleenex-Schachtel neben der Liege und ging wieder ins Badezimmer. Er säuberte sich mit einem Kleenex und ging dann hinter ihr ins Bad. Sie zog sich bereits wieder an, und er wusch sein Glied am Waschtisch. Danach ging er ins Zimmer zurück und zog sich an.
Sie öffnete ihm die Tür, ließ ihn in den Flur, öffnete die Glastüre zum Treppenhaus und ließ ihn hinaus. Komm bald wieder, sagte sie, ja sicher, auf bald.

NORA SEIBERT

«privat»

Ich lerne Omar, den mann einer bekannten, auf einer fête kennen, auf der ich mit meinem freund bin. bei seinem anblick denk ich: «auweia, könnt ich mit dem ...» und seh frustriert auf meinen intellektuell-mickrigen freund. Omar erscheint als eros selbst, schön, begehrenswert, wenig intellektuell. dann seh ich ihn auf einer fête wieder, und er macht mir (im rausch) eine dramatische liebeserklärung («dès le premier moment je t'ai aimé, je te veux») und ähnliche scheiße. ich fahr voll drauf ab, mir ist scheißegal, was seine deutsche kleine frau von mir denkt, frauensolidarität ödet mich mittlerweile an. diese geilen biester, die mit aller gewalt ihren «besitz» verteidigen, mag ich nicht mehr! einmal wollte mich eine sogar verprügeln, weil ich mich an ihrem schwanz vergriffen hatte. nee, danke. Omar ruft mich am nächsten tag auch an. er will also auch. der treffpunkt ist abgeschmackt, aber ich geh hin, danach das erste sexuelle «zusammensein» mehr als kläglich, aber ich weiß, daß da mehr rauszuholen ist. er will mich morgen besuchen. er kommt nicht. scheiße, was jetzt? ich habe die ganze woche von seinem dunklen eumel geträumt, dem eumel, der endlich anders ist als andere eumel, nämlich dunkel. ich sehe diesen eumel bildlich vor mir: dunkel, phallisch, aufrecht ... etc. p. p. ich will ihn. in mir, nicht nur außerhalb, weil ich angst vor einer schwangerschaft habe. nein, innen, «dedans». die pille nehm ich nicht. ich greife zu einer list (im krieg und in der liebe ist alles erlaubt!): ich sage seiner kleinen frau am telefon, daß ich vielleicht schwanger von ihm bin. und das ist noch nicht mal gelogen. sie ist entsetzt, glaubt mir nicht, legt auf. er erfährts. ein paar tage später ruf ich ihn an, er will gleich kommen. packt endlich seinen eumel aus ohne fisimatenten, ich bin darob entzückt. dieser braune körper in meiner stillen klause, wo ich lektoriere, übersetze, schreibe etc. p. p. ... seine unwissenheit ist süß. er will gleich, riecht nach schweiß und körperlicher arbeit. ein bißchen ekle ich mich auch davor, aber ...
da ich die pille nicht nehme, also präservative. ich finds toll, bin hin. danach will er palavern, daß ich nicht bei seiner frau anrufen soll, etc. p. p. er liebe sie usw., mich liebe er nur körperlich. mir isses scheißegal,

solange ich ihn anrufen kann und er kommt sofort. wie eine art callboy, wunderbar muß das auf die dauer sein. er will aus mir rauskitzeln, daß ich ihn «liebe». ach du scheiße! ich liebe ihn so wenig wie die kuh den kirschbaum. ich gebe ihm das diskret zu verstehen. er versteht die (deutsche) welt nicht mehr. da muß doch so was wie liebe sein!!!
seine kleine frau ist ihm hörig, sie tut alles für ihn, das weiß ich, man merkt es auch. aber ich? er will, daß ich es auch bin. mäkelt an den präsers rum, fragt, warum ich nicht die pille nehme. also will die kleine sau öfter mit mir? und seine ach so geliebte frau? er sagt, er kann ihr nicht sagen, mit wem er schläft. naja, ein opfer der moral. da denk ich, seine frau muß ja noch eine größere sau sein als ich, die hat ihn im urlaub kennengelernt und nicht gezögert, ihn vom fleck weg zu heiraten, das bett reichte nicht, da soll doch...! und er hat den vorzug, in der «BRD» zu leben, auf ihre kosten zu studieren etc. p. p. da schlag doch der teufel drein!
nachdem der – nach henry miller – königliche fick vorbei ist, will das unterentwickelte kleine monster alles «beenden». diese kleine schweinegeile sau, das soll nicht sein! er versabbelt sich in irgendwelchen phrasen («er wünsche mir glück»), kriegt aber buchstäblich die tür nicht zu. ich sage symbolschwanger: laß sie offen.
jederzeit ihn anrufen können, wann ich will! toll. grandios. einmalig! für ihn bin ich eine art schlampe, aber was kümmert mich die moral des nahen ostens?
ich hab, was ich will. befriedigung ohne emotionalen quark, ohne die deutsche «wir-wollen-eine-beziiiiiehung-scheiße». das isses.

HENNING VENSKE

Eine schöne Beziehung

Grete Hehmke hatte das nordfriesische Dorf, in dem sie geboren und aufgewachsen war, nur einmal in ihrem Leben für längere Zeit verlassen: vor 50 Jahren, 1933, als eine dreiwöchige Hochzeitsreise ihr den

unauslöschlichen Eindruck vermittelte, daß es im südlichen Harz immer regnet.
Ihr Mann war ja nun tot. Aber Grete Hehmkes Lust zu leben war noch nicht erschöpft. Es gab mehr als nur den einen Edeka-Laden, das wußte sie genau.
Mit dem Autobus in die Kreisstadt – das war schon ein Erlebnis! Gierig nach neuen Eindrücken warf sie sich energisch ins Getümmel. Sie war aufgeregt, glücklich, neugierig. Futter für den alten Kopf. Wunderbar. Als Höhepunkt das Warenhaus. Nein, so was Schönes aber auch! Hunger! Restaurant? Da!
Ein freier Tisch. Handtasche über die Stuhllehne hängen, Mantel an den Haken, in Blickrichtung. Hinsetzen, Erleichterung.
Bedienung kommt nicht. Aha, es gibt gar keine Bedienung hier. Genau hinsehen, wie die anderen das machen. Kapiert.
Grete Hehmke verläßt ihren Tisch, reiht sich ein in die Schlange, greift sich das orangefarbene Tablett. Ordert selbstbewußt Kohlroulade mit Salzkartoffeln und einen Karamelpudding, eine Brause dazu, bezahlt an der Kasse. Teuer ist es ja, muß man schon sagen. Trägt das Tablett zu ihrem Tisch, nimmt Platz. Die Kohlroulade sieht elend aus, man müßte ihr mal was zu futtern geben – Grete Hehmke ist voller Heiterkeit.
Aber sie hat kein Besteck. Wo bekommt man hier denn Messer und Gabel? Einen kleinen Löffel braucht sie auch. Und eine Serviette. Aha, da neben den orangefarbenen Tabletts. Aufstehen, hingehen, holen.
Grete Hehmke kommt an ihren Tisch zurück.
Sie stutzt, setzt sich. Auf ihrem Platz hockt ein Neger und ißt von ihrem Teller. Ganz manierlich. Es schmeckt ihm. Grete Hehmke nimmt gegenüber von dem schwarzen Mann Platz. Der lächelt einladend. Grete Hehmke wundert sich über nichts mehr. Sie lächelt ebenfalls freundlich und zieht das orangefarbene Tablett behutsam, aber bestimmt in die Tischmitte. Die Portionen in diesem Kaufhaus sind ja reichlich bemessen, das reicht schon für zwei. Sie speisen. Teilen jede Kartoffel, er schiebt ihr ein besonders appetitliches Gürkchen zu, sie überläßt ihm ein größeres Stück Roulade. Er ist schließlich ein kräftiger junger Mann. Der Neger gießt gelbe Brause in das Glas, bietet ihr zuvorkommend an, trinkt selbst aus der Flasche. Manchmal klappern ihre Teelöffel gegeneinander, wie sie sich den Pudding geschwisterlich teilen.

Eine Unterhaltung findet darüber hinaus nicht statt. Nur gelegentlich ein Blick des Einverständnisses. Seele essen Angst auf.
Mit den Papierservietten die Münder abwischen, ein liebenswürdiges Kopfnicken, der Neger steht auf und geht.
Na, dankeschön hätte er ja wenigstens sagen können. Grete Hehmke hat doch Grund, an den Umgangsformen der Schwarzen zu zweifeln. Ihre Handtasche ist weg. Sie hing über der Lehne des Stuhls, auf dem dieser Neger saß. Auf, auf! Hinterher! Haltet den Dieb! Eben geht er hinaus.
Grete Hehmke dreht sich um, stößt an den Stuhl in ihrem Rücken. Gott sei Dank! Da hängt ja die Handtasche. Es gibt auch anständige Neger. Die Kohlroulade auf dem orangefarbenen Tablett auf dem Nebentisch ist leider schon etwas kalt. Aber den Karamelpudding könnte sie noch essen. Na, und eine halbe Brause schafft sie wohl auch noch ...

REGINA BOLLINGER

Kleine Bogey-Story

Ich betrete die Kneipe. Großer Auftritt mit Hut vor kleinem Publikum. Gejohle zur Begrüßung. Ich marschiere so locker rein, daß ich fast über den Fußabtreter stolpere. Cool bleiben, Frau, ganz cool bleiben. Ich spüre, wie mich die ganze Kneipe anstarrt, während ich mit James-Dean-Schritten auf einen Hocker zusteuere. Erst mal ganz langsam eine Camel reinziehen. Ich blase den Rauch mit vorgeschobener Unterlippe in den Mief.
«Weißt du, Mädchen, was dir noch fehlt? So'n Cigarillo, ich weiß nicht genau, wie die Dinger heißen, jedenfalls lang und dunkelbraun. So was fehlt dir noch. Dann wärst du voll Casablanca, ey, verstehst du?»
Ich verschenke lange, kalte Blicke und antworte aus strategischen Gründen erst einmal nicht. Dann drehe ich mich langsam um und schaue «meinen» Kellner an. Er grinst.
«Fanta?» Es klang eher wie: 'nen doppelten Bourbon?

«Fanta!»
Der Typ von vorher nimmt einen zweiten Anlauf. Dabei legt er den Arm herrisch über den ganzen Tisch wie einer, dessen Fußballverein gerade gewonnen hat. «Spitzenhut, ey! Der steht dir!» Ich schiele ihn unter der Hutkrempe, die mir die Augenbrauen bedeckt, hervor an.
«Weiß ich.»
«Ey, ich such seit zwei Jahren schon so einen Hut. Humphrey Bogart. Verstehst du? Keinen neuen, klar, sondern so'n echten alten. Mir ist vollkommen egal, was der kostet. Ist der Hut alt?»
Ich nehme den Hut ab und fühle mich unweigerlich nackt, reiche ihn über den Tisch. Im Hutband steht der Name eines Hutmachers, der schon lang nicht mehr lebt. Der Typ nimmt den Hut, begrapscht das gute Stück mit seinen Drecksfingern, nickt anerkennend und setzt ihn mit dieser altehrwürdigen Geste, in der früher gutzerzogene Herren den Hut auf der Straße zogen, den Zeigefinger in der Delle, auf. Er sieht bescheuert aus, grinst mich aber blöd-stolz an. «Ey, Wahnsinn! Ey, das ist der Hut! Steht mir gut, gell? Verkaufst du ihn?»
Ich schenke ihm eines meiner wertvollen Worte. «Nein!»
Das wäre ja noch schöner. Dieser Hut ist Ausdruck meines ganzen Lebensstils, meines Selbstbewußtseins. Dieser Hut sagt: die Frau hier ist heute für niemand zu kriegen.
«Zwanzig Mark?» Er legt seinen Geldbeutel auf den Tisch.
«Nein!»
«Fünfzig Mark?»
«Nein!» Er fängt an, mich zu nerven, zumal er immer noch den Hut aufhat. Ich schnipse mit den Fingern. Er nimmt langsam, schulterzuckend, den Hut ab und gibt ihn zurück. Dann packt er sein Scheckheft aus. Ich schaue ihm zu und mache dazu die verächtlichste Miene, die ich drauf habe.
Die Kneipentür springt auf wie in einem guten Western. Der Kumpel meines Anmachers betritt das Szenarium.
«Ey, ich habe der Mieze gerade fünfzig Mark für den Hut geboten!»
«Hier gibt's keine Miezen!» herrsche ich ihn an.
«Jaja, schon gut, also: der Dame hier, prost, Senorita!»
Sein Freund begutachtet mich genau, zeigt auf den Hut und meint: «Für fünfzig Eier würd ich den sofort hergeben.»
«Nein!»

«Warum nicht?»
«Er ist ein Geschenk.» Und was für eins, das werde ich dir aber nicht sagen. An diesem Hut hängt ein Mann, und an dem Mann hänge ich. Das gibt es nicht jeden Tag. Dieser Hut hat Geschichte und macht sie auch.
«Warum trägst du so einen Hut?» Schlaue Frage, mein Junge, du blickst eher durch als dein Kumpel, aber auch dir werde ich es nicht erzählen. «Der Hut ist außergewöhnlich. Ich bin es auch.» Das war ein guter Schuß.
«Ach was, das ist doch nicht das Primäre im Leben!» Woher hat er nur dieses Wort, denke ich.
«Habe ich auch gar nicht behauptet.»
Dann schaue ich eisig in die Gegend. Ich bin die Wahnsinnsfrau, und heute abend ist showtime. Ich bin so unerreichbar wie der Montblanc. Schlagt euch das aus dem Kopf, ihr Knaben. Der Casablanca-Spinner wedelt mit seinem Scheckheft. «Ey, Frau, ey, wenn du mal in Geldsorgen bist ... Du brauchst bloß hier auftauchen, ich bin fast jeden Tag da, nur reinkommen mit dem Hut in der Hand, nur sagen: ich verkauf ihn. Alles klar? Ey, ich steh so tierisch auf die alten Filme, verstehst du, der Hut wäre das Optimale.»
«Ist er auch, aber für mich.»
«Warum bist du nur so stur? Verkauf ihn mir halt.»
«Ich bin so stur wie du, weil ich ihn nicht verkaufen will. Klar?»
«Schon gut, schon gut! Trägst du ihn eigentlich jeden Tag? Gib doch zu, so oft hast du ihn gar nicht auf.»
«Doch, jeden Tag!»
Das entspricht sogar der Realität. Vorgestern habe ich ihn geschenkt bekommen, und seither trage ich ihn jeden Tag.
Der andere mischt sich wieder ein und lächelt fast liebevoll, dabei sieht er aus wie ein Schaf. «Steht dir echt gut, der Hut. Wozu brauchst du ihn?» Oh, boy, mach mich nicht schwach, ich bin 'zig Nummern zu groß für deine lasche Anmache! «Um besonders zu sein.»
Er nickt, weil ihm nichts mehr einfällt. Mister Casablanca trinkt seinen Rest Bier aus, wirft sich die Jacke über die Schulter und salutiert mit zwei Fingern an der Stirn. «Alles klar, ey! Vergiß es nicht ...»
Sie gehen, der andere nickt mir zu, dreht sich an der Tür noch mal um, schubst dabei seinen Kumpel, daß er schon mal vorausgehen soll, und kommt zurück. Er lehnt sich vertraulich über den Tisch, betont lang-

sam. «... was mich noch interessieren würde ...» Ich schaue ihm gerade in die Augen, verunsichernd. Gleich legt er ein Ei, denke ich. «Ich habe dich schon öfters hier gesehen, und immer siehst du so traurig aus. Hast du irgend was?»
Mir geht fast das Herz auf bei soviel selbstlosem Mitgefühl. «Nein, eigentlich versuche ich immer ganz grimmig zu schauen, damit mich niemand anspricht und ich meine Ruhe habe. Ich suche mir die Leute gern selbst aus ...»
Ich sehe, wie ihm die imaginäre Kintopptorte vom Gesicht tropft. Aber er fängt sich schnell wieder. «Dann ist ja alles bestens, nichts für ungut, tschüß.»
Er geht ab. Ich lege meine Füße auf den Hocker gegenüber und lasse ein Zweimarkstück für das Fanta über die Theke schliddern, ohne hinterherzusehen. Zwei Sekunden später schießt es ebenso wortlos zurück. Und weil meine Zigarettenpackung gerade leer geworden ist, kommt ein volles Päckchen Camel gleich hinterher. Ich drehe mich nicht um, ich weiß es sowieso, daß und wie er mich gerade ansieht. Heute bedanke ich mich für nichts. Ich frage auch nicht. Habe ich gar nicht nötig. Alles, was ich will, kommt von selbst. Ich habe meinen ganz tierisch super-coolen Tag, heute, ich bin die Frau meiner Träume.

VERA ECKERT

Sei doch mal mein Khaki-Prinz

Und da sitzen wir und drehen an den Bierdeckeln. Eine tolle Kneipe hast du um die Ecke. Aus den Gesprächsbuchten belauern uns mißtrauisch die Paare und Gruppen.
Die wissen bestimmt, was ich von dir will, du Prinz an meiner Seite. Die Bedienung hat wadenlange rote Hosen an, und ich find sie einen Stich zu blond und einen Stich zu arrogant. Die Musik ist echt spitze hier, sagst du nun unter vielen anderen Urteilen, die du mir in gleichmäßig lautem Redefluß über den Tisch schiebst.

Ein Camel-Mann in Khaki mit einer Dauerwelle auf dem Haupt wippt jetzt besonders auffällig vor der Theke herum. Klar, daß er was von der Arroganten will. Ich muß grinsen. Denke für einen Moment so etwas wie: unter Studenten geht das ja anders, wir können uns ja offen unterhalten. Aber halt. Irgend was stimmt ganz gewaltig nicht.
Da erzählst du gerade von der SPD, und ich sehe dich verliebt an, du guckst in die andere Richtung. Heute wollte ich dir auf die Bude rükken, du Mann, und dir sagen, wie sehr ich dich mag, wie schön du bist und daß ich immer Herzklopfen krieg, wenn ich dich sehe. Und daß du rote Ohren kriegst, wenn du mich ansiehst, hab ich genau gesehen.
Und weil du das alles weißt und dein dämlicher Stolz es nicht zuläßt, einer Frau zu erlauben, sich in dich zu verlieben, deshalb redest du jetzt wieder vom Examen und bestellst noch ein Bier.
Wie du dich denn sonst so fühlst in der neuen Wohnung, mit den Leuten und so. Ich versuche verzweifelt, dich zu sehen, das, was ich hinter deinem schönen harten Gesicht an Sinnlichkeit vermute. Ich nehm mir unverschämt das Recht, danach zu forschen, weil ich das will von dir, was will von dir.
Du bestellst ein Alt und redest von deiner Zufriedenheit mit der jetzigen, jetzigen! Situation und der Ausgewogenheit, Ausgewogenheit deiner Bekanntschaften.
Wir veranstalten ein zähes Ringen, ich will das, von dem ich weiß, das bist du auch, und du kannst dir mir gegenüber keine Blöße geben. Du hast keine Sprache für mich, weil ich nicht so ausgewogen bin wie deine Bekanntschaften. Ich bin die Extremistin. Ich bin in dich verliebt, und das ist dir nicht geheuer.
Deine Hände zupfen am Aschenbecher, dabei gibt es hier gar nichts zu zupfen, der ist aus Glas und so kalt wie du dich stellst, mein Prinz.
Wenn ich mir deine Hand auf meiner Haut vorstelle, verschlägt es mir die Sprache.
Wir sind jetzt beim nächsten Bier, und du redest über die Kommunikationsschwierigkeiten der Studenten und daß da viel zu wenig abliefe. Und dann hast du deinen druckreifen Redebeitrag abgegeben und darfst wieder geschäftsmäßig werden, man, so erklärst du, hätte noch so viel fürs Praktikum zu pauken und sowieso nicht genug Geld, leider, um so zu können, wie man wollte.
Ich blicke sehnsüchtig auf die Arrogante an der Bar, die ihren schönen

Busen jetzt zu dem Khaki-Mann auf die Theke legt, und sie schnippen beide erwartungsvoll grienend zur Musik und lassen sich nicht aus den lauernden Augen.

Du dummer Mann neben mir, wenn du mich nicht willst, werd ich nicht weinen. Aber daß du nicht mal zeigst, daß du was merkst, daß du mich nicht ansiehst und mir was sagst, vielleicht noch einen Klaps auf die Schulter gibst, du Feigling, finde ich einen Skandal von dir. Jedem Vertreter deiner Spezis würde ich einen fairen Abend bieten, jedem, der mit mir Bier trinkt und lieb guckt. Ich kann schließlich ablehnen. Aber du nimmst den Fehdehandschuh nicht mal auf, den ich dir hinschmeiße. Du bedienst dich deines Lebens wie im Supermarkt und läßt dich und mich trotzdem dabei verhungern, du dummer progressiver Mann.

ALFRED MIERSCH

Weißt du den Weg nach Hause?

Ich mag ihre leuchtenden Lippen, wenn sie nackt auf mich zukommt. «Noch einmal», sagte ich. «Nein.» Sie wehrte sich. «Noch einmal», sagte ich. «Nur dieses eine Mal noch.» Sie stampfte mit ihrem nackten Fuß auf den Teppich. «Nein! So werden wir nie zur Sache kommen.» «Das macht nichts», sagte ich. «Noch einmal, bitte.»

Draußen stiegen Angestellte in die Busse, auch die Vögel flogen nach Hause. Sie öffnete die Tür und trat ins Zimmer. Ich lächelte. «Ich mag es, wenn dein Lippenstift leuchtet», sagte ich. «Und deshalb muß ich nackt sein?» fragte sie. Ich konnte es nicht erklären. «Noch einmal», sagte ich. «Nein», sagte sie. Eigenartig lächelnd näherte sie sich meinem Sessel, stellte einen Fuß auf die Lehne. Was ich sah, verwirrte mich. Sie kam noch näher. Plötzlich hatte ich den Wunsch, ein Angestellter zu sein. «Ich kann den Lippenstift nicht sehen», protestierte ich. Sie lachte. Ihr Bärenauge schwebte vor meinem Gesicht. «Wir sollten uns an die Spielregeln halten», sagte ich. Sie nahm den Fuß herunter. «Du hast Angst», sagte sie. Ihre Augen triumphierten. «Nein», sagte

ich. «Ich kann es nur nicht anders. Du weißt es.» Sie schob mich vom Sessel. «Wo ist dein Mantel?» fragte sie. «Im Flur», antwortete ich. «Dann hol ihn.» – «Ich hatte gehofft, du würdest ihn mir bringen», sagte ich. Sie schüttelte den Kopf, ihr Zeigefinger verneinte. Ich hätte sie gern noch einmal hereinkommen sehen.
Einen halben Meter vor ihr öffnete ich den Mantel. «Das gilt nicht», sagte sie empört. «So ist er langweilig.» Ich zuckte mit den Schultern. «Ich kann ihn nicht zwingen.» Sie rutschte auf dem Sessel hin und her. Langsam hob sich ihr Bein über die Lehne. Sie führte meinen Zeigefinger. Ob die Angestellten schon zu Hause waren? «Los, noch einmal.» Ich betrat das Zimmer. Sie hob das andere Bein über die Lehne. Ich öffnete den Mantel. «Prächtig», sagte sie. «Noch einmal.» Ich öffnete «noch einmal» den Mantel. «Noch einmal.»
«Weißt du, wie du nach Hause kommst?» fragte sie, als ich in sie drang. «Wie die Angestellten», dachte ich. Ich sagte: «Linie 23.» Sie nahm meinen Rhythmus an. «Er fährt alle dreißig Minuten», sagte sie. Ihre Füße berührten einander über meinem Rücken. «Ich nehme den Dreiundzwanzig Uhr Fünfer», sagte ich. Ich bewegte mich sehr energisch. «Hast du eine Sammelkarte?» keuchte sie. In meinen Augen platzten Leuchtkugeln, mein Körper ein Blitzstrahl, ein explodierendes Ventil, für Sekunden wußte ich nicht, was eine Sammelkarte war. «Nein», sagte ich. «Eine Monatskarte.» – «Das ist preiswerter, nicht wahr?» fragte sie und dirigierte mich auf die Seite. Ich war nicht ganz bei der Sache. Ich dachte daran, daß die Angestellten jetzt vor dem Fernseher saßen. «Ich glaube schon», sagte ich. Sie saß auf mir. Hetzte sich ab. «Du könntest hier schlafen», sagte sie. «Aber Mark sieht das nicht gern.» Ich sammelte Kräfte, ihr Becken in meinen Händen, eroberte das Tempo. Mark war mein Freund, ihr Mann. Ich lächelte. «Nein, sie senden Joe Jackson im Radio. Ich will das aufnehmen.» «Um wieviel Uhr?» fragte sie. Ihr Körper verhärtete sich, verhaltene steife Bewegung einen Wimpernschlag lang, dann ein Zucken und weiche Wellen. «Mitternacht», sagte ich. «Ich werde an dich denken», lächelte sie. Ihre Lippen leuchteten. Ich dachte daran, daß die Angestellten jetzt ihre Zähne putzten, den Wecker stellten. Es war nicht länger schlimm, kein Angestellter zu sein. Ich nahm den Spätbus, dachte an ihren Lippenstift, an morgen.

ULRICH ZIMMERMANN
Die Liebe liebt das Wandern

Aus Liebe zur Wahrheit, der ich mich als leise alternder junger Autor täglich mehr verpflichtet fühle, widmete ich kürzlich dem Geschlechtsleben meine erhöhte Aufmerksamkeit.
Da das Frühjahr vor der Tür stand und sich auch in mir die bekannten Triebe entschieden regten, hielt ich die Gelegenheit für günstig, spontan mit einer Versuchsreihe zu beginnen.
Gleichzeitig, und um diskrete Trennung bemüht, stürzte ich mich in zwei Liebesabenteuer – um der besseren Vergleichsmöglichkeiten willen. Auch meine alte Liebe sollte nicht zu kurz kommen, denn der wahre Freund der Wissenschaften vernachlässigt bei neuen Forschungsprojekten nicht die alten.
Das ging mir zunächst auch ganz flott von der Hand. Nachdem ich von Frauen, die es wissen mußten, gehört hatte, daß fast alle Männer noch immer tatsächlich nur das eine wollen, nämlich verantwortungslos rein und dann aber auch gleich wieder raus, und tschüß, war nett, dich kennengelernt zu haben, stellte ich mich ganz auf diese Spielregel ein, denn schließlich wollte ich nicht auffallen.
Eine rote Rose, zwei Schallplatten mit erotischen Saxophonisten und ein zweideutiges Buch aus einem dieser dubiosen Kleinverlage unterliefen mir dabei trotzdem und brachten mich fast in den Verdacht, zu jener Sorte emanzipierter Männer zu gehören, die sich neuerdings am Busen ihrer Freundin wieder ausweinen.
Auch mein Geschlechtsorgan hielt sich wacker. Ohne seinen zuverlässigen Beistand wäre ich bald aufgeschmissen gewesen, denn – siehe da – kaum war ich auf dem Spielfeld erschienen, wollten meine Freundinnen, was mich gar nicht unangenehm berührte, immer wieder das eine.
Kopf hoch, lieber Genosse, sagte ich also manchmal zu meinem Untermieter, wenn er mich etwas traurig und – wie es seine Art ist – unnachahmlich treuherzig anblickte, bald haben wir es geschafft, dann kommen für dich wieder stillere Nächte. Und er faßte wieder neuen Mut, und schon gings abermals rein und tschüß, war nett und so weiter.

Bis ihn in der Osterhalbzeit eine merkwürdige Krankheit befiel. Da rannte ich, als weder Zuspruch noch liebevolle Waschungen und Salbungen helfen wollten, mit ihm zum Doktor, der nach gründlicher Inspektion die rote Karte zückte.
Das brachte in den Ablauf meiner Forschungen eine ernstliche Verzögerung, über die ich mich mit der Lektüre einiger Bücher aus der Reihe ‹die neue Frau› hinwegzutrösten versuchte, liebevoll von meinen Partnerinnen beäugt, die erst mal das Ergebnis der Blutuntersuchung abwarten wollten.
War das ein Jammer! Sollte es mir gelungen sein, Schicksalsgenosse so vieler Kollegen vergangener Zeiten zu werden? Was, das war mir klar, nicht heißen mußte, dem sanften Wahnsinn zu verfallen, obwohl ich mir eine Modeströmung vorstellen kann, die so was als neues Existenzimage propagiert. Ohne uns! sagte ich das eine oder andere Mal zu meinem Genossen, wenn er in desinfizierender Lösung badete. Ein Beaudelaire werden wir beide sowieso nicht. Aber zum Glück stellte es sich heraus, daß wir nur mit einer gesunden Pilzkultur gesegnet waren, die zart, wenn auch lästig, sich ohne weiteres zerstören ließ.
Auch der Doktor steckte die rote Karte wieder weg.
Inzwischen neigt sich das Frühjahr dem Ende zu, und ich habe meinem Genossen versprochen, daß wir in die Sommerfrische gehen, um in aller Ruhe die Resultate unserer Forschungen zu überdenken und niederzuschreiben. Am besten, wir machen den Laden dicht und ziehen aufs Land. Nach Niederbayern oder zu den Griechen, wo die festen Mauern der Moral noch unerschüttert stehen. Ein Kloster muß es ja nicht gleich sein.

PETER GLASER

<u>Lili und Hardy und ich</u>

Während der Teller mit dem Szegedinergulasch knapp unter seinem Kinn vorbeiflog, dachte Hardy an das schöne Alleinsein.
Den ersten Teil der Strecke hatte der Teller ballistisch ruhig zurückgelegt. Erst kurz vor Hardy fing er an querzudrehen, und das Gulasch wehte über seinen Rand.
Hardy dachte, wie ihm das Alleinsein oft nötig war. Ein Hunger danach, in Muße durch die Säle der eigenen Person, die Hallen von Wahrnehmungen außenrum zu streifen. Ungestört, in einem majestätischen Gemurmel von Empfindungen und einem Selbstgefühl zwischen Geheimagent und Königstiger.
Der Teller säbelte über die Tischkante weg und hinterließ an Hardys Hemd eine Gulaschfährte, die an den Überwurf einer Toga erinnerte.
Das andere war Einsamkeit, ein Unheil. Alleinsein aus Angst. Der Teller flog an den rechten Rand eines Gesprächs zwischen Heinrich Böll und Siegfried Lenz im Fernsehen. Von Lenz war darauf nur noch eine Hand zu sehen, die hinter einem kriechenden Krautfleck vordeutete. Böll sagte gerade etwas über Phantasie in der Literatur.
Lili hatte nun eine große gelbe Schale mit Karamelkrem und Nußschaum geschnappt.
Laß das, sagte Hardy, das ist Slapstic. Außerdem müssen wir noch was essen. Wer gut kämpfen will, muß auch gut essen.
Draußen wurde es Nacht, wie herabgeworfen, ein Sommergewitter. Von einer benachbarten Kreuzung schrien Bremsen und Hupen, dann krachte es. Lilis Blick war wie ein Schwert aus Wasser.

Sie waren nie so konfus gewesen, sich ineinander zu verlieben. Nach ihrer beider Erfahrungen war das Verliebtsein eine körperliche Verstimmung, etwas wie eine Grippe oder eine Darminfektion.
Auf einer Cocktailparty waren sie mit nüchterner Begierde aufeinander losgegangen.
Hardy benahm sich wie einer der Leute in den Werbefilmen für Rasier-

wasser. Lili war sehr männermordend. Sie lehnte in einem alarmroten Etuikleid neben ihm an einer Vitrine, in der Spielzeugautos aus Blech standen, korrigierte einen Straps und lächelte ihn an. Hardy stieß Zigarettenrauch durch die Nasenlöcher aus. Er fand es unhöflich zu sprechen, während einem noch Rauch aus dem Mund wölkte. Lili lächelte auf eine Weise, die ihn einen Moment lang befürchten ließ, er könnte sich mit heraushängender Zunge einfach auf sie fallen lassen. Er hielt an sich und sagte nur: So lange bloß die Naht verrutscht, geht's ja noch. Mit dem linken Mundwinkel grinste er klingendünn zurück.
Wenig später splitterte das taktische Eis in ihren Gesichtern. Schmolz zu hellem Schweißglanz auf den dramatischen Mienenspielen der Lust. Hardy sah die Spiegelung einer blaßvioletten Neonröhre, die in einer Ecke lehnte, auf Lilis Augen.
Während im Nebenzimmer jemand eine punkige Interpretation von Tschaikowskis erstem Klavierkonzert aus dem Flügel bollerte, gingen sie mit derartiger Entschiedenheit aneinander, daß Hardy immer wieder aus seiner Gefaßtheit stürzte wie aus einem Wolkenkratzer, unrettbar in Lilis samtfeine tiefe Lockungen hinab, und Lili zerschellte an den Augenblicken, in denen sein Vorgehen gläsern wurde, zu einem schwingenden Glück.
Sie lagen in einem hohen blauen Zimmer auf einem großen Styroporblock, über den ein Aluminiumschlafsack gebreitet war. Vor den Fenstern fluoreszenzgrüne Plastikvorhänge, und im ganzen Zimmer war Styroporkies verstreut, den die Katze der Gastgeber aus dem Block gekratzt hatte.
Eigentlich hatten beide sich, wieder angekleidet, als Kompliment mit einer Spur Bedauern in der Stimme, voneinander verabschieden wollen. Wie sie dann dastanden, dieselbe Höflichkeit auf den noch warmen Lippen und diesen beiläufigen Ausdruck von Abschied im Gesicht, bekam Lili einen Lachkrampf. Hardy war, als hätte ihm einer im August einen Schneeball an den Hals geschossen, dann lachte er auch.
«Du hast auch schon viel erlebt.»
Die folgenden vier Jahre blieben sie zusammen, voneinander besessen.

Lili stellte die Karamelkrem auf das Bord zurück.
«Ich hab genug. Endgültig. Ich geh jetzt.»

«Du bleibst da», sagte Hardy.
Sie fing an, ihre Sachen einzusammeln. Er hinterher. Vor dem Haus schlug Regen auf die Straße, stark und gleichmäßig. Bei der Beschreibung von kritischen Situationen ist schlechtes Wetter eine wichtige Kulisse.
«Du kannst jetzt nicht einfach wegrennen. Ich hab das Geschäft mit dem Schriftsteller (Hardy sprach von mir. Anm. d. A.) angeleiert, und wir hängen da beide drin.»
SCHSCHA machte ein Regenschwall an der Fensterscheibe.
«Liebend gern könntest du sonst verschwinden», setzte er nach.
«*Du* hast das Geschäft gemacht. *Ich* geh jetzt.»
Sie pflückte ihre Schminktiegel von der Etagère neben dem Waschbekken. Er machte eine Geste, als würde er Getreide sicheln.
In der Wohnung über ihnen quietschte jemand mit dem nackten Fuß unter Wasser über den Badewannenboden.
«Was HAST du überhaupt?»
«Weißt du, wo meine grüne Bürste ist?»
Er nahm sie an der Schulter.
«GREIFMICHNICHTAN! Laß mich in Ruhe. Laß mich meine Sachen suchen. Darf ich bitte meine Sachen zusammensuchen?»
Hardy hatte sich so wild an das Waschbecken gelehnt, daß sein Fuß eingeschlafen war.
«Leg dein Zeug wieder hin», sagte er, «du weißt genau, was wir vereinbart haben.»
«Du hast das vereinbart.»
«Und du hast gesagt, du machst mit.»
«Ich will nicht mehr, ich geh jetzt.»
Sie hatte ihre Bürste gefunden und ging ins Schlafzimmer an den Wäscheschrank. Hardy humpelte ihr nach. Lili wuchtete einen Stapel weißer Slips auf das Bett. Er deutete mit dem Finger ganz nahe an den Stapel und zog die Brauen über die Augenlider.
«Du stellst das sofort wieder zurück.»
Sie sah ihn an. Ihre Augen funkelten vor Zorn in einem Brillantglanz. Der oberste Slip auf dem Stapel knurrte Hardy an. Er sah unwillig hin und fuhr mit dem Finger näher an den Stapel.
Der Slip knurrte wieder, diesmal aggressiver.

Ich hatte Hardy einen ansehnlichen Geldbetrag dafür geboten, die Geschichte von Lili und ihm schreiben zu können. Um das Geld zu übergeben, hatte ich mich mit ihm auf der Terrasse eines Innenstadtcafés verabredet. Wir tranken Sherry, und Hardy rauchte Kette. Eine Bedingung war an das Geschäft geknüpft, und Hardy und Lili schienen mir sehr geeignet, die Bedingung zu erfüllen: da es eine moderne Geschichte werden sollte, durften sie sich keinesfalls einlassen auf Liebesleid und irgendwelchen romantischen Schmus.
Kein Jammer, keine Tränen. Ihr Verhältnis mußte bestimmt sein von einem konkreten, lustvollen, provokativen, auch satirischen Lebensgefühl.
«Manchmal ist es aber ganz schön jämmerlich», merkte Hardy an.
«Das interessiert niemanden. Sie kriegen beide eine Menge Geld von mir. Dafür können Sie sich ruhig ein bißchen anstrengen.»
Ich erklärte Hardy, daß Weinerlichkeit in der Literatur nicht mehr gefragt wäre. Der ganze sensible Trübsinn würde den Leuten doch schon zum Hals raushängen.
Man macht jetzt eine neue Richtung, sagte ich. Heute muß man scharf und flink und witzig sein, sagte ich.
Hardy zählte das Geld unter dem Tisch.
«Hartes Geschäft, das Schreiben, ja?»
«Geht so.»

Hardy starrte den knurrenden Slip an.
Lili räumte ihren Segeltuchkoffer voll. Es duftete nach frischer Wäsche. «Blöde Scherze», sagte er mißmutig und schmiß die Slips durcheinander. Dann fiel ihn das Höschen an.
Es verbiß sich mit einem Beinloch in Hardys Unterarm. Er schrie auf und riß an dem Baumwollteil. Das feuchte kalte Gulasch auf seinem Hemd fühlte sich beklemmend an. Nur mühsam konnte er dem böse zuschnappenden anderen Beinloch entgehen. Er warf einen raschen Blick auf die anderen Unterhosen auf dem Bett. Sie lagen ruhig.
Ein Tagpfauenauge hatte sich auf das rote Lackplastik der Überdecke verirrt und bewegte langsam seine Flügel.
«Aus! Aus!» rief Lili, und der Slip ließ von Hardys Arm ab.
«Hierher!»
Das Höschen knautschte über den Boden und blieb vor Lilis Füßen

liegen. Hardys Arm blutete. Er sah Lili an, und seine Lippen zuckten gefährlich.
«Was ist das?» sagte er tonlos.
«Eine Unterhose», sagte Lili. Sie hob das Höschen auf und legte es wieder zu den anderen. «Und laß mich jetzt bitte in Ruhe.»
Hardy wankte ins Nebenzimmer und warf sein Hemd über einen Stuhl. Er trank ein Glas lauwarmen Wodka. Er konnte nichts erkennen. Sein Blick ragte wie ein Schneckenfühlerchen aus den Augen. Er schaute durch den dicken Boden des Wodkaglases auf seine Beine. Nebenan schnappten die Kofferschlösser. Es war Zeit.

Hardy wollte ins Vorzimmer, um Lili aufzuhalten. Noch ehe er zwei Schritte gemacht hatte, knüllte der Slip sich sardonisch murrend auf der Türschwelle.
«Grrr!»
«Faß!» rief Lili.
Der Slip spannte sich und sprang aus dem Stand. Hardy warf sich hinter den Ohrensessel und war sofort wieder auf den Beinen. Er schmiß mit einem gläsernen Briefbeschwerer nach dem kläffenden Höschen. Lili bestellte ein Taxi und ging.
Hardy kämpfte mit dem Höschen. Das Ding war wieselwendig. Er hechtete an den Schreibtisch und griff seine Pistole aus der Schublade, eine kleine Baretta. Auf der Etage schepperte die Aufzugtür. Der Slip kam mit weit aufgerissenen Beinlöchern auf ihn zu. Hardy zielte einhändig und drückte ab. Ein sauberer Schuß.
Ein abendlicher Sonnenstrahl fiel in das Zimmer. Die Staubkörner in der Luft schimmerten golden.
Der Slip brach zusammen. Hardy kam hinter dem Schreibtisch vor und stieß das Stoffpfützchen mit dem Fuß zur Seite. Es zuckte, eine letzte vegetative Reaktion. Hardy ging zum Telefon.

Sie hatten sich zwar nie verstanden, außer im ersten Moment, waren aber trotzdem zusammengeblieben.
Die Achse ihrer Beziehung war eine virtuose sinnliche Einfühlsamkeit, jene Art Sex, die man Erotik nennt. Mit der Bewegung einer Fingerspitze auf der Haut des anderen konnten sie Netze und Landschaften von Mitteilungen ausspannen – aber wenn einer von ihnen die Klappe

aufmachte, gingen die Mißverständnisse los. Gemeinsame Interessen hatten sie auch keine.
Lili saß gern nächtelang in Diskotheken und hörte mit Begeisterung irgendwelchen Blendern zu, die ihr den Unterschied zwischen einem Lacoste-Krokodil mit roter und einem mit blauer Zunge erklärten. Hardy verabscheute laute Musik.
Was er am liebsten machte, war schauen. Er dachte an nichts Bestimmtes dabei und fühlte sich wohl, wenn er einfach nur schauen konnte. Er spazierte durch die Stadt, allein, ziellos, wie jemand, der kontrolliert, ob auch noch die ganze Wirklichkeit vorhanden ist. Daß nirgendwo auch nicht das geringste Stückchen Nichts klaffte, war beglückend. Daß das blanke Schauen eine Klarheit war, die auf der Stelle trat, war nicht so beglückend.
Dann kam er nach Hause und sah mit Lili fern, bis sie sagte: «Gehn wir doch noch in die Stadt.»
Das kam jeden Abend und gab Ärger.
«Weshalb leben wir denn zusammen? Damit ich dauernd allein weggehen muß? Hardy, du bist ein gräßlicher Langweiler.»
Lili konnte Ruhe nicht vertragen. Sie wünschte eine Unterhaltung. Hardy schlug als Konversationsthema die einheitliche Feldtheorie vor.
«Ich bin ja nicht dein persönliches Hauptabendprogramm», sagte er.
Sie reizte weiter, bis er sie auf den Teppich warf und ihr Kleid zerfetzte. Atemlos balgten sie miteinander.
Wenn sie an die Haut des anderen gerieten, funkte roter Strom. Das war immer so. Es war das Magnetfeld, das sie zusammenhielt.
Hardy schnaufte. Er erkundigte sich, ob er sie vergewaltigen solle. Lili nickte. Er kniete über ihr, hielt ihre Arme fest und küßte so lange ihre Mundwinkel, bis sie ihn in die Unterlippe biß.
«Lach dach. Du bicht ein wehrlochech Chegchualobjegcht.»
Er fuhr mit den Fingern in ihr schwarzes Haar und wühlte darin. Dann fühlte er, daß die roten Funken in der dünnen weißen Haut hinter ihrem Ohr glosten. Wie eine Schlange schoß er dorthin und gab Millionen kleiner Küsse ab. Lili nahm seinen Ringfinger in den Mund.
Sie versanken im Spiel der Wärmen, schöne Tiere der Lust, wortlos. Es war Friede, sie lagen still. Lili lächelte wundervoll, einen Anflug von Rosa auf den Wangen. «Gehn wir noch in die Stadt, Hardy?»

Ich war gerade dabei, einen Block tiefgekühlter Himbeeren aufzutauen, als Hardy anrief. Mit eiskalten Fingern nahm ich den Hörer ab.
«Falkinger.»
«Hardy hier. Es ist wieder mal aus. Diesmal ist *sie* weg. Aber wem erzähl ich das.» Er lachte stimmlos. «Die blöde Kuh. Bin ich froh. Hören Sie mal, wegen der Bißwunde. Ich bin gegen Tetanus und Wundstarrkrampf geimpft, das reicht doch wohl...?»
«Sie waren großartig, Hardy.»
«Ich mach meinen Job. So, Falkinger, wie geht's jetzt weiter? Ich meine – ich könnte mich ein bißchen werfen vor Verlassenheit, wenn Ihnen das recht ist. Vielleicht die harte Nummer, so mit besaufen und dann den Appeal männlicher Verächtlichkeit spielen lassen beim Aufreißen. Oder spazierengehen, Kragen hochgeschlagen. Rundum die unerbittliche Freundlichkeit der Wahrnehmungen. – Lonely Hardy flankt über die Bitterkeiten der Liebe...»
Ich sagte Hardy, was er zu tun hatte und daß er nicht mehr anrufen sollte, sondern handeln.
Er steckte die Baretta in die Jackentasche und verließ das Haus. An der benachbarten Kreuzung schimmerten Scheinwerferscherben am Asphalt im grünen Ampellicht. Aus einem offenen Fenster klang ein Bach-Rap, das zweite Brandenburgische Konzert, mit der Hand immer wieder kunstfertig am Plattenteller zurückgeschubst. In der Auslage einer Tierhandlung watete ein Sonderangebots-Meerschweinchen durch die ultraviolett beleuchteten Sägeflocken.

Ein Interesse, das sie beide auch nach ihrer Bekanntschaft weiterverfolgten – aber kein gemeinsames Interesse –, war das Forcieren von Flirts.
Von Treue war nie die Rede gewesen.
Wenn Hardy einen zerkratzten Rücken hatte oder Lili mit Aftershave parfümiert ankam, gab es nur Ahnungen, stumme Demütigungen, keine Eingeständnisse. Jeder trug sein Gewissen wie eine Einkaufstüte, an der die Henkel durchgerissen waren. Ab und zu lieferten sie sich wüste Szenen und verließen einander. Sie fanden sich aber stets nach einer Weile wieder, traurig, noch verletzter weiter zu lieben als beim vorigen Mal, und inniger, aus schmerzlicher Reife, in ihren symphoni-

schen Umarmungen, im Minenfeld alltäglicher Mißverständnisse. Es waren die Nächte, in denen sie das Licht löschten, sobald sie nackt waren, aus Scheu vor Demut und Verzeihung.
Und sie konnten, bei allem frivolen Suchen, keinen anderen finden, bei dem die Hingabe so lichtschnell geflossen wäre, die Körpergewalt so staubleicht an der Haut liegen konnte und die Linien einer Gestalt in so paradiesischer Anmut aufleuchteten.
Als Hardy das letzte Mal wieder zu Lili zurückgeschlichen kam, lag eine erotomane Woche mit einem Mädchen Gloria hinter ihm, das er in einem Café aufgegabelt hatte. An ihren Zärtlichkeiten war eine traumwandlerische Präzision gewesen, die ihn erst betäubt und nach ein paar Tagen abgestoßen hatte. Der Sex mit Gloria war chirurgische Wollust, besser noch: eine Obduktion der Begierden gewesen. Sie konnte jeden Grad von Erregung *ansteuern*. Nach ein paar Tagen war Hardy sicher, daß Gloria auch einem Sack Reis eine Erektion beibringen konnte, wenn sie erst seine erogenen Zonen raushatte. Sie wußte ganz genau, *wie man es macht*, und Hardy, verärgert von derart lüsterner Geläufigkeit, verriet ihr als schroffes goodbye einen weiteren Trick.
Beim Bumsen von hinten spart man 25 Kalorien, sagte er, weil man dann kein freundliches Gesicht zu machen braucht.
Lili bot ihm Kaffee an. Sie hielt ihr Gesicht verschlossen.
«Gehst du gleich wieder?»
«Ich bleib da.»
Es war scheußlich, mit welcher Zwangsläufigkeit sie sich weh taten; welche Rituale und Martern scheinbar nötig waren, um jene Intensität zu erhalten, aus der sie einander Orkanwirbel aus Glück unter die Haut fauchen ließen.

Lili lief ungestüm gestikulierend über die Veranda. Unten im Garten blühte leise der Hibiskus und in der Entfernung über der Stadt schwebte ein Zeppelin mit einer Werbeaufschrift für Rollfilme.
«Setzen Sie sich doch hin.»
«Setzen Sie sich doch hin, setzen Sie sich doch hin. Pah! Ich will dir mal was sagen. Ich fühle mich hundeelend. Ich liebe Hardy, und Hardy liebt mich, und irgendwie geht das aber nicht so richtig. Verstehst du, ich weiß sowieso nicht mehr, wie das alles weitergehen soll. Ich beiß mir in der Nacht die Lippen blutig vor Kummer. Und dann kommt auf ein-

mal so ein Wahnsinniger dahergelaufen und wedelt mit Geld und sagt: Aber traurig darf's nicht sein. Ich bin doch kein Gefühlsersatzteillager. Such dir deine sorglosen Zombies woanders. Da hast du dein Scheißgeld wieder.»
Es schneite Hundertmarkscheine. Eine Banknote flatterte in den Swimming Pool und wurde langsam dunkler, während sie auf dem blauen Wasser trieb und sich vollsaugte.
«Reißen Sie sich doch zusammen», sagte ich. «Ich bin jetzt auf der vorletzten Seite. Morgen haben Sie's überstanden. Dann können Sie wieder machen, was Sie wollen.»
Ich versuchte, sie zu beruhigen. Nach einer Stunde sah ich erleichtert, daß sie an ihrem Himbeer-Cobbler nippte und nicht damit nach mir warf. Ich lud sie ein, noch zum Abendessen zu bleiben, und besorgte uns neue Drinks. Wir setzten uns an den Pool und plauderten.
Die Luft war heiß und träge. Auf dem Wasser sprangen Sonnenblitze, die auf Lilis Sonnenbrille widerstrahlten. Die Villa schien ihr zu gefallen. Ich erzählte ihr, wie ich sie billig von einem bankrotten Philosophen gekauft hatte. Sie lächelte dünn. Ein dunkler Perlmuttschimmer lag auf ihrem Haar. Ein Stück Rasen raschelte leise von einem Windschlenker. Ich hörte das Telefon klingeln und entschuldigte mich.
Es war Siegfried Lenz, der mir sagte, daß er die Szene mit dem Szegedinergulasch ziemlich flach fände. Überhaupt hätte ihn die Geschichte nicht sonderlich begeistert. Ich verteidigte sie mit dem Einwurf, daß das Triviale eben als provokantes Stilmittel eingesetzt wäre und daß es um die ewig unerfüllte Liebe zwischen dem Autor und seinem Werk ginge; eigentlich. Dann nahm ich eine Schale mit Eiswürfeln und ging damit wieder nach draußen.
Lili hatte ihre Schuhe ausgezogen.
«Haben Sie einen Badeanzug für mich?»
Ich bedauerte.
«Na, naß wird man auch ohne», sagte sie. Sie fing an, sich auszuziehen. Ich sah sehr rasch hintereinander auf meinen Drink, den Sonnenschirm, die Hausfassade, meine Fingerknöchel und dann wieder auf sie. Schweiß glitzerte auf ihren Schultern. Sie lachte und faßte mit beiden Händen in ihr Haar. An ihrem nackten Körper war etwas vom hypnotischen Wiegen einer Kobra. Sie strich sich leicht über die Hüf-

ten und ging langsam an den Beckenrand und tauchte eine Zehe ins Wasser. Dann drehte sie sich zu mir um und bedeckte ihre Brüste mit den Händen.
«Das viele Schreiben strengt bestimmt die Augen an», sagte sie.
Ich hatte ihn nicht gehört. Als ich mich nach dem Geräusch umwandte, stand Hardy hinter mir. Er hielt die Pistole auf mich gerichtet, und ich fühlte einen dünnen eisigen Faden durch mein Rückgrat ziehen.
«Was machen Sie hier, Hardy? Sie haben hier nichts verloren!»
«Hat sich ausgeschriftstellert», sagte Hardy ruhig, «und überlegen Sie sich Ihre nächsten Bewegungen sehr genau. Es dürfen auf keinen Fall traurige oder unglückliche Bewegungen sein.»
Lilis helles Lachen wölkte an mein Ohr wie Säuredampf. Sie zog sich wieder an.
«Hardy, machen Sie keine Dummheiten. Die Story ist so gut wie fertig. Sie können nicht kurz vor Schluß aussteigen.»
«Das hat er mir auch schon erzählt», sagte Lili.
«*Ich* will ja gar nicht aussteigen», erläuterte Hardy. «Haben Sie tatsächlich geglaubt, daß Sie alles so souverän unter Kontrolle haben? Windstille hinter den Kulissen? Nie daran gedacht, daß wir unsere eigene Geschichte mit Ihnen im Auge haben könnten?»
«Aber das geht doch nicht ...!»
Ich machte einen Schritt auf ihn zu, und er drückte ab. Ich brach neben dem Sonnenschirm zusammen und starb. Lili kniff die Augen zusammen. Sie schleppten meine Leiche an den Beckenrand und kippten sie ins Wasser. Eine Münze aus der Brusttasche meines Hemds trudelte rasch auf den Grund.

Hardy hockte mit verzweifeltem Gesicht in einem der Gartenstühle.
«Endlich», sagte er, und dann: «Lili, ich seh kein Licht mehr mit uns beiden.» Er hob schwächlich die Hand, zuckte mit den Achseln. Unter der Brust meiner Leiche kroch eine dunkelrote Schwade vor und trieb auf den Reinigungsfilter zu, neben dem der aufgeweichte Hundertmarkschein schaukelte. Hardy fühlte sich zerrissen. Schon einen Moment, nachdem ihre schlau eingefädelte Operation gelungen und der Schriftsteller erledigt war, ging sie ihm wieder auf die Nerven mit der generös-frivolen Bewegung, mit der sie die Sonnenbrille in ihren Ausschnitt hakte. Überreizt, dachte er, aber es half nicht.

«Hardy, komm, wir müssen weg hier.»
«Quatsch. Wir haben die Geschichte jetzt in der Hand. Und zerr mich BITTE nicht DAUERND am Ärmel.»
Lili weinte. Ihre Schultern zuckten heftig, und sie hörte nicht mehr auf zu schluchzen. Hardy kam sich vor wie der letzte Arsch. Gleichzeitig verspürte er das satanische Bedürfnis, sie ins Wasser zu schubsen. Er roch an der Pistole. Da er im Führen von Geschichten nicht besonders erfahren war, fiel ihm nichts Besseres ein, als eine Hibiskusblüte abzubrechen und in Lilis Haar zu stecken. Sie schluchzte an seiner Brust ein Weilchen weiter, dann küßte er sie.
Sie liebten sich mitten auf dem Rasen.
Hardy stöberte grinsend unter Lilis Achseln. Der zarte Flaum auf ihren Wangen flirrte schimmernd. Wind ging über das Gelände wie ein freundliches Gespenst. Sie rochen aneinander das vorübergehende Glück.
«Gehn wir noch in die Stadt, Hardy?»

HANS EPPENDORFER

Junge aus einer Kleinstadt

Trafalgar Square, mitten in London. Vom Verkehr umzirkelt, eine steinerne Oase. Brunnen mit fließendem Wasser, Menschen, Tiere, touristisches Getümmel, Souvenirfotografen und ein kleiner Kiosk für Taubenfutter. Mittendrin. Zehn Pence der Becher. Ewig gefräßige Tauben, zutraulich und unverschämt und absolut respektlos. Ein Erkennungsmerkmal. Eine Handvoll Körnerfutter wahllos unter die Meute verstreut und schon sitzen sie dir auf der Hand, auf der Schulter, dem Arm oder auf dem Kopf. Und du lächelst etwas dusslig und verkrampft für das Erinnerungsfoto. Von den Tauben in der Zwischenzeit hemmungslos vollgeschissen, aber das geht dir erst später auf.
Trafalgar Square, Platz, Insel, Stein- und Traditionsoval mitten im Herzen der Stadt. Ende Mai, ein Sonntagnachmittag bei gutem Wetter.

Trocken, mit ein wenig Sonne. Vom Sockel der Nelsonsäule predigt eine kleine Gruppe Inder den sonntäglich gelangweilten Zuhörern die Botschaft von Jesus. Das Mikrophon pfeift, wie bei einem Störversuch der Konkurrenz. «Jesus loves you», assistiert ein Spruchband im Rükken, beutelnd im Wind. Zwischendurch die Klangfetzen dünnen Gesangs aus Lautsprecherboxen wie in Wellen über ein paar hundert Menschen. Junge, Alte, durchwachsenes Mittelalter, eine Anzahl Kinder. Neben mir, eine Ärmellänge entfernt, wippt ein solider Wanderschuh im Takt. Marcel mit seiner Kamera auf der Suche nach Motiven. Die schwere Kameratasche zur Sicherheit zwischen meine Beine geschoben. Inder mal rechts, Inder mal links im Sucher. Klick und noch mal und den Film weitergedreht. Also sehr musikalisch sind sie nicht. Keine der beschwörenden Gesten kommt so recht über die Rampe, bei allem Eifer. Marcel ist im Getümmel untergetaucht. Der Wanderschuh neben mir wippt immer noch. Ich schicke einen Blick hinüber, von unten nach oben. Jeans, ausgewaschen und abgetragen, Ledergürtel, ein T-Shirt in weiß oder besser in halbweiß. Rechterhand in Brusthöhe ein aufgedrucktes Halbrund: Bonnyville. Bonnyville? Nie gehört. Eine lädierte Lederjacke, eine Fliegerjacke darüber, pelzgefüttert. Pelzgefüttert im Mai?! Ein Krauskopf in braun, dazu ein kleiner, frisch geschnittener Schnauzer unter leichtem Silberblick, mit Bartstoppeln und leicht gebräunt die Haut. Am Handgelenk eine Uhr, praktisch und unauffällig und sicherlich wasserfest und stoßgesichert. Neugierde zwiefach.
Ein paar rasche Sichtimpulse: Summt vor sich hin, gedrungener Hals, kurzgeschnittene Fingernägel. Mittelgroß, schlank, so um 70–75 Kilo. Sportlich. Ein Ausländer, ein Tourist, wie wir. Ein Grinsen wird angezündet, Interesse bekundet. Ein gegenseitiges Beobachten, das geht gut fünf Minuten hin und her.
Dann geht man aufeinander zu. «Hi.» – «Hi, wo kommst du her ...? bla, bla, bla ... und ihr?» George, 21 Jahre. Musikstudent. Ferien in Europa. First time. Studentenflug von Kanada mit zusammengejobtem Geld als Hilfskellner in einem gutbürgerlichen Freßlokal, mit Menüs zu festen Preisen zwischen sechs und zwölf Dollar. Obendrauf ein anständiges Trinkgeld.
«Warst du schon in Paris?» – «Ja.» – «Schon in Amsterdam?» – «Ja.» – «In Griechenland?» «Ja.» «In Rom?» «Ja.» O.k. Anfang März gings los. Von Edmonton, einer mittleren Großstadt in Kanada. Eltern, Ge-

schwister, das Geburtshaus der Familie in einem Nest, dessen Name schnell wieder vergessen ist. Die Familie lebt immer noch dort. Franco-Kanadier in der fünften Generation. Dann noch ein paar Tanten in Montreal und Toronto, zwei gute und zwei schlechte, seiner Meinung nach. Eine davon singt in der Oper. Er grinst mich vergnügt an. Sensible Hände mit schlanken, beweglichen Fingern. Klavierunterricht, erfahre ich. Das heimische Französisch röhrt, eckt an und klingt wie mit russischem Akzent versetzt, ein wenig ungeschmeidig. Die Unterhaltung kippt immer wieder ins Englische um. Der letzte große Ausbruch vor der Berufsausbildung: Musik, Gesang, Komposition. Den Rückflug schon terminiert. Viel Arbeit. Eine neu einzurichtende Behausung fern der Eltern, mit einem Klavier und mit mehr Phantasie als ausreichenden Finanzen. Der Urlaubsfond ist auch zur Neige. Aus Mittelengland ist er gerade angekommen. Den Rucksack noch in Victoria Station.

Eine Jugendherberge wird gesucht, falls die noch Platz haben. Das sei billig. Die Worte, ruhig gesetzt, bedächtig, strahlen Selbstsicherheit aus, vermitteln Optimismus: George N. Vallee. N. für Napoleon. Ob er Lust habe, mit in unserm Hotel zu wohnen? Zwei Räume mit insgesamt fünf Betten, im «Redfields» nahe Earls Court. Unsere Einladung wird akzeptiert. Marcels Film ist ohnehin abgedreht. Ein fahrbarer Untersatz wird herbeigewinkt, eines der geräumigen englischen Taxis, eine Art Familiendroschke mit Klappsitzen extra. Unterwegs holen wir noch Georges Gepäck aus dem Schließfach, und dann ab ins Hotel. Bloody Marys zur Begrüßung. Dusche, Abendessen in einem kleinen Chinarestaurant in Soho, ein ausgedehnter Spaziergang und eine durchsoffene Nacht mit «Quatschen satt». Dubonnet vor dem Schlafengehn.

Zwei Tage später ein festlicher Abend mit einer Ballettpremiere. Nurejew in «Sleeping beauty». Ein erstes Nippen von der großen Kunst. George wie ein begeistertes Kind, mit Bügelfalten in der grauen Sonntagshose und strahlenden Augen. Ein Wasserfall an Impulsen, neuer Einfälle, Eindrücke. Lachen, Herumtanzen, das Bemühen, sich auszudrücken, die Konservativität von Herkunft, Erziehung und Erlebniswelt abzustreifen, der Versuch, über Hürden zu springen, Lebensfreude auszudrücken, jugendliches Brausepulver, aus der Stille in den Trubel. Mittenhinein. Ohne Vorwarnung.

Ein paar Tage später.
Abschied. Unser Vorschlag, noch länger im Hotel bleiben zu dürfen auf unsere Kosten. «Kann ich nicht mit euch nach Hamburg kommen? Ich könnte doch von dort nach Amsterdam...» Einverstanden. Anruf zum Flughafen, Reservierung, gemeinsamer Aufbruch. Landung in Fuhlsbüttel. Taxi. George in Hamburg. Wir auch. Marcel muß dringend in seine Dunkelkammer. George fährt mit zu mir. Ein Bad und noch ein frischer Happen vor der Nacht. Werktag mit eigenem Wohnungsschlüssel und Stadtplan. Am Abend in die Staatsoper: Othello mit Placido Domingo. Heißgeklatschte Handflächen, ein Programmheft zur Erinnerung. Vertraulichkeit. «Kannst du mir die Haare waschen?» Stadtrundfahrt bei strahlendem Sommerwetter, eine Hafenrundfahrt durch die alte Speicherstadt in der offenen Barkasse und mit Gischtflecken auf der Hose, Salzwasserflecken auf dem Objektiv der kleinen Pocketkamera. Seine Wanderschuh auf dem Balkon zum Auslüften, drei Waschmaschinenfüllungen verbrauchter Wäsche. Die Zärtlichkeit einer Handbewegung. Zuneigung mit einem raschen Blick. Stundenlang auf dem Teppich vor den Regalen sitzend und meine Schallplatten durchprobierend, vergleichend, wißbegierig, fragend. Der spontane Anruf in meinem Büro: «Wollte einfach nur deine Stimme hören!» Zeitlimit. Über Amsterdam wieder nach Kanada zurück mit umgeschriebenem Flugticket. Ein Sonntagmorgen am Flughafen, Trockenheit im Hals. Ein Händedruck vor der Paßkontrolle, etwas zum Naschen im Handgepäck, ihm heimlich zugesteckt. Ein Blick. Worte zu leicht befunden und auf sie verzichtet. Abgetastet und durch die Sperre gelassen. Ein letztes Umdrehen, Hilflosigkeit in den Mundwinkeln. Noch ein Wort, noch irgend etwas sagen wollen, aussprechen müssen, wenigstens noch mal Danke sagen, eine Empfindung preisgeben wollen, den Pegelstand eines Gefühls...
Andere Passagiere drängen dich zur Seite, schieben dich ins Abseits, eine bruchsichere, undurchsichtige Wand zwischen uns. Über Lautsprecher wird deine Maschine ausgerufen. Planmäßig. Eine halbe Stunde nach zehn.

Etwa zehn Tage später erreichte mich dieser Brief:
«Lieber Dingsbumms!
Ich mag diesen Ausdruck, denn Du hast ihn immer gebraucht, wenn

Dir mal ein Name nicht einfiel. Aber mit soviel innerer Fröhlichkeit, als sei es mehr ein Codewort, etwas besonders Intimes, Vertrauliches und kein Lückenbüßer, kein Einspringer für eine flüchtige Vergeßlichkeit. Irgendwie gemütlich, behaglich, anheimelnd, jedenfalls für mich: lieber Dingsbumms!
Diesen Brief an Dich beginne ich bereits auf dem Flughafen in Amsterdam, während ich auf meinen Anschlußflug warte. Neben mir eine große Cola und einen Hamburger, und innerlich muß ich schmunzeln, wenn ich mir dabei Dein Gesicht vorstelle und Deine Worte über meine Ketchup-Generation mit ihren unterentwickelten Geschmacksnerven. Aber ich hatte halt Hunger und sonst gabs nichts.
Mir ist so vieles während der Tage mir Dir durch den Kopf gegangen. Über vieles haben wir gesprochen, aber vieles ist mir auch nicht rechtzeitig eingefallen, deshalb fange ich mit diesen Zeilen an Dich an. Alles, was mir so einfällt, und irgendwann stecke ich sie in einen Briefkasten, wenn ich glaube, alles gesagt zu haben.
Zuerst sind es meine Erinnerungen. Mir gefällt die Stadt, in der Du lebst, die Häuser, die Parks, der Hafen. Du sagtest, sie sei die grünste Stadt Europas, habe mehr Brücken als Venedig, und die Menschen seien etwas steifer als anderswo, seien britischer als die Briten und neigten zur Cliquenbildung. Ich kann das nicht beurteilen, denn meine Empfindungen waren sehr positiv. Ich habe mich unbeschreiblich wohl gefühlt und fand die Hamburger nicht steifer als anderswo, nicht kälter, arroganter, liebloser oder hektischer. Wahrscheinlich liegt das daran, ob Du als Tourist allein kommst, als Fremder in eine unbekannte Stadt und Umgebung, ohne das Wissen oder die Zuneigung von Freunden. Ohne jemanden, mit dem Du gern aufwachst am anderen Morgen, der sich auskennt, für den Du Partei ergreifst. Mit dessen Augen Du sehen magst, von dessen Erfahrungen Du profitierst. Gerade dann, wenn Deine Zeit so begrenzt ist, Du möglichst viel in sie hineinstopfen möchtest an Sehen, Fühlen, Hören, Schmecken. Hamburg ist eine große Stadt, und dennoch schien sie mir überschaubar, die Alster, Gänsemarkt, Jungfernstieg, Rathausmarkt, Landungsbrücken, St. Pauli oder der Fischmarkt. Immer sind es nur ein paar Straßen, die man ablaufen kann.
Ich hatte nie die Furcht, mich zu verlaufen, nicht mehr zurückzufinden. Dabei fiel mir auf, wie viele Hamburger Englisch verstehen, selbst

am Bahnhofskiosk, an dem ich mir Zeitungen holen ging. Du hast mich ein paarmal mitgenommen zu Freunden oder Bekannten von Dir, so sagtest Du jedenfalls, zu echten Hamburgern. Auch abends in den Bars fiel mir dieses gleiche Verhalten auf, wie man versuchte, mich hinter Deinem Rücken anzumachen. Immer wieder, als sei das so eine Art Gesellschaftsspiel, dem Freund den Freund oder die Begleitung auszuspannen. Eine heimlich zugesteckte Telefonnummer oder das Nachkommen auf die Toilette und dann am Tresen so tun, als sei nichts gewesen. Das hat mich irritiert. Ist das hamburgisch? Diese Unaufrichtigkeit, zudringlich und unverschämt zugleich, auch dann noch, wenn du Desinteresse zu erkennen gibst? Das hat mir nicht gefallen. Auch nicht die Art, wie die Jüngeren mit den Älteren umgehen, mit dieser Überheblichkeit und Kälte, so als sei ihre Jugendlichkeit das allein Seligmachende und endlos. Modisch derart uniformiert, daß sie ihre Ohrläppchen alle in die gleiche Windrichtung meinen halten zu müssen. Jetzt sehe ich wieder Dein Grinsen vor mir. Du zucktest mit den Achseln, als ich Dich darauf ansprach, auf diesen Jugendlichkeitswahn, der viele zu einem Popanz ihrer selbst und zu einer Satire werden läßt. So, als sei das Altern aufzuhalten durch mehr Schminke, engere Hosen, taillierte Hemden oder Anzüge, protzige Autos, Motorräder oder hautenge Lederkonfektion mit noch mehr Leichtmetall auf den Schultern. Was ist denn da so anklammernswert bis an den Rand der Lächerlichkeit? Ich brauche dazu nicht erst Eure Sprache zu verstehen, um zu wissen, worum es geht. Es schien mir wie ein Egotrip, wie ein Narzissenfeld mit mehr oder weniger angeknickten Stielen und wenig nachahmenswert. Ich will keinen umarmen, ohne ihn zu meinen. Und zwar alles an ihm, seinen Kopf, sein Lächeln, seine Stimme, seinen Geruch, nicht nur seinen Körper unterhalb der Gürtellinie. In Euern Dunkelräumen, wo keiner mehr mit dem anderen spricht oder ihn kennen will. Umgekehrt will ich das auch nicht. Ich will gemeint werden, und zwar so, wie ich nun halt mal bin, mit meiner Schuhgröße 43, mit meinen Schweißfüßen, mit meinen Versuchen, mit meiner Unsicherheit, ungeübt in der Weitergabe von Gefühlen. Ich habe Schwierigkeiten, einfach so auf jemanden zuzugehen: «Hi, hier bin ich, Du gefällst mir.» Dein Lächeln damals hat mir Mut gemacht, und dann kamst Du ja auch schon selber. Für mich ist es wichtig, jemanden gut riechen zu können. Es ist wie ein innerlicher Ruck. Ich brauche dazu

sein Gesicht und sein Lächeln und seine Stimme, wie eine Orientierungshilfe. Es mag Dir lächerlich klingen, aber jetzt, wo ich dies schreibe, hätte ich Dich gern hier neben mir. Du hast mal gesagt: Es sei die Zärtlichkeit, die aus den Fingerkuppen käme. Streicheleinheiten, das Wort gefällt mir, wir haben das nicht im Englischen. Ich mach jetzt erst mal Schluß, meine Maschine ist ausgerufen worden.
Vier Tage später. Entschuldige, ich konnte im Flugzeug nicht weiterschreiben. Irgend was in mir fühlte sich plötzlich an wie Blei, mit jeder Luftmeile, die sich zwischen uns schob. Ich habe nur so vor mich hingedöst, stundenlang, wie ein Gegenstand, vergessen in irgendeinem Regal eines Fundbüros, mutlos und unheimlich allein. Mein Sonnenbrand juckte und begann zu pellen, im Gesicht und an den Armen. Du läßt deine Haut zurück, ging es mir durch den Sinn, auf dem Weg zurück in deine Enge, nicht mehr derselbe, nicht mehr so einfältig und genügsam, so nahtlos einpaßbar in deinen Familienverbund.
Mit Hund und Fahrrad und dem Combiwagen von Vater, der Dachmansarde und dem Gelegenheitsjob in den Ferien. Um mich herum die altbekannten Gesichter aus dem Viertel, in dem wir wohnen, im Selbstbedienungsladen an der Ecke oder am Sonntag in der Kirche. Ich bin wieder zurück in der Provinz. Hier ist alles noch enger geworden, das Haus mit dem kleinen Vorgarten, mein Zimmer, selbst die gemütliche Küche, die ich so liebe mit den Kacheln, den Kuchenformen und den selbstgemachten Holzmöbeln. Es ist, als sei ich in der Zwischenzeit größer geworden und mit mir mein Zeug, Hemd, Hose, Schuhe, damit es nicht auffällt. Sie fragen mich meine Reiseerlebnisse ab wie einen Hausierer, wie einen Abenteurer, dessen lange Leine man wieder eingeholt hat. Mutter bekocht mich, als sei ich ausgehungert und unter die Räuber gefallen. Ich habe Dich ihnen unterschlagen. So als könnten sie Dich mir sonst wegnehmen. Vater hat schon alles organisiert mit meinem Studium, so als fürchte er, meine Reise durch die Alte Welt habe mich verwahrlosen lassen, als müsse er mich wieder auf Vordermann bringen. Für ihn ist Vergnügen gleichzusetzen mit Unernstigkeit. Zucht und Ordnung, Du weißt schon. Du fehlst mir mit Deiner Stadt und ihren vielen Gesichtern. Ich beneide Dich um ihre Weite, um ihre Vielschichtigkeit. Vielleicht ist es auch nur die Offenheit ihrer Menschen. Ich weiß es nicht. Mir ist, als müßte ich mich wieder einschrumpfen, um hier zurechtzukommen.»

HANS-GEORG BEHR
Rup

Du bist schuld. Das sagst du mir ja auch oft genug, und im Lauf der Zeit haben wir wenigstens gelernt, so was nicht mehr ernst zu nehmen. Aber wir hätten von Anfang an wissen müssen, daß so was nicht gut gehen kann. Da hast du mich auf der Buchmesse, mitten in diesem schrecklichen Samstagnachmittagsgewühl, einfach umarmt, einen Wildfremden. Als ich dann dein Gesicht sah – ich brauchte eine Weile, bis ich das alles fassen konnte –, sah ich auch schon die Katastrophe: den Stolz, daß du das so einfach tun konntest, und den Schrecken darüber.
Du sagtest: «Ich hab so was noch nie getan.»
Ich sagte: «Ich hab so was immer geträumt.»
Du sagtest: «Ich hab gefühlt, du brauchst das.»
Ich sagte: «Ich bin ganz schön erschrocken. Wenn wir klug sind, fragen wir jetzt nicht nach unseren Namen. Laß uns einfach als Engel begegnet sein. In einem Augenblick, an den man ohne Sehnsucht denken kann, einfach, weil man's lernen muß, da wir nie wissen werden, wer wer war.»
Du sagtest: «Zu spät. Ich weiß schon, wer du bist. Außerdem sollten wir doch beide erwachsen genug sein, so was leben zu können.»
So fing das an. Also das Wort «erwachsen» haben wir uns schon einige hundertmal um die Ohren geschlagen. Immer, wenn wir merkten, daß wir überhaupt nicht erwachsen sind, nur zu erwachsen. Vielleicht hätten wir uns als Pubertierende begegnen sollen, dann hätten wir zwar auch unsere Komplexe gehabt, aber nicht so verkrustete. So müßten sich Siebzehnjährige schämen, würden sie sich so verhalten wie wir.
Du bist zu mir gekommen, drei Wochen und unendlich viele Telefonate später. Du hast mich umarmt und plötzlich gesagt: «Weißt du, ich kann nicht mit Männern.» Da habe ich mich aufgerichtet und gesagt: «Verdammt noch mal, ich bin doch nicht Männer, ich bin nur leider ein Mann.» Dann hast du mir von deiner Frau erzählt und deinen anderen Frauen. Und ich hab dir von meinen Männern erzählt, einfach, weil du soviel von Frauen gesprochen hast. Von Gunter, dessen Liebe mich so

überrollt hat, daß ich einfach nur impotent war. Von Ecke, mit dem ich nun schon dreizehn Jahre zusammenlebe und mit dem ich auch nicht kann. Schön ist anders. Vielleicht kann ich auch nicht mit Männern. Die Scheiße ist nur, daß ich manchmal einen liebe. Und daß dann in meinem Hinterkopf meine katholische Nazi-Erziehung aufwacht – ein deutscher Junge tut so was nicht – und mir eins draufgibt. Aber so eine ähnliche steckt ja auch in dir. Vielleicht sind wir deshalb so ineinander verknallt. Schade nur, daß es ausgerechnet diese Gemeinsamkeit ist, die wir am stärksten haben.

Zwei Nächte später, glaube ich, haben wir dann miteinander geschlafen: Hat dich das deine Frau eigentlich auch gefragt: Wie machen das eigentlich zwei Männer? Anna war so nett, mir das zu ersparen, Helga nicht. Ich konnte ihr nur sagen, daß es uns da leider noch an Fantasie fehlt. Sonst fehlt die uns nicht, und das macht es ja so aufregend. Da habe ich dich dann in Dortmund besucht, in deiner Schon-wieder-mal-Studenten-Bude, und du bist mit nach Mühlheim gefahren, zu meiner Vorlesung. Damit ich mich dir nicht unsittlich nähern kann, hast du mich so lieb umarmt, daß eine Rippe geknackt ist. Und dann sind wir händchenhaltend durch den Ruhrpott und du hast mit deiner Kindermundharmonika den Mond beheult. Verdammt, wie schaffst du das, daß neben dir LSD wie ein Schlafmittel wirkt? Mit mir ging's dir genauso, sagst du, und das mache dir eben oft Angst.

Wir scheinen auch auf andere ganz antörnend zu wirken, obwohl wir zwei Männer sind (aber vielleicht haben damit nur wir die meisten Probleme). Auf den Schaffner beispielsweise, der sich im Nachtzug durch den Pott zu uns setzte und noch ein paar Enzensberger-Gedichte hören wollte. In deiner Bude hast du dann gesagt: «Verzeih mir, aber ich kann nicht mit Männern», hast mir deinen Schlafsack auf den Boden gelegt und dich in dein Bett verkrochen.

Und dann bist du wieder nach Hamburg gekommen, aus Sehnsucht, und dann hast du doch gekonnt, also mit mir. «Da spürt man eine unglaubliche Intensität, wenn ihr zusammen seid», sagt Renate und nicht nur sie. Hannah hat ein paar Fotos gemacht, wo wir uns ansehen und sonst nichts. Liebende sehen ja immer aus wie Kälber beim Schlachter, aber wir scheinen schon kapitale zu sein.

«Du bist mein Hamburg-Trip» hast du gesagt, als du da wieder weggefahren bist. Und dann bist du in Dortmund oder Neckargemünd, und

das ist eine andere Welt. Da ist Karin aus Dortmund, dort Walde... das ist deine andere Männerwelt, in die passen meine Anrufe so gar nicht. Das versteh ich. Aber dann sitz ich vor dem Telefon wie der Junkie vorm Spritzbesteck. Hysterisch vor Sehnsucht nach deiner Stimme. Ein ganzes Buch hab ich mit Telefonszenen vollgezeichnet, und daß ich angefangen habe zu zeichnen, liegt auch an dir.
Ich glaube, das ist die Crux: Daß ich dein Hamburg bin und du für mich überall und allgegenwärtig. Zumindest sagst du das. Und daß du mich als schrecklich schönes, verbotenes Abenteuer empfindest, als ein Laster, schlimmer noch als reiner Weingeist für den Alkoholiker. Peggy Parnass meint immer, du sähest fürchterlich mitgenommen aus, wenn du bei mir bist. Und daß ich herzlos sei, wenn ich sage: Recht geschieht ihm. Aber Peggy ist selbst Weltmeisterin in problematisch Lieben.
Ja, wir sind schwul miteinander, das kann passieren, und uns ist's passiert. Wir haben uns nicht einmal groß dagegen gewehrt, erst gegen die Erkenntnis, und um uns gegen die Erkenntnis wehren zu können, haben wir Scheiße gebaut, als wären wir Dinosaurier. Wäre da nicht dieser Zauber zwischen uns, hätten wir's einfach und bräuchten uns nur aus dem Weg zu gehen. Hilft nicht, das auch nur zu hoffen; wir haben zwar jede Menge aneinander gelernt, am besten aber leider, uns gründlich alle zu machen.
Das muß an diesem Scheißbegriff «schwul» liegen, obwohl ich homosexuell noch mieser finde. Und am miesesten diese Typen, die natürlich nicht schwul sind, sondern höchstens eben -sexuell, homophil oder ein ganz klein bißchen bi, auch noch, wenn sie gerade aus einer Toilette flitzen, in der Fachsprache «Klappe» genannt. Mir haben diese tristen Orte einsamer Männer nie was ausgemacht, ich bin nur nicht reingegangen, auch nicht zum Pinkeln, denn ich wollte nicht stören, und ich gehör dort nicht hin. Ich bin ja auch nie zu einer Nutte gegangen, aus denselben Gründen. Aber nun fliegen mir, wenn dir auffällt, daß du mich liebst, die Klappen um die Ohren und die ganze schwule Scheiße hinterher, von der Erziehung angefangen bis zur Angst vor dem Alter.
Ich hab's da etwas leichter als du, denn ich hab immer gesagt: «Ich bin schwul», auch schon, als ich noch keinen Mann näher als einen Meter an mich ranlassen konnte. Das war einfach eine Provokation, und

manchmal sagte ich auch: Ich bin ein linksintellektueller, kiffender Negertürkenschwuler. Das hing mit meinem Verständnis von Minderheitenpolitik zusammen, und am meisten hat mich gefreut, wenn man's mir glaubte. Meine Güte, was zuckten da die verklemmten Macker zusammen und weg. Und wenn ich dann lachte und sagte, sie sollten sich einmal eine Frau vorstellen, wenn sie der sagen: Ich bin hetero ... Dann waren sie jedesmal beleidigt, deutsch beleidigt. Solche Scherze kann ich nun nicht mehr machen, jetzt ist's passiert. Deine Angst vor diesem Scheißwort hab ich ja genug abbekommen.
Vielleicht sind wir wirklich nicht schwul. Schau dir doch die an, die du sonst kennst – lauter Supermänner, Übermacker. So männlich, daß sie mit Frauen gar nicht mehr können, nur noch mit ähnlichen Supermännern. Und weil die allesamt schnell welk werden, dann irgendwo im Pißgeruch landen. Ich wollte nicht nur nicht so ein Mann sein, mir war auch die andere Männlichkeit kompliziert genug. Ich wollte einfach näher zu den Frauen, auch zu der in mir. Bis mir irgendwann auffiel, daß meine Liebe nicht geschlechtsgebunden ist. Das warst du, zufällig an mich geraten als professioneller Verführer, der, wenn er hat, was er wollte, oft ganz schön verlegen wird. Und vielleicht gerade deshalb mich auf der Buchmesse umarmte, weil's wirklich der beste Ort war, es zu tun und dann ganz schnell auseinanderzugehen, mit Heiterkeit und ohne Folgen. Pech für uns, daß das nicht geklappt hat.
Nun müssen wir damit leben, aber ein Wie ist bei allem Wollen nicht abzusehen. Du hast mir gesagt, wie du dich in diesem ganzen Männlichkeitskram deiner süddeutschen Provinzsozialisierung gefangen fühlst und daß du da raus möchtest. Aber als du mir das sagtest, hattest du mich davor so fertig gemacht, daß ich nur noch sagen konnte: Rup, du stehst am Zaun wie alle Kleingärtner, auch wenn du drüber willst. Und jedesmal, wenn du sagst: Hilf mir drüber, knallst du mir erst fünfzigmal den Schädel an die Zaunlatten – oder ist das für dich eine Berliner Mauer? Und als ich dir das sagte, hab ich dich überhaupt nicht mehr geliebt und war ganz weit weg von dir. Und hab mich dafür geschämt. Scheiß-Männerkomplexe! hab ich hunderte Male gesagt, aber geholfen hat das auch nichts.
«Irgendwie komm ich um das Wort Genuß nicht herum», hast du einmal gesagt, als ich noch in deinen Armen gezittert habe und noch gar keine Luft kriegen wollte.

«Wir sind einfach zu alt füreinander und für das», sagten wir einmal und hofften, gelogen zu haben.
Wir schieben den ganzen Jammer auf Entfernung und Zeit. Auf die weiten Wege zueinander, den vielen Kleinkram, der uns davon abhält, sie zu machen. Aber wir wissen beide, daß es das nicht ist. Es ist Angst, immer wieder Angst, und wie bei der Hydra kommt eine neue für jede abgeschlagene.
Es ist dieses verdammte «Was machst du mit mir?» Gegenseitig. Dabei wissen wir: Jeder macht sich selbst aneinander alle.
Daß ich aus dir einen Klappenschwulen machen könnte, nur weil du mich liebst, hast du schon lange vergessen. Aber bis dahin hast du so um dich getreten, daß ich mich kaum mehr öffnen konnte vor Angst, in welchen Weichteil meiner Seele du nun hacken würdest. Da hast wieder du lange darunter gelitten.
Du hast gesagt: «Ich hab immer Angst, wenn ich frage: Was will er von mir? Ich kann doch gar nichts geben.»
Da hab ich gesagt: «Die Angst brauchst du nicht haben. Du reichst mir schon.»
Völlig falsch. Drei Wochen haben wir uns angekrampft (telefonisch), weil du nun geglaubt hast, ich wolle dich. Natürlich mit Haut und Haaren, schlotter. Und ich hab ins Telefon gebrüllt: «Himmelherrgott! Ich hab Sehnsucht nach dir!!!» Das war natürlich wiederum das Falsche. Sechs Wochen bist du daraufhin nicht gekommen.
Da bin ich nach Dortmund gefahren und, knall! sind wir wieder aufeinander, ineinander abgefahren. Karin hat's genossen, wie du da in der Kneipe gesessen hast, von Mann und Frau mit Liebeserklärungen überschüttet. Und als du einmal weg mußtest zum Pinkeln, haben Karin und ich beschlossen, dabei überhaupt keinen Pascha sehen zu wollen.
Immerhin: In dieser Nacht durfte ich mich an dich kuscheln, das heißt, es blieb mir gar nichts anderes übrig, sonst hättest du mich aus dem Bett geschmissen. Geschnarcht hast du auch. Und am Morgen hast du mich umarmt, so zärtlich, daß ich einen Augenblick dachte: Jetzt ein ganz schneller Herzschlag wäre das stilvolle Finis. Und hast mich plötzlich von dir gestoßen und gesagt: «Nicht daß du glaubst, das ist meine Moral. Aber ich kann eben nun einmal keinen Mann lieben.»
Da ist in mir ein Damm gebrochen. Als Kind hat mich meine Mutter

immer so lange geprügelt, bis ich nicht mehr weinte, und das hat gehalten. Nun floß da natürlich sehr viel mehr raus, als der Anlaß abgeregnet hätte. Und du warst völlig verlegen, wurdest sehr hart, knalltest ein Frühstück auf den Tisch, und ich hab noch geheult, als du mich auf dem Bahnhof abgesetzt hast. Muß dir ziemlich peinlich gewesen sein. War's mir ja auch.
Einmal haben wir unter der Dusche gesungen und, uns gegenseitig einseifend, getanzt.
Und dann bist du wiedergekommen, und wir sind wieder ineinander gekrochen. Da du diesmal Zeit mitgebracht hattest – so ein Praktikum ist doch ein angenehmer Vorwand –, konnten wir's eine ganze Woche versuchen, ehe wir uns einen langen Samstag lang gründlich zerfleischten. Dann bist du zu Renate gezogen, auf die Luftmatratze. Dann bist du wiedergekommen, und dann blieb uns noch eine Woche, die alle Schlachtfeste aufwog, die wir uns antaten.
Das ist es ja immer, diese Augenblicke, wo wir glauben, aneinander wahnsinnig zu werden. Günstigenfalls: vor Glück. Und daß wir, nur lange genug auseinander, darauf so verschieden reagieren. Du mit: Was macht der mit mir?! Ich mit Sehnsucht. Kaum höre ich deine Stimme am Telefon, fliege ich ab. Leider ist dann mein Hirn in der Gepäckaufbewahrung hinterblieben. Meine Artikulationsfähigkeit auch. Einzig für die Frage reicht's: Wann kommst du wieder? Verständlich, daß dich das nervt. Vor allem, wo du nun endlich wieder etwas «normalen» Boden unter die Füße bekommen hast.
«Du weißt ja gar nicht, was bei mir los ist», fauchst du in das Telefon. Doch, ein wenig weiß ich. Als wir wieder einmal ganz großen Krach hatten, rief mich Walde heulend an: «Bitte sei nicht hart zu ihm, es geht ihm beschissen. Ich hab ihm gesagt, daß ich mich für einen anderen Mann entschieden habe. Verstehst du, das ist hart für ihn. Wir waren ja immerhin neun Jahre zusammen.»
Nein, das lag nicht an mir, das lag auch nicht unbedingt an anderen Frauen, wo Walde mehr Grund gehabt hätte, eifersüchtig zu sein als auf deinen Kerl, wo du ja selbst nicht fassen kannst, daß er dir passiert ist. Aber das ließ sich auch nicht vermeiden, daß du das an mir mitausgetragen hast. Hab ich dir auch nicht übelgenommen.
Das war was anderes, viele glückliche Stunden und langes Warten später, was mich so verletzt hat, daß ich nicht mehr konnte. Da hatte ich

dich wieder einmal in die Ecke gedrängt. Am Telefon natürlich, denn wenn du da bist, bring ich vor Glück oft keinen Pieps raus. Ich habe dich also wieder einmal genervt, an nicht eingehaltene Versprechen erinnert, also den üblichen idiotischen Terror gemacht, zu dem nur Liebende fähig sind. Hab einmal den Hörer hingeknallt und sofort wieder angerufen. Dann hast du den Hörer hingeknallt. Und plötzlich war da die Frau, von der ich nur die Stimme kannte und nur wußte, daß sie deine Vermieterin ist. «Der Herr hat mir gesagt, ich soll Ihnen sagen, er wünscht nicht mit Ihnen zu sprechen.»
Da war's aus und leer, aber über der Leere war auch ein Sargdeckel. Ende.
Kaum hatte ich gelernt, dich zu verdrängen, hast du wieder angerufen. Und da saß ich nun wie ein Fixer, der gerade einen Entzug hinter sich hat und dem man eine Spritze anbietet. Ich hab «nein» gesagt, und hab's geschafft, es nicht verletzend zu sagen. Als ich den Hörer endlich aufgelegt hatte, war ich ein Fall für den Notarzt.
Du hast wieder angerufen, mich sehen wollen. Der Ort war neutral, und als ich dich sah, dachte ich plötzlich: Das ist das erste Mal, daß er auf dich gewartet hat.
Das italienische Restaurant war vorzüglich, auch das Gras kurz davor, und das half uns. Du konntest mir von deiner Angst vor meiner Sehnsucht erzählen und von allem anderen, womit du nicht fertig wurdest. Und ich konnte dir von meiner Angst vor deiner Angst erzählen und dabei sogar lachen. Wir waren ganz leise, und doch fiel dir auf, daß alle Leute drumherum die Ohren spitzten und versuchten, da mitzunaschen. Du warst sehr schön und sehr ernst und hast gesagt, ich sei das.
Das war eigentlich ein Zufall, der mir die Augen geöffnet hat, beim Wegsortieren der paar Fotos von dir. Drei nahm ich, eins vom Anfang, eins aus der Mitte, eins von der letzten Begegnung. Leute, die uns nicht kannten und denen ich sie zeigte, meinten übereinstimmend, zwischen deinen drei Gesichtern lägen Jahre, nicht an Verschleiß oder Alter, sondern an Erfahrung. «Kein Bubiblick mehr, der nur einfach lieb sein möchte», sagte eine erfahrene Dame. «Der ist jetzt ein Mann geworden. Damit muß er leben lernen.»
Vielleicht war's das, was uns einander so zerfleischen ließ. Nein, das hab nicht ich dir gemacht, das kam dabei heraus, und daß du es plötzlich selbst gemerkt und mir dafür gedankt hast, hat mir unendlich gut

getan. Denn nun konnte ich dir auch dafür danken, daß du mir die Haut abgezogen hast – zweifellos kein bequemer Zustand, aber ich fühle sehr viel mehr. Daß ein Kerl von dreißig zum Mann wird, war ja fällig, obwohl's viele noch mit fünfzig nicht geschafft haben und entsetzliche Spätbubis werden. Aber daß wer mit 46 noch romantisch werden und in sich Gefühle, Wahrnehmungsmöglichkeiten entdecken kann, die er für sich nie für denkbar gehalten hätte, das hab ich dir zu verdanken. Nur mit einem sind wir nicht fertig geworden: mit dieser Schutzmarke anständiger Bürger, die uns ins Hirn gebrannt wurde – Mann kann Mann doch nicht lieben, das kann nie gutgehen. In irgendeinem Hinterkopfwinkel haben wir das manchmal geglaubt, und das Vaterland mag ruhig sein, es hat gesiegt. Schön, daß wir's uns nicht mehr um die Ohren schlagen.

«Schade», sagen alle, die uns kannten. «Ihr wart so unglaublich schön und intensiv zusammen.»

Du sagst, du seist froh, keine Sehnsucht mehr nach mir zu haben. Ich sag das auch, wenn du mich anrufst.

Wann sehen wir uns eigentlich mal wieder?

Du möchtest unbedingt kommen, sagst du.

II HOFFEN UND HARREN

Nicht mit dir und nicht ohne dich – verdammt!

INGEBORG HABERKORN

In schönster Zwietracht
leben wir vor lauter Liebe
frißt keiner den andern
gehst du nicht
über in mich geh ich nicht
ganz in dir auf wohnt jeder
an seinem Platz da wird's uns
nicht einträchtig eng

PETER MAIWALD

Schneewittchen

hinter den sieben Bergen
betrügt mich
mit sieben Zwergen
die dumme Liese
braucht sieben Berge
braucht sieben Zwerge.
Ich war ihr Riese.

HUBERT WINKELS
Eifersucht – variiert

Liebesleid I
Dabei ist es nicht nur nicht weniger schlimm, wenn es stimmt, daß du gestern, anstatt wie wir ausgemacht hatten, nachdem wir uns wirklich zum erstenmal gestritten hatten, aber ohne uns anzuschreien, nach der Arbeit, gegen deine Gewohnheit, erst einen Kaffee trinken zu gehen, sofort nach Hause zu kommen, drei Flaschen Rum mit drei Männern leergemacht hast, ohne mit ihnen sonst noch was zu haben, sondern ist, mit deinem Wissen, daß ich erfahre, was du hättest tun können, aber nicht getan hast, ein unerträgliches Ausspielen deiner Unabhängigkeit, die du gar nicht hast, gegen mein Bewußtsein, das, wie du genau weißt, trotz aller Anstrengung hinter die Gründe zu kommen, warum du mit drei Männern drei Flaschen Rum getrunken hast, sich nicht darüber beruhigen kann, wie du, obwohl du auch das wußtest, trotzdem so hast handeln können.

Liebesleid II
Obwohl wir es so ausgemacht hatten, bist du gestern nach der Arbeit nicht nach Hause gekommen; dafür bist du mit drei Männern in eine Kneipe gezogen, und ihr habt zusammen sage und schreibe drei Flaschen Rum leergemacht.
Ich halt das überhaupt nicht aus; auch wenn ihr sonst nichts getrieben habt; du weißt doch ganz genau, daß ich so was absolut nicht vertragen kann, und du tust es trotzdem, das ist fast das Schlimmste.
Aber irgendwie macht mich die Sache selbst auch verrückt: mit drei Männern drei Flaschen Rum; ich komm über drei fette, glucksende, vor Erregung knallrote Gesichter nicht hinaus.
Wie war's denn? Erst habt ihr aus Gläsern getrunken, dann kleine Schlucke aus der Flasche, dann gekippt, dann haben sie schlabbernd und prustend die Arme um deinen Hals gelegt, dreckige Witze auf der Zunge, geseibert und den Fusel auf deinen Rock geschüttet, gerülpst und mit Schluckauf und lallend, mit offenem Hemd über der Brust und

fahrigen Bewegungen ihr strähniges Haar aus den Augen gewischt und dir über dein langes braunes und sind mit dem Knie zwischen deine Schenkel auf dem Hocker, mit den feuchten klebrigen Händen über deine Bluse, aus Versehen, im Suff, und haben dir kleine Schweinereien ins Ohr geflüstert, ganz Nähe mit dem speckigen Mund, und bei deinem Lacher die Zunge nachgeschoben, kurz über den Knorpel geschleckt, ganz Übermut, ganz Vertrautheit, vor lauter Stallgeruch vom Rum und vom Schwitzen und vom Wanken und vom Lallen und vom Stinken ...
das halt ich einfach nicht aus, auch wenn du wieder nach Hause gekommen bist.

KAI METZGER

Monika ist auch in Urlaub

Da es dämmerte und die bunten Neons aufleuchteten, schien es, als brächte der Abend endlich kühle Atemluft, aber immer noch stieg Sonnenwärme von den Straßen auf, die immer noch gasige Luft roch nach Gummi, die Bedauernswerten, die kein Cabrio besaßen, hängten einen lässigen Arm aus dem Fenster und klopften Radiorhythmen aufs heiße Autoblech, und die Hand der Begleiterin schwitzte im Genick des Fahrers. Kaum vorstellbar, daß die Temperatur jemals sinken würde.
Horst Kleinschmidt scherte aus dem halbwegs zielstrebigen Gedränge der Freitagabendbummler aus und trat zwischen die vollbesetzten Tische auf der Terrasse des ‹Goldenen Kessel›. Er blinzelte schüchtern, suchte steifknochig einen Weg zwischen den Stühlen und lehnte sich neben Rauchwolf in die Tür.
«Der Kellner wird dir 'n Tritt geben.»
«Tag, Karl», antwortete Kleinschmidt höflich. «Ich bleib nicht.»
«Kommst du vom Bahnhof?»
«Nicht direkt. Bin schon zwei Stunden hier.»

«Wo warst du vergangenes Wochenende?»
«Manöver», antwortete Kleinschmidt, plötzlich ärgerlich.
«Trink eins mit», sagte Rauchwolf zuvorkommend.
«Nein. Aber hör mal: Hast du zufällig –»
«Sei nicht hektisch», sagte Rauchwolf. «Trink eins mit.» Er nahm dem ungeduldigen Kellner zwei Bier vom Tablett.
«Also Prost», sagte Kleinschmidt. «Hör mal: Hast du vielleicht zufällig Annette gesehn?»
«Zufällig nicht.»
«Sie ist mir abhanden gekommen.»
«Frag mal auf'm Fundbüro», sagte Rauchwolf. «Von einem Mädchen sagt man nicht: Sie ist mir abhanden gekommen. Das ist für Regenschirme.» Er blickte halbwegs beteiligt ins dämmrige warme Stimmenknäuel und versuchte die Hupsignale der langsam über die Straße rochierenden Autos zu deuten. Vermutlich kam es nicht so genau darauf an, wie die Leute über- und miteinander sprachen, da sie sich ohnedies nur unvollkommen verständigten. Unbeirrt strichen sie heißhäutig aneinander vorbei, und Schweißhände verhakten sich ineinander, wenn nichts dazwischen kam. «Kaum vorzustellen, daß wir jemals aufhören könnten, Regenschirme zu suchen und wieder achtlos stehen zu lassen», sagte Rauchwolf zu sich. «Und Frauen und –»
«Nur Annette», blaffte Kleinschmidt dazwischen. «Wenn du sie siehst, sag ihr, sie soll hier warten, klar?»
Sobald er um die nächste Ecke bog und Rauchwolfs Grinsen entkommen war, fiel er in einen schnellen Schritt, der ihn von den anderen Passanten unterschied. Die Gesichter, die er mit halber Hoffnung prüfte, leuchteten ihn mit Wochenendmiene an. Schwitzend durchrempelte er eine Kneipe nach der andern und wünschte sich, allein zu sein, ganz allein: mit niemandem reden müssen, nicht darüber nachdenken müssen, was man mit jemandem zu reden hat. Aber du bist ja allein! stellte er fest. Du machst keine gute Figur, das mußt du zugeben. Als ein Rekrut den Brief von seiner Freundin über'n Kasernenhof trug – konntest du dir auch nicht vorstellen, was, daß du – – Nächstens, wenn die Stube beim Lichtaus ihr Thema gefunden hat, kannst du sagen: Meine Frau pennt mit 'nem andern. Das ist Kino für die Kameraden.
Kleinschmidt wunderte sich über seine innere Redseligkeit. Du quatschst schon fast wie Rauchwolf: Kaum vorstellbar – toll.

«Hallo, Horst!»
Er wandte sein Gipsgesicht.
«Yvonne», sagte er mit halber Erleichterung. – Erkennst ihre Stimme nicht unter Tausenden, wie? «Hallo, wie geht's?» redete er mühsam.
«Hast du Annette gesehn?»
«Nein. Hast du sie verloren?»
Er blickte in ihr breites Lächeln: Auch eine Idee, vielleicht sogar naheliegend. Greif sie dir –
«Nein», sagte er. «Ich such sie nur.»
«Kommst du mit zu Lennys?»
«Nein. Bestimmt nicht. Tschüß.» Er ließ sie stehen. Er schaute über die Schulter zurück. Da stand sie. Er ging weiter. – Man hat's nicht leicht, sagte sich Kleinschmidt. Mit der Selbstironie klappt es auch noch nicht so richtig.
«Annette gesehn?»
«Nee. – Da ist ein Stuhl», nickte Rauchwolf. «Schnapp ihn dir.»
Sie rückten nebeneinander, wippten auf den Stühlen, lehnten sich an die Wand, tranken kühles Bier. Rauchwolf drehte sich mit deutlicher Sorgfalt eine Zigarette. Vor ihnen auf der Straße versuchten die Menschen immer noch das Leben. Kleinschmidt sah Rauchwolfs außergewöhnlich friedfertiges Lächeln, und er spürte, wie sich die schwarze Nachtkühle in die widerspenstig beweglichen Straßen senkte, um für einige Stunden den Sommerstaub und allzu grelles Sommergelächter niederzuhalten. Aber er konnte sich nicht vorstellen, wie er eine solche Nacht jemals wieder so erleben würde, wie es zuvor gewesen war. Er glaubte zu wissen, daß er alles wiederfinden würde, aber er konnte es sich nicht vorstellen.
«Vielleicht kommt sie gleich hier vorbei», sagte Rauchwolf.
«Vielleicht.»
«Vielleicht ist sie zu Hause.»
«Vielleicht hab ich da schon zehnmal angerufen heute», sagte Kleinschmidt, «und sie nicht erreicht.»
«Monika ist auch in Urlaub», sagte Rauchwolf scheinbar nachdenklich. «Kommt erst nächste Woche wieder.»
Der Kellner bediente sie jetzt ohne Aufforderung. Sie nickten nur, wenn er die Gläser vorsetzte. Sie waren nicht betrunken.
«Meine Frau pennt mit 'nem andern», sagte Kleinschmidt gegen sein

Bierglas. «Ich meine», verbesserte er mit einem Blick auf Rauchwolfs Knie und Hände, «Annette hat mit 'nem andern Jungen geschlafen.»
Rauchwolf rührte sich nicht und schwieg. Es war noch Lärm genug rundum.
«Das ist alles», sagte Kleinschmidt gegen sein Bierglas. «Sonst ist alles klar.»
Rauchwolf spitzte die Lippen und nickte ein bißchen. Er holte ein bißchen Luft. Er sagte: «Du hast sieben Möglichkeiten. Das ist das Angenehme bei solchen Gelegenheiten: Daß man eine genaue Anzahl von Möglichkeiten hat.»
«So.»
«Du dachtest vermutlich, du hättest drei Möglichkeiten. Tatsächlich hast du sieben. Erstens: Du bringst dich um, weil du ohne sie nicht leben kannst. Zweitens: Du bringst sie um, weil sie ohne dich nicht leben soll. Drittens: Du bringst den ‹Andern› um, weil er nicht mit ihr leben soll. Viertens: Du bringst sie und dich um, weil sie nicht ohne dich leben soll und du nicht ohne sie leben kannst. Fünftens: Du bringst ihn und dich um, weil er nicht mit ihr leben soll und du nicht ohne sie leben kannst. Sechstens: Du bringst sie und ihn um, weil sie nicht zusammenleben sollen. Siebtens: Du bringst sie, ihn und dich um, weil –»
«Das reicht», sagte Kleinschmidt. «Du hast sie doch nicht alle beieinander.»
«Lies die Zeitung», sagte Rauchwolf. «Jede Woche probiert jemand eine der Möglichkeiten aus. – Übrigens: Wenn du mit dem Leben davon kommst, kriegst du lebenslänglich, weil du aus niederen Beweggründen gehandelt hast und voll zurechnungsfähig bist.»
«Im Unterschied zu dir. – Was ist denn mit den drei Möglichkeiten, auf die ich selbst gekommen bin?»
«Erstens: Du trennst dich von ihr. Zweitens: Du trennst dich nicht von ihr. Drittens: Du denkst drüber nach.»
Kleinschmidt blickte nicht fragend oder beleidigt auf. Er schluckte das und spülte mit Bier nach. Er sagte: «Mit dir hab ich ja wohl ungefähr den besten Seelsorger, den ich finden konnte.»
«Ja», sagte Rauchwolf vergnügt. Er sah unauffällig auf die Uhr: Es war nach Mitternacht. Die Kellner fingen an, die Terrassenstühle zu stapeln.

«Weißt du's von ihr?»
«Ja. Sie hat am Montag geschrieben.»
«Will sie Schluß machen?»
«Nein. War wohl bloß 'n Zufall. Nix von Bedeutung.»
«Hast du angerufen?»
«Nein. Erst heute.»
«War dir wohl nichts eingefallen, was du sagen solltest.»
«Ich bin nich so'n begabter Redner wie du.»
Rauchwolf grinste und kramte in seiner Begabung.
«Hier ist jetzt Feierabend», sagte der Kellner. Sie bezahlten.
«Wollen wir noch woanders hin?»
Kleinschmidt schüttelte den Kopf. «Kann ich bei dir pennen, heut nacht? Zu meinen Eltern möcht ich nich, und zu ihr –»
«Ja. Wenn's unbedingt sein muß», sagte Rauchwolf freundschaftlich und mitleidig, so gut er konnte.
In der Straßenbahn sagte Kleinschmidt: «Sie is anders.»
«Ja», sagte Rauchwolf, sein Grinsen versteckend. «Das is bei allen gleich.»
«Nütze die Segnungen der Zivilisation», sagte Rauchwolf und zeigte ihm das Telefon.
«Ich weiß nicht», sagte Kleinschmidt tonlos.
«Eben. Wenn du nicht weißt, dann frag sie was. Los. – Ich mach mir noch was zu essen. Willst du auch?»
Kleinschmidt schüttelte den Kopf. Als er Rauchwolf endlich los war, setzte er sich neben dem Telefon auf den Boden und starrte die weinrote Tapete an. – Komische Farbe für 'ne Tapete. Na, kann man sich dran gewöhnen. Man kann sich an eine Wohnung gewöhnen, sogar an die Kaserne und sogar an einen Menschen. Wenn man umzieht, findet man nach einiger Zeit auch in der neuen Wohnung den Lichtschalter im Dunkeln, ohne danebenzugreifen. Meistens, dachte Kleinschmidt.
«Was is?» fragte Rauchwolf.
«Nichts. Ich bin nur 'n bißchen durcheinander.»
«Dann trink mal was», sagte Rauchwolf und hielt ihm das Schnapsglas hin. Sie tranken.
«Ich könnt noch einen.»
«Vergiß mal deine drei Möglichkeiten nicht», erinnerte Rauchwolf.

«Erstens: Du trennst dich von ihr. Aber das ist anstrengend, nicht wahr? Du willst dich nicht von ihr trennen, nicht wahr?»
«Nein», sagte Kleinschmidt.
«Zweitens: Du trennst dich nicht von ihr. Aber das geht gegen deine Schwanzehre, nicht wahr? So was kann man doch nicht einfach durchgehn lassen, nicht wahr?»
«Halts Maul», sagte Kleinschmidt müde. «Laß mich in Ruhe.»
«Drittens:» fuhr Rauchwolf unbeirrt fort, «ruf sie an, rede mit ihr, versuch, dich mit ihr zu verständigen, sei nett, gib dich hin. – Hingabe!» rief Rauchwolf vergnügt und schwenkte die Schnapsflasche.
«Eins wünsch ich mir, du Komiker», sagte Kleinschmidt gegen die Wand, «daß es dich auch mal erwischt: so oder ähnlich. Du kannst dir das nicht vorstellen vielleicht –»
«Ach was!» sagte Rauchwolf mit Schnapsatem. «Das ist doch alles nichts Neues. Wenn du schon nicht an sie denkst –» Kleinschmidt sammelte Atem, um zu antworten, aber Rauchwolf war maulflink. «Denk an andere Leute. Denk an deine Eltern, die sich erst nach zwanzig Jahren haben scheiden lassen.»
«Neunzehn», verbesserte Kleinschmidt beiläufig.
«Denk an Gottfried, der seit drei Jahren 'ne Freundin hat, die achthundert Kilometer von hier wohnt. Denk an Vera –»
«Kenn ich nicht», sagte Kleinschmidt stur.
«Na klar: Das ist doch die mit den beiden Selbstmordversuchen. – Denk an Yvonne.»
«Nein», sagte Kleinschmidt peinlich berührt.
«Oder denk an nichts, auch gut», winkte Rauchwolf ab. «Paß nur auf, daß du alles unter Kontrolle behältst: Lies keine alten Briefe, konzentrier dich auf deinen miserablen Dienst oder auf die Bundesliga, wechsel die Stammkneipe, trink abends Grog und schüttel dir einen von der Palme, dann schläfst du gut und denkst an nichts. – Oder denk an ihre Nachteile: Ihre Unsportlichkeit, ihre Besserwisserei, daß sie dir das Rauchen abgewöhnen will –»
«Ich rauche nicht!» kläffte Kleinschmidt.
«Wenn schon. Denk an ihre schwachsinnigen Freundinnen, ihre Pfennigabsätze, an die Pickel auf'm Dekolleté –»
Kleinschmidt stand auf, hob das Telefon auf den Schreibtisch und trommelte ganz leise mit den Fingerspitzen auf dem Hörer.

«Denk an ihren ungeheuerlichen, himmelschreienden Verrat», schlug Rauchwolf vor. «Versuch dir mal eben vorzustellen, wie sie miteinander schlafen: ‹deine Frau› und der ‹Andere›. Stell's dir mal eben vor. Bildlich.»
Kleinschmidt sah ihn nachdenklich an. «Du nimmst mich auf den Arm, ja? Oder in den Schwitzkasten.»
«Ein bißchen», gab Rauchwolf zu und stellte die Schnapsflasche auf den Schrank.
«Du sezierst mich und läßt mich dabei zugucken», sagte Kleinschmidt.
«Och», sagte Rauchwolf still. «Das meiste machst du ja selbst.» Er nickte ganz leicht zum Telefon hin.
Kleinschmidt schüttelte den Kopf. «Ich bin müde. Laß mich schlafengehn.»
«Meinetwegen.»
«Eins noch», sagte Kleinschmidt ohne Lächeln. «Vergiß nicht, mir Bescheid zu geben, wenn's dich erwischt, so oder ähnlich.»
«Vielleicht», sagte Rauchwolf.
Das Telefon versagte nicht.
«Karl Rauchwolf», meldete er sich korrekt. Über die verläßliche postalische Leitung hörte er an ihrer Stimme, daß sie schon anderweitig angerufen hatte und daß sie Bauchschmerzen hatte oder etwas ähnliches.
«Ja, der ist hier. – Nein, wir haben was getrunken, und er schläft. – – Nein nein, ich glaube, er ist nur ein bißchen scheu», sagte er mit ziemlich ernsthafter Stimme. «Doch. – – Er hat dich auch gesucht, heut abend. Ja, hab ich ihm auch gesagt», log Rauchwolf ungeniert. «Nein, schon klar. Unbesorgt. Ich weck ihn und setz ihn in ein Taxi. Ich schick ihn dir. – – Nichts zu danken», sagte er vergnügt. «Tschüß, Annette.»
Er sah auf Horst Kleinschmidt hinab, auf das Schlafgesicht im Sofakissen. – Du träumst ja gar nicht, mein Lieber, ich seh dir den traumlosen Schlaf des Gerechten an. Gut so. Es geht alles seinen geregelten Gang. – Er schüttelte ihn rücksichtsvoll und erhielt einen milden Seufzer zur Antwort. – Komm, wach auf, alter Junge, du sollst ja nur das Bett wechseln. Es ist gar nicht dramatisch. Schlaflose Nächte, blabla.

FRANK SCHULZ
Wer nicht lieben will muß fühlen

Soll sie oder soll ich nicht? Wird sie oder werd ich nicht? Kopf oder Kragen? Kopf oder Bauch? Kopf oder Zahl? Schall oder Rauch?
Vera Vera
Ah, Schluß damit. Er hört auf, auf seinem Bart zu kauen. – Genau: ‹Motörhead› jetzt, aber volle power. Federt von der Matratze, ohne auch nur Luft zu holen, es ist Samstag, zehn Minuten vor der Sportschau. Kratzt sich rechts am Hintern, bevor er sportiv vor dem Plattenschrank in die Hocke wippt. Ein Griff, mattschwarze Scheibe auf den Teller, easy den Arm liften, bass treble balance optimal justieren und dann volume auf sieben: ‹Love me like a reptile› – das gibt zong, aber hallo. Wie die Nadeln ausschlagen. Scheiß auf die Nachbarn, scheiß auf alles. Bläst sich mit dem Phonföhn die letzten Grübelkrümel aus dem Hirn. Stampft die vergangenen zwei Stunden in den Teppichboden, kehrt sie darunter. Verdrängungschoreographie. Hüpft einen Banntanz im Dezibelgewitter.
Ha, jetzt unter die Dusche.
Wäscht sich die Augen aus, schüttelt die Zottelhaare um die Falten, bis die Stirne wieder stramm ist. Sitzt zu Frieden bereit im Sessel, seine dunklen Locken trocknen, Bier, Zigarette, der HSV verliert zu Hause souverän, als das Telefon klingelt.

Ja oder nein? Schein oder sein? Klein, aber nicht fein? Pein, aber nicht schrein? Stein oder Bein?
Vera
Er saß und aß und las und genas noch immer niemals nicht und nirgendwo. Der Zigarettenqualm lodert immer wieder auf und beißt in seine sauren Augäpfel, es ist Sonntag, vier Meter vom Tatort. Denk doch an die schönen Stunden: Mo 12 bis 14, Di 20 bis 24, Mi nie, Do 6 bis 8, 18 bis 23, Fr 12 bis 13, Sa 0 bis So 0.
Nee nee also irgendwie
Lacht er mal dreckig, putzt sie ihn sofort. Und so weiter und so fort. Oder neulich. Ruft sie an, bis gleich, wir gehn zum Griechen essen.

Mir wird richtig schlecht, weil alles so unweigerlich ist. Unser Tisch ist Gott sei Dank besetzt, aber dann: Sie will natürlich wieder ans Fenster, natürlich wickelt sie gleich einen Zahnstocher aus, obwohl sie noch gar nichts gegessen hat, natürlich begrüßt sie der Ober zuerst, weil sie «aussieht wie Griechin» (höchstens die Nase), natürlich macht sie den gleichen Witz wie je, natürlich streicht sie ihre Haare hinter die Ohren, wenn sie die Speisekarte gewissenhaft studiert, obwohl sie dann natürlich heute wieder immerdar und in Ewigkeit amen «Nummer siebzig bitte und 'ne Cola» bestellt. Es ist einfach nicht zum Aushalten, ist es nicht. Und mir wirft sie vor, ich hätte beim Essen immer ein Indianergesicht. –
Neben dem Fernseher stand einmal ein frauenhoher Ginsterstrauch, sie hatte ihn geschnitten. Sie sagte, ist der nicht schön, und in ihrem Gesicht widerhallte das grelle Gelb, und dann sagte sie: Ich hasse Schönes.
Sitzt und drückt auf den roten Knopf, als das Telefon klingelt.

Liebe oder Hiebe? Bibel oder Fibel?
Vera Vera Vera
Er hangelt sich von einem Streifen zum nächsten, maschinenschnell. Links und rechts weiße Linien, die sich im Zyklopenlicht biegen. Endlosfäden. Zauberritt durch Potemkinsche Dörfer. Debile Katzenaugen gleiten durch die Nacht. Kleine Fliegenprojektile. (Der doofe Witz vom freundlichen Motorradfahrer.) Hoffentlich macht's die Kiste bis nach Haus.
Am Anfang, als wir uns noch mit ‹Chauvi› bezeichnen, uns noch nicht ganz sicher sind – ständig Ärger mit der Zündung. Der Bock geht in immer kürzeren Abständen aus und dann: Null Bock. Drei Kilometer geschoben, die Mühle. Ruf an von 'ner Tankstelle: Hilfst mir? Hab 'ne Panne. Da sagt sie: Das ist das Vernünftigste, was ich bisher von dir gehört habe.
Sie meldet sich immer anders am Telefon, je nach Tageszeit oder Laune: «Städtisches Schwimmbad, grüß Gott», «Werbeservice Fuchs & Fuchs, Fuchs, guten Tag», «Beim nächsten Ton ...», «Bitte warten Sie ... bitte warten Sie ...» und mit tiefer Stimme glucksend: «Hier ist Judith, deine Domina, ich trage Leder, und mein Kätzchen hat neun Schwänzchen ...» Und einmal sagt sie adlig: «Von Müller», da

murmle ich: «Falsch» und: «Verbunden...», dabei heißt sie so – fast.
Vor zwei Monaten, als ich meine Prüfung bestehe, es ist weiß der Teufel haarig genug gewesen: Treff sie – fragt sie nicht? Nein, sie fragt nicht, sag ich: «Hab bestanden», sagt sie: «Ei potz», und weiter nichts.
Nee nee du
Bremst leise, bockt auf und wohnt so vor sich hin für den Rest des Tags; es ist Montag im Nachtstudio, als das Telefon klingelt.

Lieb ich sie, liebt sie mich nicht? Liebt sie mich, lieb ich sie nicht? Liebt sie mich nicht, lieb ich sie nicht? Lieb ich sie, und sie liebt mich? Liebst du mich, so lieb ich dich? Aha?
Vera o Vera
Muttern drehn und Schrauben entschlüsseln, mit Schlüsseln schließen und Bohrern bohren, mit Zangen kneifen und Hämmern hämmern: Jung-Geselle. Er klopft und meißelt, haut und biegt, bördelt und reißt, lötet und lotet, schwitzt und schweißt, doch am Abend muß er feiern. Greift sich an die Nase, als er die Stechuhr ersticht, aber was hilft's. Läuft dem düstren Frühherbst in die Pfützenfallen vor dem Busstop und friert. Die Sterne sind ihm schnuppe. Putten und Pilaster in den Showfenstern, Krippen schon und Krücken. Frönt flagranten Tücken des Gemüts: erst mal heulen, dann besaufen.
Findet endlich jemand in der Kneipe, der Ohren am Kopf trägt: «Weißt du, sie sagt zu mir, irgend was ist da im Busch – bin schon Tage drüber.»
Mein Kumpel nickt.
«Mir schwabbeln die Knie weißt du. Wir sind noch nicht alt genug, um älter und Eltern zu werden. Aber weißt du irgendwie hatt ich Schiß und Stolz zugleich. Und dann weißt du wolln wir auf 'ne Fête. Ham uns verabredet da. Ich natürlich als erster dort. Drückst die Klinke platzt das Haus auf. Dünste und Düfte schwappen über mir zusammen und Küßchen und Hallooo und Parfum und Rasierwässerchen und Rauch und Lachen und Musik Schulterklopfen Händedrücken Wangenknutschen. Du denn hier du denn jetzt. Hallo Bärbel hallo Thomas. Hallo Siggi hallo Thomas. Du denn hier du denn jetzt. Och. – Kennst das ja.»
Mein Kumpel nickt.

«Und weißt du wann sie kommt? Um zwölf kommt sie, ich bin schon völlig zu.»
Mein Kumpel nickt.
«Ich fang an zu labern und zu lamentieren und sie hält sich an ihrem Colastrohhalm fest und ich sag: Du mußt zugeben, daß ich in der Regel zuverlässiger bin. Und sie grinst mit ihren Grübchen und sagt: Wenn hier eine in der Regel ist dann bin ich das. Zuverlässig. Und dann küßt sie mich. Ich lieb sie glaub ich.»
Mein Kumpel nickt ein.
Ich prell die Zeche schnell, Dienstag, meilenfern von Dallas, als das Telefon klingelt.

Mittwoch Kökschentag? Mittwoch Wochenmitte? Mittwoch Bergfest? Übern Berg? Fest? bergfest predigen? erledigen? entledigen? Oder ledig erledigt? verlegen erlegen verlogen entzogen verbogen betrogen?
Ach Vera
Ein Novemberzimmer mit einer Person. Er zelebriert eine Wortmesse. Hockt in seinem Sofa. Galaktische Musik – güldner Wein salbt seine Kehle, die salbungsvoll salbadert:
Du meine Kerze brennst Wunderschmerzen in mein Herz! Du, die du lügst und gelbgespenstische Ginstergespinste fügst für meine liebesbeflissene Seele! Du, die du die Skat-Dame spielst und rundenlang schielst und mit Herz in das Kreuz des Buben zu stechen versuchst! Du, die du dich mit Katzengold verzierst und mich mit Pech beschmierst! Die du meine Wege kreuzt und teerst und federst! Die du dir Liebe mietest! Mir Zucker-Brot und Peitschen-Spiele bietest! Aus mir 'nen Gladia-Toren machst! Mir Scheinoblaten backst! Du, die du Hehlereien verhehlst und Diebe bestiehlst! Du, die du rastlos bleibst und dich auf- und mich abreibst! Du, der kein Fehler fehlt, die du mich Wähler quälst und die du rückwärts zählst! In Vino Vera! Prost! Hockt in seinem Sofa und trinkt Wein und weint.
Nee nee nee nee
Ich kann dich nicht aus-stehen! Du Stehauffrauchen! Du bist standfester! Aber ich pflege deine Löwenzähne und dein Löwenmäulchen, die in meinem Garten edel wachsen!
Einmal ist sie schon bei mir, wir wollen ins Spielkasino, nur so, aus

Spaß, und fünfzig Mark verspielen, ich zieh mich grade an, sie sieht mir nicht zu, man muß 'nen Schlips tragen, ich habe einen aus Leder, drunter ein Hemd, darüber das Cordjackett, und ich wirbel vom Spiegel weg herum und frag: Wie seh ich aus! Sie blickt auf, ohne Gesichtszüge zu rangieren, doch ihre Silberfischchen unter ihren Ponyfransen zappeln. Wie die Sau, sagt sie. Und später in Travemünde läßt sie mich einfach stehen und sagt: Ich bin nicht deine Talisfrau! Nur weil ich gewonnen hab. Hockt in seinem Sofa und säuft: Wein, und lacht, sein Kreislauf kreist und läuft davon, seine Herzblätter flattern, er fleddert gemeinsame Vergangenheit, und das Telefon klingelt.

‹Lieber allein als gemeinsam einsam› weise mitsingen oder lieber auf den ‹waidwunden Beziehungswaisen› verweisen?
Vera sei hehrer
Es blitzt am Donnerstag. Alles kann er ihr verzeihen, aber nicht diesen Schauer, den sie ihm auf den Hals hext. Er ist auf dem Weg zu Karin, deshalb. Seine wohlgezwirbelten Locken, verdammt. Tropfend steht er unter einer Buche. Denkt: Nie, und denkt: *Nie* und nimmer werde ich den Hörer abnehmen. Kaut auf seinen Nägeln ohne Kopf und nagelt lieber Bretter davor, bis der immer dicker und querer wird. Denkt: Sie, und denkt: *Sie* soll kommen ...
Kaum beschließt er, Karin Karin sein zu lassen, hört es auf zu regnen. Gute Fee oder böse Hexe! Hier bin ich doch, dein Traum-Faun, dein Beelze-Bub, dein alter Besen! Kehr um mit mir! Du bist keine Squaw, trotzdem will ich dir Zöpfe flechten, für dich meine Indianerzähne fletschen, los, auf geht's auf den Völkerball!
«Sie ist eine Mestizin!» ruft er den Passanten zu und fährt in der S-Bahn fort: «Sie liebt Frauen. Sie raucht Pfeife. Sie trägt niemals Hosen. Sie trinkt nie Alkohol. Sie ist immer konzentriert. Sie wird manchmal rot. Sie klettert auf Bäume. Sie liest Softpornos. Sie hat weiche Haut. Sie antwortet nie. Sie spinnt immer. Sie pflückt Pilze und Trüffel. Sie malt Bilder. Sie sammelt Kaninchen. Sie ist unvorhersehbar. Sie tanzt Stepp. Sie findet blaue Präservative sexy. Sie kann nicht stricken. Sie klopft Skat. Sie hat einen Goldzahn. Sie züchtet Blumenkohl. Sie liebt mich. Sie liebt mich nicht. Sie liebt mich. Sie liebt mich nicht.»
Steigt aus auf der Endstation und sucht eine Telefonbox, und die ist

zum Glück oder wie auch immer defekt. Kann sich an den Heimweg nicht erinnern, als er grad die Haustür aufschließt, als er grad so dasteht, als er grad so zwischen Tür und Angel zwischen Tür-zur-Welt-öffnen und Angelhaken-werfen-oder-schlucken sich entscheiden will, als er eine Spinne mit der Stiefelspitze traurig tottritt, weil sie so alleine ist, als er grad wieder heulen muß, weil nichts trostloser aussieht als ein Netz ohne doppelten Boden, ohne eine Spinnerin, und wenn da nicht das Telefon geklingelt hätte ...

«Ich hab gewonnen», sagt sie gleich mit ihrer festen Doktorstimme, er braust mächtig auf: «Seit Samstag rufst *du* mich doch jeden Tag an, oder was!»

Und sie sagt: «Aber du hast als erster abgehoben», sagt sie. Mir vergeht Hören und Sehen, ich kann sie nicht sehen, ich will sie nicht mehr hören.

Ich muß sie fühlen.

Da leg ich auf und hebe ab.

DANIEL GROLLE

Sag es mit Blumen

Ich habe keine Lust, von all dem zu erzählen, was vorher war, Flaues, Halbgaares. Ich beginne mit dem Höhepunkt, der eigentlich erst nach dem Ende stattfand. Jedenfalls hatte ich ihr ein paar Tage vorher gesagt, sie solle nicht dauernd anrufen. Das hatte prompte Folgen: Sie rief gar nicht mehr an. Nach zwei Tagen war ich mürbe und stand vor ihrer Tür mit frischer Pfefferminz ... Ich wollte Tee mit ihr trinken. Und obwohl ich pinkeln mußte, machte sie nicht auf, war nicht da. Ich habe unter einer Brücke in der Nähe gepinkelt und wußte, daß sie bald abfahren würde nach Spanien, und wie ich sie einschätzte, für immer.

Soll sie doch, wenn Spanien sie glücklich macht. Ich hätte auch Lust auf Spanien. Also wieder Omas bis vier Uhr. Ich bin Zivi und mach Omas, bis vier Uhr, wie gesagt. Was mir hilft, ist Pläne machen. Mor-

gen fahre ich gleich nach den Omas zu ihr. Badewannenkatamaran fahren, wozu habe ich das Teil geschweißt und zusammengeschraubt, wenn wir nie damit fahren. Und dann wollten wir noch an dem Tandem bauen und Christels Tai-Chi-Filme gucken. Pläne machen ist okay.
Am nächsten Tag bin ich etwas früher fertig und rufe sie gleich an. Es ist sehr schwül und heiß, was ja selten ist in Hamburg. Ich bin fast nackt schon den ganzen Tag. Angenehm: Das Fließen der Bewegungen. Aber entweder spinnt ihr Telefon oder meins, immer dieses tut-tut-tut.
Ich fahr also mal rüber zu Julie. Meine Finger sind ölig, weil da hinten an der Achse was schleift. Fast nackt auf dem Fahrrad fahren ist Wahnsinn. Wind um den Körper und drückende Schwüle. Aber sie ist nicht da, paßt nicht in meinen Plan. Wenn die jetzt schon in Spanien ist! Zu Hause bin ich allein. Geschwister in Ferien, Eltern in Ferien, und ich allein in der Riesen-Wohnung. Millionen Blumen zu gießen und Millionen Kaffeetassen. Ich brauch nur eine. Aus dem Keller hole ich das rote Fahrrad, das wir letztes Jahr vor der Schule einbetoniert hatten, lege mein Zimmer mit Zeitungspapier aus, stelle das Fahrrad darauf und spanne die Trennscheibe in den Bohrer. Dann hole ich Joists alte Brille aus der Schublade, der ist so weitsichtig, daß durch die Brille alles ganz schwammig, schwimmig wird. Stelle mir zwei Bier hin, drehe die Musik laut und lasse die Maschine in meiner Hand vibrieren.
Der Renee hab ich gesagt, ich werd ihr ein Blumenrad schenken. Jetzt will ich alle Rohre des roten Rads der Länge nach aufschneiden, mit Erde füllen und Blumen- und Grassamen reinstecken. Die Maschine kreischt in der Hand. Die sehnigen Arme glänzen schweißnaß vor der rasenden Trennscheibe. Wohliges Stampfen im Bauch, die Musik ist nicht mehr zu hören. Wenn Julie jetzt schon in Spanien ist! Die Trennscheibe bekommt Stahl zu fassen, zu fressen. Die Funken springen die Brille an, die nackten Arme. Brüllende Hitze und die Trennscheibe frißt sich weiter. Plötzlich ein schweres, schnelles Rucken, die Scheibe verkantet, rast aus dem Schlitz, knapp am Arm vorbei und flattert beim Auslaufen der Maschine. Das ging so schnell, war so kraftvoll, daß es mir Spaß gemacht hat, und doch setze ich mir lieber meine Taucherbrille auf und ziehe den Blaumann über, bevor es weitergeht. Vorher rufe ich noch mal bei Julie an: tut-tut-tut-Frust und ein paar

Schluck kaltes Pils. Dann wieder Kreischen und schnelles, heftiges Flattern. Die Scheibe ruckt jetzt bei der leisesten Berührung mit dem heißen Metall. kurzePausekurzePausekurzePausekurzePausekurze-PausekurzePauseistzuende. Sie ist kaum ruhig zu halten. Viel Kraft und festen sicheren Stand braucht es, um wieder ins Rohr einzudringen. Ein wahres Feuerwerk von Asbestfetzen. Die Scheibe löst sich fast schneller auf als das Metall. Scheiße! Und viel Schweiß unter der Jacke. Ich setze ab, Musik statt Kreischen. Ich schlucke Bier und rufe wieder bei ihr an, während der Asbeststaub durch die Lichtbalken hinter den Fenstern flirrt. Warum ist sie nicht da? Die Taucherbrille beschlägt jetzt schnell, der Staub läßt meine Augen schwillen, die Nase Schleimfäden ziehen. Ich sehe fast nichts mehr beim Weiterschneiden. Die Asbestsplitter kratzen auf der nassen Haut, und ich lasse nachher den Schleimfaden von der Nase auf das frisch getrennte heiße Metall fallen. Tschsch. Nach einer viertel Stunde ist die Trennscheibe fast ganz weg, ich ziemlich besoffen, Augen und Nase sind völlig zu, die Musik zu Ende: Stlupp-stlupp-stlupp vom Plattenspieler. Das Zimmer ist eingeschneit mit kratzenden Metallsplittern. Alles Nerv. Ich gehe unter die Dusche, kaltes Wasser, die Arme ausgestreckt.
Dann aufs Fahrrad, nicht das zersägte. Die muß doch mal da sein, verdammt. Ich fahre Schlangenlinien, betont rhythmisch sanfte Schlangenlinien. Voll mitgehen, voll reingehen, auch mit dem Kopf. Jetzt wird sie da sein.
Unten an ihrer Straße ist ein Blumenladen. Scheiß auf das Geld. Rote Rosen und Hitze.
Nach dem Klingeln lehne ich mich gegen die Haustür und spüre meinen Schweiß an dem Glas. Nichts. Schließlich klingele ich bei den Nachbarn. Da muß ich doch reinkommen. Und tatsächlich kippt die Tür plötzlich auf. Ich sprinte die Treppen hinauf und finde Julies Nachbarin hinter dem Türspalt. «Ist Julie da?» brülle ich wohl zu laut. Der Spalt wird enger. Blöde Kuh!
Ich stehe vor Julies Wohnungstür, atme schwer. Und die Blumen? Die Scheiß-Blumen in der Hitze? Ich könnte weinen, bin ja auch besoffen, und die Augen sind rot geschwollen. Also reiße ich eine dieser verfluchten Rosen aus dem Bund – die stechen! Ramme sie, Stiel zuerst, ins Schlüsselloch und hämmere sie mit der Faust ganz rein, daß sie zer-

bricht, zerfetzt. Die zweite mit dem Fuß, daß das Treppenhaus hallt. Dann ziehe ich den Hammer aus der Seitentasche und schlage den Rest der Blumen mit zunehmender Wonne in das Loch. Und hole weit aus, von unten und aus den Knien. Schlage sie mit dem ganzen Körper rein, daß auch viele Rosenfetzen danebenspritzen. Viel Kraft, viel Schweiß. Bis sie alle weg sind, ich leer bin.
Wieder unten, merke ich, wie sich meine Zähne ineinander verkrampft haben. Ich löse sie, versuche ein Lächeln.
Nach einigen Monaten muß Julie, von ihrer Spanienreise zurückgekehrt, die Rechnung für das neue Schloß bezahlen.

MANFRED LÜHRS

<u>Hier stolpert einer reichlich angeschlagen
in seiner Wohnung rum</u>

Eine nachlässig und verwaschen an den Himmel getuschte Wolkendecke sollte wohl nach chinesischem Stil aussehen, ist aber alles giftiggelb und smogverschwefelt, nichts mit Grazie und Ewigkeit. Alles-ist-eins und so was, düstere Regenbeulen wollen platzen, und die Mütter zerren die Kinder von der Straße wegen der gefährlichen Säuren, die einem in Sekunden den Propeller von der Mütze ätzen.
Ein riesiger dürrer Baukran steht im schummrig verschachtelten Häusergewirr, wie der Storch im Salat.
Lastwagen drücken sich schnaufend in enge Fabriktore. In den Büroetagen hat man schon die Leuchtstoffröhren eingeschaltet. Im- und Exporteure geistern schwerelos durch ihr strahlendes Aquarium, Papiere, Ordner, Telefonhörer in den weißlichen Flossen.
Einzelne dicke Tropfen: die Vorhut; sondiert schon mal das Terrain, sprenkelt ein bißchen den Asphalt, und dann kommt auch schon die ganze Ladung hinterher, aus schwarzen Wolkenwülsten. Unten auf der Straße hetzt so'n Kerl mit Diplomatenköfferchen durch den Wolkenbruch, vornübergebeugt, als würde jemand hinter ihm herrennen und

unablässig auf ihn einprügeln. Das sind auch so halbe Hähne: Eins-fünf netto und 'n Outfit, als wär'n se bei den United Nations. Sommerregen rauscht und pladdert, großes Rauschen, weit und hohl, auch Autoreifen brummeln, lang und schlürferschmatzend.
(Der Routinier weiß natürlich: Wenn jemand derart hinterm Fenster herumlungert und weite Blicke schweifen läßt, dann bedeutet das, daß er ‹irgendwie Sehnsucht› hat. Und wenn's dann draußen auch noch regnet, Herrgott: dann muß es wirklich schlimm um ihn stehen. – Und wen haben wir jetzt hier in flagranti beim Melancholieren erwischt, in klassischer Pose hinterm regenbetrommelten Fensterchen?: M/32/176, akut alkoholgefährdet, den Magen voll Doseneintopf und gepanschtem Frascati, emotional bedenklich zerknautscht, zur Zeit dabei, einige Taschen zerstreut nach dem Feuerzeug abzuklopfen:)
Linke Tasche, rechte, Innentasche. Nichts. Weg ist es. Kannst die Kippe wieder wegstecken. Im Grunde ganz sympathisch, diese kleinen Einwegfeuerzeuge: führen ein völlig autonomes Dasein, kommen und gehen, wie sie wollen. Abends geht man mit'm roten in der Tasche los, anderntags findet man ebendort 'n blaues oder gleich zwei oder auch gar keins, aber das rote hat sich auf jeden Fall 'n neues Wirtstier gesucht. Begleiten einen immer ein, zwei Tage, und dann heißt es Abschied nehmen. Keinerlei persönliche Bindungen, völlig frei und Herr der Lage.
«Buddha ist 'ne total taube Nuß» oder so was hatte sie noch lässigunterkühlt hingeworfen, und rumsdibums war sie auch schon verschwunden. Undramatisch an sich.
Nichts von «Du-bist-das-mieseste-Arschloch-das-mir-je-über-den-Weg-gelaufen-ist», kein Geknalle mit den Türen, und ein Blick ins Bad zeigt, daß sie ihre stationäre Ausrüstung hiergelassen hat, sogar das Nachtbad für die Kontaktlinsen. Hatte also gar nicht vor, ihre Zelte hier abzubrechen, redest du dir alles ein, Mann. Und nichts mehr zu trinken.
Heiße H-Milch mit Haut vielleicht. Nein, Mann, nur jetzt keine Maso-Flips. Nicht gleich aus dem Leim gehen. Einfach hinlegen vielleicht, Augen zu und päng. Das Kreischen der S-Bahn alle zehn Minuten langt ja eigentlich auch völlig als ‹Außenwelterfahrung›.
Hinlegen. Augen zu.
(Könnte ich dann später auch gut in meinen Memoiren ausschlachten:

«Entnervt und tränenüberströmt sank ich auf eine von den Lakaien eilig zurechtgerückte Chaiselongue nieder.»)
Mein Gott, was für 'ne Schnapsidee! Stell dir mal vor, da ist 'n Fleck im Laken. Im Kissen, in der Decke, irgendwo hängt noch 'ne leise Spur Geruch von ihr. Oder ich dreh mich ganz nichtsahnend auf die Seite, und mein Blick fällt aus heiterem Himmel auf ein einzelnes langes dunkles Haar, das sich da noch irgendwo rumtreibt. Unmöglich.
Raus hier.
Supermarkt: Fläschchen Knallwasser-Spumante, paar Halbe oder lieber gleich Nägel mit Köpfen und 'ne Gallone Jim Beam. Natürlich keinen Schirm mitnehmen: *naß* werden. Wär nicht schlecht: richtig NASS. 'Ne rituelle Waschung, gewissermaßen, die das Gehirn gleich mitwäscht, strahlerweiß und blütenrein.
Ich beschließe diesen unseligen Tag als glückliche Kuh auf der Weide, laß mich mal kurz für die Werbung knipsen (Alpenvollmilch Rumrosinen) und rülps mir ansonsten das ganze Gras wieder hoch, das ich tagsüber gefressen hab, und kau noch mal ein bißchen drauf rum, bis ich dran ersticke und es ein-für-alle-mal aus ist mit der glücklichen Kuh.
(Oder, könnte besagter Routinier mit abgebrühtem Grinsen einwerfen: setz dich doch neben's Telefon und warte, daß es klingelt. Ist doch auch ein beliebtes Motiv.)
Raus hier, Mann.
Rein in die U-Bahn, St. Pauli aussteigen und in eine von diesen Kellerbars, in denen ein Bier 3 Mark kostet und der Korn, den man dazubestellen muß, 147 Mark, wie einem dann anschließend nonchalant die für den Laien verblüffende 150-Marks-Rechnung erklärt wird.
Ich werde also reingehen in die Bar, mich auf einen Barhocker fläzen und sagen: «Einen Whisky-Ginger – aber mit Blaulicht, wenn ich bitten darf.» Und der Keeper wird milde lächeln und mir prompt einen Drink vor die Nase stellen, der aussieht wie eine Urinprobe, und ich werde sagen: «He, Mann, das Zeug hier sieht aus wie eine gottverdammte Urinprobe.» Und der Keeper wird milde lächeln und gleichzeitig einem Gorilla zublinzeln, der unauffällig am Flipperautomaten gestanden hatte, und der Gorilla wird an den Tresen kommen und mich höflich auffordern, das Lokal zu verlassen, und ich werde ihm auf der Stelle laut und deutlich bescheinigen, daß er das Gehirn einer Stubenfliege habe und ich sowieso keine Minute länger meine Zeit in die-

sem Scheißpuff verschwenden würde, und ich werde dann aufstehen, meinen Drink bezahlen, den ich nicht angerührt habe, langsam zur Tür gehen, die Treppen raufgehen, und bevor ich ganz oben bin, werde ich bemerken, daß der Gorilla mir hinterherkommt, und oben auf der düsteren Seitenstraße wird der Gorilla mich sanft am Kragen packen, noch irgendein auswendig gelerntes Sprüchlein aufsagen und unverzüglich damit beginnen, mir das Gehirn aus dem Kopf zu prügeln, und während er noch munter dabei ist, wird ganz langsam ein Polizeiwagen die Straße runtergefahren kommen, und ich werde mit letzter Kraft nach ihm winken und irgend was krächzen, und die Bullen werden mir verstehend zulächeln, und der eine Bulle wird zu dem andern sagen: «Sieh an, sieh an, Charlie hat schon wieder Arbeit bekommen.» Und während ich röchelnd aufs Pflaster sacke und Charlie mir noch einen letzten gezielten Tritt in die Nieren versetzt, wird der Polizeiwagen an der nächsten Ecke akkurat blinken und abbiegen.

Mann, was ist bloß los mit dir? Bleib auf'm Teppich, es war doch gar nichts weiter, wir haben nur wieder zu viel Scheiße geredet, das kommt ja schon mal vor, so in «Intellektuellenkreisen», und da hatte sie eben die Nase voll und ist nach Hause gegangen, kein Grund zur Aufregung, 'ne völlig normale Reaktion eigentlich.

Ganz ruhig bleiben jetzt. Irgend was arbeiten vielleicht, soll ja nicht schlecht sein, entleert das Gehirn und steigert die Lebensfreude.

Auch was für die Memoiren: «Und so kam es denn, daß ich mich, Vergessen suchend und aufs tiefste bewegt, an ein langgehegtes Projekt machte, die revolutionäre Neuübersetzung von ‹Under a Glassbell› nämlich, und es ist allein der hingerissenen Leidenschaft dieser aufgewühlten Stunden zu danken, daß ich die Welt mit dieser einzigartigen Arbeit beschenken durfte.»

Anais Nin: ‹Unter der Käseglocke›.

Vielleicht auch noch ein paar einführende Zeilen des Übersetzers: «Anais Nin, Tagebuchschreiberin spanisch-dänischer Herkunft, debütierte schon in jungen Jahren mit einem Buch über Lawrence-of-Arabia. Bekannt wurde sie mit den Romanen ‹Der knifflige Winter› und ‹Die Feuerleitern›. Späterhin galt sie als eine dermaßen herausragende Frauengestalt, daß die Henry Müllers in ihrem Salon gleich haufenweise verkehrten.»

Und rein damit in den Papierkorb.

Vier-acht, eins-fünf, zwo-sechs.
TUUUUUUUUUUUUUUUUUUUUUT.
Tuuuuuuuuuuuuuuuuuuuuut.
Tuuuuuuuuuuuuuuuuuuuuut.
Tuuuuuuuuuuuuuuuuuuuuut.
Tuuuuuuuuuuuuuuuuuuuuut.
Tuuuuuuuuuuuuuuuuuuuuut.
Tuuuuuuuuuuuuuuuuuuuuut.
Tuuuuuuuuuuuuuuuuuuuuut.
Nichts.

Selbst wenn sie den Bus verpaßt hat, warten mußte und der Teufel wollte, daß auch die S-Bahn gerade weg war, sie noch mal warten mußte, dann noch das eine oder andere einkaufen wollte und bei Aldi wieder so 'ne endlose Feierabend-Schlange vor der Kasse stand und und und ... Sie ist *nicht* nach Hause gegangen.

Es gießt in Strömen.
---
753 Quadratkilometer. 1,8 Millionen Leute. Irgendwo da draußen. Irgendwo.

Mit 14 saß man auf 'ner Parkbank, und die Konfirmandenliebe guckte einen an aus großen melancholischen Augen und wisperte dieses ‹Du-ich-glaube-es-ist-besser-wenn-wir-uns-eine-Zeitlang-mal-nicht-sehen›, und man wußte genau, daß die Luft raus war.

Schräg von oben kommt der warme Regen angebraust, macht alles naß, was die Nase rausstreckt – glücklich unten, will er trotzdem weiter runter. Tja, *was* sagen Sie?, *versickern* wollen Sie?, *hier?*, haha, wer hat Ihnen denn *das* erzählt, nein, nein, na, warten Sie, ich überlege ja – ja, doch: da hinten würd ich's mal versuchen, hier die Straße runter, gradeaus, dann links, da müßt es sein: ich glaub, da haben wir 'n Loch gelassen, ja, versuchen Sie's doch einfach mal, viel Glück!
Kühlt's vielleicht ab, 'n bißchen wenigstens, die Fieberschwüle, überreizte Haut, den Knatterhusten, Blubbermagen, den Morast.

Tausend rote Bohnen blubbern in den Darmschlingen, stau'n sich vor den Kurven, stehen Schlange, schlüpfen einzeln um die Ecke, und die Konservierungsstoffe schleichen an ihr heimliches Zerstörungswerk. War auch nicht das richtige vorhin: Mexikanischer Teufelstopf aus der Dose. Wieder verführen lassen von der spielerischen Zubereitungsart: nicht kochen, nur erhitzen. Drei von diesen Dosen könnten wahrscheinlich 'n Pferd töten. – Welche Wirkung nun dies Konservierungszeug auf den Organismus hat? Eine gute Frage, die wir aber ... äh ... nicht mehr beantworten können, fürchte ich, unsere Sendezeit ist schon so gut wie abgelaufen, ich habe gerade noch Zeit, mich zu verabschieden, und hoffe, es hat Ihnen allen ...
‹Euphorisierend› wär ja noch mal was. Hmm: euphorisierende Konservierungsstoffe ... doch, ja, das lohnte glatt den Einstieg ins Dosengeschäft: ‹Ist der Alltag grau und schwer, muß Gute-Laune-Suppe her! In drei Minuten heißgemacht! Als Ochsencreme und Spargelschwanz, jetzt neu in *Ihrem* Supermarkt an der Ecke!›
– – –
Hmmm.
– – –
Ich seh's ja kommen: ich geh jetzt runter und hol mir nur schnell was zu trinken (und Feuer) – und genau in *diesen* wenigen winzigen Minütchen wird sie unweigerlich versuchen, mich anzurufen, und während ich schon wieder schweißgebadet die Treppen raufgekeucht komme, wird sie den Hörer auflegen und denken, ich wär ausgeflogen, und vor ihrem geistigen Auge werde ich in übernatürlicher Bildschärfe mit einer ganz zufällig aus der Versenkung getauchten Jugendliebe Sekt schlürfen oder soeben lässig-elegant einen Spielsalon betreten oder sonst was garstiges, und dieses fatale Mißverständnis wird ausreichen, die ganze nichtige Affäre zur alles verschlingenden Katastrophe hochzuschaukeln. Und als Gott sah, daß er die ganze Woche lang Bockmist gebaut hatte, sagte er am siebten Tag: «Ach was, laß die Finger davon», und nachdem er sich irgend was Göttliches reingefegt hatte – rrring! – legte er sich aufs Ohr und träumte vom nächsten Projekt – rrring! – Und *ich* springe derweil heiter-gelassen vom Fernsehturm – rrring! – während des Fluges Verse von Lord Byron rezitierend ...
RRRRRIIIINNNG!
DAS TELEFON!

RRR «Ja?!!»
«*Ich* bin's noch mal. Ich wollte dir nur sagen, das heißt, ich bin vorhin nicht dazu gekommen, weißt du, als wir über Buddhismus geredet haben oder vielmehr, als *du* über Buddhismus geredet hast, mich hast du ja nicht weiter zu Wort kommen lassen die ganze Zeit, aber sagen wollt ich's dir schon noch mal kurz, Buddha ist für mich nur ein armer *Irrer*, der sich im Dschungel verkriecht, weil er Schiß hat vor der Vergänglichkeit, der sich gar nicht erst was einschenkt, weil er bei ausgetrunkenen Flaschen Paranoia kriegt, und ich finde, daß seine neurotische Angst vor dem Tod einfach lächerlich ist, Mann, das mußt du dir mal vor Augen führen, daß da jemand aus Angst vor dem Tod aufs Leben verzichtet, das ist doch absolut bescheuert, der Typ muß der totale Waschlappen gewesen sein, und dein ganzes Gerede von wegen Überwindung der Dualität von Subjekt und Objekt kannst du dir in die Haare schmieren, wenn's bei dir alles so sonnenklar wär, hätt' stes auch nicht nötig, solche besoffenen Vorträge zu halten, und überhaupt kannst du solchen Schmonzes nächstens deinem Friseur erzählen, das wollt ich dir nur noch mal kurz mitteilen.»
«Du ... ich ...»
«Ja, ist schon klar. Nun mach mal nicht so'n Gesicht, man sieht's ja durchs Telefon.»
«Ich ...»
«Du liebst mich, wolltest du sagen.»
«Ja, ich ...»
«Geschenkt. – Du hast tatsächlich noch weitergetrunken, oder? Machst so'n weinerlichen Eindruck. Rappel dich hoch und denk dran: *Alles ist eins.*»
«Du ... es tut mir ...»
«Soooooo leid. Ja, mein Schatz, das weiß ich doch. Nun schlaf erst mal schön. Ich ruf dann morgen mal an, wenn du wieder etwas beisammen bist.»
«Wann?»
«Weiß ich noch nicht. Wenn ich soweit bin. Ich muß morgen arbeiten. Weißt ja: Inventur. Da rasten die ja immer alle völlig aus. Kann später werden. Ich ruf dann an, okay?»
«Ja. Gut.»
«– – – – – – – – – – – – – – – – – he, bist du noch dran?»

«Ja klar, ich meinte nur, vielleicht sollten wir noch mal ...»
«Ach, Schatz, nun sei nicht so kompliziert. Ich liebe dich auch. Bis morgen. Tschüß.»
«Tschüß.»
Klack.
– – –
Hmm.
– – –
Na ja, für heute war's das wohl wieder.

HARALD HURST
i hab der's jo g'sagt

i hab der jo g'sagt
daß i ohne dich
net lebe kann
aber du
waisch jo immer
alles besser

CHRISTIANE BINDER-GASPER
hol dich der teufel, liddy

rudolfs schwanz hat eine kleine feine narbe, deine zähne hatten zugebissen, doch ihn nur gestreift, eine fast noch rötliche narbe, wohltuend für mich ...
du hast nicht das porzellangebiß, das du dir gewünscht hast, kronen

mußte dir der zahnarzt aufsetzen, kronen, die geld kosten, dafür spreizt du jetzt die schenkel. du hast viele gründe, die schenkel zu spreizen, liddy, rudolfs schwanz ist stärker denn je, die narbe ist reizvoll, liddy, sie tut meinem geschlecht gut, sie gibt die härte her, die ich brauche, rudolf in hitze getaucht und ich heiß und unser bett ein königreich, liddy, wir vergessen dich in jeder nacht ein bißchen mehr, kleiner und kleiner ficken wir dich, bis du nur noch das marzipanmädchen bist, so ein stückchen lübecker marzipan, das zergeht uns auf der zunge, liddy, du wirst bald ganz und gar aufgegessen sein, denn es ist weihnachten und die hohe zeit für marzipanesser.

träumst du von schlupfwarzen, liddy, während die blanke harte gierige gora ihre stiefelspitzen in deine aufgeweichte brötchenmitte setzt. ich gebe zu, ich war gerne dort, als du noch jung und knusprig warst, noch nicht so abgefickt und durchgeleckt und nicht zertreten von frauenfüßen. berlin ist ein heißes nachtpflaster, da braucht es nicht die südliche sonne, da macht es jeder mit jedem. jetzt hast du dich an gora verkauft, liddy, mußt stillhalten, wenn die harte giftige mit ihren stiefelabsätzen nächtlich in dein geschlecht kommt, ich sah sie einmal zwei wiener würstchen essen, stehend, sie riß die bisse, und ihre augen quollen ihr dabei fast aus dem kopf, in ihrem bett roch es nach weihrauch und faulenden apfelsinen, der scharfe geruch von ungewaschenen slips stand neben den fliederfarbenen wänden, und die ehemals roten tulpen hingen leblos über der vase, nur noch wenig braunes wasser darin. gora wird ihn nie sehen, den fein tätowierten stern auf deinem linken schulterblatt und die sichel, diese sichel, die zwischen deinen pobacken sanft untergeht. loverin, liddy, verloren in den fliederfarbenen bettlaken, zerbissene brüste, sie wird dein schamhaar nicht pflegen wie ich, das vlies zärtlich beschneiden, bedacht darauf, das rote haar vom schwarzen haar zu trennen. sie wird es verkleben mit speichel, hol dich der teufel, liddy.

ich habe deinen mann, rudolf ist zärtlich und stark, mit der narbe tanzt er in meinem geschlecht, haben wir nächte, wunderbare nächte, liddy. welch ein herrlicher schwanz, liddy, das erste weihnachtsfest ohne meine lippen auf dem stern an deiner schulter. du sollst vermodern, liddy, in goras bett verfaulen in dem letzten rest des wassers, die tulpen liddy, schau auf die roten tulpen, bei der harten blanken gora, verwikkelt mit dir, und keine spur samt und seide.

du hast genau richtig zugebissen. die narbe, hart gerade an der richtigen seite, läßt rudolfs glied stark sein, und unsere nächte werden stark und stärker, liddy, er hat keine angst vor meinem mund, ich halte ihm meine zähne fern, nur lippen weich und warm, und als belohnung bekomme ich ihn dreimal, viermal, achtmal, nächtlich, täglich, wir gehen an diesem weihnachtsfest nicht aus dem haus. rudolf kocht scharfgewürzten reis, chinesisch, und reibt die ingwerwurzeln fein, hoch lebe das christkind, liddy, marzipanmädchen zum nachtisch ... einen kuß!

MANFRED HAUSIN

Pißgelbes Weihnachtsfest

Diesmal war's auch nicht das Gelbe vom Ei. Schon wie alles anfing. Die kranke Großmutter, der Abschied von Annegret. Was soll ich denn nur machen die lange Zeit ohne dich, fragte Bernd. Er bemühte sich, seine Stimme ruhig zu halten. Lesen, antwortete sie und drückte ihm als Weihnachtsgeschenk die Dostojewski-Gesamtausgabe in den Arm, die er sich so lange gewünscht hatte. Am Abend vorher noch hatte er für Annegret gekocht, und die Nacht war wunderbar gewesen – bitterblau vor dem Hintergrund der kommenden Tage. Aber am Morgen die ersten Depressionen, als sie sich beim Erwachen wie immer zu ihm drehte, sich an ihn kuschelte, in seinen Armen noch ein paar Minuten döste, länger an dem Tag, weil kein zweiter Wecker hämmerte. Und auch Stefan, ihr zehnjähriger Sohn, nervte nicht, war schon am Vortag zu den Großeltern gefahren. Weihnachtsferien, 24. Dezember. Schön hätte dieser Morgen sein können. Ein gemeinsames Frühstück mit knusprigen Blätterteighörnchen und der irischen Marmelade, in die sie sich reinsetzen konnte. Mit entfalteter Zärtlichkeit, so oft entbehrt, wenn sie, bis zur letzten Sekunde Wange an Wange mit ihm, hochsprang und in der Siebenuhrkälte zitternd in die Kleider schlüpfte. Trotz der Hast vergaß sie nie, wenn sie sich schulfertig gemacht hatte, ihn noch schnell in den Arm zu nehmen, ihn zu küssen, ihm einen schönen Tag zu wünschen, bevor sie mit ihren Hamsterbeinchen, in die er so vernarrt war, die Treppen hinunterwieselte. Er lag dann meistens noch im Warmen, horchte, bis die Haustür zuschlug und sie mit Silvia, ihrer Kollegin, im gelben Golf die zwanzig Minuten rausfuhr zu ihrer Schule, rollte sich dann da zusammen, wo sie bis eben noch gelegen hatte, und schlummerte, beinahe glücklich, noch ein Stündchen in dem Duft, der den Kissen und ihrem Nachthemd entstieg. Annegret war eine der wenigen Frauen, die wunderbar rochen, ohne Parfum, und er war, nachdem sie sich ein halbes Jahr kannten, erstaunt wie am ersten Tag, wie sehr er sie trotz allem riechen konnte.

Was für ein Scheißgefühl, als er zusehn mußte, wie sie ihre Sachen packte, den kleinen Koffer nahm wie in den Herbstferien, als er mit ihr nach Wien gefahren war, der erste Urlaub mit Annegret und ihrem Sohn, genau an dem Tag, als die Großmutter krank wurde, nicht mehr hochkam seitdem, schwächer wurde von Woche zu Woche. Wie sehr er schon damals gezweifelt hatte, in seiner Unsicherheit durch Stefan mit seinen kindlich-ehrlichen Sprüchen auf der langen Autofahrt noch bestärkt. Wenn du nicht da bist, hatte er zu Bernd gesagt, kommt halt der nächste, irgendwer, ein anderer. Das war mit Egbert so, mit Johann und mit Peter. Warum bleibst du nicht bei einem, hatte Stefan Annegret gefragt. Kaum komme ich mit einem gut aus, schon bleibt er weg, und alles geht wieder von vorne los.

Bernd stand im Wege wie ein falsch geparkter Lastwagen, während Annegret durch die Wohnung fuhr, hier den Pullover zusammenrollte, in dem sie so schmusig war, dort die dicken Socken ineinandersteckte und im Bad Schminksachen und die Bürste einpackte, mit der sie ihm gestern abend noch den krausen Bart gekämmt hatte. Daß er dies mitmachen konnte, was kaum zu ertragen war. Hatte er schon soviel Hornhaut auf dem Herzen? Nein, es tat noch weh. Er war ja noch der Idiot, hätte am liebsten Geschirr zerdeppert, Scheiben zerschlagen, Bücher zerrissen. Wie sie beide geheult haben beim Abschied. Und doch hat sie das Kofferschloß zugeschlagen und ist mit dem Typen nach Dänemark gefahren.

Diese gelblich-braune, schmuddelige Landschaft, durch die er nach Hause donnerte, mit dem Bleifuß auf dem Gaspedal, immer Überholspur und Lichthupe. Kackegelb, würde Stefan sagen. Ein paarmal

mußte er so scharf bremsen, daß der Karton mit den Fruchtsäften für die Großmutter umkippte und die Gitarre vom Rücksitz fiel. Nur gut, daß der Fernseher heil blieb. Er wußte genau, was Weihnachten auf ihn zukam, hatte an alles gedacht. Diesmal wollte er gewappnet sein, wollte sich zurückziehen können, zu Hause, in sein kleines Zimmer, Fernsehen, Gitarrespielen, so daß er Ruhe hatte vor der Mutter in ihrer dauernden Besorgtheit, mit dem Blick für sein Unglück, vor der asthmakranken Tante, in deren Gegenwart er nicht rauchen konnte, vor Frau Schludow mit der unerträglichen Lache, der käsigen Gesichtsfarbe, den gelben Zähnen, Weihnachtsgast, diesmal der Dankbarkeit wegen, weil sie schon so lange half, die Großmutter zu pflegen, wohl auch deshalb, weil die Geschwister in diesem Jahr nicht nach Hause kamen. Lückenbüßerin. Altweiberweihnacht. Wäre er nicht nach Hause gefahren, wäre er daheim geblieben in seiner kalten Wohnung – dort wüßte er, wohin er fliehen könnte. Notfalls.
Wie die Hinweisschilder auf der Autobahn auf ihn zuflogen. Geschosse, die ihn trafen, immer mittenrein. Zack, ins Gesicht. Wumm, in den Magen. Zisch, direkt ins Herz. Bremerhaven 160 km. Bremerhaven 120 km. Bremerhaven 93 km. Er haßte diese Stadt, ohne jemals dort gewesen zu sein. Die vielen Autos mit dem Kennzeichen. Annegret, hämmerte sein Hirn. Annegret, pulste sein Blut. Annegret, weinte er mit trockenen Augen, mit unbewegtem Gesicht. Ob der Macker, dieser Roland aus Bremerhaven, 76 km, schon unterwegs war nach Dänemark zu dem gemieteten Häuschen, wie Annegret, zwei Geraden, die aufeinanderzuliefen, sich trafen, sich vereinigten. Der Mathematiker und die Lehrerin. Und er, ein überflüssiger Strich in diesem Koordinatensystem. Zum Ausradieren. Roland mit dem gelben Gummi. Das Anti-Bernd-Kondom von Gelbsiegel. Mathematisch geprüft. Bietet dauernde Sicherheit durch gefühlstötende Penetranz. Roland mit der unbegrenzten Lagerfähigkeit. Roland, ein Name, ein für allemal gezeichnet, geächtet, untendurch. Gut, daß von seinen Freunden keiner Roland hieß. Nie würde er seinen Sohn Roland nennen. Ob er das Rolanddenkmal in Bremen sprengen, den ROLAND entgleisen lassen sollte? Mister X hat wieder zugeschlagen. Gesucht wird ein Mann, der liebt. Annegret, du Liebes, hier bin ich auf der Autobahn, und wir spritzen auseinander wie ein Wassertropfen, der zerstiebt, wenn er auf die Schnauze fällt.

Warum ist sie gefahren, obwohl sie, wenn er ihr glauben darf, viel lieber mit ihm schläft, mit Bernd. Bei ihm kann sie sich geben, wie sie ist, hat sie gesagt. Bei ihm kann sie offen sein, mit ihm kann sie reden und schweigen. Sie haben so viele Gemeinsamkeiten, dieselben Vorlieben, Phantasie und Gefühl. Warum dann die sich häufenden Besuche, dieses kaputte Weihnachtsfest? Oder suchte sie Sicherheit, finanzielle Geborgenheit und bürgerliche Existenz – wohl eher bei einem Mathematiklehrer zu finden als bei einem mit Blut in den Adern und Blumen im Kopf statt überall H_2O. Annegret, du Stich in der Brust, du Druck im Magen, du Kloß im Hals. Deine scheuen Blicke, mit denen du ihn beim Aufwiedersehnsagen gestreift hast, unbeugsam und doch nicht ohne Zuneigung. Seine eckigen Bewegungen, ohnmächtig und verurteilt zur Passivität. Großmutter fiel mehr und mehr vom Fleisch. Ihre Augen wurden unter schweren Lidern immer größer. Unter dieser Trauer würde er fett werden über Weihnachten, wie andere unter dem Glück. Und die Glücklichen würden kommen und ihn begrüßen als einen der ihren.
Nur gut, daß er runter mußte von der Autobahn, die letzten 40 km nach Hause Landstraße fuhr, ihn Bremerhaven nicht vorzeitig k. o. schlug. Als er ankam, duftete das ganze Haus so weihnachtlich, daß ihm noch schlechter wurde und er sofort die erste Whiskyflasche köpfen mußte. Wie siehst du denn aus, sagte die Mutter. Wie ausgekotzt. Nach ein paar Schlucken wurde ihm besser, und der überraschende Anruf seiner alten Freundin war Anlaß genug, mit der angebrochenen Flasche zu ihr zu fahren, sie nach langer Zeit wiederzusehn, dort etwas aufzutaun, wo er sich über drei Jahre wohl gefühlt hatte. Redselig und abgelenkt plauderte er mit der strohgelben Hanni über Korn und Kaff, taute aber nur so weit auf, daß er keine Flecken hinterließ, gab nichts preis, war zu stolz zuzugeben, wie schlecht er's getroffen hatte. Als er zur Bescherung wieder zu Hause war, schwappten von dem goldgelben Whisky nur noch ein paar Fingerbreit in der Flasche.
Mit seiner Mutter trug er die Großmutter in die geschmückte Stube, vorsichtig, damit die dünnen, morschen Knochen nicht zerbrachen, mit tausend Kissen und Decken im alten Korbsessel gebettet. Den ganzen Abend mußte jemand hinter ihr stehen und den kraftlosen Kopf halten, den der magere Hals nicht tragen konnte. Sie hatten die Krippe aufgebaut, vom Großvater, diesem Tausendsassa, vor Jahr und Tag

geschnitzt. Und als die Kerzen am Baum brannten, als der Christbaumschmuck glitzerte, den sie ihr ganzes langes Leben gehütet hatte wie einen Schatz, erstrahlte das fast erloschene Gesicht der alten Frau noch einmal, und ihre schwachen Gesten und die großen Tränen verrieten mehr, als die erstickten Worte und unbeholfenen Bewegungen der anderen. Mit den langen, schlohweißen Zöpfen, von der Mutter gegen Abend geflochten, hatte sie wieder etwas von der Jugendlichkeit an sich, die sie sich bis zu Beginn ihrer Krankheit hatte bewahren können. Aber die hängenden Mundwinkel und die pumpende Brust ließen keinen Zweifel über die Zukunft der Greisin. Dies war der Tag, an dem sie die letzten Geschenke ihres Lebens erhielt, nutzbringende, der Situation entsprechende Dinge, wie üblich in dieser Familie. Stärkungsmittel, ein neues Nachthemd – aber auch Blumen und scheue Küsse. Siebenundachtzigmal Heiligabend. Annegret, bitte, nie wieder so wie dieses Mal. O du fröhliche. Wie gequält und traurig das klingen kann. Daß Weihnachten so furchtbar ist. Nicht zum Aushalten.

Die ganze Heilige Nacht trank er weiter, legte immer wieder die Arbeiterliederplatte von Hannes Wader auf, als die Großmutter wieder im Bett war und die andern in der Mitternachtsmesse. Dem Morgenrot entgegen. Würde nach Annegrets Rückkehr alles besser werden? Würde ein neuer, endgültiger Tag anbrechen? Vielleicht klappte es mit dem Roland doch nicht, wenn sie erstmals so lange, so viele Tage aufeinanderhockten. Vielleicht kriegten sie sich in die Wolle. Auf, auf zum Kampf, zum Kampf sind wir geboren. Wie viele Monate kämpfte er nun schon um Annegret, aber das Ziel, der Sieg, ihre Solidarität mit ihm, war noch nicht in Sicht. Vorwärts, immer vorwärts, und nicht vergessen, worin unsre Stärke besteht. Wie schwach und elend er sich fühlte und wie er soff, immer wieder raustrat auf die verschneite Terrasse. Am nächsten Morgen würden alle nachzählen können, wie oft er in dieser unerträglichen Nacht in den Schnee gepinkelt hatte. Pißgelbes Weihnachtsfest.

Es war vorbei. Noch 35 km bis zur Raststätte Seesen. Jede Minute Autofahrt ließ Weihnachten und Bremerhaven ein Stück weiter zurück. In einer Stunde würde er wieder in seiner Wohnung sein, den Fernseher aufbauen, sich davorhocken, glotzen und warten, zu unruhig zum Lesen oder Arbeiten. Wenn Annegret heute nicht kam, würde er in seine Stammkneipe gehn, eine weitere Nacht totschlagen mit verzweifelter

Geübtheit. Zehn Halbe und viele Schnäpse. Wie viele Gläser würden diesmal zu Bruch gehn. Aber morgen spätestens würde Annegret anrufen. Hallo, Bernd, würde sie sagen, hier bin ich wieder. Ich bin gestern schon gekommen, spät in der Nacht. Es war eine furchtbar anstrengende Autofahrt. Da habe ich mich gleich schlafen gelegt. Und er würde zu ihr gehn, durch die Stadt, mit einer großen Hoffnung, würde zweimal klingeln, wie immer, fast als ob nichts gewesen sei. Sie würde das Fenster aufmachen, ihren Wuschelkopf rausstrecken und den Schlüssel in einer Plastiktüte zu ihm runterwerfen. Vielleicht gelänge es ihm diesmal, ihn aufzufangen.
Mit klopfendem Herzen stieg er die Treppen zu ihrer Wohnung hinauf, kam zu ihr, aufgeregt wie zur Tanzstunde, und sie nahmen sich in die Arme wie nie zuvor. Manchmal kann ich mir vorstellen, daß ich mit dir zusammenleben könnte, sagte Annegret. Er hatte sie wieder bei sich, und seine Hoffnung wuchs ins Bizarre, als sie erzählte, wie sie überlegt habe, sich von Roland zu trennen, weil sie sich nicht so wie erwartet mit ihm verstanden hatte. O Annegret, was würden sie in Zukunft für Weihnachtsfeste feiern, voller Frieden und Freude, warm und zärtlich, in tiefer Geborgenheit. Sie würden lachen und fröhlich sein, und Stefan würde seine Aggressivität verlieren, ihn nicht mehr treten und schlagen, wenn er Annegret in die Arme nahm. Stefan würde die Namen all ihrer früheren Männer vergessen und nicht mehr Bettnässen. Seine altklugen Bemerkungen würden seltener werden, und ganz sicher würde er irgendwann aus Augen gucken, die einem Zehnjährigen zustehen und nicht einem Sechzigjährigen. Und er, Bernd, wäre nicht länger nur Gast unter Gästen in ihrem Bett, wüßte genau, daß die gelben Flecken in ihrer Bettwäsche von ihm wären und der Geruch in allen Zimmern ihr gemeinsamer. Sie hätten dieselben Bekannten und vielleicht gemeinsame Freunde, und er bräuchte nicht jedesmal zusammenzucken, wenn das Telefon geht wie gegen acht Uhr, als er schon dachte... aber es war die Mutter mit der Nachricht, daß es der Großmutter schlechter gehe. Sie würden oft so zusammensitzen, träumte er. Annegret Illustrierte blätternd, er seinen Dostojewski lesend, als das Telefon schon wieder klingelte.
Annegret stand auf, ging auf den Flur und zog die Tür hinter sich zu.

BERND MARTENS
Feste Linien

Mit beiden Händen packte ich den hölzernen Rührlöffel und knetete den Kuchenteig. Gesa goß Milch in die Schüssel und schmiß nacheinander Eier, einen Klacks Butter und eine Prise Salz hinein.
Sie schmiß die Zutaten tatsächlich im Bogen in unsere große Rührschüssel. So wie jemand auf dem Jahrmarkt diese ollen Holzringe über irgendwelchen Krimskrams zirkuliert. Drei Wurf eine Mark.
Doch wir waren nicht auf dem Rummel. Wir backten gemeinsam einen Kuchen. Zum erstenmal, das geb ich zu. Vorher hatte ich immer nur die Schüssel ausgeschleckt. Aber den Gedanken, etwas selber zu backen, hatte ich schon länger, und nun war's soweit. Nur Gesa guckte, als wolle sie sich nach dieser gemeinsamen Tat für alle Tage verkrümeln. Ich tat, als merkte ich nichts. Im Gegenteil, ich trieb den Rührlöffel mit mächtigen Bewegungen durch den Teig. Gesa entfernte sich von der Rührschüssel und meinte:
«Vielleicht solltest du Jutta einladen!»
Ich schaute sie an, ließ den Löffel aber weiter kreisen. Sie tat, als suche sie die Pufferform. Dabei erklärte sie: «Ich meine ja nur, falls du den Kuchen nicht alleine essen willst heute nachmittag!» Ich ließ den Löffel nicht aus der Hand. Mechanisch drehte ich ihn in der Schüssel herum.
Es war wieder soweit! Immer wenn sie Jutta ins Gespräch brachte, hieß das im Klartext: ihr John konnte nicht mehr weit sein. Dabei hatte ich mit Jutta eigentlich nichts gehabt. Von dem einen Wochenende an der Ostsee einmal abgesehen. Aber diesen John, den konnte Gesa verdammt gut leiden.
Dagegen war nichts einzuwenden. Im Prinzip jedenfalls nicht. Wir hatten abgemacht, daß unsere Freundschaft auch dann eine Beziehung bleiben sollte, wenn diese Johns oder meinetwegen die Juttas und wie sie alle heißen mochten, aufkreuzten. Das fanden wir einfach natürlich. Natürlich verliebt sich der Mensch immer mal wieder mir nichts dir nichts, egal, ob er grad in einer Beziehung steckt oder nicht.
So ähnlich hatten wir es uns ausgemalt. Wir waren uns auf Anhieb

einig, und das ist zwischen Gesa und mir nun gar nicht so natürlich. Doch hier stimmten wir vollkommen überein. Wir nannten das unsere feste Linie. Gesa rückte mit der Form an den Tisch heran und meinte gereizt: «Kannst du nicht endlich mit deinem Gequirle aufhören! Das macht mich ganz krank.»
Genau *so* ist es! Wenn wir etwas gemeinsam unternehmen wollen, macht es sie krank. Einfach so. Aber vorher, wenn wir die Sachen vorbereiten, ist sie Feuer und Flamme. Ich kann diese Launen nicht länger ertragen. Ich lasse mir nichts mehr vorwerfen. Auch keine Eier!
Ich rührte noch ein paar langsame Schläge, um das angesammelte Mehl vom Schüsselrand in den Teig zu ziehen. Dann kippte ich das Ganze in die Pufferform. Die hatte Gesa gerade eingefettet und drehte sie nun, damit sich alles gleichmäßig in ihr verteilte. Plötzlich wollte ich es genau wissen: «Was ist denn nun mit John?»
«Mit John?» Es klang mehr als fragwürdig. «Du meinst mit Rainer. Mit John ist nichts mehr!»
Ich packte den Rührknüppel fester, ziemlich fest sogar, hakte nach: «Und wer ist das?»
«Ach, der ist ganz lieb. Ich wollte es dir auch schon gesagt haben, glaub mir. Übrigens treffe ich mich heute nachmittag mit ihm. Nun denk nicht gleich was Böses!»
Ich dachte gar nichts, ich schob den Kuchen in den Herd. Gesa stellte die Temperatur ein. Sagen konnte ich auch nichts. Mir schien, die Angelegenheit mit diesem Rainer mußte erst mal ausgaren.
In der Mitte der Woche schnitten wir das Backwerk an. Wir lachten über den Puffer, weil er so flach geraten war. Und ich konnte es überhaupt nicht mehr verstehen, warum ich mich vor ein paar Tagen noch so über den kleinen Flirt, den Gesa sich gönnte, aufgeregt hatte.
Der Kuchen hatte übrigens einen Wasserschnitt, wie mir Gesa erklärte. Das ist Teig, der beim Backen nicht aufgeht. So eine Art feste Linie, die sich durchs ganze Backwerk zieht. Ich sagte wohl schon, an irgendeine Linie müssen wir beide uns klammern. Diese war nicht sonderlich fest. Der Puffer schmeckte uns trotzdem. Er war jedenfalls nicht so dröge, wie die meisten aussehen.
Daß etwas am Kuchen fehlte, habe ich die ganze Zeit geahnt. Die Rosinen nämlich. Doch die haben Gesa und ich manchmal im Kopf.

JOSEF KRUG
Autobahn mit Raubvögeln

Der Vogel flog niedrig; glitt über sie hinweg.
«Ein Bussard!» sagte Wolfgang und sah in den Rückspiegel. Regine rief: «Paß doch auf!» – Der Wagen war auf die Standspur geraten, rumpelte über die Teernähte, und das Blech klapperte.
«Irgendwie ein Phänomen, die vielen Raubvögel hier!» sagte Wolfgang. «Ist mir schon letzte Woche aufgefallen.»
«Mir nicht», sagte Regine.
Sie waren vor einer Woche aufs Land gefahren, zu Leuten, die früher mal in der Bürgerinitiative gearbeitet hatten, und jetzt fuhren sie zurück.
«Warum heißen die eigentlich ‹Raubvögel›?» fragte Regine.
«Weil sie so leben – vom Raub», sagte er.
«Wieso? Was rauben die denn?»
«Es heißt halt so», sagte er. «Es sind Vögel, die jagen, Beute machen – deshalb. Greifvögel heißen sie auch ...»
«Da! Wieder so einer!» sagte Regine. «Aber nein! Guck nicht! Paß auf die Straße auf, bitte!»
Mit ruhigen Schlägen flog ein dunkler Vogel, die Flügel schmal, der Schwanz lang und gekerbt, über der Autobahn.
«Ein Milan», sagte Wolfgang.
«Milan? Nie gehört. – Wußte gar nicht, daß du dich so mit Vögeln auskennst.»
«Du weißt manches nicht», sagte er. «Hab mich schon immer dafür interessiert. Schon als Junge hab ich mich viel mit ... – damit beschäftigt ...»
«Und woran siehst du, daß es ein Milan ist?»
«Das seh ich halt», sagte er. «An der Farbe, den Flügeln, überhaupt. Es gab ein Buch, darin waren die Vögel abgebildet, farbig; die Flugbilder wie Scherenschnitte. Übrigens gibt's zwei Sorten Milane – Schwarzer Milan und Roter Milan».
«Aha», sagte sie. «Und welcher war das eben?»
«Das war ...» Er schob das Kinn vor. – «Ich komm nicht drauf!

Vergessen!» – Ich werd noch mehr vergessen, dachte er. Er sah einen großen Vogel über der Böschung, beugte sich vor, und der Wagen rumpelte über die Teernähte.

«Paß doch bitte, bitte auf!» rief Regine.
«Wieder ein Bussard», sagte Wolfgang.
«Meinetwegen.»
«Interessiert dich nicht?» fragte er.
«Doch», sagte sie. «Aber vor allem interessiert mich, daß du richtig fährst. Ich will noch mal nach Hause kommen.»
«Kannst ja selber mal fahren», sagte er.
«Aber die erste Hälfte fährst *du* doch, hast du gesagt.»
«Hab ich gesagt, ja. Aber dann sind wir halt raus aus der Gegend.»
«Später siehst du sicher auch noch Raubvögel.»
«Oder auch nicht.»
«Na gut, wenn du unbedingt willst», sagte sie: «Fahr ich halt.»
«Nein, so nicht!» sagte er, und, mit Betonung: «Ich will dich schließlich zu nichts zwingen.»

Er merkte, wie sie ihn ansah, und bemühte sich, gleichmütig dreinzuschaun. Immer läuft alles darauf hinaus, dachte er, immer und immer wieder! – Als sie aufs Land gefahren waren, hatte er gedacht, daß sie dort endlich einmal miteinander klarkommen würden, aber natürlich war nichts draus geworden. Regine war meist mit den Leuten zusammen, und immer: Thema Bürgerinitiative! Morgens und abends, und KKW und biologische Düngung und weiß der Himmel! was nicht alles! – Wolfgang hatte daneben gesessen, als ginge ihn das nichts an. Wenn sie einmal alleine waren, hatten sie sich gestritten oder sich ausgeschwiegen, und am Ende war alles schlimmer denn je. Er würde nie mit Regine aufs Land ziehen, nie! Ich zieh die Konsequenzen, dachte er: endgültig! – Er sah einen kleinen Falken über einem Feld und achtete darauf, daß er nicht von der Spur abkam. Er sah einen Bussard und später über einem Wiesenhang noch mal einen Milan. Es war wirklich merkwürdig, wie viele Raubvögel es hier gab, gerade hier, an der Autobahn. Regine sagte: «Eigentlich schön, daß wir wieder nach Hause fahren. Ob du's glaubst oder nicht: die ganze Hektik hat mir gefehlt. Dir auch?»
«Nein!» sagte er.
«Manchmal glaub ich fast, du hast die Initiative über», sagte sie.

«Wer weiß», sagte er.
«Aber du bist doch schon ewig dabei! Früher dacht ich immer: die Initiative, das bist du.»
«So war's vielleicht mal.»
«Und warum jetzt nicht mehr? Findst du's nicht mehr gut?»
«Doch. Schon.»
«Aber irgend was stört dich.»
«Mich stört nichts», sagte er. «Mich stört nur, daß vor lauter Terminen und Gelaber und pipapo nichts mehr für uns bleibt.»
«Das ist doch nicht wahr.»
«Doch! Wann sind wir denn noch zusammen?»
«Immer!» sagte sie: «In der Uni in jedem Seminar fast, und in der Initiative sowieso.»
«Das ist aber auch alles.»
«Was willst du denn noch?»
«Ich will mit dir zusammensein. Verstehst du: mit dir!»
«Aber wir sind doch zusammen!»
«Du verstehst mich nicht!»
«Wir wohnen doch sogar zusammen.»
«Richtig zusammen, meine ich aber: richtig!...»
«Wie ‹richtig›?» – Sie sah ihn an, und es war ihm klar, daß sie genau wußte, worum es ging. Immer tat sie, als wüßte sie's nicht, und das machte ihn wütend. «Wie richtig? Wie richtig?» äffte er sie nach und sagte: «Vögeln! Ich möcht mal endlich wieder mit dir vögeln!» – Er wußte, daß sie das Wort abscheulich fand, und trotzdem sagte er es, oder gerade deswegen.
«Sag doch gleich: Raubvögeln!» sagte sie.
«Was hat denn das damit zu tun?» schrie er da und fühlte sich auf einmal tief gekränkt. «Ach so, so ist das!» sagte er.
Sie sagte nichts.
«So siehst du mich also!» sagte er. «Jetzt weiß ich endlich auch mal, wie du mich siehst! Ich hätt's ja wissen können! Wie du mich schon ansiehst, wenn ich ankomm...»
«Ich hab's nicht so gemeint», sagte sie.
«Du hast's so gemeint! Genau so!» rief er. «Ich will dir mal was sagen: Laß uns Schluß machen! Endgültig Schluß!...» – Der Wagen geriet auf den Randstreifen, und das Blech klapperte.

«Paß auf!» rief Regine. Sie sagte: «Entschuldige! Ich hab's nicht so gemeint. Ich hab mir wirklich nichts dabei gedacht, wirklich. Ich will doch mit dir zusammenbleiben! Ich weiß doch auch nicht, was los ist... – Paß auf! Bitte, paß auf!...»
Sie fuhren auf einen Parkplatz, saßen an einem Tisch am Rand. Dann fuhr Regine. Wolfgang saß daneben. Sie sprachen nicht. Zwei Bussarde flogen über der Strecke, ohne Flügelschlag, wie Scherenschnitte, im Blau.

BERNHARD LASSAHN

Liebe in den großen Städten

Amsterdam
Nach siebenhundert Kilometern müßtest du aber wissen, wie rum die Cassetten reingesteckt werden, naja: fast siebenhundert. Ich habe nichts gesagt von wegen Frauen und Technik, das sagst du... Was heißt hier: aber gedacht? Woher willst du wissen, was ich denke? Wenn du vielleicht so freundlich sein könntest, nicht jedesmal mich loszuschnallen, wenn du deinen Sicherheitsgurt losmachst, um hinten rumzukrabbeln. Ja, schon wieder. Und was, bitte schön, wenn ich fragen darf, suchst du da? Und du hast den Stadtplan nicht etwa, rein zufällig, vorne im Handschuhfach? Da guckt man doch zuerst nach, oder? Nein, ich werde schon keine Radfahrer breitfahren, breitfahren schon mal gar nicht; und ich finde es auch so, auch ohne Plan, ich schwör es dir, wir müssen in die Trabantenstadt, da sieht es aus wie in einem schlechten Science fiction, das vergißt man nicht, wie Bienenwaben, so was hast du noch nie gesehen, da muß man sich nur den Kennbuchstaben und die Nummern merken. Nein... ist schon gut.
Wie eine einzige Tiefgarage, fast muß man gebückt gehn. Also wirklich! Wenn es nach dir ginge, müßte ja hinter jeder Säule ein Amokläufer lauern. Nein, du gehst mir nicht auf die Nerven, das würde ich dann schon sagen, ganz ehrlich. Ich finde ja auch, daß man hier einfach ver-

rückt werden muß, auf die Dauer, da hilft es nichts, wenn ab und zu eine niedliche Häkelgardine im Fenster hängt. Wie auf der Platte von Manfred Mann's Earth Band, kennst du die? Wo im Text lauter Nummern gesungen werden: sixty-two, sixty-one... Waren sicher Indonesier, hast du nicht gesehen? Die huschen hier durch die Gänge. Aber stimmt schon, sonst sieht man kaum Menschen, da hast du recht. Natürlich hab ich den Schlüssel, ich schwör es dir, ich würde auch wieder zurückfinden, so unübersichtlich ist es nun auch wieder nicht.

Guck mal, wie viele Cassetten der hier hat. Was soll das heißen: ist wohl das einzige, was mich interessiert? Die sind angeordnet wie das Hochhaussilo, jede Cassette mit Nummer. Wer hier wohnt, braucht so was eben... Ach was, ist doch nichts Besonderes, was wir hier machen, reines 0815-Drama, die stehen doch alle im Minirock mit 'ner geschnorrten Gauloise im Mund an der Autobahn, trampen kurz nach Amsterdam, möglichst in 'ner delftblauen Ente, haben die Schule geschwänzt... Was heißt, ich soll nicht so drüber reden... Nein, du gehst mir nicht auf die Nerven, ich bin nur fast siebenhundert Kilometer... Klar hätte mir das auch passieren können, kann jedem passieren, sag ich ja, so meine ich das doch. Gut, und morgen gehn wir indonesisch essen, ja? Soll gut sein hier. Nachher.

Also gut, gucken wir mal bei Feinkosting. Wieso aufpassen? Daß ich keinen auf die Nase kriege, daß die nicht Zusammenschlaging mit mir machen, wenn ich so rede? Und du findest das nicht mal besonders typisch, dieses ing. Dann eben nicht. Die Feinkostsachen kriegst du alle auch bei uns, sag ich dir, aber bitte, von mir aus. Wenn du die als Souvenir kaufen willst, dann mach ich eben Bezahlung. Feinkost finde ich schon gut als Souvenir, doch ehrlich.

Was soll denn dran sein? Meine Güte! Dr. Wong, na und? Wird eben ein Auslands-Chinese sein, die sind sehr ehrgeizig. Quatsch, was du gleich immer denkst, Mädchenhandel und so. Ich finde es eher witzig. Dr. Wong ist doch witzig, oder? Gut, ich guck mir alles vorher an, gut, mach ich, du kannst inzwischen die Merkblätter durchlesen, die sind auf deutsch, kein Problem, und den Bogen ausfüllen, bitte schön, das kannste ja am besten selber. Sieht ja eher aus wie eine Pension: Aufenthaltsraum für die Gäste, Klappstühle, Tee und Gebäck wird serviert,

Illustrierte liegen aus, alle in deutsch; man hat fast den Eindruck, als müsse man das Meer hören. Die Arzthelferinnen sind auch sehr nett, kann man nichts sagen. Doch, finde ich sehr wichtig, so was.

Wie soll es schon aussehen? Normal eben. Ja, ich hab alles angeguckt, ich schwör es dir, hab sogar Dr. Wong die Hand geschüttelt, persönlich. Wie soll der schon sein? Nett. Wie es eben so aussieht. Natürlich alles sauber, klar. Ein Poster hängt da, mit Sonnenuntergang, mit LOVE drauf, sonst ... Wie es eben so aussieht. Nichts Besonderes. Klar ist dieser Stuhl da. Ich warte unten.

Also die Männer hier – ist dir das nicht aufgefallen? Die sehen sich aber auch alle ähnlich: alle sportlich, alle Marlboro, alle Lederjacke. An jedem Tisch immer nur einer.

Ach so, die Spirale kostet extra. Na gut, dann mach ich halt noch mal Bezahlung. Geht das mit Euroscheck? Und wer, bitte schön, ist der Dieter? Ach der, ich weiß schon. Und von dem holst du das Geld nachher wieder? Nein, gar nichts, ich wollte nur mal fragen. Wird man doch wohl noch dürfen.

Aber ja, wenn es dir guttut, ein bißchen durch den Park, sicher, immer um diesen Tümpel rum, klar. Schön? Findest du? Ich finde eher, daß es ein einziges Hundeklo ist. Die Tauben fliegen auch so niedrig. Merkwürdig. Viel Vogelzeug hier, findest du nicht? Als wäre das Meer in der Nähe. Guck mal, der Hund ... Nein, der da, mit den Pflastern an den Hinterpfoten, wie der voll damit ins Wasser latscht. Aber du fühlst dich nicht mehr schwach, oder? Klar hatten die einen Schlauch, das ist ganz normal. Soweit ich weiß, ja. Also die paar Haare wachsen schnell wieder nach. Wir gehen dann noch indonesisch essen, gut? Das Geld wird schon reichen.

Wenn du noch ein bißchen rumlaufen willst, auch gut. Nein, ich sag dann schon. Wir können ja mal ein bißchen auf die Giebel achten, die sind sehr interessant, findest du nicht? Wenn du in den Schuhen nicht laufen kannst, dann verstehe ich allerdings nicht, wieso du die überhaupt mitgenommen ... Gut, dann verstehe ich das eben nicht, auch gut, gehn wir noch mal zum Auto zurück, ist mir auch recht. Aber ich schwör dir, daß das die richtige Richtung ist, hier geht's zum Auto, ich hab gutes Orientiering.

Nein, nicht den Fotoapparat, bitte nicht. Weil ich das einfach blöd finde. Ich will damit nicht rumlaufen. Die Handtasche will ich auch nicht tragen, wieso denn ich? Ich versteh überhaupt nicht, was du da alles drin ... Gut, dann versteh ich das eben nicht, was soll das heißen: halt mal? Sieht doch blöd aus, wie ich hier mit Tampons in der Hand rumstehe. Hast du die Fahrräder bald fertig geknipst? So ein typisches Motiv ist es nun auch wieder nicht. Ist mir längst aufgefallen, daß die alle Kettenschutz haben, weiß ich längst. Wie wär es denn mit Fahrrädern, die in die Prinzengracht gefallen sind, nein? Nicht witzig? Kein typisches Motiv? Dann eben nicht. Aber lila Hosen. Doch, doch, stimmt schon, auf so was achte ich eben nicht so sehr, aber finde ich gut, doch, finde ich gut, gleich sechs lila Hosen auf einem Bild. Sieht man ja wirklich oft.

Und Postkarten, gut. Und wer ist, bitte schön, der Dieter? Stimmt, hast du schon gesagt. Aber wieso bist du froh, daß der nicht selber hier ist? Weil der so fürsorglich wäre? Wie meinst du das? Gut, dann versteh ich das eben nicht. Wieso hast du mich jetzt vor dem Sexshop geknipst? Absichtlich? So was findest du witzig? Damit es so aussieht ... sehr witzig, doch, muß ich schon sagen. Macht mir aber gar nichts, John Lennon ist schon auf allen vieren aus dem Puff gekrochen, in Amsterdam, jawohl, wieso Spielverderbing? Ich bin doch kein Spielverderber.

Nicht direkt, ich hab nichts dagegen, nicht direkt; ich finde es einfach irgendwie nicht gut, kleine Kinder zu fotografieren, weiß auch nicht, als wenn es nicht schon genug Fotos davon gäbe. Klar sind die süß. Natürlich, wenn du unbedingt willst, halte ich auch noch mal ... Ich würde die Heineken-Reklame fotografieren, das ist Amsterdam ... Eben hab ich einen gesehen, der ein Fahrrad schob und dabei das Hinterrad hochheben mußte, also, wenn das nicht geklaut war. Ich würde auch die Laufschrift fotografieren, die Nachrichten auf Lichtband. Was soll das heißen: so was kann man nicht knipsen? Natürlich bewegt sich

das. Als ich das erste Mal hier war, da standen Menschentrauben ...
Natürlich nicht. Ich hab nur verstanden: Attentat auf Rudi Dutschke, mehr nicht. Ich war zum erstenmal in einer großen Stadt. Und dann hab ich die Polizei gesehn, auf Pferden. Nicht auf Fahrrädern, auf Pferden, wenn ich doch sage ... Ich war auch zum erstenmal beim Striptease, ja eben, Stripteasing kann man wohl sagen, ich war noch keine achtzehn, und die Frauen hatten dünne Nylonhäute an. Nein, heute nicht mehr, glaub ich nicht, will ich auch gar nicht sehn. Nur damit du mich wieder am Eingang knipsen kannst, hör doch endlich auf damit. Natürlich war ich aufgeregt, ich war ja noch nicht mal achtzehn, hab ich doch gesagt ... Nein, nicht wegen Rudi Dutschke, wegen dem Attentat, du verstehst aber auch alles falsch, ich sag das nicht deshalb ... Nein, überhaupt nicht. Das ist doch keine falsche Rücksicht, ich schwör es dir. Ich hab das einfach so gesagt, nicht damit du denken sollst, daß ich nicht nur deinetwegen, sondern auch selber gerne ... Das ist einfach so, ich bin eben selber gerne hier, ganz abgesehen davon. Wo der auch noch alles bezahlt, der – wie heißt er noch? Der Dieter, ja. Natürlich hätte mir das auch passieren können, aber ich bin, rein zufällig, wirklich gerne ... gut, lassen wir das eben.

Wollen wir dann etwa nicht mehr indonesisch ... dann eben nicht, ich richte mich da ganz nach dir. Das sind schließlich auch nur normale Lokale, nicht daß man da gleich gekidnappt wird, wenn man aufs Klo geht, Dr. Wong und so. Hamburger! Muß das sein? Na gut, also, wenn du jetzt gerade Hunger hast, ganz plötzlich. Wie gesagt, ich richte mich da ganz nach dir, und was, bitte schön? Cheeseburger ohne Käse! Ich glaube, du spinnst. Das schwör ich dir aber. Natürlich nicht. Kannst ja selber fragen. Nee, das frag ich nicht. Ich kann auch kein Holländisch. Du kannst genausogut Verständing machen. Das kann ich dir aber gleich sagen, daß die keinen Cheeseburger ohne Käse ... Die machen keine Extrawurst, es gibt nur das, was da oben steht. Wenn ich es doch sage. Du hast es doch selber gewollt, oder? Wer wollte denn hier hin? Bring jetzt nicht alles durcheinander.

Was soll ich dem Dieter denn schreiben? Ich kenn den doch nicht, schönen Gruß, oder was? Ich versteh immer noch nicht, wieso du froh bist, daß der nicht selber hier ist. Zu fürsorglich? Versteh ich immer noch nicht ... Klar hätte mir das auch passieren können, hast du schon gesagt. Du mußt mir auch nichts kaufen, Quatsch, ich will nichts, keine Souvenirs, auch keine Cassette. Weil ich so rücksichtsvoll bin, nun hör aber auf, aber wirklich. Du hast das völlig falsch verstanden. Natürlich bist du empfindlich, weiß ich, ist doch ganz normal.

FRANK STRAASS
«So nicht, Roland ...»

Doris wechselte die Straßenseite und ging dann im Schatten der Linden den Weg entlang, der durch die kleine Grünanlage zu ihrem Wohnblock führte. Es war ein schöner Junispätnachmittag. Durch die Sommerzeit stand die Sonne noch über den Häusern im Westen, und auf dem kurzgeschnittenen Rasen links und rechts des Weges saßen, lagen oder spielten die verschiedensten Nationalitäten und Typen, mit und ohne Kinder, Hunde dazwischen. Ein Abend, um sich mit Roland zu treffen, mit ihm spazieren zu gehen, irgendwo etwas zu trinken und später, wenn überall die Lampen brannten, neben ihm, im Halbdunkeln, am offenen Fenster zu liegen und ...
Sein Besuch war überfällig. Zwei Wochen hatten sie sich nicht gesehen. Sie hatte mehrmals in seiner Wohngemeinschaft angerufen, an verschiedenen Tagen, ohne ihn zu erreichen. Angeblich wußte niemand, wo er war. Auch heute nicht. Es schien auch gar keinen zu interessieren. Nun, das war nicht weiter verwunderlich. Roland war ein Einzelgänger. Er paßte sich keiner Gemeinschaft an. Nicht einmal in einer Zweierbeziehung. Er lebte sein Leben. Kompromißlos. Egoistisch. Merkwürdigerweise nur in der Vertikalen. In der Horizontalen war er wie ausgewechselt – aufmerksam, zärtlich, rücksichtsvoll, mit geduldigen, irrsinnig sensiblen Händen, die ihre Haut vibrieren ließen, noch Stunden danach, wenn sie nur daran dachte – wie jetzt.
Sie begann schneller zu gehen. Unruhig geworden. Sehnsucht im Blut. – Der verdammte Kerl hätte sich auch mal melden können. Aber

offenbar wurde in der Vertikalen sein Gehirn nicht genügend durchblutet. Vielleicht lag es daran, daß er sich so schizophren verhielt. Vielleicht war er ganz einfach ein pathologischer Fall. Zum Beispiel seine ständige Qualmerei. Asche auf dem Tisch, Asche auf dem Teppich – wo er ging und stand, hinterließ er Asche. Kippen in den Blumenvasen, im Klo, in der Spüle, zum Fenster raus; aber wenn er neben ihr im Bett lag, rauchte er nie. Allerdings erst seit dem Schock, den er bekommen hatte, als er sich beinahe selbst verbrannte, weil er mit einer brennenden Zigarette eingeschlafen war. An die Zeit ihres Zusammenlebens wollte sie lieber nicht denken. Das war eine einzige Katastrophe gewesen, eine Art Vernichtungskrieg. Aber –
Sie hatte das Ende des Weges erreicht. Und damit die Straße, in der sie wohnte. Sie wandte sich nach links – und blieb überrascht stehen. Vor ihrem Hauseingang stand seine ‹Ente›. Unverkennbar. Längst mattgewordene, ehemals braune Lackfarbe zwischen zahllosen Aufklebern, die die Aufgabe hatten, die Roststellen zu verdecken. Die hintere Stoßstange hing noch immer links herunter.
Sie fühlte wieder ihr Herz. Stärker noch als vorher. Aus der hochgestellten linken Seitenklappe ragte in einem abgewetzten Jeansärmel der rechte Winkel seines Ellbogens. – Er war also gekommen. Wahrscheinlich hatten sie ihm in der Wohngemeinschaft gesagt, daß sie wieder angerufen hatte.
Es waren noch fünfzig Meter bis zu ihrem Haus. Die Straße war frei. Rasch überquerte sie die Fahrbahn. Vielleicht hatte er sie noch nicht gesehen. Sie würde ihn überraschen. Mit kurzen, schnellen Schritten näherte sie sich dem Auto. Noch zwanzig Meter. Er stieg nicht aus, hatte sie also noch nicht bemerkt. Noch zehn –
Als wäre sie gegen eine unsichtbare Wand gestoßen, blieb sie stehen und starrte auf das Rückfenster der ‹Ente›, dann auf das rechte Fenster des Rücksitzes. Plastiktüten, Plünnen und Kartons preßten sich gegen die Scheiben, drohten sie zu zerbersten.
Eine böse Vorahnung befiel Doris.
Langsam ging sie weiter. Einen Augenblick lang überlegte sie, ob es nicht besser wäre, einfach so zu tun, als hätte sie das Auto nicht gesehen. Aber das brachte nicht viel. Er würde aussteigen und sie rufen. Also trat sie zur Tür zum Beifahrersitz, sah Roland hinter dem Lenkrad sitzen und Zeitung lesen und riß mit einem Ruck die Tür auf.

«Nein!» schrie er im Wagen. Aber da war es schon geschehen. Ein Stapel Bücher fiel mit klatschendem Geräusch auf den Bürgersteig, eine Schreibtischlampe folgte klirrend, ein Schachbrett und der Kasten mit den Figuren; einen zweiten Stapel Bücher konnte Roland eben noch halten.
«Verdammte Scheiße!» schrie er. «Kannst du nicht aufpassen!» Sein Gesicht sah dabei so komisch verzweifelt aus, daß sich ihre Spannung löste. Unwillkürlich mußte sie lachen.
«Ich wußte gar nicht, daß heute Flohmarkt ist», sagte sie.
«Sehr witzig!» Er schob den Stapel Bücher gegen die Rückenlehne des Beifahrersitzes, so, daß er nicht umfallen konnte, und richtete sich auf. «Heb wenigstens die Bücher auf, verdammte Scheiße!»
«Wieso ich?»
«Hab ich die Tür aufgemacht?» Er stieg aus, knallte seine Tür zu und kam vorne um den Wagen. «Du hast doch gesehen, daß ich die Karre voll habe, verdammter Mist!» Er hob die Schreibtischlampe auf, betrachtete den verbogenen Reflektor und begann daran zu fummeln. «So ein Schwachsinn. Da – schau dir das an.» Er blickte auf den Boden. «Die ganzen Schachfiguren liegen rum. Nachher fehlen wieder welche!»
«Warum fährst du dann dein Scheißauto mit dem Scheißzeug da drin nicht gleich zum Sperrmüll und parkst erst hier!» erwiderte Doris gereizt.
«Weil ich erst mal mit dir sprechen wollte!» schrie er wütend und warf die Lampe mit dem verbogenen Reflektor auf den Beifahrersitz.
«Warum steh ich wohl hier schon 'ne Stunde!»
«Ich hab im Büro Telefon.»
«Aber ich kein Geld! Scheiß Telefoniererei! Dann hätt ich doch nicht hierher zu fahren brauchen. Ist das so schwer zu kapieren!» Er bückte sich, hob das Schachbrett auf und steckte es zwischen die Schreibtischlampe und den Bücherstapel.
«Und worüber wolltest du mit mir sprechen?» fragte Doris.
«Helf mir mal die Dinger zusammensuchen, verdammter Mist!»
«Ich glaub, es sind welche unter die ‹Ente› gekullert...»
«Wie soll ich die denn von da unten vorkriegen!» Er war immer noch wütend, aber allmählich kam eine Portion Verzweiflung hinzu. Die Situation begann seine Kräfte zu überfordern.

«Zurücksetzen kannst du nicht», sagte Doris, «dann fährst du vielleicht eine Figur kaputt.»
«Das weiß ich auch. Bin ja nicht doof.» Er sammelte die Figuren, die er erreichen konnte, ein und legte sie vorsichtig in den Kasten.
«Die Dame muß unter dem Auto liegen», sagte Doris, ging in die Hocke und legte den Kopf auf die linke Schulter, um besser in den schmalen Zwischenraum sehen zu können. «Da vorne liegt ein Turm.» Sie richtete sich wieder auf. «Hast du eine Stange im Auto, einen Besenstiel oder so was?»
«Woher soll ich denn 'n Besenstiel haben, blöde Frage. Und 'ne Stange hab ich auch keine.» Er musterte die Figuren im Kasten. «Ein weißer Turm fehlt auch noch – und der schwarze König.»
«Ich hab 'ne Gardinenstange oben stehen», erwiderte Doris. «Damit kriegen wir alle.»
«Hoffentlich. Sonst kaufst du mir einen neuen Satz, darauf kannst du dich verlassen.» Er legte sich auf den Bürgersteig und suchte unter dem Auto, während Doris rasch auf den Hauseingang zuging und darin verschwand...
Zehn Minuten später ließ Roland sich in einen ihrer Sessel fallen und sagte mit einem Seufzer: «Jetzt brauch ich was zu trinken...»
«Bier oder Cola?»
«Cola mit Schuß.»
«Zigaretten stehen auf dem Tisch», sagte Doris, während sie in die Küche ging. «Ein Aschbecher auch!»
«Bin ja nicht blind», murmelte Roland. Er zündete sich eine Zigarette an und legte sich wieder zurück.
«Vorhin hab ich an dich gedacht», sagte Doris in der Küche. «Weißt du, daß es schon zwei Wochen her ist, daß du hier warst?»
«Wenn ich in Afrika wär, müßtest du noch länger warten.»
Doris kam mit zwei gefüllten Longdrinkgläsern zurück, stellte sie auf den Tisch und sagte: «Du bist aber nicht in Afrika.»
«Es könnte aber sein.»
«Quatsch. Dir wär es dort viel zu heiß.»
«Wer weiß...» Er griff nach einem der Gläser und trank, ohne ihr zuzuprosten.
«Deine Asche», mahnte Doris mit einem besorgten Blick und zeigte mit einer Kopfbewegung auf seine Zigarette.

Abrupt nahm er das Glas von den Lippen und sah sie vorwurfsvoll an.
«Geht das schon wieder los. Nicht mal in Ruhe trinken kann man.»
«Na bitte – jetzt ist es passiert.»
Er schaute auf die Falte seiner Jeansjacke, in die die Asche gefallen war, und wischte sie mit der freien Hand in den Sessel. «Und wenn schon. Das ist doch kein Beinbruch. Asche reinigt.»
«Du bist ein Ferkel.»
«Warum schaffst du dir keine Kinder an. Dann hast du jemanden, den du anmachen kannst. Einen Mann nervt das ganz schön, glaub mir.»
«Und eine Frau, die deinen Dreck wegmachen muß, nervt das noch viel mehr.»
«Also schön, ich bin ein Ferkel, und du bist genervt. Da wären wir ja wieder mal beim Thema, wie in alten Zeiten.»
Doris schwieg, griff nach ihrem Glas, trank. Dann sagte sie: «Worüber wolltest du eigentlich mit mir sprechen?»
«Das hat Zeit – oder hast du noch was vor, heute abend?»
«Nein, ich hab nichts vor.»
«Dann laß noch mal die Luft hier raus ...» Er leerte sein Glas und hielt es ihr hin. Doris nahm es und ging damit in die Küche.
Als sie zurückkam, saß er nicht mehr im Sessel. Sie sah sich um.
«Ich bin hier!» rief er aus dem Schlafzimmer. «Bin ganz schön geschafft heute.»
Langsam folgte sie ihm. Ihr Herz klopfte. Aber als sie im Rahmen der Schlafzimmertür stand und ihn angezogen auf ihrem Bett liegen sah, überkam sie wieder die Wut.
«Du hättest dir wenigstens die Schuhe ausziehen können», schimpfte sie.
«Ich dachte, du machst das», erwiderte er grinsend.
«Auf Wunsch wird den Gästen Zucker in den Hintern geblasen!» fauchte sie. «Pascha!»
Einen Augenblick lang sah er sie ausdruckslos an. Dann schüttelte er langsam den Kopf und sagte: «Jetzt cool dich doch mal 'n bißchen, Tussi.»
«Du sollst mich nicht so nennen. Du weißt, daß ich das nicht ausstehen kann.»
«Komm her ...» Da sie zögerte, fügte er mit fast zärtlicher Stimme hinzu: «Na, nun komm schon. Ich zieh mich ja auch gleich aus.»

Er streckte eine Hand nach ihr aus und wartete so, bis sie neben dem Bett stand. Dann berührten seine Fingerspitzen ihre Knie und schoben sich ganz langsam höher. Sie berührten kaum die Haut, eigentlich nur die feinen, kaum sichtbaren Härchen ihrer Beine.

Er war wie immer in solchen Augenblicken – zurückhaltend, auf sie eingehend; er verwöhnte sie, bis ihr der Atem stockte und ihr Körper sich entspannte. Nichts mehr von Egoismus, Gleichgültigkeit, Schnoddrigkeit. Auch hinterher nicht. Und nicht zuletzt das liebte sie an ihm...

Irgendwann raunte er ihr ins Ohr: «Willst du was trinken?»

«Nein.»

«Ich hol mir was.»

«Du willst rauchen...»

«Auch.»

«Dann komm ich mit.»

Er lächelte sie an. «Das brauchst du nicht. Ich benutze den Ascher. Ehrenwort.»

«Wir können uns auf die Couch setzen.»

«Dann komm.»

Es dämmerte schon. Die Straßenbeleuchtung war eingeschaltet. Im Häuserblock auf der anderen Straßenseite waren einige Fenster beleuchtet.

Doris kuschelte sich an Roland. Sie fühlte sich eins mit ihm. War glücklich. Eine wohltuende Ruhe erfüllte sie.

Lange saßen sie so. Dann sagte Doris mit leiser Stimme, als befürchtete sie, die Harmonie und die Stille zu zerstören: «Worüber wolltest du mit mir reden?»

«Das hat bis morgen Zeit», erwiderte er und küßte sie zärtlich auf die Stirn.

«Bleibst du über Nacht?»

«Soll ich denn nicht?»

«Natürlich sollst du. Aber willst du die Sachen in der ‹Ente› lassen? Hier in der Gegend sind schon ein paar Autos geknackt worden.»

«Das fehlte mir noch.» Er sog an seiner Zigarette, inhalierte und blies den Rauch aus. Dann fügte er hinzu: «Dann ist es besser, wir holen das schnell rauf. Ist ja nicht so viel.»

«Wo wolltest du denn damit hin?»

«Weiß nicht.»
«Aber das sind doch deine Sachen?»
«Laß uns morgen darüber reden.» Er löste sich behutsam von ihr und drückte seine Zigarette im Aschbecher aus. «Komm, wir ziehen uns an und holen sie. Zu zweit schaffen wir es mit einem Mal.»
Er stand auf und wandte sich zum Gehen.
Eine Eingebung hielt sie davon ab, das gleiche zu tun. Sie wartete, bis er die Tür erreicht hatte, dann sagte sie: «Roland?»
«Ja, was ist denn», antwortete er, ohne sich aufhalten zu lassen.
«Wieso fährst du eigentlich dein Inventar durch die Gegend?»
Die Vorstellung der zum Platzen vollgestopften ‹Ente› hatte ihre böse Vorahnung wieder zurückgerufen.
«Wir wollten doch morgen darüber reden!» klang es aus dem Schlafzimmer.
«Aber meine Frage ist doch schnell beantwortet. Soviel Zeit haben wir.»
«Ich hab jetzt keinen Bock darauf.»
«Wohnst du nicht mehr in der WG?»
Er tauchte wieder auf. In der einen Hand die Jeansjacke, mit der anderen knöpfte er sein Hemd zu. «Hast du nicht gehört, ich hab jetzt keinen Bock drauf.»
«Mir zu sagen, ob du da noch wohnst oder nicht?»
«Genau.»
«Also haben sie dich rausgeschmissen. Warum?»
«Verdirb uns doch jetzt nicht den ganzen Abend...»
«Warum?»
Er nahm sich eine von ihren Zigaretten und zündete sie an. «Ich bin mit den Typen nicht mehr klargekommen, wenn du es genau wissen willst. Das sind doch alles Spießer geworden. Machen große Sprüche von Solidarität, Gemeinschaftssinn und solchen Stuß, dabei sind sie abgeschlaffter als die Scheißbürger!»
«Das sagst du. Und was sagen die?»
«Frag sie doch.» Er nahm sein leeres Glas und ging damit in die Küche.
«Ich kann es mir denken.» Doris stand auf und holte ihren Bademantel aus dem Schlafzimmer. «Wenn du dich dort so benommen hast wie hier, haben sie allen Grund gehabt.»

Er kam zurück und lehnte sich an den Rahmen der Wohnzimmertür. «Wenn du es genau wissen willst: sie haben sich aufgeregt, weil ich keine Miete bezahlt hab.»
«Was hast du nicht?»
«Hab kein Geld gehabt, verdammte Scheiße. Die geben mir doch keine Stütze mehr. Aber in Wirklichkeit waren die Typen in der WG doch nur sauer, weil ich nicht mit zu ihren Demos wollte. Mir hing der ganze alternative Quatsch sowieso zum Hals raus. Die mit ihren ewigen Diskussionen.»
«Aber bei ihnen umsonst wohnen, umsonst essen, Zigaretten schnorren und was noch alles – das wolltest du!»
Er stellte sein Glas auf die Anrichte neben der Tür, bückte sich und band die Schuhe zu. «Ich weiß gar nicht, was das jetzt soll. Willst du mich fertig machen oder was? Was gehen dich diese Typen an?!»
Doris stand auf, ging zum Fenster und machte es zu. Dann sagte sie wütend: «Diese Typen haben dich immerhin vier Monate lang ausgehalten, und was das heißt, weiß ich nur zu gut. Ich finde es ganz mies von dir, jetzt so von ihnen zu reden.»
«Ich hab die Schnauze voll von deinem Geseire.» Er nahm sein Glas und verließ den Raum.
«Du gehst nicht wieder in mein Schlafzimmer!» rief Doris hinter ihm her. «Hörst du – Roland!»
«Ich muß relaxen», antwortete er von draußen. «Solche Diskussionen schaffen mich. Bin ich ein Penner, daß jeder mit mir rumquakt!»
«Du bist ein Penner!» schrie Doris außer sich. «Und verdammt noch mal – du gehst jetzt nicht in mein Schlafzimmer!»
«Dann hör auf, mich zu nerven.»
«Das ist meine Wohnung, und hier nerve ich jemanden, so oft und so lange ich will, hast du verstanden!»
«War ja nicht zu überhören.»
«Dann komm hierher – und laß dir nicht einfallen, in meinem Beutel zu wühlen!»
Er kam und stellte sich wieder in den Türrahmen. «Ich weiß überhaupt nicht, was du von mir willst», maulte er. «Wir haben uns doch gut verstanden, eben noch, und nun mußt du wieder Terror machen. Warum läßt du mich nicht, wie ich bin. Ich meckere doch auch nicht an dir rum.»

«Du hast auch keinen Grund...»
«Also, holen wir jetzt die Sachen rauf, oder was ist?»
Doris starrte einen Augenblick lang vor sich hin. Dann hob sie den Blick und sah ihm entschlossen in die Augen. «Nein, wir holen sie nicht rauf. Du kannst heute nacht hier schlafen, wenn du willst, aber morgen früh, wenn ich zur Arbeit gehe, gehst du auch. Ich will das Theater hier nicht noch mal haben.»
«Wovon redest du?»
«Das weißt du genau. Du wolltest dich hier wieder einnisten. Deshalb bist du mit deinem ganzen Zeug hergekommen. Ich geh dann zur Arbeit, du guckst fern, hörst Schallplatten und machst aus der Wohnung einen Schweinestall, wie gehabt. Und ich darf abends aufräumen. Essen kochen. Das Bad für dich sauber machen – ich will das nicht mehr, Roland. Darauf hab ich keinen Bock mehr.»
Er schwieg. Sah sie mit ausdruckslosen Augen an. Nach einer Weile sagte er: «Wenn ich jetzt gehe, ist es aus.»
Sie senkte den Blick. «Das würde mir leid tun, das weißt du. Aber –» Sie zögerte. Das Sprechen fiel ihr schwer. Schließlich schüttelte sie langsam, aber bestimmt den Kopf und fuhr fort: «– leben mit dir, das kann ich nicht mehr und – will es auch nicht mehr.»
«Okay. Deine Entscheidung. Kannst du mir wenigstens einen Fünfziger leihen, bis ich wieder flott bin?»

PETER MÜLLER

Wunsch

Immer wenn ich abends allein unterwegs bin und ein Liebespaar sehe in enger Umarmung, wünsche ich mir, daß du bei mir wärst. Denn dann könnte ich dich packen und schütteln und mit dem Finger auf die beiden zeigen und dir ins Gesicht schreien: «Siehst du? Siehst du? So glücklich hätten wir werden können!»

BARBARA MARIA KLOOS

<u>Prost Neujahr einsames Herz!</u>

Du trägst ein Silberhütchen aus Papier,
sagst du am Telefon, vor dir ein Teller
Kartoffelsalat, hinter dir die gute Oma!
Ohh ooooohh, wann kommst du, seufz ich in
den heißen Draht und fang dein Abschieds-
küßchen, Däumeling, in meinem rechten Ohr.

Dann kraul ich meine neue Schreibmaschine
– seit Weihnachten elektrisch geladen –
Ich dichte! Und hör Radio, daß die Wände
wackeln in meinem feuerroten Bunker:
«Ich hab heute nichts versäumt,
denn ich hab nur von dir geträumt.»

Draußen gehn Raketen los. Endlich.
Grüne gelbe blaue Bomber. Prost.
Die Frösche knalln. Der Himmel zuckt.
Im Fernsehn heizt die allerletzte Party ein.

Aber die Nacht ist ein Neger mit hungrigen Augen
und mein Herz liegt erbsenhart im Bett begraben.
Es drückt. Es pocht. Es platzt aus allen Nähten.
Das alte Jahr ist abgetreten. Das neue wird
verpulvert. Kein Sekt für mich. Kein wilder Kuß.
Warum bin ich die, die ich sein muß?

UTA ZAESKE
Nebel

Weil der Nebel so dicht ist, so wattebauschig vor den Fenstern steht, die Zweigenden der Hoflinde nur eben so aus sich herauswachsen läßt, die Zweigenden mit den fast aufspringenden Knospen, an denen dicke Tropfen hängen, weil er so faserig nach unten herabrieselt und sichtbar im neu aufkeimenden Aprilgras verschwindet, weil er jeden Laut auffängt und verschluckt, noch nicht mal ein Echo zurückgibt, weil er ihr das Atmen im geschlossenen Raum erschwert, Nässe bis tief in die Lungen, deshalb greift sie zum Fensterleder und wischt die unteren Scheiben der zweigeteilten Fenster blank, alle die, die nach Osten zeigen, nach Norden und nach Westen. Südfenster gibt es nicht. Aber die hätten auch keinen anderen Ausblick ergeben. Es bleibt alles beim alten, ob die Fenster beschlagen sind oder nicht, der Nebel vor den Fenstern ist genauso silbriggrau wie die feine Tropfenhaut auf dem Glas. Es ist auch gar nicht wichtig, die Fenster zu putzen, sie hat es eigentlich nicht gewollt, ganz ohne darüber nachzudenken, hat sie es getan, schon zum zweitenmal heute. Der Beschlag auf den Fenstern war nicht gleichmäßig nachgewachsen, sondern er hatte zuerst die Ringe, Kreise und Halbrunde besetzt, die sie am Morgen mit dem Leder hineingewischt hatte.
Die Stille läßt sich nicht wegwischen. Und das Radio hat sie sowieso schon vor Stunden abgestellt. Vielleicht könnte man, wenn das Radio schweigt, dem sie ohnehin nicht mehr zugehört hatte, vielleicht könnte man irgendeinen Laut vernehmen, einen menschlichen Laut oder den eines Tieres, Traktorengeräusch oder Autohupen, irgendein Zeichen von Leben. Die Stille wird unheimlich bei den klargewischten Scheiben, denn sie ist nun realer, man kann sich nicht mehr einbilden, daß es nur wegen des geschlossenen Raumes so still sei. Sie wartet. Es fällt ihr jetzt auch ganz genau und bewußt ein, daß sie wartet. Sie steht mitten in der Küche, nachdem sie das Leder längst wieder mit der geläufigen immer gleichen Bewegung in den Putzschrank zurückgelegt hat, sie steht da mit der brennenden Zigarette in der Hand, die sie schon mehrmals im Spülbecken abgestäubt und dabei jedesmal das leise zi-

schende Geräusch wahrgenommen hat, ja, sie wartet auf das Läuten des Telefons. Das Telefon, diese letzte Möglichkeit, Fluchtmöglichkeit, nachdem die vorletzte Möglichkeit, das Postauto, klein und rot aus dem Nebel hervorspringend und genauso schnell wieder in ihm verschwindend, schon vor Stunden dagewesen ist, ohne ihr einen Brief zu bringen.

Nun ist das Telefon die letzte Möglichkeit. Es könnte ja immerhin sein, daß jemand sich ihrer erinnert, daß einer ihrer Freunde jetzt in diesem Moment an sie denkt, sie so da stehen sieht, die Zigarette in der Hand und wartend.

Wenn sie es sich eingestehen würde, wenn sie die genaue Einstellung ihrer Gedanken auf diesen Punkt wirklich wollte, wenn sie den Nebel in ihrem Kopf wegwischen wollte, dann würde sie wissen, daß sie nicht auf irgendeinen Anruf wartet, sondern auf einen. Daß sie auf seinen Anruf wartet. Darum hatte sie auch das Radio abgestellt, die Stille sollte leer sein für das Läuten des Telefons. Eigentlich wartet sie schon seit Tagen. Nur war immer so viel los, so daß sie das Warten selbst nicht so wahrnahm. Sie hatte es auch vermieden, die Tage zu zählen, während derer sie schon wartete. Aber es zählte in ihr. Es läßt sich nicht vermeiden. Sie weiß es ganz genau. Vor zehn Tagen hatte er gesagt: wenn ich zurück bin, rufe ich sofort an. Vor sechs Tagen hätte er zurück sein sollen. Seitdem wartet sie. Ein paar Tage Spielraum gesteht sie ihm zu, es muß ja nicht immer alles glatt gehen. Er war krank, als er fuhr. Der Gedanke läßt sie nicht los, bohrt, saugt sich fest, er könnte wieder kränker sein, es könnte ihm etwas passiert sein. Er hat ihre Telefonnummer vielleicht nicht mit, er kann nicht anrufen, wenn ihm etwas passiert sein sollte. Es muß etwas passiert sein. Sie klammert sich an den Gedanken. Es muß etwas passiert sein, denn was sonst? Er kann sie doch nicht einfach vergessen haben. Wenn nur nichts passiert ist. Es ist etwas passiert. Er ruft seit sechs Tagen nicht an, es muß etwas passiert sein. Diese Angst. Um was hat sie Angst? Um ihn? Dieser Nebel. Sie wehrt sich dagegen, den Nebel zu zerstreuen. Könnte er sie nicht vergessen haben? Vielleicht ist er glücklich. Vielleicht hat er sie vergessen vor Glück, hat er alles vergessen? Sollte sie das nicht wünschen? Sie sollte ihm wünschen, daß er glücklich ist. Wenn nur nichts passiert ist. Es ist etwas passiert. Er hat sie nicht vergessen, kann sie nicht vergessen haben. Er, der diesen Namen trägt, der so nach Sehnsucht klingt.

All dies, nicht zuende gedacht, vermieden, es zuende zu denken, mehr gefühlt als gedacht, abgeschoben, vernebelt, all dies soll nicht so richtig hochkommen, sie hält diese Gedanken nicht ins Licht, sie läßt sie ruhen, Gefühlen gleich, tief innen, unten, unter der Nebeldecke.
Das Telefon läutet nicht, und der Gedanke ist schnell wieder versunken, er ist nur der Hauch eines Wunsches gewesen, der Nebel hat ihn genauso verschluckt wie vorhin das Postauto.
Mechanisch beginnt sie zu bügeln. Das Bügeleisen hatte sie schon vor längerer Zeit an die Steckdose angeschlossen, vielleicht hatte sie auch schon einige Teile gebügelt, sie kann sich jetzt nicht mehr daran erinnern, sie müßte ins Wohnzimmer gehen und dort auf dem Tisch nachsehen, wo sie die frisch gebügelte Wäsche zu stapeln pflegt, ehe sie sie auf einem der ohnehin notwendigen Routinegänge nach oben mitnimmt, um sie dort auf die Fußenden der Betten zu verteilen, jedem das seine. Es konnte vorkommen, daß sie beim Eintritt in die Schlafzimmer die noch ungemachten Betten bemerkte, dann öffnete sie die Fenster, und in wenigen Minuten und mit geringer Mühe waren die Betten gemacht.
Sie bügelt, ohne darüber nachzudenken, daß sie bügelt, denn es erfordert nicht die geringste Konzentration: einsprengen, glattstreichen, bügeln, falten, weglegen. Sie geht mit jedem fertigen Teil ins Wohnzimmer, sie geht, um sich selbst zu fühlen, um nicht zu erstarren, nicht zu ersticken. Das Atmen erfordert Konzentration.
Das Läuten des Telefons – den Bruchteil einer Sekunde vorher spürt sie es wie die Berührung einer Hand, dann läutet das Telefon. – Ja? – Wie geht es dir? Was machst du gerade? – Ach, ich arbeite, nur so. Ich dachte gerade an dich. – Sei nicht traurig. – Gut, daß du angerufen hast. – (Lebensnotwendige Rettung vor dem Ersticken, hätte sie sagen sollen.) Sie sagt nur: Gut, daß du angerufen hast. Ein leises Lachen, ein Lachen, das sachte durch ihren ganzen Körper wandert, zieht, bis in die Fußspitzen fällt, sich ausdehnt, ausbreitet, sie einhüllt, ganz. Sie kennt es, dieses Lachen, und sie wartet darauf. Immer wartet sie darauf. – Gut, daß du angerufen hast. – Laß es dir gutgehn. – Bis bald. –
Sie dreht das Radio auf. Freejazz, ein Tenorsaxophon singt eine bizarre Melodie, einige Klänge Klavier dazu.
Sie tanzt.

KARIN VOIGT
Wachzustand der jungen Frau Katja

Wie lange bin ich jetzt verheiratet? 10 Jahre? Wie jung ich war. 20. Ich war 20 und eigentlich ohne Illusionen. Scharf war ich auf ihn und er auf mich. Und er hatte Erfahrung. Er konnte mich sättigen. Ja, die ganzen ersten Jahre waren angefüllt mit Bettszenen, die ich so heiß in keinem Film gesehen habe. Steffen hat es verstanden, meinen vibrierenden Körper ständig erneut in Schwingung zu versetzen. Vorher waren da ein paar Affären. Aber er war der erste wirkliche Liebhaber. «Danach» wollte ich immer lauschen, trotz der Erschöpfung, nachlauschen, was sich in mir abspielte. Begreifen wollte ich – und begriff nicht.
Ich begreife heute noch nicht. Es ist nun mal so. Ich bin so. Ich brauche den passenden Partner. Steffen war der Partner, bis er krank wurde. Aber ich möchte leben, mit meinem Körper.
Steffen ist 15 Jahre älter. Vaterfigur? Nein, das war er nie. Er zog mich einfach mit. Bei ihm lernte ich im Detail die körperliche Liebe. Als er krank wurde, verkrallte sich sein Lebenshunger noch stärker in meinen Körper, in meinen Lebenshunger hinein. Immer häufiger war er in Schweiß gebadet, deckte mich zu mit seinem Schweiß. Es wurde anstrengend, immer anstrengender, bis der Geruch, seine schnelle Ermattung, dieses letzte, leichte Aufflackern mich in Unruhe versetzte. Während eines Höhepunktes sagte er einmal: «Katja, ich möchte mit dir zusammen den letzten Atemzug tun. Verlaß mich nicht!»
Nein, schrie es in mir, nein! Du mußt allein gehen. Ich will nicht. Ich bin nicht die große Liebende, die bis zur Tragödie mitspielt. Ich nicht. In der Realität gibt es das nicht. Im Theater, im Kino will man uns das weismachen. Das hat aber mit mir nichts zu tun. Ich bin nicht dieser Frauentyp, der sich aufopfert, der auf neue Anfänge verzichtet, deshalb bewundert werden will.
Wie er immer stärker abbaut, seine Kräfte nachlassen, als hätte er sich zu stark verausgabt ... all die Jahre. Die Spannungen, die entstanden, als er ahnte, daß ich fremdging. Was soll's! Früher sind die Männer fremdgegangen, hatten sie kranke Frauen. Ihnen hatte man es nicht übelgenommen. Die müssen den Ausgleich haben, sagte man nur. Ich

muß ihn auch haben, diesen Ausgleich, sonst bin ich nicht ich, bin nicht Katja. Katja mit einem Mann im Spiegel, nackt und voller Begehren.
Die Szenen, die er macht! Diese Angst! Gut, ich verstehe ja die Angst vor dem Tod. Er will nicht sterben. Wer will das schon. Er wird sich abfinden müssen. Er tut mir leid. Natürlich tut er mir leid. Noch ist er mein Mann. Was soll ich machen? Sein Körper läßt mich kalt, läßt mich schon lange kalt, jetzt erst recht ... jetzt ... Ich brauche keinen versagenden Körper, der den meinen sich nicht aufbäumen läßt.
«Geh nicht, bitte geh nicht! Ich werde wahnsinnig», wimmert er, möchte mich einsperren und spielt, wie ein kleiner Junge mit Pistolen, die er immer woanders versteckt, damit ich sie nicht finde, sie ihm wegnehme. «Ich kann nichts dafür, wenn dich dein Körper im Stich läßt», sage ich ihm. «Ich kann doch nichts dafür, und meine Haut will ich retten, gerade jetzt, seit ...»
Seit Thomas. Ja, diese Sache mit Thomas. Er ist sein Freund. Das gibt ihm den Rest. Thomas, der Jüngere, der Unerfahrene, zu dem es mich gleich hinzog, den ich jetzt anlerne, der so keusch und zurückhaltend ist, den ich langsam auflockere wie verkrustete Erde.
Thomas mußte mich reizen, kam meiner Begehrlichkeit geradezu entgegen, diese Begehrlichkeit, die mir Steffen jetzt vorhält – und die er jahrelang genossen hat. Na, gut. Jetzt übernehme ich die Rolle des Mannes. Das hat sich heute doch sowieso verwischt. Das macht sie so unsicher, diese Männer, auch Thomas, daß ich als Frau sage, was ich will, wie ich es will. Ja, habe ich ihm gesagt. Die Generation unserer Väter hat die Frauen benutzt, jetzt kommt ihr an die Reihe. Entweder ihr spielt mit, oder ihr nehmt euch weiterhin diese harmlosen Tucken, die sich zur Verfügung stellen, brav ja und amen sagen, nicht wissen, was sie von einem Mann eigentlich wollen. Sieh sie dir mal an, die Frauen, die immer noch die alte Rolle mit Aufopferung spielen, wie unbefriedigt, wie selbstmordgefährdet sie sind. Sie machen sich ihre Anspruchslosigkeit nur vor.
Nein, das letzte habe ich nicht alles zu Thomas gesagt. Er hätte auch einen Schrecken bekommen. Mit ihm muß ich geschickt umgehen. Er ist so sensibel, feinfühlig. Er hängt an seinen falschen Idealen. Von Anfang an wußte ich, ich würde ihn verführen müssen. Er brachte Blumen. Er kochte in unserer Küche mit mir. Am Anfang berührten

wir uns nur leicht mit den Armen, standen an der Küchenzeile zusammen. Ich habe mich beherrscht. Er hätte es nie gewagt mit der Frau seines Freundes! Moralapostel. Kleinbürgerliche Erziehung. Klar, das übliche. Und das Mißtrauen den Frauen generell gegenüber. Die abgöttische Liebe zu seiner Mutter. Ich werde die Dominanz seiner Mutter nachspielen, werde sie ihm ersetzen.
Ich will ihn, ich kann über Leichen gehen, wenn ich etwas will. Der arme Junge, wie schwach er ist, wie wankelmütig, wie weich, wie haltlos. Letztlich so haltlos, wie ich damals war, als mich Steffen heiratete. Mit Thomas wird alles noch einmal beginnen. Zärtlichkeiten wird es zwischen uns nicht geben, die gab es auch nicht zwischen Steffen und mir. Bei meinen Eltern, ja... Die habe ich immer ausgelacht. Ich will Thomas. Steffen wird... muß sich damit abfinden. Ich werde mich nie abfinden, niemals.
Steffen wird mich nicht gehenlassen. Vorerst gehe ich auch noch nicht. Erst muß ich Thomas ganz für mich gewinnen. Er wird seine harmlosen Mädchen abwimmeln. Ich will ihn für mich alleine.
Wie er die ersten Male zitterte. Ich spielte die Mama. Mutter, Lehrmeisterin, Geliebte. Ich beflügelte ihn. Ich machte ihn an, ich machte ihn mir untertan. Liebe ich ihn? Ich weiß es nicht. Ich will es auch nicht wissen. Ich will leben, überleben...

ULRICH ZIMMERMANN

Unverhoffte Trennung

Eine Schutzkontaktsteckdose und ein Schutzkontaktstecker, die man ihrer ruhigen Verbundenheit wegen jahrelang für ein ideales Paar gehalten hatte, wurden eines Tages, da die Lampe, an dessen Zuleitungsende der Stecker hing, unmodern geworden war, brutal getrennt. Nicht einmal Zeit zum Abschied blieb, denn der Wohnungsinhaber, ein trockener Computerfachmann, hatte schon die neue Lampe ausgepackt und schloß sie unverzüglich an.

Kaum aber war der neue, um circa zwanzig Jahre jüngere Stecker mit der Steckdose in Berührung gekommen, da gab es einen gewaltigen Knall – Kurzschluß. Ach Lieber, flüsterte die Steckdose, als sie wenig später wieder mit ihrem alten Partner verbunden war, es war schrecklich, einfach schrecklich. Schon als der Kerl sich mir näherte, hatte ich das Gefühl, daß mit ihm etwas nicht stimmte. Ja, ich hatte Angst und machte mich ganz steif. Nie, niemals will ich von dir getrennt werden, ich bin so glücklich, daß du wieder da bist.

Ähnliche Worte fand auch der Stecker, und es hätte alles wieder gut sein können, zumindest bis zur Reparatur des Neuen, wenn in der kurzen Phase der Trennung beim alten Partner nicht etwas aufgeblitzt wäre, das er sich kaum eingestehen mochte – Eifersucht. Vielleicht, dachte er und wehrte sich gleichzeitig verzweifelt gegen diesen Gedanken, vielleicht war sie ja doch ein wenig gespannt auf neue Reize, und es war nur ihr moralischer Überbau, der zum Kurzschluß führte. Ich an ihrer Stelle hätte, ehrlich gestanden, auch ein bißchen Lust gehabt auf das Abenteuer eines neuen Kontaktes. Solche und ähnliche Gedanken vergifteten, da sie nicht ausgesprochen wurden, unmerklich die Atmosphäre zwischen den beiden, so daß sie mit der Zeit insgeheim von einer neuen Trennung zu träumen anfingen. Alle Liebesbeteuerungen, die sie sich häufiger denn je gaben, bekamen einen unangenehmen Beigeschmack, jedem Außenstehenden fiel das auf. Wäre der Computerfachmann nur nicht so träge gewesen! Wochenlang schob er die Reparatur des neuen Steckers auf, dann fuhr er sogar noch in Urlaub, ohne daß etwas geschah.

So wuchs die Entfremdung zwischen den Partnern ins Unerträgliche, und es fehlte nicht mehr viel, daß sie sich zu hassen begannen.

Als das Vorhersehbare nun endlich eintrat, eine halbe Stunde hatten sie Zeit für ihren Abschied, so lange fummelte der Computermensch am neuen Stecker herum, fanden sie nur noch lahme Worte für Gefühle, die längst nicht mehr stimmten.

HARALD HURST
Bei Stenzels und Schleis

Bei unsereins läuft das nicht ab wie beim Polier Herbert Stenzel, der seiner Frau in solchen Fällen einen Satz heiße Ohren verpaßt. Wenn ihm die Wut im Bauch explodiert, wenn ihm die Wörter ausgehen. Der den Küchentisch umschmeißt, daß die Bierflaschen aufs Linoleum poltern, ohne kaputt zu gehen, weil er irgend was umschmeißen muß, nachts um zwei. Der «Drecksau» und «gottverdammte Hure» brüllt, wenn die Frau, hinterm Küchentisch verschanzt, nach der Brotsäge grapscht.
Nein, bei uns läuft das nicht ab wie bei den Stenzels im Block, Baujahr 56, mit dem abgeblätterten Grauputz und den rosaverwaschenen Balkonblenden. Wo die Wohnungsnachbarn in Schlafanzügen und Bademänteln, die krummen Zehen in den Hausschlappen, noch bettwarm vor der Tür mit dem Guckloch herumpalavern, alle zwei Minuten die automatische Flurbeleuchtung wieder andrücken und rauchen und versuchen, durchs Guckloch zu gucken. Wo man die Polizei holt, wenn's drinnen mal wieder zu schrill wird, bei den Stenzels, wo's schon lange nicht mehr stimmt. Wo er das Saufen angefangen hat, weil sie fremd geht, oder sie fremd geht, weil er das Saufen angefangen hat. Wo die Kinder, die nun mal da sind, vor Ohrenschmalz kaum noch hören können. Bei Stenzels, wo man sich im Bett schwerschnaufend wieder versöhnt oder zwei Tage später in der Zeitung steht.
Da reagieren wir anders in solchen Fällen. Der Oberstudienrat Ralph Schlei und seine Frau Inga, die im halben Deputat noch HHT Lehrerin ist, weil man sich – Sozialist hin, Sozialist her – nun mal einen gewissen Lebensstandard angewöhnt hat, die hauen sich keine rein, wenigstens nicht physisch. Schleis haben zusammen einen beträchtlichen Wortschatz, verfügen über ein ausreichendes Repertoire an rhetorischen Tricks und sind soweit belesen, daß sie sich mit messerscharfen Zitaten in Schach halten können. Bei Schleis fällt kein Küchentisch um, da nimmt man daran Platz. Bei Kerzenlicht vom Flohmarktleuchter, der beiden damals auf Anhieb gefallen hatte.
Es gibt Froschschenkel in Knoblauchrahm im Steingutgeschirr aus

Soufflenheim. Das haben sie vor Ort, direkt beim Töpfer, ausgesucht.
Sie bekochen sich abwechselnd, damit keine Rollenfixierung einreißt
und damit keiner später mal mit dem Argument kommen kann, er
habe sich durch das Hausarbeitseinerlei nicht verwirklichen können.
Während des Essens reden sie, wie es im nahen Frankreich üblich ist,
übers Essen. Sie hat ein Rezept aus der Brigitte ausgeschnitten und liest
ihm die Zutaten vor. Könnte ganz interessant schmecken. Wird demnächst ausprobiert. Ralph schenkt Inga nach. Beaujolais Village, ihr
gemeinsamer Lieblingswein für alle Tage. Sorgfältig wählen sie die
Weine zu den jeweiligen Mahlzeiten passend. Das ist sein Geschäft. Nie
würde er einen Rotwein zu einer Fischmahlzeit entkorken.
Eine Klassikplatte liegt auf. Lautenmusik aus der Renaissance. Zum
Nachtisch Oliven mit Schafskäse. Inga legt den Alexis Sorbas auf. Bei
der ersten Verdauungszigarette rastet der Tonarm ein. Alexis hat ausgetanzt. Es ist still. Asche fällt aufs Tischtuch. Ralph wechselt eine
Kerze aus, entzündet sie fast feierlich. Wieder fällt Zigarettenasche auf
den Tisch. Ralph befördert den Krümel mit der angefeuchteten Fingerkuppe in den Aschenbecher. Sie bestätigen sich noch einmal, daß das
Essen ausgezeichnet war. Jetzt wäre gute Zeit für die Liebe, faire
l'amour, das fühlen beide. Das macht man in Frankreich so und wahrscheinlich auf der ganzen Welt. Das ist durch keinen Nachtisch, durch
kein Dessert zu ersetzen. Nicht einmal heiße Himbeeren mit Eis kommen da ran.
Aber seit Inga vor einem halben Jahr dieses kurze, aber heftige Liebesverhältnis mit diesem Referendar hatte, ist bei Ralph sexuell Funkstille.
Er verkraftet's einfach nicht. Auch wenn sie das alles im voraus längst
durchdiskutiert hatten. Theoretisch ja, klar. In der Birne. «Aber da,
da», schreit er und krampft die Hände in den Bauch. Da tät's ihm so
gottverdammt weh. Ingas Hinweis, die ganze Affäre sei doch nur eine
rein körperliche Angelegenheit gewesen und sie hätten doch in langen
Gesprächen darüber Klarheit gewonnen, daß man da differenzieren
müsse, stürzt ihn in noch tiefere Verzweiflung. Er heult auf, muß aufstehen und umhergehen. Inga findet das theatralisch. Seit einem halben
Jahr geht sie an dieser Stelle der Diskussion ins Bett. Weil sie mit den
Nerven fertig ist.
Er ist auch mit den Nerven fertig, kann aber nicht schlafen, ist zu aufgekratzt. Er horcht auf ihr Zähneputzen draußen im Bad, hört, wie sie

den Beaujolais rauspinkelt, zwei Fetzen Klopapier abreißt. Morgen wird er einfach den Tisch umschmeißen, das Soufflenheimer Geschirr zerdeppern, endlich seinen Bauch explodieren lassen. Wie Stenzel.
Er steht auf dem Balkon und raucht. Jetzt ins Schlafzimmer gehen, bevor Inga eingeschlafen ist. Sie einfach an den Hüften fassen und an sich ziehen. Ihr sein haariges Knie zwischen die Schenkel schieben. Ganz einfach wäre das. Die Scheißdiskussionen. Nichts Handgreifliches mehr möglich. Sie weiß ja jetzt, daß er weiß, daß sie seit Jahren keinen richtigen Orgasmus mit ihm gehabt hat. Sie würde sofort denken, er wolle es jetzt besser machen. Mit vorsätzlicher Leidenschaft, ein erotischer Ingenieur, ein Bastler.
Der Oberstudienrat Schlei raucht noch eine und zerreibt zwischen den Fingern ein Blättchen vom heimtückisch angebauten Cannabis.
Ostersonntag. Sie frühstücken hinter der geöffneten Balkontür, bequem in Hausmänteln, mit vom Baden aufgeweichter Hornhaut an den Fußsohlen. Ausgiebiges Lesen der Frankfurter Rundschau, der einzigen Tageszeitung, die sie noch für lesbar halten. Überall in Deutschland werden wieder Ostermärsche organisiert. «Mensch, Inga, da regt sich doch wieder was», ruft Ralph begeistert. Sie tauschen die gelesenen Zeitungsteile aus. Danach sortiert Inga das Diskussionsgeschirr vom Vorabend in die Spülmaschine. «Wie wär's mit einer Elsaßfahrt», schlägt er vor. Sie ist einverstanden. Man macht sich in Ruhe fertig. Er schnuppert an einem frischen Hemd. Inga stellt sich vor ihn hin und will wissen, ob man durch den weißen Rock ihren Schlüpfer durchschimmern sieht.
Colmar. Sie bummeln durch die Altstadt mit den Fachwerkhäuschen. Irgendwo in einer gemütlichen Kneipe mit karierten Tischdecken und schiefen Fensterchen trinken sie Kaffee mit Mirabellenschnaps. Steinerne Kühle im Unterlinden-Museum. Inga setzt sich auf das Betrachterbänkchen vor dem Isenheimer Altar. Sie versenkt sich in den käsigen, zerschundenen Christus, der, vom Kreuz abgehängt, in Frauenarmen liegt. Das Besuchergedrängel stört sie. Sie wäre jetzt gerne allein. Auch Ralph geht ihr auf die Nerven, wie er, die Hände auf dem Rücken, die Altarflügel abspaziert, sich zu ihr runterbeugt, um etwas von klerikal-feudaler Auftragsarbeit zu flüstern. Seit Peter Weiss' ‹Ästhetik des Widerstands› sähe er ganz andere Zusammenhänge. Sie hat indessen feuchte Augen. Das passiert ihr oft beim Anblick von Kunst, aus

irgendeiner elementaren Betroffenheit heraus. Manchmal weint sie sogar verstohlen, wenn auf Kundgebungen Solidarisches gesungen wird.
Kurz vor der Grenze gehen sie essen. Sie bestellen Hummersuppe, Mittelstück vom Salm, und einigen sich auf einen herben, kantigen Riesling. Es schmeckt ausgezeichnet. Inga meint, die Sauce könne sie ohne weiteres nachkochen. Dann, pünktlich zur Zigarette, kommt wieder auf Umwegen der Referendar ins Spiel. Gegen alle guten Vorsätze. Es wird laut, ein Stielglas fällt um. «Hör doch um Himmels willen auf», zischt Inga, «die Leute werden aufmerksam.» Das sei ihm jetzt scheißegal, zischt Ralph zurück. «Laß uns bitte, bitte bezahlen», jammert Inga und zerknüllt ihre Serviette, weil der Kellner nicht beikommt.
Auf der Heimfahrt reden sie kein Wort. Jeder schweigt vor sich hin. Er rast durch die verschlafenen Dörfer mit den buckligen Sträßchen. Überraschend tauchen Kurven aus der Dunkelheit ins Scheinwerferlicht. Runterschalten. Der Motor brüllt auf. Er hantiert wie ein Maschinenteil an Lenkrad und Schaltknüppel. Sie sitzt steckensteif daneben. Die Fahrt dauert ewig.
Endlich wieder am Küchentisch. Wein aus dem Kühlschrank, sich gegenübersetzen. Keine Handgreiflichkeiten wie bei Stenzels im Block. Ein paar sarkastische Stiche, wohlgezielt, sie kennen ihre weichen Stellen, ihre Schmerzzentren. Eine zynische Abwehr. Glatt und sauber diskutieren sie sich weg.
Inga verkriecht sich wieder ins Bett. Er hört sie noch ein paarmal schluchzen. Zigarette auf dem Balkon. Morgen, wenn sie ihr Brigitte-Rezept ausprobiert, schmeißt er den Tisch um.

III ZORN UND ZWEIFEL

Ich mit mir, du mit dir – und wir?

BERNHARD LASSAHN
Rolltreppenfahren

Du bist schon längst eingeschlafen, und ich kriege immer noch keine Ruhe. Herzklopfen. Also gut, ich laß dir Vorsprung, schlaf dann aber gleich ein, überhol dich noch und werde vor dir aufwachen. Und wenn du dann wieder halb im Schlaf fragst: was ist denn überhaupt für'n Wetter?, dann kann ich sagen: ich hab noch nicht rausgeguckt, aber ich war schon unter der Dusche, und da hat's unheimlich geregnet.

Heute war mir den ganzen Tag, als hätte ich Turnschuhe an. Wir haben feierlich mit einer Zigarette die andere angezündet, wie ein Ankoppelungsmanöver im All, nicht weil wir keine Streichhölzer hatten, sondern wegen der Glutübertragung. Dann haben wir uns fest versprochen, ab jetzt nicht mehr zu rauchen, und haben mit den Zahnstochern Mikado gespielt, und ich hab immer gewonnen, d. h. es kam mir jedenfalls so vor, und ich habe dir erzählt, daß ich voriges Jahr im Oktober schon die ersten Weihnachtslieder gehört hatte, und wir haben uns schließlich so geeinigt, daß ich deinen Apfelsaft und du mein Bier bezahlst, und die Bedienung war einfach unheimlich freundlich, unheimlich freundlich.

Ich versuch mal, parallel zu dir Luft zu holen und mich mit dir zu synchronisieren. Wir haben heute das kleine Ruderboot gesehen, das ausgerechnet LULU heißt, und haben festgestellt, daß es acht Monate her ist, seit wir uns zum erstenmal umarmt haben, aber natürlich hatten wir damals nicht mit solchen Langzeitwirkungen gerechnet. Ich mußte mich so beherrschen, weil du «All my loving» den ganzen Tag falsch gesungen hast, außerdem heißt es «tomorrow I'll miss you» und nicht «tomorrow I'll kiss you», aber das ist genauso wie mit deinen Sonderangeboten oder bei dem Mistwetter, als du den Vorschlag gemacht hast, man könnte doch einen Regenspaziergang machen, oder wenn du beim Baden klassische Musik hören willst oder – das habe ich dir noch gar nicht gesagt – als ich mal deine Kinderfotos durchgesehen habe, dann möchte ich dich am liebsten nie wieder beleidigen, und ich denke dann, ich müßte mal wieder in aller Sorgfalt was Unnützes tun und kleine Bilder im Format DIN-A 8 malen.

Das Beste waren heute wieder unsere Rolltreppenfahrten. Du hast nämlich Verständnis dafür, daß ich sofort die Gegenrolltreppe wieder runter will und dann wieder hoch, usw. Du bist auch so eine, die es nicht übers Herz bringt, Schokoladenosterhasen zu schlachten, und läßt die jahrelang im hintersten Winkel des Küchenschranks überleben. Du bist auch so eine, die die Suhrkamptaschenbücher nach Farben ordnet. Jedenfalls kann man mit dir rolltreppenfahren. Ich verstehe auch gar nicht, wieso die andern immer bloß zusammen schlafen wollen und nie rolltreppenfahren.

Ich mag beim Rolltreppenfahren beide Stellungen gleich gerne. Wenn ich eine Stufe höher stehe, dann kannst du den Kopf an meine Brust anlegen, und ich kann deine Haare streicheln und dich von oben sehen, was nur sehr wenige Leute zu sehen kriegen, aber die machen sich auch einfach nicht die Mühe. Die Stellung eine Stufe höher gibt einem so ein kleines Machtgefühlchen, aber nur ein kleines. Etwa so, als wenn man mit der Ferse den Abfluß von der Badewanne zuhält und die Machtposition des Stöpsels übernimmt, oder wie damals, als wir mit einer kleinen Fingerbewegung auf der ganzen Etage Licht an- und ausgeknipst haben. Nur ein kleines Überlegenheitsgefühlchen. Ich habe natürlich wieder mal zu kräftig deinen Kopf an mich gedrückt, weil ich mich schlecht beherrschen kann, aber Rolltreppen sind schon eine sehr zartfühlende Einrichtung, wenn auch die meisten Leute noch nicht richtig damit umgehen können.

Die andere Stellung mag ich auch sehr gerne: wenn du eine Stufe höher stehst und ich kann dich an den Hüften halten und den Kopf an dich lehnen, als ob ich sozusagen «mein müdes Haupt an deine Brust lege». Das ist sehr zu empfehlen. Auch in der Dickenwintermantelzeit (vom 23. 9. bis 12. 3.), wo nichts ist von wegen Brustwarzen. Wir werden noch mal ein Buch herausgeben mit neuen Stellungen und Lagen, und das wird ein Bestseller. Ein Buch mit vielen Fotos und ganz neuen Praktiken.

JÜRGEN LODEMANN
Die neue Wildheit

Wenn manche Männer, die mit einer Frau längere Zeit gelebt haben, Mühe bekommen bei der Antwort auf die Frage, die sich in weniger kontrollierten Augenblicken von selbst einstellt, auf die Frage nämlich, ob sie diese Frau noch lieben, so sind mir derlei Anwandlungen unbekannt. Ich liebe Susanne.
Ich weiß, daß solche Männer dann eine Art Gebet sprechen, nicht in religiösem Sinn, aber mindestens so inständig wie das religiöse gemeint sein muß, daß sie also in jenen unbeobachteten Momenten – sagen wir, unbewußt – etwas wie eine Gebetsleier in Gang setzen, etwas, das aus dem Unbewußten ins Wache übersetzt, heißen müßte: ‹Ich liebe meine Frau› – ‹Ich liebe meine Frau› – ‹Ich liebe –›.
Und ich habe mir sagen lassen, daß diese intimen Übungen einen halben Tag lang helfen. Manchmal heben sie sogar einen ganzen Tag hinweg über Ablenkung und Gefährdung; freilich bedürfen diese Exerzitien ständiger Wiederholungen, sobald nur immer die Betäubung nachlassen will. Aber das sind, wie gesagt, heimliche, ja, vor dem Betenden selbst nahezu verborgene Schutzmaßnahmen. Ich selber kann sie entbehren. Denn ich liebe Susanne.
Und ich kann erzählen, wieso. Es ist da was passiert, das hat es mir sozusagen bewiesen. Unsicher bin ich nur noch bei dieser Angelegenheit mit der Gegenliebe. Ob also Susanne auch mich – aber gerade weil ich seither solche stechenden Gefühle habe, Empfindungen, die wie mit glühender Nadel irgendwo unter dem Brustbein ansetzen und für die ich kein anderes Wort finde als ‹Eifersucht› – gerade deswegen bin ich sicher, daß ich Susanne liebe. Aber langsam. Wie fing es an.
Mit ihm natürlich. Mit dem anderen.
Seit Jahren sah ich ihn jeden Tag. In der Kantine. Es hieß, im Nebenberuf schreibe er Bücher. Romane, Erzählungen, recht gute sogar. Aber er habe keine Chance. Ihm gelänge einfach nie das, was man den Durchbruch nenne, die allgemeine Anerkennung. Allzu lange, so wußte man in der Kantine, habe er selber Buchbesprechungen geschrieben, harte, genaue, oft böse Kritiken. Und nun, seit auch er Ro-

mane schreibe, dächten die kritischen Kollegen von einst, in Anflügen von Irritation und Neid, nicht daran, ihn als Erzähler zur Kenntnis zu nehmen. Seine Geschichten, seine Romane blieben, so hieß es, für immer Geheimtips. Für Liebhaber.
Meist saß er allein. In einer der hinteren Ecken, wo einige Tische quer zu den übrigen standen. Fast immer hatte er sich Zeitungen mitgebracht oder ein Buch. Die Lektüren legte er so deutlich neben sein Essenstablett, daß jeder verstand: Nicht stören. – So saß er allein. Auch noch nach dem Essen, beim Kaffee. Nur wenige wußten, wer er war. Fast niemand hatte je was von ihm gelesen.
In einem Betrieb mit mehr als zweitausend Mitarbeitern gibt es vom Sonderling alle Varianten. Also kümmerte mich dieser Carl Funke, so hieß er, wenig. Bis eines Tages, als ich in Salzburg drei Tage auf das richtige Wetter für meine Dreharbeiten warten mußte, ein Taschenbuch im Ramschkasten vor einem Antiquariat alles ins Rollen brachte. Für umgerechnet eine Mark fünfzig kaufte ich das schmuddelige Exemplar, nahm es mit aufs Hotelzimmer und las. Und las. Ein Roman aus dem alten Schottland, voll kauziger Gemeinheiten, so phantastisch wie drastisch und dabei spannend wie ein Kriminalfall aus dem Innern der Bronx. Nie hätte ich geglaubt, daß dieser Funke so griffig und aufregend schreiben konnte. Ja, dieser unscheinbare Kollege an den hinteren Kantinentischen, ausgerechnet der und der Autor dieser wilden Geschichte – dieselbe Person? Undenkbar. – Später, wieder im Sender, sah ich mir den stillen Herrn ein wenig genauer an. Unmöglich. Der?
Ich hatte den Eins-fünfzig-Schmöker meiner Frau gegeben. Die hatte ihn in einer einzigen Nacht gelesen. Am Morgen, übernächtigt, aber wie verwandelt, lieh sie das Buch ihrer Freundin und hatte dann zusätzliche Exemplare antiquarisch besorgen können – wir alle begriffen nicht. Wer solche Erzählungen schreiben konnte wie die von den gälischen Schlitzohren und Küstenkobolden, die eine ganze Dynastie angelsächsischer Kapitalisten auszumanövrieren verstanden, warum hatte so einer bei der Kritik fast keinen und beim Publikum nur einen nicht wahrnehmbaren Erfolg? Hier war doch alles beieinander, aufregende Handlung, virtuose Sprache, doppelbödige Bedeutung, die sich schlagend auf unsere eigenen akuten Zustände übertragen ließ – woran lag Carl Funkes Dauerdebakel, diese Erfolglosigkeit eines Erfolgsschriftstellers?

Funke, so bekam ich heraus, machte Studiosendungen im Bildungsprogramm des Hörfunks, verfaßte und redigierte Nacht-Essays über die neuste Stimmung im Westen. Niemand hatte das je gehört, niemand im Sender wußte Genaueres; ein Kritiker, den ich in Berlin fragte, fragte empört zurück, wieso ich nicht wüßte, daß Funke es gewesen sei, nach dem man unsere neueste literarische Entwicklung den ‹Depressionismus› nenne.
Beim nächstenmal in der Kantine trug ich mein Essenstablett an seinen Tisch. Setzte mich neben ihn. «Störe ich?» – «Wieso?» fragte er und rückte seine Zeitung zur Seite.
Warum sagte er nicht einfach ‹Nein›? Ich störte also.
«Ich muß gestehen, daß ich was von Ihnen gelesen habe», sagte ich und überlegte schon beim Reden krampfhaft, wieso ich mit «ich muß gestehen» angefangen hatte. Weil Susanne von seinen Texten so begeistert schwärmte wie noch von keiner einzigen meiner eigenen Arbeiten? «Ich meine», sagte ich, «ich gestehe, daß ich erst jetzt von Ihnen was gelesen habe.» Ich zerkleinerte mein Kassler. «Pardon, natürlich kennen Sie mich gar nicht, ich arbeite im Fernsehen, ‹Gesellschaft und Kunst›.»
Er antwortete noch immer nicht. Er hätte wenigstens nach meinem Namen fragen können. Oder danach, was es denn nun war, was ich gelesen hatte.
«Ich habe ‹Saturnalien› gelesen. Durch Zufall, ich fand es bei einem Salzburger Buchhändler», log ich. – «‹Saturnalien› gibt es nur noch antiquarisch», korrigierte er.
Verwirrt, bei einer Ungenauigkeit erwischt, konzentrierte ich mich auf mein Kassler. Auch aus Höflichkeit konnte man sich ihm gegenüber offenbar keinen Fehler erlauben. Ich versuchte es andersherum.
«Ich war sehr beeindruckt», sagte ich. «Auch meine Frau. Nicht nur, weil wir Schottland-Narren sind und am liebsten in Schottland leben würden. Auch Freunde, die noch nie dort waren, fanden das – zauberhaft. Ja. Zauberhaft, das ist das richtige Wort.»
«Danke», sagte er. «Ich war noch nie dort.» – «Wo?» – «In Schottland.»
Ich gab's auf, gab mir endlich diesen Ruck in Richtung Ehrlichkeit und: «Wieso», fragte ich, «wieso landet so etwas im Ramsch?»
Er schaute mich an, nicht mehr ganz so reserviert, scheinbar aber auch

ein bißchen belustigt. Und sagte dann: «Könnte es nicht sein, daß so etwas – einfach zu verquer ist?»
«Verquer? Nein! Aber daß es einfach zu gut ist!»
Er wehrte ab, wie erschrocken. «Bücher-Erfolge haben mit einem ganz sicher nie etwas zu tun, mit Qualität. Wenn ich bitten darf, keine Anmerkungen über gut oder mißlungen. Das ist in Gegenwart des Autors sowieso nur peinlich.»
«Aber womit haben Bücher-Erfolge dann zu tun?»
Er hatte sein Kassler gegessen, schob das gelbe Plastiktablett zurück, zog sich die Tasse Kaffee heran, deckte die Untertasse ab, die er zum Warmhalten als Deckel benutzt hatte, schüttete die Kondenstropfen in den Kaffee, trank und sagte dann, die Tasse absetzend: «Mit dem Wetter.» Trank wieder und sagte: «Oder mit dem Kaffee. Den der Leser beim Lesen trinkt. Oder mit dem Verdauungsvermögen des Kritikers. Oder mit der Faszination des parallel angebotenen Fernsehprogramms. Mit allem möglichen haben Buch-Erfolge zu tun. Nur nicht, wie gesagt, mit der Güte oder Mäßigkeit des Textes.»
«Sie lenken ab», sagte ich.
«Rauchen Sie?» fragte er.
«Danke, nein.»
Er zündete sich ein schwarzes französisches Kraut an. «Stört es Sie?» Es störte mich, denn ich aß noch, aber so einfach bekam er mich nicht an einen anderen Tisch. «Es macht mir nichts aus.»
Er rauchte eine Weile und fing dann leise an zu reden, sehr leise und doch mit einer heiteren, ja wie belustigten Wurschtigkeit. «Nein, ich lenke nicht ab», sagte er. «Und ich will Ihnen Ihre Frage, wieso so etwas im Ramsch landet, genau beantworten. Mit einem Beispiel.» Er trank und brachte dann sein ‹Beispiel›. «Meine Bücher stünden schon in der übernächsten Woche an der Spitze sämtlicher Verkaufslisten, wenn ich mich in Ihre Frau verliebt hätte. Und zwar so sehr und so unabänderlich, daß mir nichts anderes übrigbliebe, als Sie – wie war doch Ihr Name? –»
«Lobkowitz – Karlheinz –»
«– so unabänderlich, daß ich Sie, den Karlheinz Lobkowitz, aus dem Weg räumen müßte.» Er rauchte. Die Schwaden zogen alle auf mich zu, stiegen an meiner Nase hinauf. Offenbar war ich im Vergleich zur

Umgebung übertemperiert und hatte eine Säule warmer aufsteigender Luft über mir.
Ich wedelte mit der Hand. Funke, ohne sich darum zu kümmern, redete weiter: «Sie, Lobkowitz, wären tot. Und ich, Ihr Mörder, säße im Gefängnis. Mörder aus Leidenschaft. ‹Gibt es das noch?› würde die Boulevardpresse fragen und in den Interna unseres Lebens herumschnüffeln und in denen dieses Senders. Mord unter Funk-Kollegen. Sie wie ich, wir sehen beide schon die Schlagzeilen vor uns. Redakteur erschlägt Konkurrenten. Womöglich habe ich Sie nicht nur im Bett, sondern auch im Büro ausschalten wollen. Sehen Sie, nur so etwas kann und wird das Feuilleton-Ghetto verlassen. Kommt in die Massenpresse. Illustrierten-Reportagen über mich wären dann selbstverständlich, Fernsehporträts ebenfalls. Nicht wegen meiner Bücher, o nein, wo denken Sie hin – ausschließlich wegen meiner Kriminalität wäre ich dann zu dem gelangt, was allein über Buch-Erfolge entscheidet, zu Prominenz. Wie, so wird es dann vielleicht auch mal heißen, wie aber schreibt einer, der so konsequent seine Gefühle verwirklicht? Geht es, bitteschön, um so etwas auch in seinen Erzählungen?»
Er sah mich an, lächelte. «Gewiß, es ließe sich auch was Freundlicheres ausdenken. Zum Beispiel wie ich den Nanga-Parbat besteige, ohne Sauerstoff, ausgestattet nur mit einer bestimmten Sorte Pumpernickel. Das wäre netter als der Mord, außerdem würde mir die Pumpernickelfirma die Reise finanzieren. Aber dieser Weg wäre mühsamer und vor allem: fast alle Leidenschaften fände man in meinen Texten wieder, nur nicht die zur Bergsteigerei. Glaubwürdiger also, zugkräftiger und schneller wirkte und viel eleganter wäre, wenn ich Sie ermordete.» Er setzte die leere Tasse auf das gelbe Tablett, wollte offenbar gehen.
«Mord?» fragte ich. «Wegen meiner Frau?»
«Ja.»
«Hören Sie», stotterte ich, «woher kennen Sie meine Frau?»
«Ich kenne sie ja gar nicht.» Er war aufgestanden – nun setzte er sich wieder und sah mich aufmerksam an. «Doch jetzt, nach solch einer Reaktion, hätte ich Lust, sie kennenzulernen.»

So fing unsere Freundschaft an. Er lernte Susanne kennen. Und eines abends ist es dann passiert. Nein, nicht das, was nun auf der Hand zu liegen scheint – nein, er verliebte sich nicht in Susanne (jedenfalls war er zu dezent oder zu beherrscht, um es sich anmerken zu lassen), nein nein, er hat mich auch, wie man sieht, keineswegs erschlagen. Aber etwas anderes ist an jenem Abend passiert. Spät schon, zu dritt saßen wir noch beisammen, gut befeuert vom Guinness, da kam uns wie von selber jene Idee, die aus nichts anderem bestand, als Funkes Kantinen-Idee zu realisieren.

Während ich schon in England war und im Fernzug von London nach Edinburgh aufs neue diese unbeschreiblichen Gesichter der Fahrgäste studierte, diese gälischen Ecken und Kanten, da meldete sich Funke beim Mordkommissariat und gestand, daß er mich umgebracht hätte. Aus unüberwindlicher Leidenschaft. Aus Liebe zu Susanne.
Die Sache entfachte den vorausgesagten Wirbel. Das Boulevardgeschäft hatte seine Sensation. Der tägliche Trott im Sender geriet aus dem Gleichgewicht: Mord unter Kollegen. Die Gerichtsverhandlung, da der Täter nichts abstritt, kam bald. In meinen geliebten Küstenort nördlich Aberdeen schickte Susanne mir die Kopien der Presseberichte, die Vorausreportagen der Illustrierten, die Interviews mit Carl Funke. Aber auch einen Nachruf auf mich, den Redakteur Karlheinz Lobkowitz, in den Hausmitteilungen unseres Senders. Oben, in der Dach-Etage bei unseren Fischersfreunden, mit dem Blick über die Bucht, da hatte ich nun Zeit und Ruhe, zu lesen, über mich nachzudenken und über Susanne. Und ich erholte mich gut und hoffte nur, daß dieser schöne Aufwand sich auch lohnen würde für Funke.
Der gab ausgiebig Auskunft. Schon den Reportern, die ihn in der Untersuchungshaft befragten, erklärte er die Motive für seine Untat. Jahrelang habe das in ihm geschwelt. Niemand könne seine Vitalität ohne Folgen so lange so perfekt unterdrücken. Die Normen des Büros wie die des Mittelstandes, all die Zwänge einer ‹nach innen gezügelten Anarchie›, ja, so sagte er's – all das habe er schließlich nicht mehr zusammenhalten können, endgültig nicht mehr angesichts einer Frau, die von ihm ‹ein Bekenntnis zum Ich› gefordert habe. Da sei das alles explodiert, diese kleinbürgerliche, diese lebensfeindliche Erziehung zur Ängstlichkeit, diese festangestellte Mittelstands- und Anstands-Dres-

sur, nein, die halte nun mal das Wilde und die Wahrheit auf Dauer nicht in Schach, nicht einmal über das Künstlerische. – So und ähnlich lauteten die Erwägungen, die Funke nun immer neu variierte und die wochenlang Diskussionsstoff wurden in den Medien. Er selbst, so hieß es, habe ihn überwunden, den Depressionismus.
Fast alle Journalisten hatten sich inzwischen Funkes Bücher besorgt, hatten nachgeholt. Die Kenner kannten sich plötzlich aus in den Irrgärten der Funkeschen Leidenschaften und hatten schon immer die ‹Saturnalien› und auch seine anderen Bücher durchschaut als versteckte Drohungen gegen die Gesellschaft, als Drohung, die der Autor nun, nach fast zwei Jahrzehnten der Soll- und Pflichterfüllung, blitzartig in eine Tat umgesetzt habe. Das Verbrechen als Selbstverwirklichung, «Verbrechen und Ausbruch» – so hieß der Essay des Chefrezensenten im wichtigsten Literaturblatt.
In meinem schottischen Regenland habe ich mit Lust all die klugen Recherchen und Analysen der Intelligenz-Gazetten nachgelesen. Die angesehensten Zeitpessimisten übertrafen einander an Tiefe und Hellsicht. Immer wieder schickte Susanne neue Stapel an Kopien, sicherheitshalber an die Adresse der Wirtsleute, die mir wortlos die neuen Stöße neben das Frühstück legten. Im Essay «Verbrechen und Ausbruch» las ich, Funke habe den von ihm selbst erkannten Depressionismus nun auch selber überwunden, habe ihn, und zwar schlagartig, transzendiert zu einem neuen Fauvismus, mit einem Ja zur Wahrheit als Wildheit. – Wie gut, daß ich auf die Bucht hinausschauen konnte.
Und dann diese vielbeachtete Gerichtsverhandlung. An beiden Tagen hat sich Susanne erfolgreich auf ihr Aussageverweigerungsrecht berufen. Um so ausführlicher, beredter und eindrucksvoller beherrschte Funke den Prozeß, mit düsteren Mitteilungen.
Schon bei seinen Angaben vor der Polizei – Aussagen, zu denen Susanne beharrlich schwieg –, schon nach seiner ersten Darstellung war es zwischen Susanne, Funke und mir über die Freundschaft hinaus zu einer ‹erotischen Konstellation à trois› gekommen, am Ende auch zu, wie Funke es ausdrückte, sexuellen Exzessen, die er zum Glück nur in Andeutungen und Fremdworten umschrieb, zu Exzessen also, deren Qualität, wie er das nannte, plötzlich umgeschlagen sei, so daß aus der Liebesraserei äußerste Aggression wurde, tödliche Eifersucht. Kurzum, er, Funke, habe in der höchsten Erregung mit meinem Fern-

sehpreis – einer dreißig cm hohen Bronce-Figur auf massivem Sockel (die in der Tat auf dem Bücherbrett über unserem Bett die Taschenbücher vor dem Umsinken bewahrte) –, mit dieser sechs Kilo schweren Preisfigur, einer eigenwilligen Deutung des antiken Sehers, mit der habe er mir, Lobkowitz, den Schädel eingeschlagen.
Zum einen irritierte mich, wie genau Funke sich auf unserem Bücherbrett auskannte. Zum anderen beruhigte mich diese Genauigkeit. Seine Angaben waren nachprüfbar. Spuren des Totschlags seien beseitigt, die Bettwäsche selbstverständlich gereinigt, Spuren vom Opfer, selbst Blutspuren, werde man schwerlich finden.
Dann beschrieb er aufs neue und detailliert, wie er meine Leiche habe verschwinden lassen. Das hatte inzwischen zwar jede Illustrierte nachgedruckt, auch zweit- und drittrangige, und keine hatte es unterlassen können, den grausigen Ablauf mit Fotos zu verdeutlichen, doch das Gericht ließ es sich nicht nehmen, am zweiten Verhandlungstag einen Ortstermin anzusetzen und die Angaben persönlich zu überprüfen.
So standen denn am Vormittag dieses zweiten Gerichtstags Richter und Geschworene auf jener schmalen Fußgängerbrücke, die bei Kehl über die Eisenbahnlinie nach Straßburg führt. Auf den Zeitungsfotos sah ich sie alle, die würdigen Herrschaften samt dem nunmehr überaus beachteten Schriftsteller Carl Funke, sah, wie sie auf der dünnen Eisenkonstruktion standen und beobachteten, wie unter ihnen auf den Schienen die Konverter des nahen Stahlwerks verschoben wurden, wie sie anhielten, eine Weile standen, zurückrangiert wurden, abermals stillstanden unter dem Fußsteg und wiederum vorwärtsgerückt wurden. Am Tatort, sahen Richter wie Presseleute von der Brücke herab in diese offenen birnenförmigen Behälter mit ihren glühenden Massen.
Dort hinein, gestand Funke, in solch einen mehr als tausend Grad heißen Glutfluß habe er, im Schutz der Nacht, mich an einem Seil, dessen Schlinge unter meinen Achseln die Brust umschlossen habe, hinab- und hineingleiten lassen. Mich und auch den broncenen Fernsehpreis. Weil der Seher beschädigt und sein Anblick von Susanne nicht mehr zu ertragen gewesen sei. Auch dazu schwieg Susanne, was man verstand.
Hüttenfachleute als Sachverständige bestätigten, daß ein menschlicher Körper in einer so höllischen Legierung ohne Weiteres aufgehen würde, in keiner Weise blieben da Reste. Man bot einen Versuch mit einem Schweinekadaver an, das Gericht verzichtete.

Da Funke angegeben hatte, mich oder meinen Leichnam im Kofferraum seines Autos nach Kehl transportiert zu haben, und da ich vorsorglich, zur Stützung solcher Angaben, einiges Blut hatte hinterlassen müssen – die gewesene Arzthelferin Susanne kannte eine fast schmerzfreie Methode –, waren vom Mordkommissariat hinlänglich Reste vom Blut meiner Gruppe im Kofferraum des Funkeschen Wagens festgestellt worden, Spuren, die jemand mit einem chemischen Mittel zu beseitigen versucht hatte.
So schloß sich die Indizienkette. So wertete man Susannes Schweigen als das einer zutiefst verstörten Witwe. So akzeptierte man schließlich auch Funkes Erklärung, daß er, nachdem der Totschlag so perfekt vollzogen und so spurlos verwischt war, daß er da, so gestand er, erkannt habe, wie er mit einer solchen Lebenslüge unmöglich hätte existieren, wie er ohne ein Geständnis keinen weiteren Tag hätte leben können. Als Schriftsteller schon gar nicht.
Das Gericht beriet gründlich. Die psychologischen und die literarischen Gutachten bewiesen beträchtliche Sachkenntnis. Einige Sprachwissenschaftler betonten den nachhaltigen, sogar in den exzentrischen Textpassagen waltenden ironischen Hintersinn des Autors Funke – was half es, am Ende kam unser schreibender Freund für zehn Jahre hinter Gitter. Wegen Totschlags im Affekt.

Nach Ablauf des ersten Jahres signalisierte Susanne mir, daß Funke seinen großen, seit langem vorbereiteten Roman über die Innenstrukturen einer Fernsehanstalt fertiggestellt habe. Das Manuskript habe sie als erste zu lesen bekommen; sie sei fasziniert. Endlich habe dieser Funke ungestört schreiben können, keine Bürofron habe ihm mehr die besten Stunden des Tages genommen. Und endlich habe er sich auch bewegt gefühlt, ja beflügelt von der sicheren Aussicht auf ein massenhaftes Lesepublikum.
Ich wartete mit meiner Rückkehr noch, bis Funkes Roman erschienen war und bis feststand, daß auch dieses Werk, sein ‹medienkritisches Welttheater›, ein unbestrittener Erfolg wurde, bei der Kritik, beim Handel wie bei den Lesern. Allgemein wurde gefeiert, wie hier einer den Depressionismus nicht nur in seinem Leben, sondern auch in der Kunst zu überwinden verstanden habe. Da kehrte ich zurück. Ließ mir

von Susanne erzählen. Schmal war sie geworden, begehrenswerter denn je, schien mir. Da ließ ich mich, auferstanden von den Toten, auch im Sender wieder blicken. Da sprach ich mit dem Anwalt und dann, umringt von Reportern und Foto- und Kameraleuten, ging ich mit dem Anwalt hinüber zum Gericht und klärte auf.
Abermals Schlagzeilen, Reportagen, Kommentare. Diesmal fast alle unter dem Motto ‹Liebesdienst›, ‹Liebesdienst für einen erfolglosen Erfolgsschriftsteller› – so hieß das nun in den Sensationsberichten wie in den Analysen der Zeitkenner; und diesmal wollte man schier keine Ruhe mehr geben angesichts der Tatsache, daß dieser Funke die Medien weltweit genasführt hatte. Und es stellte sich heraus, daß Funkes Romane nun absolute Renner waren, Massenartikel. Überall begehrt und keineswegs zu verquer oder zu gut für irgendein Publikum.
In einem neuen Gerichtsverfahren sprach man Funke, unter Aufhebung des alten, das endgültige Urteil. Wegen Irreführung der Behörden ein Jahr Vollzug und eine hohe Geldstrafe, die für ihn inzwischen allerdings leicht bezahlbar war. Es stellte sich heraus, daß er die neue Haftstrafe bereits abgesessen hatte (und bestens angewendet); diese zweite Verhandlung verließ er als ein freier Mann. Zwar als ein vorbestrafter, aber auch als ein reicher und als ein berühmter.

Später dann, wenn mein Bürotag im Sender nicht allzu deprimierend gewesen und noch Kraft übrig war, dann besuchten Susanne und ich ihn gern oben in seiner neuen komfortablen Waldhütte. Von dort gab es diesen Blick über die Ebene, in Richtung Straßburg und Kehl. Dort hatte er nun mit essayistischen Nachtkommentaren nichts mehr zu tun, statt dessen mit literarischen Sensationen, auf die eine immer noch wachsende Gemeinde der Leser begierig wartete.
Gehörte auch Susanne zu denen, die ihn glühend bewunderten? Natürlich – allein deswegen hatten wir ja unser Bluff-Abenteuer gewagt. Freilich, Susanne hatte mehr riskiert als ich. Über Wochen hatte sie im Blickfeld der Öffentlichkeit gestanden, zwar schweigend, aber als ein Objekt zügelloser Neugier – ‹verstörte Witwe› – ‹exzessive Leidenschaftlichkeit› – was alles hatte sie lesen und hören müssen und ertragen. Und? Warum konnte sie es ertragen? Nur weil sie eine bestimmte Sorte Prosa bewunderte?

Gern sprachen wir an diesen Abenden unseren Coup immer mal wieder durch, hatten unser Vergnügen an all den Vorstellungen, die sich die Reporter und Kommentatoren über Funkes Tatmotive gebildet hatten, über seine ‹neue Wildheit› im Leben wie in der Kunst, auch über unsere ‹Konstellation à trois›.
Und dann habe ich ihn schließlich auch gefragt, wie er auf diese höllische Idee mit dem Konverter habe kommen können. Er wehrte ab. Das ‹Höllische› müsse niemand erfinden, das liefere die Wirklichkeit. «Aber bezeichnend», meinte er, «bezeichnend, daß unsere Intellektuellen keine Ahnung haben von diesem Wirklichen und vom Ruhrgebiet.» Er zündete sich sein französisches Kraut an, rauchte und wiederholte genüßlich: «Vom Leben und vom Ruhrgebiet.»
Und hat dann erzählt: «Wenn du, Lobkowitz, je in Dortmund-Hoerde gewesen wärest, auf dem Gelände der früheren Dortmund-Hoerder Hütten-Union, dann kenntest du sie, jene tonnenschweren Stahlwürfel, die da in der Grünbrache noch heute liegen. Stahlwürfel, in die je ein Name und ein Datum eingeritzt sind. In jedem dieser Blöcke ist der eingeschmolzen, der so geheißen hat. Denn in all den Jahrzehnten, in denen das Hüttenwerk in Betrieb war, ist immer mal wieder einer der Stahlkocher in die Schmelze geraten. Und jedesmal haben seine Kollegen eine Tonne vom fraglichen Glutfluß abgezweigt. Und haben in den erkalteten Block den Namen des Verschmolzenen geritzt und das Datum seiner Auflösung.»
Funke rauchte. «Stahlmachen ist hart wie das Leben und wie der Literaturbetrieb. Aber wer, frage ich, war schon in Dortmund-Hoerde.»
Wenn er dann so redet, beim Kaminfeuer, bei Whiskey und Guinness, da spüre ich ihn häufig, diesen Stich irgendwo unter dem Brustbein. Und freue mich dieser glühenden Nadel – als des Beweises meiner Liebe. Und dann, wenn wir uns wieder mal erinnern an Susannes und meinen ‹Liebesdienst› für Funke und wenn wir immer mal wieder auch diese Mutmaßungen anstellen über das offene Geheimnis des literarischen Erfolgs, dann, im Schein des Holzfeuers und beim französischen Zigarettenrauch, der es weiterhin allein auf mich abgesehen zu haben scheint, bin ich mir allerdings noch heute nie so ganz sicher, warum seine Augen so anhaltend und wie vergnügt weniger auf mich gerichtet scheinen als auf Susanne.

HARALD HURST
<u>hochzeitstag</u>

ich hätt gern
einen blumenstrauß
für meine frau

soll was vorstellen
soll was besseres sein
mit'm bißchen grün

so bis
fuffzehn mark

J. MONIKA WALTHER
<u>Bruno oder Das blaue Haus</u>

«Clara, Clara», schrie Bruno, und sein Rufen klang hohl, weil er die Hände zu einem Trichter geformt vor den Mund hielt. Das langgezogene Schreien drang in den letzten Winkel des Gartens, aber eine Antwort bekam er nicht.
Die letzte Zeit im Sommer war es. Die Tage wurden schon wieder kürzer, die Zeit knapper. Die Dämmerungen brachen früher über Clara herein, wenn sie noch im Garten arbeitete oder an der Hecke stand und in die Nachbarsgärten schaute und wartete, daß Bruno nach ihr rief, sie suchte, sie befragte. Er konnte nicht ablassen von ihr, keine Ruhe geben. Jedem ihrer Sätze folgte eine seiner spöttischen Bemerkungen. Jedem ihrer Schritte folgten Brunos wachsame Augen. Und auf Wünsche, die Bruno äußerte, ließ Clara sich über Unnützigkeit seiner Begehren aus.

Bruno war Vertreter; er reiste in Landkarten, Straßenatlanten und Ansichtskarten. Seit zwei Jahren besaß er ein echt ledernes Köfferchen mit Zahlenkombination, trug gekräuselte Haare und beging seine Geburtstage recht aufwendig. An den Wochenenden und zu den Zeiten, in denen er seine Reisen vorbereitete, achtete Bruno allerdings wenig auf seine Kleidung, verließ das Haus kaum, nur um Zeitungen und Zigaretten sich zu besorgen. Er ging umher und beobachtete, was Clara tat und ließ, was sie einkaufte, kochte und an Kleidung trug.
Clara, 28 Jahre gerade, hatte Bruno vor einer langen Zeit geliebt, als sie mit ihrem Studium begonnen und Bruno schon alles hinter sich hatte, sich weigerte, immer weiter zu lernen, die Universität verließ und anfing, sein Leben sich als Reisender einzurichten.
Clara hatte Brunos Streben unterstützt, immer weniger Zeit in Seminaren und mit anderen verbracht, nebenher als Schreibkraft und Verkäuferin gearbeitet, fürs fehlende Kleingeld gesorgt. Ein wunderschönes Haus in Dossenheim hatten sie bezogen, an den Hängen gelegen mit Blick übers Tal und geheiratet mit Unterstützung und nickendem Wohlwollen beider Eltern. Clara hatte ihr Studium aus dem Blick verloren, keine Notwendigkeit gesehen, es noch fortzusetzen. Die Arbeit im Haus und Garten und mit Brunos Reisetätigkeit war neu für sie und nahm sie in Besitz. Sie erledigte die Bruno lästig werdenden Schreibarbeiten, kochte und wartete, strich die Fensterrahmen und Läden des Hauses in einem wunderschönen Meeresblau, sie legte Gärten und Vorgärten an, beschäftigte sich mit Einmachen und Einkochen. Morgens arbeitete sie vier Stunden in einer kleinen Buchhandlung, um nicht ganz umsonst studiert zu haben und auch, weil Mutter ihr riet, darauf zu achten, daß sie immer auch eigenes Geld hätte. Clara hatte gelacht, aber den Rat dann doch befolgt, als Haus und Garten in Ordnung gebracht waren und Bruno immer öfter auswärts blieb.
«Clara, Clara», rief Bruno immer noch, aber Clara antwortete nicht. Sie stand hinter einem Baum am Rand des Gartens, lauschte auf Brunos Schritte, auf weiteres Rufen, und hielt fest in den Händen das Gewehr ihres Vaters, geladen und entsichert. Geliebt hatte sie Bruno, und betrogen fühlte sie sich inzwischen. Clara wußte nicht, ob es Bruno war, der sie hintergangen und getäuscht hatte, oder die Eltern oder sie selbst, aber sie wollte sich an Bruno als den Schuldigen halten, an den-

jenigen, der ihr kein Leben zubilligte, sondern nur die Pflicht, Bruno Martens' Frau zu sein.
Bruno stand auf dem Speicher an der Dachluke und hatte Clara endlich entdeckt: ihr Gesicht und die helle Bluse konnte er in der Dämmerung erkennen. Wieder hielt er die Hände trichterförmig vor den Mund und schrie aus aller Kraft «Clara. Komm doch ins Haus, Clara! Ich habe dich gesehen.» Bruno schloß die Luke und ging hinunter, murmelte monoton vor sich hin: «Uns geht es gut, uns geht es gut, ich liebe meine Frau», schlug sich mit der Hand an die Stirn und dachte: Könnte ich doch in einem Hotelzimmer vorm Fernseher liegen, in ein Lokal gehen und Bier trinken, hätte ich das Glück und Clara verschwände, hätte sie einen Beruf, wäre unterwegs, ließe mich in diesem Haus wohnen, ließe mich frei und beharrte nicht darauf, daß wir uns liebten und eine Wirklichkeit uns schaffen müßten. Ich muß sie vertreiben, diese Frau, sonst bleibt sie, bis ich sterbe, und schaut mir dabei zu, schwor sich Bruno und schlich durch den Garten.
Clara wartete, den Gewehrlauf quer über den linken Unterarm gelegt, bis ihr Mann auf zehn Meter herangekommen war: «Geh nicht weiter, Bruno! Bleib stehen!»
«Woher hast du das Gewehr? Von deinem Vater, weiß er, daß du es genommen hast? Willst du Spatzen schießen?» fragte Bruno sehr schnell und bemüht, sein Lächeln nicht zu verlieren. Er lächelte, als scherzte Clara und hielt ihm nicht das Gewehr entgegen, angelegt auf seinen Bauch. Sie schoß ihm vor die Füße, als er noch einen Schritt tat, und lud rasch nach, ohne daß er sich rührte. Bruno hob die Hände in Schulterhöhe und lächelte mit aller Mühe, als hätte Clara sein Lächeln geliebt, ihn deswegen geheiratet.
«Ich liebe dich, Clara», sagte Bruno. «Ich liebe dich, komm doch!» Er fühlte so viel Angst in sich, daß ihm die Knie zitterten, und der Schweiß stank, der ihm den Rücken hinunterlief.
«Nein», schrie Clara. «Nein.» Ihr Schrei war weit zu hören in diesem ruhigen Viertel, in dem es außer leisem Hundegebell, das rasch verboten wurde, keinen Lärm und keinen Laut gab. Niemand wagte es hier, falsch und laut zu singen. Es gab keine Enttarnungen.
Claras Nein trieb Bruno zurück. Sie ging ihm nach, drängte ihn mit dem Gewehr über die Veranda bis ins Wohnzimmer, bis Bruno die Kante der Couch in den Kniekehlen spürte. Aber er ließ sich nicht

fallen, hielt sich aufrecht und lächelte. Clara hatte den Gewehrlauf wieder über den linken Unterarm gelegt, die dunklen Haare zuvor aus dem Gesicht gestrichen. Für Bruno sah seine Frau beunruhigend aus. Sie lächelte nicht, ihre Augen schauten ihn an, als müßte er eine Prüfung bestehen. Sehr aufrecht stand sie vor ihm, obwohl sie sonst immer ein wenig krumm sich hielt, die Schultern nach vorne: «Laß uns gehen, Bruno, laß uns zusammen von hier fortgehen, dieses Haus verlassen», sagte Clara und senkte das Gewehr um Zentimeter.
«Aber warum? Du liebst dieses Haus doch, diesen Garten, das Leben hier.»
«Nein!»
Über dieses Nein erschrak Bruno weniger, als er sich in den letzten Jahren eingestanden hatte. Er hatte geahnt, fast gewußt, daß Claras Liebe zu ihm vergangen war, daß sie selbst nicht mehr wußte, warum sie immer wieder für Ordnung und neue blaue Anstriche sorgte. Bruno hatte damit gerechnet, daß Clara eines Tages entdecken würde, daß sie ihm nützlich war, daß er sie brauchte, weil sie immer da und bereit war, sein Leben mit ihm zu teilen.
«Wohin sollen wir gehen?» fragte Bruno, um Zeit zu gewinnen.
«Ich könnte dich erschießen, Bruno.»
«Aber du tust es nicht», unterbrach Bruno sie schnell. «Du hast Mitleid. Wir sind verheiratet. Ich bin dein Mann und du meine Frau ...»
Bruno stockte, wußte nicht weiter. Er wiederholte sich: «Ich bin dein Mann, ich verdiene das Geld, und du bist meine Frau.»
Clara lachte böse auf und hob wieder das Gewehr: «Genügt dein Geld und die Wochenenden für ein Leben? Wäre ich wenigstens eine Hexe und du einer, der ein anderer werden wollte, oder einer, der Bruno heißt und seine Frau, die auch nichts taugt, liebte, das genügte vielleicht. Aber so: du bist nicht gierig, bist kein Geliebter, bist nicht einmal mehr ein Reisender wie früher. Nur ein eitler Vertreter für Landkarten und Zubehör.»
Bruno wollte sich wehren, sagte: «Na und. Ich verdiene mehr als du, meine Liebe. Ich bin wer.»
Clara sah ihn an und dachte, wie konnte es nur soweit kommen. Warum hassen wir uns, wir, die wir uns Liebe geschworen haben. Vielleicht hätten wir es nicht beschwören sollen vor all diesen Leuten. Vielleicht hätten wir vorsichtiger sein sollen. Ihre Stimme klang dünn

und scharf: «Du verläßt das Haus! Jetzt! Und kommst nie wieder. Ich will dich nie wieder sehen, nie wieder deine Stimme hören. Nie wieder an dich erinnert werden.» Clara weinte, aber sie hielt sich gerade, und das Gewehr zielte auf Bruno bei jedem Schritt, den er tat.
Bruno ging, nahm sein Jackett von der Garderobe, holte seinen Aktenkoffer und Geld aus der obersten Schreibtischschublade. Die Haustür schloß er leise, schlich fast die Vorderstufen hinab, als fürchtete er, daß Clara ihn zurückholte. Er ließ das Auto vorsichtig an und fuhr so weit, wie er glaubte, daß ihn seine Frau nicht mehr aufspüren könnte. Dann hielt er an und lachte und weinte. Das Ende ist, daß man sich trennt. Oder einander liebt. Ich werde Clara schreiben, wenn ich will, daß sie mir beim Sterben zusieht, dachte Bruno.
Als er sich beruhigt hatte und das Zittern der Seele nachließ, spürte er, wie glücklich er war, daß er dem Haus mit den wunderschönen blauen Fensterläden entkommen war und der Hexe, die darin hauste. Aus tiefstem Herzen bedauerte er Clara, die nie gereist war, die bleiben wollte oder mit ihm fliehen. Aber zu einer gemeinsamen Flucht hatte sich Bruno nicht hergeben wollen, das war er ihr nicht schuldig nach acht Jahren Ehe und bei all dem Geld, das er verdient und Clara hatte verwalten lassen.

UTE SCHEUB

Geschlechterkrieg

1. 12. 83: Eigentlich ahnte ich schon lange: es mußte ja so kommen. Nach vier Jahren mehr oder weniger friedlicher Koexistenz, auch Liebe genannt, haben wir uns heute unseren Beistandspakt auf der Grundlage gemeinsamer Sicherheitspartnerschaft aufgekündigt.
Er sagte: Wir haben nicht mehr dieselben Interessen. Der Pakt ist mir zu eng geworden, ich will mich entfalten, ausdehnen in alle Richtungen. Ich sagte: Tatsächlich, wir haben nie dieselben Interessen gehabt. Ein Pakt zwischen Mann und Frau ist immer ein Pakt zwischen Unglei-

chen. Ich gab, du nahmst. Das waren unsere gefühlsökonomischen Beziehungen. Ein ungleicher Handel. Dein männlicher Imperialismus hat meine weiblichen Ressourcen ausgebeutet, meine Wärmeenergien geklaut, jetzt sind sie erschöpft, und du verlangst nach neuen. Paß bloß auf! Mit der dummen Geduld des Pazifismus habe ich nur deine Plünderungsfeldzüge unterstützt, statt den Aufstand zu üben. Das ist jetzt vorbei: Auch ich will die Macht, und wenn sie zum Gleichgewicht des Schreckens wird. Entspannung ist passé. Gehen wir zur Abschreckungspolitik über.

7. 12. 83: Ich habe mich gerüstet, mich rundherum mit Panzern versehen, meine Mauern befestigt und aus den Schießluken der Augen gespäht, um seine spärlichen Annäherungsversuche an meine Hautgrenzen abzuwehren. Er macht noch in diplomatischen Protesten: Meine angeblich so einseitige Bedrohung lasse er sich nicht länger gefallen, Gegenmaßnahmen liefen an. Er will partout nicht einsehen: das strategische Gleichgewicht fällt eh zu seinen männlichen Gunsten aus, ich habe nur mit konventionellen Panzern nachgerüstet, um die Zeiten schutzlos weicher Flanken zu beenden.

10. 12. 83: All meine Alarmsirenen heulen, ich bin in Bombenstimmung, außer mir vor Wut. Es ist passiert: Er hat ein anderes weibliches Territorium überfallen und erobert. Der schweinische herrschaftssüchtige Patriarch! Das Territorium hat auch noch gejubelt, wird seinem neuen Herrscher wohl die Füße küssen.

Die diplomatischen Beziehungen hab ich abgebrochen, das ist noch das Mindeste. Meine schwersten Geschütze werde ich auffahren.

11. 12. 83: Ernster Grenzzwischenfall! Man kann von Glück sagen, daß bisher nur die konventionellen Waffen eingesetzt wurden. Unser verbaler Schlagabtausch drohte sich zu einem handgreiflichen solchen auszuweiten, da gingen die aus anderen Regionen alarmierten Beobachter dazwischen. Ohne blaues Auge ist er davongekommen, leider.

12. 12. 83: Meine Geheimagentinnen berichten mir, der Gegner sinne auf endgültige Rache. Er habe Bündnispartner konsultiert, ein neues Konzept der strategischen Kriegsführung sei ausgeheckt worden. Mit dieser Nachrüstung will er beim ausbrechenden taktischen Kleinkrieg gleich zum Erstschlag auf meine Backen übergehen. Angeblich um den Konflikt zu begrenzen und mich auf meinen angestammten Platz

zu verweisen. Ich sehe das anders: die neu stationierten Waffen sind direkt gegen die feministischen Bastionen meines Bewußtseins gerichtet. Entweder dieser Ideologie abschwören oder verkloppt werden, denn seine Kräfte sind noch immer die stärkeren: das ist die Botschaft. Diese existentielle Bedrohung lasse ich mir nicht gefallen!

13. 12. 83: Im Gegenzug habe ich meine weiblichen Verbündeten mobilgemacht und um Flankenschutz gebeten. Diese haben mich schon lange bedrängt, meine Beziehungen zur Welt des Patriarchats endlich abzubrechen: dort spekuliere man doch nur auf Unterdrückung, Kolonialisierung. Nie wollte ich ihnen glauben, jetzt habe ich sie verstanden. Wir haben einen Präventivschlag ausgeführt und seine Matratze als imperialistisches Hauptquartier in der Badewanne ersäuft.

14. 12. 83: Welch gräßliche Eskalation! In seinem Rachefeldzug hat er ABC-Waffen gegen mein Rückzugsgebiet eingesetzt: Aggression, Bedrohung und Cholerik. Damit hat er meine Wohngemeinschaftsverbündeten eingeschüchtert und dann meine Frauenbücher zerfetzt, meine Möbel zertrümmert und mein lila Bettzeug rot besprüht. Die Bombe hat voll eingeschlagen. Verzweifelt war ich, in Tränen aufgelöst, bin brüllend zu unserem roten Telefon gerannt: sofortigen Waffenstillstand habe ich vorgeschlagen und Verhandlungen an neutralem Ort.

15. 12. 83: Nach langen Mühen sind die Abrüstungsverhandlungen erfolgreich verlaufen, entgegen allen historischen Erfahrungen. Wir waren beide schwerverletzt. Eine Fortsetzung dieses schrecklichen Machtkampfes hätte uns ausgeblutet, die Hochrüstung hätte uns die letzten Überlebensreserven gekostet.

Wir haben die Einflußsphären neu aufgeteilt: er versprach seinen Rückzug aus dem neubesetzten weiblichen Territorium, dafür werde ich mich zukünftigen Guerilla-Überfällen meiner Bündnispartnerinnen zu enthalten versuchen. Es sind gegenseitige Reparationszahlungen zum Kauf einer neuen Matratze und zur Beseitigung der Schlachtfeldtrümmer meines Zimmers zu leisten. Verschrottung des Waffenarsenals ist vereinbart.

17. 12. 83: Abrüstung.

Sollten wir nicht ein paar Sicherheitszäune stehenlassen?

Ohne Rüstung leben scheint im Kampf der Geschlechter unmöglich.

DAGMAR SCHERF
Eins, zwei, viele ...

Sie: Ich bin viele. Warum bist du nur einer?
Ich bin die, die vom Geschmack deines Ohrläppchens besoffen wird.
Ich bin die, die unter deinen Streichelhänden wegtauchen will,
die sich jede Nacht ein Kissennest in deiner Armbeuge baut,
die nur bei dir aus vollstem Leib vor Lust schreien kann,
die das Abenteuer und immer wieder das Abenteuer mit anderen Männern sucht,
die dabei fürchterlich auf die Schnauze fällt,
die es nicht lassen kann,
die wehrlos ist gegen Traumüberfälle,
die nur die kühle Berührung von Schneckenhauswänden am gekrümmten Rücken erträgt,
die alle Welt zum Freund, zur Freundin, zum Geliebten, zur Mutter, zum Vater, zur Schwester, zum Bruder, zum Kind haben will,
die verbissen den Schreibtisch beackert, sät, Unkraut jätet, erntet, mißerntet, neu sät,
die nicht einsieht, daß du verbissen den Schreibtisch beackerst ...
die erschrickt, wenn du sagst: Ich habe keine Lust zu arbeiten, was machen wir?
die verzweifelt eine Klause sucht (kein Telefon, keine Post, kein du, keine Steuererklärungen, Nadelstiche, Einkaufslisten),
die nichts unternimmt, um eine Klause zu finden,
die Treffen mit Freundinnen (es muß sein, ich platze sonst) vereinbart,
die Treffen mit Freundinnen kurzfristig wieder absagt,
die eine Mitte in sich sucht, ein Ich statt vieler sperriger Puzzlesteine,
die eine Idee, EINE Idee hat, die alles zusammenfügen könnte:
DAS UNGEZÄHMTE LIEBEN,
die diese Idee nicht leben kann, die alles zähmt: ihre wilden Haare, ihre beginnenden Falten, ihre Kleiderträume, ihre Tagträume, ihre Nachtträume, die sich zwingt, mal keine Lust haben zu dürfen,

die dich zu dieser Idee bekehren will,
die nicht erträgt, daß du anders bist.

Er: Ich bin viele. Warum bist du nur eine?
Ich bin der, der um 18 Uhr Abendessen haben will, weil schon mein Großvater um diese Zeit gegessen hat.
Ich bin der, der im Garten oder im Wald, wenn ich einen seltenen Vogel entdeckt habe oder wenn ich ein Feuer anzünden kann, die Zeit vergesse,
der schon als kleiner Junge den Beruf haben wollte, den ich jetzt habe,
der stöhnt über den Beruf und Waldgänger werden will oder Sägewerksbesitzer oder Weintrinker an warmen Sommernachmittagen draußen im Freien,
der wütend an den Gartenzaun rennt, wenn du zuviel rauchst oder trinkst,
der jeden Tag einen Pudding von dir gekocht und einen Kuchen von dir gebacken haben möchte,
der aufgehen würde wie ein Pfannkuchen, wenn er jeden Tag Pudding und Kuchen bekäme,
der Angst hat vor Schlangen und Wespen, vor dem Schlafen im Freien, vor primitiven Unterkünften, Schlauchbooten, Zelten, vor dem Sturm, der Wildnis,
der die letzten Paradiese der Erde bereisen möchte, wohin man nur mit Schlauchboot, Jeep und Zelt kommt,
der es liebt, alle Instrumente mit Gesten nachzumachen (bei der Geige darf das große Taschentuch auf der Schulter nicht fehlen),
der es liebt, wenn du singst,
der kein Instrument spielen kann,
dem die Mutter das Singen früh austrieb (den Vogel, der zu früh singt, frißt die Katz'),
der ständig gestreichelt, gekrault, massiert werden will,
den du während der Dienstzeit nicht verführen kannst (und Dienstzeit ist fast immer),
den du eigentlich immer verführen könntest,
der deine Idee mit der Liebe zum Ungezähmten wütend macht,

besonders wenn du dann noch von «Chaos» sprichst,
dessen Arbeitszimmer sehr chaotisch aussieht – im Gegensatz zu deinem.

Ich bin viele – du bist viele.
Machen wir doch mal eine Demonstration!
Wofür?
Für EIN Leben.

ULRICH ZIMMERMANN

Lysistrata läßt grüßen

Eine tadellos funktionierende Schiebeleiter der Freiwilligen Feuerwehr verweigerte bei einem nächtlichen Einsatz überraschenderweise ihre Dienste und hielt statt dessen eine kleine Rede, auf die jedoch niemand achtgab.
Ich habe es satt, sagte sie, Nacht für Nacht und manchmal auch am Tag von diesen schnellen jungen Männern bestiegen zu werden, die, kaum haben sie das Feuer mit ihren Spritzen gelöscht, von mir förmlich herunterfallen und sich wer weiß wohin verkrümeln, wahrscheinlich lassen sie sich vollaufen, die Idioten. Ich vermisse einfach Zärtlichkeit. Der alte Brandmeister ist da ganz anders, aber wie oft bequemt der sich, mich zu besteigen! Allenfalls einmal pro Jahr aus Imagegründen am Tag der offenen Tür, wenn es sowieso nichts zu löschen gibt. Nein, ich weigere mich, wie einst Lysistrata, und werde sicher Genossinnen finden, die ebenso denken wie ich. Das wird eine großartige Bewegung. ‹Sanfter löschen› werde ich sie nennen.
Ich weiß auch nicht, was mit ihr los ist, sagte der junge Mann, der sie eingehend untersucht hatte, zum Brandmeister. Irgendwie ist sie verklemmt. Von wegen ‹verklemmt›, ereiferte sich die Schiebeleiter und wurde wieder von niemandem gehört, das ist aber typische Feuer-

wehrmann-Mentalität. Bloß nicht die Ursachen bei sich selbst suchen, das ist zum Aus-der-Haut-Fahren.
Aus lauter Zorn, ohne es zu wollen, fuhr sie in ganzer Länge aus.
Na also, rief der Brandmeister, jetzt rasch in Löschposition und dann ‹Wasser marsch!›.
Aber das nächste Mal kriegt ihr mich nicht wieder rum, seufzte die Schiebeleiter und ergab sich in ihr Schicksal.

PETER O. CHOTJEWITZ

Eines Morgens bei Schambeins
– Ein Märchen –

Wenn Rechtsanwalt Schambein von einem kräftigen Herbstwind getrieben, stets ein Aktenköfferchen in der Rechten, häufig eine schwarze Robe über dem angewinkelten linken Unterarm durch unsere Kleinstadt eilte, blieb er von Zeit zu Zeit stehen, erschrak und über sein Gesicht ging ein Schimmer der Erinnerung, als habe er die Person schon einmal gesehen, die ihm soeben begegnet war. Also grüßte er knapp, aber nicht unhöflich hinter ihr her und wehte davon.
Unbeliebt war er nicht. Wiewohl der christlichen Partei angehörend, setzte seine Klientel sich doch aus Angehörigen aller Stände zusammen, da er, anders als seine sozialdemokratischen Standesgenossen, in dem Ruf stand, ärmere Mandanten lediglich mit dem geringsten Gebührensatz zu belasten und sein unaufwendiger Lebensstil war in aller Munde.
«Habt ihr gehört, seine Frau muß selber einkaufen gehen und die schweren Tüten tragen, stellen Sie sich das vor», sagten die Leute, «obwohl sie doch so ein intelligenter Mensch ist.»
Aus dem gesellschaftlichen und politischen Leben der Kreisstadt war er nicht wegzudenken: Lokalpolitiker, Vorsitzender des Anwaltsvereins, des Museumsvereins, geschätzt als Festredner und ein wahres Spruchlexikon, obgleich seinen Zitaten oft das Odium anhaftete, in jedem

besseren Feuilleton verwendet worden zu sein, aber das störte niemand, da die Menschen bei uns noch nicht verlernt haben, den alten Wahrheiten zu vertrauen.

Unmöglich, ihm nicht zu begegnen, zum Beispiel wenn er mit hoher und auf den Höhepunkten seiner forensischen Glanzleistungen sich überschlagender Stimme in den Sensationsprozessen des Amtsgerichts plädierte; in der Aula der neuerrichteten additiven Gesamtschule dem Schulsportverein feierlich die Unterlagen für einen Achter mit Steuermann überreichte oder einfach nur seinem Turn- und Sportverein, kurz: TUSPO 96 den neuen Libero vorstellte, dem er eine gut dotierte Stellung mit großzügiger Arbeitszeitregelung als Deponieverwalter eines privaten Müllabfuhrunternehmens verschafft hatte, das ebenfalls seiner Protektion die lukrative Müllabfuhr im gesamten Kreisgebiet verdankte.

Auch Claire Schambein, die in ihrer kurzen Jugend ebenfalls Juristin werden wollte, der Familie zuliebe jedoch die Karriere nach der zweiten Staatsprüfung abgebrochen hatte, war hochgeachtet. Wiewohl sie in Verdacht stehend, gelegentlich mit sozialdemokratischen Spitzenpolitikern zu sympathisieren und die Fristenlösung zu bejahen, waren ihre entscheidenden Pluspunkte doch unverkennbar: Die vier Kinder, die sie in sechzehnjähriger Ehe zur Welt gebracht hatte; die untadelige Haushaltsführung, von der mehrere Putzfrauen schwärmten, die sie im Laufe der Jahre verschlissen hatte, sowie das entschiedene Eintreten für die Belange der Frau in der Partei ihres Mannes, wo sie einer Art Frauenausschuß vorstand.

So untadelig war ihr Erscheinungsbild und so absurd wäre der Verdacht gewesen, sie könnte anfällig sein für die neurotischen Irrlehren feministischer Sekten, wie es sie selbst in K. schon gab, daß sie es sich als eine der wenigen Damen von Stand leisten konnte die Zeitschrift «Emma» zu lesen, was Tabakhändler Kunert, der auch Zeitschriften führte, alsbald unter der Hand verbreitet hatte.

Noch wenn sie zwei Stunden lang Kuchen gebacken hatte, war ihre Frisur wie vom Friseur und selbst wenn sie ihre vier schweren Plastiktüten vom Kaufhof nach Hause schleppte, den Airedale, genannt «Hünd», ihrer Kinder hinter sich herzerrend, war ihre Kleidung so knitterfrei und fleckenlos, als käme sie eben aus der chemischen Reinigung, und wollte zu einer Party bei Landrats.

Selbst charakterlich war sie einwandfrei, was sich darin ausdrückte, daß sie niemals Hosen trug. Buk Stollen für die Weihnachtsfeier der deutsch-amerikanischen Freundschaftsgesellschaft, lud am ersten Weihnachtsfeiertag einen amerikanischen Soldaten zum Festessen ein, wo ihr Schulenglisch ihr gute Dienste leistete, war Vorsitzende der Kreislandfrauenvereine und ließ ihren etwas dünn geratenen aber sauberen intonierenden Sopran im Frauensingkreis des St. Martinskirchspiel erklingen, der auch die Altennachmittage der Gemeinde gesanglich umrahmte. Nie übel gelaunt, wenn Rechtsanwalt S. zu spät zum Essen kam, nie vorwurfsvoll, wenn seine Verpflichtungen ihn erst nach Mitternacht auf den Heimweg entließen. Ließ das Rezeptbuch sinken, mit dem sie sich die Zeit vertrieben hatte und empfing ihn, ohne zu klagen: Stets wie aus dem Ei gepellt auch in frühester Morgenstunde, denn natürlich frühstückte die Familie gemeinsam, aufmunternd lächelnd, während er schon sein tägliches Muffelgesicht aufgesetzt hatte. Wie gut die Kinder doch aßen, seit sie das neue Müsli kaufte.
An dieser Stelle ist eine den Ausdruck Muffelgesicht betreffende Erklärung nötig.
Sobald nämlich morgens um Viertel vor sechs an Werk- und halb acht an Feiertagen das Schambein'sche Bungalow vom Schrillen der Weckeruhren erschüttert wurde, geschah es mehrfach die Woche, daß Rechtsanwalt S. die Besucherritze überquerte, sich noch kribbeliger und zappeliger als tagsüber unter die Bettdecke seiner auch ohne geputzte Zähne stets frisch wirkenden Claire schob und mit ruckhaften beischlafähnlichen Bewegungen an ihre Seite drängte.
Wenn das geschah, änderte seine Miene sich schlagartig, wurde sein cholerisch-schlaffes Muffelgesicht kindlich und sanft. Nie in all den Jahren hatte er sich ihr anders genähert als so: Zappelnd rutschte er nach oben, denn er war kleiner als sie, näherte seinen Mund ihrem Ohr und machte Anstalten, es mit harter Zunge zu küssen, da er glaubte, die Zunge eines Mannes im Ohr einer Frau sei eine erotische Köstlichkeit und habe enorm stimulierende Wirkung.
Frau Schambein erkannte das unmittelbar Bevorstehende an seinen gespitzten Lippen und seiner Angewohnheit, die Augen nach oben zu verdrehen, wobei der Augapfel in der Stirnhöhle verschwand. Dies waren, so lange sie denken konnte, die wenigen Momente, in denen er

durch seine Worte zum Ausdruck brachte, daß er sich zuweilen auch mit Unwichtigkeiten abgab.
«Du riechst so gut», sagte er beispielsweise mit einer Stimme, die sinnlich wirken sollte, während sie genau wußte, daß sie morgens einen leichten Mundgeruch hatte, oder:
«Magst Du mich überhaupt noch, wo ich so ein altes Ekel bin?»
Natürlich mochte Frau S. ihren Mann noch immer, aber sie kannte ihn gut genug um zu wissen, daß er an ihrer Liebe nie zweifeln würde und nicht im Traum zu der Einsicht fähig war, ein Ekel zu sein. Vor allem aber seine Stimme sagte ihr, daß er in dieser Lage sämtliche emotionalen und intellektuellen Fähigkeiten unterhalb der Gürtellinie abgegeben hatte.
«Mein Dummerle», sagte sie deshalb nur, zog ohne nachzudenken ihr Nachthemd über den Bauch und fügte hinzu:
«Nun komm schon, wir müssen gleich aufstehn. Nachher kommt noch eins von den Kindern ins Zimmer.»
Es war eine Pflichterfüllung, die ihr nicht weh tat und ihm keinen Spaß machte. Die sich ereignete wie Frühnebel und Dauerregen, Glatteis und Sommerfrische. Von der sie sich erhob, sobald er zur Seite kugelte; die sie vergessen hatte, sobald sie aufstand, sich rasch herrichtete, das Frühstück zubereitete, während er vor dem Rasierspiegel noch die Nachschwingungen in seinem Hüftbereich auskostete, denn natürlich hat eine Ejakulation immer ihre Reize. Über die sie nur deshalb manchmal nachdachte, weil sie den Verdacht hatte, sie sei aufgrund ihrer Geburt und Erziehung unfähig, beim Geschlechtsakt etwas anderes zu empfinden als ein unwiderstehliches Gefühl der Langeweile, die selbst ihre intimen Körperteile ergriff.
Aber auch mit dieser Langeweile zu leben hatte sie gelernt. Längst hatte sie es sich angewöhnt, während der sechs bis sieben Minuten am Morgen, in denen sein altes Säuglingsgesicht fast idiotisch wirkte, über die wichtigsten Besorgungen des Tages nachzudenken und schon das Mittagessen zusammenzustellen. Am Morgen legte sie sich die Worte zurecht, die sie bei Kaffee und Kuchen zu den Landfrauen sprechen wollte, formulierte sie die Tagesordnung der nächsten Sitzung des Kreiselternbeirates, dachte sie daran, daß ein Ranzen zur Reparatur mußte, der Wasserhahn tropfte und ihre eben erst 15jährige Tochter Melanie seit einiger Zeit einen Freund zu haben schien.

Nun gut. In dieser bescheidenen und deshalb schuldenfreien, allen Vorstellungen entsprechenden und deshalb sowohl reibungslosen als auch nie ins Gerede gekommenen Ehe ereignete es sich eines mittwoch morgens, daß Frau Schambein, die eben noch gelangweilt darüber nachgedacht hatte, daß Zwetschenzeit war und sie dazu Knödel mit Semmelbrösel geben könnte, ganz gegen ihre Gewohnheit die Arme über der Brust kreuzte, das auf ihr lastende unabhängige Organ der Rechtspflege nach oben wegdrückte, bevor es sich ausgezappelt hatte, und ihm eröffnete, daß sie nie (sie betonte: nie) wieder mit ihm schlafen werde, wobei sie den linken Ellenbogen abrupt sinken ließ, so daß er zur Seite abrollte, jedenfalls so lange nicht, bis sich einiges in ihrer Beziehung geändert habe, wobei sie es offenließ, ob er sich zu ändern habe oder wer oder was.

Beziehung sagte sie, was ihn unter anderen Umständen hätte aufhorchen lassen, denn der Begriff stammte nicht aus dem wertkonservativen Sprachschatz.

Einen Moment lang erschrak sie über ihre Tat, da sie ihn wie betäubt neben sich liegen sah. Sie begriff sich selber nicht. Kein plötzlicher Ärger und kein unerwartetes Gefühl der Feindseligkeit hatten sie getrieben. Sie hatte keinen Kloß im Hals gehabt, keinen Tränendruck verspürt und nicht das Gefühl, sich übergeben zu müssen. Es war gewesen wie immer.

Rechtsanwalt S. brauchte eine kleine Weile, um sich aus seiner Betäubung zu erholen, was wohl auch damit zusammenhing, daß die zielstrebig angesteuerte Ejakulation am Morgen für ihn die Wirkung eines zweiten Weckerläutens hatte. Das fehlte ihm heute.

Der erste Gedanke, der sein zermatschtes Gehirn durchzuckte war Bitterkeit, die sich zur hilflosen Wut steigerte.

Er sprang nicht aus dem Bett, um seine pflichtvergessene Ehefrau aufs Beischlaflager zu zerren, schrie nicht herum, zerwarf kein Geschirr, holte nicht aus, um sie zu ohrfeigen, drohte nicht an, ihr ab sofort das gemeinsame Bankkonto zu sperren, die Autoschlüssel wegzunehmen, sie einzuschließen und was Männern noch alles in derartigen Situationen einzufallen pflegt. So sittlich fundiert rangierte die Frau in seinem patriarchalischen Weltbild, so dankte er ihr die vier Kinder, die sie ihm geschenkt hatte, so lebendig war die Erinnerung an den leisen Schrei, den sie vor siebzehn Jahren ausgestoßen hatte und den Blutfleck

auf dem Bettuch hinterher, daß er nie auf die Idee gekommen wäre, sich an ihr zu vergreifen.
Nach innen richtete sich seine Wut wie eine Implosion. Seine Haut bebte, beruhigte sich, schon weiter nach Innen zuckend, wo Eingeweide und Organe sich jetzt verkrampften, während seine Kartoffelärmchen und Beinchen schlaff und kraftlos wurden. Gleich war auch das vorüber und er spürte, wie all sein Sinnen und Trachten auf einen Punkt zulief, der etwa in Höhe des Solar Plexus lag. Dann stülpte diese Stelle sich nach innen. Sein Dasein war komprimiert in einem Körper, der kleiner war als ein Stecknadelkopf. So klein, daß es ihn gar nicht gab. Und er, nur Luft.
Später als sonst erschien er zum Frühstück und wirkte blaß und abgespannt; mittags zu Tisch blieb er länger als üblich, sagte auch für den Abend seine Teilnahme an einer Sitzung des Wirtschafts- und Finanzausschusses ab, saß statt dessen im Wohnzimmer herum, untätig, blätterte eine Weile in den «Wirtschafts- und Investement-Informationen für Geldanleger» und strich erwartungsvoll um seine Frau herum, die bügelte, mit dem Auszeichnen neuer Wäschestücke begann, weil ihr die Putzfrau wieder einmal wegen zu hoher Anforderungen davongelaufen war, und dann das Abendessen vorbereitete.
Erfreut notierten die Kinder, daß Vater daheim und noch dazu beschäftigungslos war, sprangen herum und erzählten aus ihrem Leben. Gleichmütig nahm Schambein zur Kenntnis, daß die älteste Tochter Melanie im letzten Schuljahr sitzengeblieben, jedoch durch fleißiges Büffeln die Nachprüfung bestanden hatte. Gestern noch hätte die Nachricht eine überzeugend gespielte Erziehungsansprache ausgelöst. Heute ließ der noch dazu längst behobene Schaden ihn lächeln über die Unwichtigkeit mancher Probleme, die ihm früher wichtig erschienen waren. Was ist der Untergang des Weltalls gegen die Verletzung der Pflicht zur ehelichen Geschlechtsgemeinschaft?
Drei Tage vegetierte er dahin, sagte alle Termine ab. Danach raffte er sich noch einmal auf, aber er betrieb seine Ämter nicht mehr mit dem alten Ehrgeiz. Sogar die Rundlichkeit seiner Gliedmaßen verlor sich, als beginne er zu schrumpeln, das Säuglingsgesicht wirkte faltiger und seltsam dätschig, wie die Wintereinkellerung im Frühjahr kurz bevor die ersten langen, weißen Keime lianenhaft aus den Knollen quellen, obwohl wie gesagt erst Herbst war. Es schien, als hätte der zwangs-

weise Verzicht auf den Beischlaf bei ihm zu einem körperlich sichtbaren Substanzverlust geführt. Durch ein paar unbedachte Worte hatte seine Frau eine ausweglose Lage geschaffen.
Jede Möglichkeit des Entrinnens hatte er mehrfach durchdacht: Zuerst hatte er zielstrebig den Gedanken an Scheidung verworfen. Eheverfehlungen der Art, wie seine Frau sie sich hatte zuschulden kommen lassen, waren zwar kein Scheidungsgrund mehr, aber es war ein Leichtes zu scheiden und das Finanzielle würde man schon regeln. Doch womit wollte er seiner Frau, den Eltern und Kindern, sich selber die Scheidung begründen?
Sollte er sagen:
«Ich lasse mich scheiden, weil meine Frau nicht mehr mit mir schlafen will?»
Auslachen würden ihn die Kollegen beim Anwaltsabend, die Parteifreunde in der Fraktion, die Kameraden im Sportverein, wenn er sagen würde, als wäre es der Witz des Abends:
«Stellt euch vor, was mir Komisches passiert ist. Meine Frau weigert sich, mit mir zu schlafen.»
Totlachen würden sie sich über ihn und in der unvermeidlichen Podiumsdiskussion mit dem Thema «Frauen fragen, Politiker antworten» vor den kommenden Wahlen konnte er sich unmöglich hinsetzen und ins Publikum donnern:
«Meine Damen, solange eine von Ihnen ihrem Mann sogar den Geschlechtsverkehr verweigert, sehe ich nicht den geringsten Anlaß, mich mit sogenannten Frauenfragen zu befassen.»
Ein paar Wochen vergingen. Schnee wirbelte leise und leicht vor dem Schlafzimmerfenster, als er auch den letzten entscheidenden Gedanken ad acta legte, sich eine Geliebte zu halten. Seit einiger Zeit hatte er die Angewohnheit, noch etwas liegen zu bleiben, in diesem Raum, der schicksalhaft über Gelingen und Scheitern der Ehe entschied, während seine Frau beim ersten Läuten der Wecker im Haus aus dem Bett zu springen pflegte, als wollte sie ihn täglich an jenen einschneidenden Mittwoch erinnern.
Er blickte zum Fenster hinaus und ging in Gedanken noch einmal ein Erlebnis durch, das er einige Tage zuvor gehabt hatte.
Spät geworden war es den Abend. Das erste Mal seit Monaten hatte er wieder den Anwaltsverein besucht. Angetrunken stand er beim Hin-

ausgehen der Geschäftsführerin des Hotels «Zum Kanten» gegenüber, in dessen Hinterzimmer die örtliche Anwaltschaft seit Menschengedenken tagte. Eine extravagante Person mit auffallendem Make-up, die kühl und sinnlich auf ihn wirkte.
Er, weinerlich, sentimental, vielleicht auch nur traurig, wollte sie einladen, nur um ein bißchen zu reden, was eigentlich schon leichtsinnig war für einen Mann seines Standes in unserer geschwätzigen Kleinstadt. Sie wollte gleich heim. Er, hilflos, ergeben:
«Eigentlich müßte ich auch nach Hause, aber ich habe gar keine Lust.»
Sie lud ihn ein auf ein Schlückchen Kaffee und einen Weinbrand zu sich nach Hause.
Bevor sie in ihr Auto stiegen, küßte er sie, um sich zu vergewissern, daß er sie nicht falsch verstanden hatte. Sie öffnete weit den Mund wie eine Ertrinkende. Er machte sich los, da der Kuß kein Ende nehmen wollte. Sie küßten sich auch in der Diele. Im Wohnzimmer zog sie abwechselnd ihn und sich aus, hielt ihn lange umarmt, stehend am Fußende des Bettes. Er wäre gerne erst noch ins Bad gegangen wie gewohnt und sein Widerwille wuchs. So einfach ging das. Ganz ohne Kennenlernen, Gemeinsamkeiten und Liebe. Er wußte nicht einmal ihren Vornamen, nicht aus welchen Verhältnissen sie stammte, wo sie politisch stand, ob sie klug oder dumm war, einen Freund hatte.
Sie ging einfach mit ihm ins Bett ohne viel zu reden oder zu fragen. Nahm ihn, wie ein Mann; als wäre sie ein Mann. Er gab sich hin, da er ein höflicher Mensch war und fühlte sich mißbraucht. Ihre Lust war ihm peinlich. Was sollten die Nachbarn sagen. Je länger der Vorgang dauerte, desto stärker sehnte er sich nach der unbeteiligten Art seiner Frau und ihrer Fähigkeit, kein Zeichen der Beteiligung von sich zu geben. Er simulierte eine Ejakulation, verharrte starr und war zu keiner Bewegung mehr zu bewegen. Gab sich den Anschein von Verliebtheit, der seine Frau immer zum Lachen reizte, hier aber voll anschlug und nickte versonnen, als das Mädchen ihn fragte, ob er zufrieden sei. Brach so bald wie möglich auf und versprach, sie wiederzusehen. Eine Geliebte war auch nicht das Richtige für ihn. Das war nun klar.
Als seine Frau in die Küche kam, stand er noch im Morgenmantel, hatte aber den Frühstückstisch schon gedeckt. Um die Weihnachtszeit wußte er, wie man Kekse bäckt, und verstand, eine gut gefüllte Gans

kross und goldbraun zu braten. Seine Vereinsämter hatte er abgegeben; die Kanzlei führte ein dynamischer Sozius mit Prädikatsexamen, den er seiner Partei auch als Nachfolger für den städtischen Wirtschafts- und Finanzausschuß empfohlen hatte, da er die guten Beziehungen zur lokalen Wirtschaft am besten fortführen würde.
Schambein beschäftigte sich fast nur noch mit Haushalt, Kindern und Garten. Im Mai hatte er das erste Mal umgegraben, und die weißen Wäschestücke verfärbten sich nicht mehr wie anfangs, als er den Unterschied zwischen Weiß- und Buntwäsche, Wolle, Synthetics, Kochstücken und 60-Grad-Wäsche noch nicht beherrschte.
Eine Zeitlang hielt Claire sein Interesse an verklebten Mülleimern, verpinkelten Closettbecken und Staub auf Möbeln und Konsolen für zufällig und vorübergehend. Anfangs auch hatten sie sich gestritten, wenn sie behauptete, er habe die Geschirrspülmaschine zu eng eingeräumt, die Zwiebeln zu braun werden lassen und die Kinderpullover in der Waschmaschine gewaschen. Ihn ärgerte die Einsicht, daß sie Recht hatte und die Erkenntnis, wieviel man im Haushalt falsch machen kann.
Die ersten heißen Tage begannen, als Frau Claire es leid war, mit ihm darüber zu zanken, wer heute einkaufen gehen, das Mittagessen kochen und die Kinderzimmer aufräumen durfte. Sie kam sich dumm vor, wenn er ankündigte, im nächsten Schuljahr für den Elternbeirat zu kandidieren oder sie aus dem Wohnzimmer warf, während er den Staub aufsaugte. Er könne Menschen nicht ausstehen, behauptete er, die anderen bei der Arbeit im Wege stünden. Auch aus der Küche mußte sie fernbleiben; Menschengedränge auf engem Raum irritierte ihn. Sie holte ihre alten Kolleghefte hervor und blätterte in juristischen Fachzeitschriften, die sich seit Monaten ungelesen auf dem Zeitungsständer stapelten.
Als der Sommer zu Ende ging, hatte sie sich ein Zimmer unter dem Dach eingerichtet und kam fast nur noch zu den Mahlzeiten herunter, wenn sie überhaupt zu Hause war. Manchmal lauschte sie seinen Schritten. Mit hektischem Gang rannte er durch die Wohnung wie eine Hausfrau, die Angst hat, mit der Aufräumerei nicht fertig zu sein, wenn Mann und Kinder von Arbeit und Schule zum Mittagessen kommen, und zwischendurch in die Küche rennt, um nach dem Backofen zu schauen.

Den früher unvermeidlichen Dunkelblauen mit weißem Hemd und Schlips hatte er gegen bequeme Cordhosen eingetauscht, zu denen er Mokassins trug, die seinen jetzt öfter auftretenden Fußschmerz linderten. Sein cholerisches Muffelgesicht war einem etwas eintönigen, aber aggressionslosen Ausdruck gewichen, der sich jedoch automatisch in ein strahlendes Lächeln verwandelte, sobald er sie sah, und sogar um die Hüften und das Gesäß war er voller geworden, so daß sein Körper leicht birnenförmig wirkte.
Er war verträglich geworden. Wortlos nahm er zur Kenntnis, daß sie wieder zu rauchen begann und ebenso wortlos räumte er Aschenbecher und Geschirr beiseite, wenn sie aufstand; sie müsse noch ins Büro, sagte sie, und es könne spät werden die Nacht. Er nickte nur, küßte sie flüchtig auf die Wange, wobei er das Bügeleisen nicht aus der Hand legte; verstand ihren Eifer nicht ganz, mit dem sie das Amt des Kreisverbandsvorsitzenden der Partei anstrebte, das er jahrelang innegehabt hatte.
Im Oktober erhielt sie die Zulassung zur örtlichen Rechtsanwaltschaft und trat in die Kanzlei ein, in der sie seit Wochen eingearbeitet war. Er war dort schon lange ausgeschieden und klagte jetzt häufiger über Rückenschmerzen und Migräne, richtete sich aber auf, band die Schürze eilig ab, wischte sich damit über die Hände und lächelte herzlich, wenn sie ein paarmal im Monat Parteifreunde und Anwaltskollegen mitbrachte, die sich bemühten, ihr Mitleid zu verbergen. Der arme Mann.
Bei solchen Gelegenheiten erschien er noch unnötiger, als die in anderen Häusern übliche Gastgeberin, da er nicht so attraktiv war, und die Frauen, die abseits saßen und sich über geschlechtsspezifische Erkrankungen, Kindererziehung und Lebensmittelpreise unterhielten, hatten Probleme, ihn als eine der ihren zu akzeptieren. Er fühlte sich zurückgesetzt. Niemand schenkte ihm etwas zum Muttertag und kein Hausfrauenverein lud ihn ein, bei Kaffee und Kuchen einige Stunden lang die Hausarbeit zu vergessen.
Vielleicht war es diese Enttäuschung, die ihn zu einem letzten unverständlichen Schritt in dieser rätselhaften Geschichte veranlaßte.
Eines Mittwochs gegen Mitternacht näherte sich Frau Rechtsanwalt Schambein noch in Hut und Mantel und recht herbstfrisch ihrem Mann, der abgespannt von der Hausarbeit auf dem Wohnzimmersofa

in einem Rezeptbuch blätterte; ihr sitzungsgezeichnetes Gesicht, aus dem eine leichte Fahne wehte, wurde sanft, ihre Lippen spitzten sich zum Kuß, ihre Augäpfel kullerten in die Stirnhöhle, dann sagte sie mit einer Stimme, die sinnlich wirken sollte:
«Weißt du, daß du eine Ewigkeit nicht mit mir geschlafen hast?»
Er rückte zur Seite mit abweisender Miene, die seine Müdigkeit ausdrücken sollte und sagte, indem er aufstand, sich an die Nieren griff und seinen Oberleib ein paarmal nach vorne verbeugte: «Ich glaube, ich werde alt, Liebling.»
Kein Unterton verriet, ob er daran dachte, daß allein Alter und Krankheit von der Pflicht zur ehelichen Geschlechtsgemeinschaft entbinden.
Und Claire Schambein, fast immer in Eile, zum Beispiel wie eben von einem kräftigen Herbstwind durch die Kleinstadt getrieben, stets ein Aktenköfferchen in der Rechten, häufig eine schwarze Robe über dem angewinkelten linken Unterarm, blieb von Zeit zu Zeit stehen, als habe sie sich erschrocken, und fragte sich, während sie einem Passanten nachgrüßte, warum eigentlich sie den ganzen Tag unterwegs war, von Termin zu Termin, von Sitzung zu Sitzung, obwohl daheim in ihrem Bungalow ein Mann saß, der denselben Beruf erlernt hatte wie sie.
Am Ende hatte der Kerl sie hereingelegt.

WOLFGANG BITTNER

Theorie von den zwei Hälften

An manchen Tagen dröhnt morgens der Kopf vom Geschrei und Gepolter der Kinder, der Fußboden im Badezimmer ist überschwemmt, die Toilette schmutzig, die Seife zerbröckelt. Alles klebt von Honig, die Türklinke, die Tasse, Messer und Gabel, der Wasserhahn; die Butter schmeckt nach Marmelade, der Tee nach Butter, und alles mögliche liegt auf der Erde und auf Bänken und Tischen herum. Und wenn ich sage: «Heb das auf», sagt Anna: «Ach, laß doch», und mein Sohn sagt:

«Nein.» Sie hat ein spitzes, auf die Nase ausgerichtetes Gesicht an solchen Tagen; ihre Augen sind härter, die Bewegungen eckig und ungeschickt. «Laß mich doch in Ruhe mit deinem Geschwätz!» schreit sie. «Nachts herumsitzen, den ganzen Vormittag im Bett liegen und dann auch noch Ansprüche stellen!»
Die alte Arbeitsteilung. Die Frau hat sich um Küche und Kinder zu kümmern, der Mann sorgt für den Unterhalt. Angeblich kann er sich in seinem Beruf verwirklichen, während die Frau – nach neuerer Einschätzung – zu Hause verkümmert. Und umgekehrt? Wäre das die Lösung? In einem Buch, angeblich für Frauen geschrieben, lese ich, die Frauen würden ständig unterdrückt: zuerst von den Eltern und von der Schule, später vom Vorgesetzten und vom Ehemann. Die Frauen / die Männer. Ich kann das nicht mehr hören. Gerold sagt: «Wenn jemand in Wechselschichten für ein paar hundert Mark im Monat von einem Betrieb ausgenutzt wird, kann das nicht ohne Auswirkungen auf das Familienleben bleiben.»
In den Wohnblocks unserer Nachbarschaft leben etwa zehntausend Menschen, zumeist Arbeiter und kleinere Angestellte. Das durchschnittliche Monatseinkommen der Männer liegt zur Zeit bei 1800 Mark. Die Miete für eine Dreizimmerwohnung kostet 700 Mark, dazu kommen Kosten für Strom, Heizung, Wasser, Gas, die Abzahlungsraten für das Auto, den Fernseher und die Einrichtung. Einer vierköpfigen Familie bleiben 700 Mark im Monat zum Leben. Wenn die Frau nicht mitarbeitet, kann die Familie überhaupt nicht existieren. Wird der Mann als Hauptverdiener arbeitslos, geht die Familie zugrunde, denn die Frauen bekommen nur schlechtbezahlte Hilfs- und Aushilfsarbeiten. Einige Häuser weiter hat sich kürzlich jemand in betrunkenem Zustand aufgehängt; ihm war mit vierundfünfzig Jahren gekündigt worden, und er fand keine neue Stelle. Schräg gegenüber ist ein Fünfundvierzigjähriger an Herzinfarkt gestorben, kein Direktor oder leitender Angestellter, ein ganz normaler Fabrikarbeiter. Und nachts werden die Straßenlaternen, Papierkörbe und Ruhebänke demoliert, der neu angelegte Spielplatz war nach wenigen Wochen ein Trümmerfeld. Unsere Kinder kommen weinend nach Hause und berichten, daß ihnen zwei größere Mädchen vor dem Kaugummiautomaten das Geld weggenommen haben.
Im Ostviertel, wo die Besserverdienenden wohnen, ist dagegen die

Welt in Ordnung. Gepflegte Parkanlagen und Spielplätze, Straßenbepflanzungen, Gärten und Vorgärten, in der Nähe der Stadtwald. Dort kostet der Quadratmeter Grund und Boden heute 600 Mark, das kann sich nicht jeder leisten. Wer das Glück hatte, in dieser Gegend ein größeres Grundstück zu erben, braucht sein Leben lang nicht mehr zu arbeiten. Oder nur zum Spaß. Und wer so clever war, nach dem Krieg dort Land zu erwerben – und sei es Kleingartengelände für 50 Pfennig pro Quadratmeter –, hat innerhalb von dreißig Jahren einen Vermögenszuwachs von mehr als hunderttausend Prozent erzielt. Man muß nur die richtige Nase dafür haben, ein entsprechendes finanzielles Polster und lange genug warten. Der Teufel scheißt bekanntlich immer auf den größten Haufen.

Anna ist nicht zufrieden. Sie fühlt sich ausgenutzt, zu Hause eingesperrt. Sie will wieder arbeiten, sagt sie, mit halber Stundenzahl in ihrem Beruf als Lehrerin. Wir haben das vor vier Jahren schon einmal versucht, aber sie hat seiner Zeit nach einem Jahr wieder aufgehört. Unsere beruflichen Verpflichtungen ließen sich nicht immer aufeinander abstimmen, wir brauchten eine Betreuung für die Kinder, das kostete zusätzliches Geld. Meine Einnahmen sanken erheblich, wir hatten finanzielle Sorgen, die Kinder begannen schwierig zu werden, ihnen fehlte ganz offensichtlich die Mutter. Hinzu kam, daß Anna unter Depressionen zu leiden begann, weil sie mit ihrem Rektor nicht auskam und sehr ernsthafte längerdauernde Auseinandersetzungen mit der Mutter einer Schülerin hatte. An vier Vormittagen der Woche war sie in der Schule, manchmal noch nachmittags zu den Konferenzen. Die Klassenarbeiten mußten nachgesehen werden, eine Elternversammlung war vorzubereiten, eine Klassenfahrt zu organisieren. Wenn das Essen mittags nicht auf dem Tisch stand, begann sie zu schreien. Als sie zu arbeiten aufhörte, war sie froh und fühlte sich befreit. Wir einigten uns, daß ich in den nächsten Jahren für den Unterhalt zu sorgen hätte und sie sich mehr um Haushalt und Kinder kümmerte.

Bei Gerold und Helga gibt es – unter umgekehrtem Vorzeichen – ähnliche Probleme, obwohl sie keine Kinder haben. Gerold, der 51 Jahre alt ist, war Rechtsanwalt, kann aber nicht mehr arbeiten. Sein zeitweiliger Alkoholismus hat zur Berufsunfähigkeit und teilweisen Zerstörung eines hochsensiblen Geistes geführt. Gerold spricht selber von einer vorzeitigen Vergreisung. Jetzt kümmert er sich um den Haushalt, und

Helga arbeitet als Laborantin. Sie geht morgens um sieben aus dem Haus und kommt abends um fünf zurück. Helga sagt: «Wenn ich könnte, würde ich sofort zu Hause bleiben oder nur noch halbtags arbeiten.» Aber sie muß Geld verdienen, weil Gerold kaum Einnahmen hat. Obwohl ihm aus einer Erbschaft viel Geld zusteht; aber das ist ein Kapitel für sich. Jetzt schreibt er an einem Theaterstück, das wahrscheinlich niemals zur Aufführung kommen wird, selbst wenn es fertig werden sollte. Ihm fällt zu Hause die Decke auf den Kopf. Oft treffe ich ihn in der Stadtbücherei, wo er die neuesten Zeitschriften studiert.
Gerolds Theaterstück geht folgendermaßen: Ein alter Mann besitzt eine Villa mit großem Grundstück in guter Lage. Mehrere Makler bemühen sich darum, aber der Alte will nicht verkaufen. Er hat einige junge Leute als Mieter aufgenommen, die in dem ehemaligen Herrenzimmer und der Bibliothek, die als Gemeinschaftsräume dienen, einen Jugendclub eingerichtet haben. Das mißfällt nicht nur den Maklern, sondern auch der Stadtverwaltung. Als der alte Mann das Haus seinen Mietern schenken will, wird er kurzerhand entmündigt. Das geschieht ganz einfach: Der Bürgermeister spricht mit dem Amtsgerichtsdirektor, der mit dem Oberstaatsanwalt, und der läßt Erkundigungen durch die Polizei einziehen. Ein Polizeibeamter berichtet, die jugendlichen Mieter trügen lange Haare und Bärte und machten auch sonst einen unzuverlässigen Eindruck; man könne davon ausgehen, daß sie den alten Mann beschwatzt hätten. Der Oberstaatsanwalt beantragt daraufhin beim Gericht die vorläufige Entmündigung. Das Gericht gibt dem Antrag statt, so daß die Übereignung nicht mehr vorgenommen werden kann. Wenn der alte Mann stirbt, fallen Haus und Grundstück an die Stadt, da keine Erben vorhanden sind. Die Mieter, die sich um ihren Vermieter und dessen Besitz mit viel Sorgfalt und Liebe kümmern, versuchen natürlich die Entmündigung rückgängig zu machen, wobei sich allerlei Verwicklungen ergeben.
Soweit ist Gerold inzwischen. Er arbeitet gedanklich schon an einem Happy-End, denn das Stück soll eine Komödie werden. Jede Woche berichtet er über neue Einfälle, die sich geradezu auftürmen. Ein wahres Gedankengebirge. Der Oberstaatsanwalt soll mondsüchtig sein und sich unter bestimmten Konstellationen der Gestirne im Zustand geistiger Überhöhung in seine frühere Rolle des Reichskriegsgerichts-

rat zurückversetzt fühlen. Der ortsansässige Makler soll – zum heimlichen Vergnügen ihres Vaters, das von der Mutter geteilt wird – ein Auge auf die Bürgermeisterstochter geworfen haben, die wiederum einen der Mieter und Mitbegründer des Jugendclubs favorisiert. Bürgermeister, Amtsgerichtsdirektor und Oberstaatsanwalt sollen regelmäßig am Freitagabend zusammen Skat spielen, wozu sich als vierter Mann der Besitzer der Lokalzeitung einfindet. Und so weiter. Ein Fall, aus dem Leben gegriffen. Aber Gerold schreibt und schreibt und ändert und überarbeitet und konzipiert und überdenkt alles wieder und fängt erneut an zu schreiben. Und das Stück wird wohl niemals fertig werden, wie andere Stücke zuvor niemals fertig geworden sind.
Gerold hat einen sechsundzwanzigjährigen Sohn aus erster Ehe, Patrick. Der Junge ist sehr reich, mehrfacher Millionär, weil Gerold ihm den Bauernhof seines Vaters kurz vor dessen Tod direkt überschreiben ließ. Um die Erbschaftssteuer zu sparen. Patrick war damals zwölf Jahre alt. Er machte nach dem Abitur eine Berufsausbildung zum Bankkaufmann. Der Hof wurde verkauft, das Geld in Wertpapieren angelegt. Sobald er volljährig wurde, legte Patrick seine Hand auf das Vermögen, und der Vater, Gerold, müßte ihn jetzt verklagen, um Geld herauszubekommen. Allerdings zahlt Patrick gelegentlich ein paar tausend Mark, die dazu reichen, Gerolds aufgelaufene Schulden abzudecken. Auch aus der Klage wird wohl nie etwas werden. «Ich habe selber Schuld», sagte Gerold, wenn er wieder einmal finanziell abgebrannt ist und einen Bettelbrief schreiben muß. «Ich hätte den Hof nicht verkaufen und meinen Sohn besser erziehen sollen.» Er leidet unter Schuldkomplexen.
Die Männer / die Frauen. Patrick hat keine Schwierigkeiten mit dem anderen Geschlecht; er hat sich eine Frau gekauft. Auf einer seiner Weltreisen ist er eines Tages nach Bangkok gekommen, und ihm fiel auf, daß es dort sehr anschmiegsame, hübsche Mädchen gibt, die man käuflich erwerben kann. Er hat nicht lange gezögert und sich eine von ihnen gleich mit nach Hause genommen. Sie wurde als Hausgehilfin deklariert. Von den Zinsen seines vorzeitig ererbten Vermögens läßt es sich gut leben. Patrick besitzt eine geräumige Eigentumswohnung in Frankfurts bester Wohngegend, seinen Ferrari-Sportwagen hat er geleast. Ein Zimmer der Wohnung ist mit komplizierten Computern eingerichtet, an denen er täglich mehrere Stunden im Spiel verbringt –

sein zweites Hobby. Immer ist sein Thaimädchen für ihn da, ihm den deprimierenden Alltag ertragen zu helfen, es braucht sich nur ihm zu widmen. Geringfügige Komplikationen treten, selten allerdings, dadurch auf, daß man sich verbal nicht verständigen kann, berichtet Gerold. Für die Hausarbeit ist eine Wirtschafterin zuständig. Gerold hat ausgerechnet, daß Patrick über ein Jahreseinkommen von rund 200 000 Mark verfügt, nur aus Kapitalerträgen in Form von Zinsen. So ist für Patrick alles bestens geregelt.
Gerold überlegt sich das alles immer wieder, und dabei wird es voraussichtlich bleiben. Eine solche Entwicklung sei vorherzusehen gewesen, sagt er. Seine erste Frau sei auch kein einfacher Mensch gewesen, die Schwiegermutter eine nach dem Krieg völlig verarmte baltische Baronin. Sie habe bei jeder Gelegenheit von ihrem Gut in der Nähe von Riga erzählt, von ihren Pferden, dreißig Gästezimmern und Domestiken. Und davon, daß man vier Tage brauchte, um mit dem Schlitten einmal die Grundstücksgrenzen abzufahren. Ein Jahr nach der Heirat sei die Schwiegermutter mit Billigung der Tochter, aber gegen seinen Einspruch zu ihnen gezogen und habe den gerade geborenen Patrick unter ihre zerrupften Fittiche genommen. Gerold hat sich gegen die Frauen nicht durchsetzen können. Nachdem bei zunehmendem Alter die Anfälle von Schwermut und Hysterie sowohl der Tochter als auch der Schwiegermutter häufiger wurden, diente das Kind offenbar der Kompensation; es konnte sich mit acht Jahren noch immer nicht allein waschen oder die Schuhe zubinden. Die Großmutter setzte sogar durch, daß es in ihrem Zimmer schlief, und schob die Folgen der übersteigerten Behütung und Verzärtelung dem Schwiegersohn zu, der sich nach ihrer Meinung zuviel um seinen Beruf als Rechtsanwalt und zu wenig um das Kind kümmerte. Nachts, wenn sie nicht schlafen konnte, weckte sie den Jungen auf, um ihm nahezubringen, daß die Welt bald unterginge, er sich aber nicht zu fürchten brauche, weil die Großmutter bei ihm wäre. Einmal, so erzählte Gerold, habe es während seiner Abwesenheit Auseinandersetzungen zwischen Schwiegermutter und Tochter gegeben, die dazu führten, daß Gerold bei seiner Rückkehr in die eheliche Wohnung die Feuerwehr antraf. Die beiden Frauen – so stand es auch in der Zeitung – hatten jede auf einer Ecke des Balkons gesessen, um in die Tiefe zu springen, falls die andere ihr diesbezügliches Vorhaben nicht sofort aufgäbe; wer den Anlaß dazu gege-

ben hatte, ließ sich hinterher nicht mehr feststellen. Typische Hospitalismussymptome bei dem Jungen, wie Stottern, spasmodisches Zittern und Bettnässen, konnten erst im Laufe mehrerer Jahre nach der Scheidung an einem Internat in der Nähe Darmstadts auskuriert werden. Gerold hat eine Theorie entwickelt, die einiges für sich hat. Wenn zwei Menschen heiraten, sagt er, gibt jeder dem anderen die Hälfte von sich; das sei zwingend, ob er es nun wolle oder nicht. Auch geheime Vorbehalte nützen da nichts. Jeder bekommt vom anderen dessen Hälfte an Zuneigung, an Tüchtigkeit, Aufgeschlossenheit, Schönheitssinn, Empfindsamkeit, auch an Dummheit, Schlampigkeit, Gehässigkeit, Faulheit, Streitsucht und was es sonst noch an positiven und negativen Eigenschaften so gibt. Ist diese Hälfte des Partners überwiegend gut, so hat der andere Glück gehabt oder vortrefflich gewählt. Ist diese Hälfte jedoch überwiegend schlecht, dann muß der andere damit leben. Er besitzt seine ihm verbliebene Hälfte und dazu die des Partners; das ist jetzt sein Los. Und mancher, so meint Gerold, macht erst dadurch sein Glück, daß er für seine weggegebene schäbige Hälfte, mit der nun sein Partner fertig werden muß, eine gute, manchmal vortreffliche Hälfte dazugewinnt. Allerdings kann es vorkommen, hat Gerold überlegt, daß diese gute Partie, diese glanzvolle hinzuerworbene Hälfte, mit der Zeit stumpfer wird, vielleicht sogar rostig oder sonstwie unansehnlich. Das kann mancherlei Gründe haben, und diese können wiederum in dem einen oder anderen Partner ihre Ursache finden. Jedenfalls müssen dann beide damit leben, weil sie beide davon betroffen sind. Und daraus wird ersichtlich, folgert Gerold, wie abhängig selbst ursprünglich unabhängige Charaktere werden können, wenn sie sich ernstlich gebunden haben.

Im Grunde seien das altbekannte Erkenntnisse, die mehr oder weniger deutlich in den Erfahrungsschatz der Menschen, gleich welchen Volkes auf welchem Kontinent auch immer, eingegangen sind. Dennoch seien die Verbindungen der Menschen natürlich nicht nur von Erkenntnissen und vom Bewußtsein abhängig, wie jeder weiß. Sondern da spielten oft ganz andere Dinge eine Rolle, die sich nicht so genau greifen lassen und von daher rühren, was allgemein als Liebe bezeichnet wird und was nicht selten Irrationalität bedeutet, kurz: Drüsenfunktionen, Stoffwechsel, materielle Überlegungen, vorübergehende Vorlieben oder Abneigungen, oft auch nur Zufälligkeiten.

Jemand kann über solche Phänomene menschlichen Zusammenlebens nachdenken, sie können ihm vollkommen klar sein, und dennoch vermag er sie nicht in den Griff zu bekommen. Ein Leben als Pantoffelheld, als Putzlappen, als Sklave eines Partners, kann die Folge sein. Derartige Fälle sind, wie man weiß, recht häufig. Für gewöhnlich nimmt niemand davon Notiz; es sei denn, jemand hätte den unnatürlichen Tod seines ihm widerlich gewordenen Partners herbeigeführt, wie gelegentlich zu hören oder zu lesen ist.
Anna sagt, sie wolle entweder wieder arbeiten oder noch ein Kind.

FRANK GÖHRE

So ein Vormittag: Stereo

I.
: Teils stärker wolkig. Teils heiter. Niederschlagsfrei. Örtlich Frühnebel. Sonst dunstig. (Herbst also. Herbst mit Frühnebel.) Samstag. Guten Morgen. Es ist jetzt genau zehn Uhr. Sie hören. Sie sehen. Die Platte dreht sich.
/ First Winter. The first generation: rock / blues / early soul. Stereo also playable mono. /
Stereo also.
«Und gestern habe ich dir noch gesagt.»
«Du kümmerst dich aber auch um nichts.»
Der Nachbar wäscht seinen Wagen. Samstag also. (Dieser Wagen öffnet Ihnen eine neue, großzügige Autowelt. In dieser Welt läßt es sich leben.) Es fragt sich nur, wie?
Die Zeitung also.
Heute lesen Sie. Bunte Blätter. Ebenfalls freundlich. Das jüngste Foto des Nobelpreisträgers.
Weit geöffnetes Fenster. Ein elektrischer Rasenmäher. First Winter.
Die Dusche. Kinder. Eine Tür wird geöffnet. Automatischer Plattenwechsel. Live at Leeds.

(Eigentlich überflüssig zu bemerken, daß man diese LP nur bei maximaler Lautstärke spielen sollte.)
Geräusche also.
Side A. Das Glas zerschellt im Badezimmer. So ein Herbsttag. So ein Vormittag. Eine Tasse Kaffee und ein halbes Brötchen.
Das Glas.
«Muß das sein?»
«Und du hast Übergewicht. Das sage ich dir immer und immer wieder. Du mußt abnehmen.»
Die Zeitung.
Mit und ohne. (Es war schon immer etwas teurer.)
Dieser Tag beginnt mit einem Stereo-Rock. The Who.
«Ich kann diese Musik nicht mehr ertragen. Ich kann nicht mehr.»
Er geht ins Badezimmer und fegt die Scherben zusammen.
«Ich kann nicht mehr.»
Sie also.
«Es war bisher nicht immer schön, aber irgendwie werden wir es schon schaffen.»
Fragt sich nur, wie?
Wenn ich das gewußt hätte.
Wenn ich geahnt hätte.
Wenn mir das klar gewesen wäre.
Wenn ich nur auf meine Mutter gehört hätte.
Wenn ich.
Die Platte dreht sich.
«Wenn ich.»
Ich. Jahrgang 47. Geburtsort: Hamburg. Größe: 175 cm. Farbe der Augen: Grau. Unveränderliche Kennzeichen: Keine.
Sie.
: Slip / Jeans / Herrenhemd (weiß) / Sandalen / Kein Haarspray.
Unveränderlich. Jeden Samstag. So. Ein Herbsttag. Die Platte klickt aus.

II.
Überhaupt, so, wie sie vor dem Fenster steht, die Arme angewinkelt, die Handflächen auf die Hüften gelegt, die ausgewaschenen Jeans und dieses Hemd, warum muß sie nur immer seine Hemden tragen, das

fragt er sich, und er starrt auf ihre Brust, die für ihn immer wieder, aber jetzt, so, wie sie am Fenster steht, er hier, in diesem Sessel, sie sehen sich an, es ist jetzt ganz ruhig im Raum, nur von der Straße hört man, sieht man, ganz abgesehen davon, daß er noch müde und es auch nicht mehr hören kann, dieses Geschrei und die Wutanfälle und ihre Unbeherrschtheit, ihr verbissenes Gesicht, auf dem Handrücken treten die Adern stark hervor, wenn sie, so wie eben, die Hände ballt und so, nein sagt er, ich habe keine Lust, und selbst wenn ich Lust hätte, ich würde, würde sie am liebsten ohrfeigen, sie nehmen und schlagen, so daß ihr Kopf wie leblos hin und her pendelt, sie schlagen, bis sie vor ihm auf den Knien liegt und ihn anwinselt, den Kopf gesenkt, und er würde sie an den Haaren packen, sie hochreißen und ihr mit aller Wucht in den Magen schlagen und über sie herfallen und ihr die Jeans herunterreißen und dann das Hemd, sein Hemd, warum trägt sie es nur immer, den Slip, er würde sie wieder und wieder ohrfeigen und ihr, ja, er würde es ihr zeigen, sie würde schreien, aber er würde nichts hören, sehen, wie sie zusammenzuckt und sich verkrampft, so, als ob es ihr widerwärtig sei, aber er kennt sie, weiß, daß es ihr Spaß macht, daß sie einfallen und seine Bewegungen regulieren würde, bis sie sich beide, sie und er, mit allen Muskeln, so das letzte aus sich herausholend, und er zusammenfällt und sie, so, wie sie vor dem Fenster steht und ihn anstarrt, als ob sie erraten hätte, was in ihm vorgeht, diese Wut, die er nach dieser Nacht, dort und hier, eine Nacht, die so verlief wie alle, wie immer, nein, nein, er steht auf, nein, sagt er, ich habe keine Lust, ich will nicht, nein, er geht zu dem Apparat, legt die Platte um und zieht den Hebel vor, der Tonarm hebt sich und rastet ein, die Nadel setzt auf, diese Musik, er dreht an den Knöpfen und ein Schrei, er sieht, wie sie den Kopf schüttelt und sich das Haar aus dem Gesicht streicht, zur Tür geht, und er geht zum Fenster, sieht auf die Straße, auf der die Kinder spielen, der Nachbar schaut zu ihm hoch, guten Morgen, ruft er ihm zu und schließt dann das Fenster, jetzt steht er in der Mitte des Raumes, allein, die Musik, der Blues, ihre Sandalen und das Lächeln, er sieht, wie sie sich vorbeugt und ihm zuwinkt, Hamburg neunzehnhundertneunundsechzig, Samstagnacht auf Sonntagmorgen, er sieht, wie sie die Bettdecke zurückschlägt und ans Fenster geht, die Vorhänge zurückzieht, die Dächer Hamburgs, diese Kulisse, diesen Film, den er schon oft gesehen, den er kennt, der sich immer wieder, immer wieder, immer wieder neu abspult, die Bilder, die Dächer, sie, sie vor ihm, er zieht sie zu sich, du, ja, du, ich habe es immer gewußt, es würde einmal wahr, jetzt, ach du, ja, komm, sie dreht sich zur Seite, hebt die Platte vom Boden auf, legt sie auf den Teller, sie hebt den Arm, ja.

III.
Er ist nun mal so. Mein Gott, was hilft's? Er ist mein Mann. Mein Mann. (Wie er da sitzt und sie anstarrt.)
Ich kenne das, oh, ich weiß, woran er denkt, aber er hat nicht den Mut, es auszusprechen, er ist zu feige, der Knabe, wie konnte ich nur auf ihn hereinfallen?
(Wenn sie gewußt hätte.
Wenn sie geahnt hätte.
Wenn ihr das klar gewesen wäre.)
In allen Konsequenzen, so, wie ich es jetzt hier erlebe, Tag für Tag, immer nur er, er, er.
Er.
Groß, könnte man sagen.
Bauchansatz, könnte man sagen.
Gemütlich, könnte man sagen.
Duldsam, könnte man sagen.
Wenn nicht.
Aber was soll's. Er ist nun mal so. Tag für Tag. Besonders samstags.
Guten Morgen. Es ist jetzt genau zehn Uhr. Sie hören. Sie sehen.
Wie er da sitzt.
In diesem Sessel. Die Zeitung. Die Kaffeetasse. Das angebissene Brötchen. Die Musik.
/ First Winter. The first generation: rock / blues / early soul.
Stereo also playable mono. /
Mono.
Das macht mich verrückt, so, wie er da sitzt, in seinem Sessel, ja, es ist sein Sessel, darauf legt er großen Wert, seine Mutter hat ihn ihm zur Hochzeit geschenkt, nicht uns, ihm, sein Sessel, das ist mein Sessel, du sitzt schon wieder in meinem Sessel, mein Sessel steht immer hier, warum stellst du ihn wieder vors Fenster, hier, hier soll er stehen, der Sessel, in dem er sitzt, die Zeitung liest, die Kaffeetasse vor sich, das angebissene Brötchen, die Musik, die er hört, jeden Samstagmorgen,

so laut, ich kann diese Musik nicht mehr ertragen, ich kann nicht mehr, ich kann nicht mehr, sehen, wie er da sitzt und dann, ohne etwas zu sagen, aufsteht, ins Bad geht und die restlichen Scherben aufliest, zurückkommt und sich in den Sessel setzt, in seinen Sessel, der hier stehen muß, gerade da, wo sich die Metallfüße in den Teppichboden eingedrückt haben, weil er zu fett,
Übergewicht, du hast Übergewicht, du bist zu fett geworden. Bequem, könnte man sagen.
Besonders samstags.
So ein Samstag.
So ein Herbsttag.
Die Sonne scheint, und der Nachbar wäscht seinen Wagen, und die Kinder spielen auf der Straße, und man könnte hinausfahren und irgendwo spazierengehen, vielleicht am Fluß, und durch die Wälder laufen und oben, auf der Anhöhe, in dem kleinen Restaurant essen und in die Stadt fahren und ins Kino gehen und Kaffee trinken in der italienischen Eisdiele, durch die Stadt bummeln, an Schaufenstern vorbei, und in dem jugoslawischen Restaurant zu Abend essen und in einer Discothek tanzen, nach angenehmer, nach leichter Musik. (Ein kleines Glück – nur für uns zwei.)
Der Abend dann.
Die Nacht dann.
Er dann.
Er: freundlich lächelnd, streicht über ihr Haar, ich habe es immer gewußt, es wird einmal wahr, ach du, du, ja, du, es war nicht immer leicht, aber irgendwie werden wir es schon schaffen.
Stereo also.
Mono.
Sie dreht sich zur Seite.
Sie schüttelt den Kopf.
Sie streicht sich das Haar aus dem Gesicht.
Sie geht zur Tür.
Mono.
Er sitzt wieder da. Er steht wieder da. Mitten im Raum. Er hört die Musik.
Mono also.

IV.
Folgendes ist zu beachten: Der fröhliche Nachbar. Die leichte Zigarette. Die glückliche Hausfrau. Filterkaffee.
«Dagegen läßt sich nichts sagen.»
Die Betten sind noch nicht gemacht. (Weg mit dem Grauschleier.)
(Er hat's.)
So: Er sitzt also im Sessel.
So: Er ist also bequem.
So: Er kümmert sich um nichts.
Soso.
Aber, weiß sie eigentlich, was das heißt. Zweiundvierzigstundenwoche & VIb. Die Kollegen & Teebeutel. Butterbrotpapier & Akten. Schlechte Luft & Sitzkissen. Kugelschreiber & Telefon. Karteikarten & Filterzigaretten.
Montag / Dienstag / Mittwoch / Donnerstag / Freitag.
Samstag.
Guten Morgen. Es ist jetzt genau zehn Uhr.: Teils stärker wolkig. Teils heiter. Niederschlagsfrei. Örtlich Frühnebel. Sonst dunstig.
Da will er seine Ruhe haben, da will er nicht hinausfahren, da will er nicht durch die Wälder laufen, da will er nicht bei Schlawacken essen, da will er nicht in Schaufenster glotzen, da will er nicht rumhopsen, da will er
Musik.
Stereo.
Und nur, weil er es vergessen hat, weil er sich nichts vorgenommen, weil er nur so herumsitzen, weil er Musik hören und die Zeitung.
Heute lesen Sie.
Heute sehen Sie. (Das jüngste Foto des Nobelpreisträgers.) Weil er offenes Fenster, weil er nur so, wie jeden Samstag, ausspannen, sich gehenlassen, so, wie er will, wie eigentlich immer, nach Büro und Kollegen, nach Akten und Butterbrotpapier, hier in seinem Sessel, ganz gemütlich, nur so, der Tag, dieser Herbsttag, am Fenster, der Nachbar, die Kinder auf der Straße, sie, in Jeans, ihre Brust, morgens schon, du hast es vergessen, gestern habe ich dir noch gesagt, du kümmerst dich aber auch um nichts, du siehst nur, hier, dein Sessel, deine Ruhe, aber ich, sie, sie geht zur Tür, sie geht ins Bad, das Glas zerschellt, er hört, wie sie die Scherben, sie, sie steht da vor ihm, die

Scherben im Bad, sie in Jeans und dem weißen Hemd, sein Hemd, im Bad die Scherben, er möchte sie so, ja, ihr das Hemd herunterreißen, sie ins Bad zerren, ihr das Gesicht in die Scherben drücken, hier, die Scherben, er möchte sie.
Da steht er auf.
Da geht er ins Bad.
Da fegt er die Scherben zusammen.
Da kommt er ins Zimmer.
Da hört er Musik.
/ First Winter. The first generation: rock / blues / early soul. Stereo also playable mono. /
(Eigentlich überflüssig zu bemerken, daß man diese LP nur bei maximaler Lautstärke spielen sollte.)

V.
Sie lagen nebeneinander.
Da war nichts mehr, das Bild hatte sich zusammengezogen, ganz schnell, war mit einem Rauschen verschwunden, nichts, nur Leere, die er spürte, und eine Ruhe, die da war, an diesem Morgen, an dem er am liebsten so liegen geblieben wäre, einfach so, auf dem Rücken, die Arme hinter dem Kopf verschränkt, die Augen geschlossen, neben ihr, die sich zur Seite gedreht hatte, zu ihm, aber jetzt:
warum hast du nicht daran gedacht, warum hast du es vergessen, du weißt doch, daß ich, so wie damals, damals in Hamburg, du weißt doch, wie gerne ich spazieren gehe, am Fluß entlang und durch die Wälder, erinnerst du dich nicht mehr, Hamburg, neunzehnhundertneunundsechzig, Alster und Elbe, die Dächer Hamburgs, der Film, der
sich abspult, abgenutzt:
du kümmerst dich aber auch um nichts, der Nachbar wäscht seinen Wagen, und wir liegen hier, unser Wagen da, weil du vergessen hast, ihn abzuholen, gestern habe ich es dir noch gesagt, du hast es absichtlich vergessen, weil du zu bequem bist, weil es dir zu lästig war, du hättest nach dem Dienst, nach Büro und Butterbrotpapier, du hättest es noch geschafft, du hättest ihn abholen können, und wir wären hinausgefahren, heute, so wie der Nachbar, die Kinder spielen auf der Straße,

jetzt steht sie auf: er hört, wie sie ins Bad geht, er hört die Dusche und geht in die Küche, er setzt das Wasser auf und bestreicht ein halbes Brötchen mit Butter, er füllt Kaffee in die Filtertüte, er geht ins Zimmer, er setzt sich in den Sessel, er beißt in das Brötchen, er steht auf, er geht in die Küche, er läßt das heiße Wasser, er hört die Dusche, er nimmt die Tasse, er geht ins Zimmer, der Nachbar wäscht seinen Wagen, eine neue, großzügige Autowelt, draußen vor der Stadt, der Fluß, die Wälder, er hört, wie das Glas zerschellt, er hört, er trinkt einen Schluck Kaffee, er legt eine Platte auf, da steht sie vor ihm, Jahrgang 47, Geburtsort Hamburg, Größe, Farbe der Augen, unveränderliche Kennzeichen, ihre Unbeherrschtheit, so, wie sie jetzt die Hände zusammenballt, die Adern treten hervor:
«Ich kann diese Musik nicht mehr hören, ich kann nicht mehr.»
Er steht auf, er geht ins Bad, er fegt die restlichen Scherben zusammen, sie steht im Zimmer, hört die Musik, die sie nicht mehr ertragen kann, nicht mehr, nie mehr, sieht das angebissene Brötchen, die Tasse Kaffee, ihn:
wie er zurückkommt, wie er sich hinsetzt, in seinen Sessel, bequem, zu bequem, den Wagen aus der Werkstatt zu holen, jetzt sieht er sie an, jetzt sitzt er hier, an diesem Herbsttag, wir wollten rausfahren, an den Fluß, die Platte dreht sich, er starrt sie an, sie weiß, was in ihm vorgeht, sie weiß, wie dieser Tag verlaufen wird, so, wie all die anderen Tage vorher, so bequem, so gemütlich, so im Sessel sitzend, so die Zeitung lesend, so einfach, so unkompliziert, so ohne jeden Schwung, so eingefahren, wenn sie das gewußt hätte, wenn sie es geahnt hätte, so, wie er jetzt ist, wie er da sitzt, in dem Sessel, und nichts, nichts tut, sich um nichts kümmert, nur einfach da sitzt und Platten hört, an so einem Tag, an dem dort, an dem die Sonne scheint und der Nachbar an den Fluß fährt, weiter noch, wo alle anderen spazierengehen, durch die Wälder laufen, die Lungen vollpumpen, sich fit halten, sich entspannen, am Fluß und in den Wäldern, und sie, sie sitzt hier, sie steht hier, sie sieht ihn, sie geht zur Tür, sie geht aus dem Zimmer, sie geht aus dem Haus, sie steht auf dem Bürgersteig, auf dem Fußweg, guten Morgen, sagt der Nachbar, das Fenster ist geschlossen, sie läuft, sie läuft den Weg, die Kinder spielen auf der Straße, sie ist draußen, hier, in der Sonne, sie atmet ein, sie ist hier, hier, unter Menschen.

MARGOT SCHROEDER
Getroffen

Als wir waren einmal
und wir sind
und wir werden sein
sich in unseren Augen
trafen
war der Winterbaum
vorm Kneipenfenster
alle vier Jahreszeiten.
Das Kerzenlicht
auf unserem Tisch
tanzte
wir gingen verloren.
So ritt das Pferd
im Kneipenfenster
ohne uns
davon.

BERND MARTENS

Anatomisch verzweifelt gesättigt

Ich verzehrte mich
nach dir
mein Körper schrumpfte
meine Glieder schlafften
als meine Tränen trockneten
hatte ich dich verdaut
mit Haut und Haaren
das dumpfe Gefühl im Bauch
muß deine Seele sein.

HARALD HURST
d'eiladung

vielen dank,
aber
i geh
bevor i so wer'
wie mer wird
wenn mer bleibt

HARALD HURST
abschied

wenn i fort bin
find'sch mein kaugummi
unner de dischplatt
un dei klobrill
isch nimme verpinkelt

wenn i fort bin
merk'sch erscht
was'd an mir
g'habt hasch

TIM SCHLEIDER

Abgesang auf meine Macker

Absolut keine Elegie, weder in der Form noch anderswie

Statt Widmung;
die doch nur geschmacklos wäre:
Herz, Schmerz, und dies und das,
ja, das ist uralt!
Liedzeilen aus einem deutschen Schlager namens «Rosamunde», gesungen von einem schwarzgelockten Menschen namens Dennie Christian, soweit ich mich erinnern kann. Ich ging damals in die 5. oder 6. Klasse und dachte noch an nichts Schlimmes.

So, jetzt machen wir mal Ultimo. Mir reichts nämlich, und zwar endgültig. Den ganzen Scheiß mach ich nicht länger mit. Und damit das ganze auch gründlich vonstatten geht, seid ihr die ersten auf meiner schwarzen Liste. Ich hab euch nämlich gründlich satt. Euch, das ganze Gesülze und all das Drumherum. Heute nachmittag hab ich mich in der U-Bahn schon wieder dabei ertappt, wie ich wehmütig auf die Streckennetzkarte sah und mit trauriger Musik im Kopf Weltschmerz klopfte. Und da kam es dann glücklicherweise über mich, haute mich geradezu aus den Puschen, die Erkenntnis nämlich, daß ich dazu nun

gerade absolut keine Lust habe, justemang keinen Bock auf Wehmut, traurige Musik im Kopf und Weltschmerz. Und mir wurde auch klar, woran das eigentlich liegt, diese Melancholie nach Feierabend. Nichts von wegen Schicksal, Unglück oder Leid, Schnickschnack, an euch liegt's, an euch und an dem ganzen Krampf mit der großen Liebe und der Welt, die man plötzlich mit ganz anderen Augen sieht.
Wißt ihr, ihr verfolgt mich mit Penetranz. Und damit werden wir jetzt mal radikal Schluß machen. Denn all das, was mit Euch zusammenhängt, dieser ganze Gefühleschwall, der lastet an mir wie ein Felsbrokken, der genau ist es, der mir wie ein Kloß im Hals sitzt, mir die Tränen in die Augen treibt. Früher dachte ich immer, das wären Tränen vor lauter Unglück und Liebesleid. Weit gefehlt, junger Mann, es sind in Wahrheit Tränen wie beim Zwiebelschneiden. Und da gibt's nur eins: kurz und klein, und zwar schnell und gründlich.
Ihr seid nicht viel, für einen durchschnittlichen Schwulen meines Alters ein geradezu armseliger Haufen, aber die Quantität sagt noch nichts über eure Bedeutung aus. Wirklich nichts. Bedeutender gehts kaum. Und wenn ich mir so alles überlege, dann frage ich mich, wie ich so lang mit euch leben konnte. Aber das ist ja genau auch der Punkt: Ich trauere euch nach. Ich wollte Euch nicht verlieren, als ihr schon längst in der Versenkung begraben sein solltet. Jeden Tag mit euch meißelte ich in mein Gedächtnis, ein Steinbruch voller sehnsuchtsvoller Halbwahrheiten. In gewisser Weise seid ihr so präsent wie kaum etwas anderes in meinem Kopf. Jeder von euch Mackern füllt eine stattliche Anzahl meiner pedantisch ausgefüllten Taschenkalenderspalten. Und kaum etwas bietet mir an meinen verwirrten Sonntagnachmittagen mehr selbstquälerische Lust als das Wühlen in diesen Zeugnissen glücklicher Tage. Selbstquälerische Lust oder lustvolle Selbstqual. Je nachdem. Aber wie gesagt, jetzt seid ihr dran.
Rolf, du warst zwar nicht der Anfang, ganz so schlimm war's nicht, und auch nicht der erste, der mir schlaflos-durchwühlte Nächte bereitete. Aber Du warst der erste, wo die Liebe auf Gegenseitigkeit beruhte. Und das war der Haken an der Geschichte. Die ersten beiden, wo alles mehr eine Einbahnstraße war, die hab ich schnell gepackt; zwei Tage, dann war's geschafft. Aber bei dir hat's länger gedauert. Zwei Monate und noch ein bißchen länger, so lange brauchten wir, um das zu Ende zu bringen, was wir nie angefangen hatten.

Man muß sich bei derartiger Paradoxie ja wirklich an den Kopf fassen. Ich in Bremen, du in Stuttgart, und die Strecke dann durchschnittlich alle 14 Tage übers Wochenende. Freitag nach der Schule duschen und Zahnbürste einpacken, sieben Stunden im Intercity die Frankfurter Rundschau lesen, auch den Wirtschaftsteil, und dann in den Arm des so lang Ersehnten sinken.
Die Sache war von Anfang an schief, und wir haben es beide von Anfang an gewußt. Das war der Knoten in der ganzen Sache: daß ich mir meiner Liebe zu dir erst klar wurde, als du am ersten Morgen danach zu deinem Seminar abgedüst warst, ich noch im Bett lag und die Platte hörte, die du aufgelegt hattest, mit «Blood Sweat and Tears» und dem Menschen, der sie so happy macht. Als du weg warst, da hast du mir gefehlt, und da fiel mir ein, daß ich dich liebe. Verstehst du, bester Rolf, ich liebte dich nicht, als du *da* warst, als ich ganz nah bei dir lag und mich zum erstenmal mit einem anderen Typen richtig aufgeilte, nichts mehr außer ihm spüren wollte, ich liebte dich erst, als du weg warst.
Das muß man sich wirklich auf der Zunge zergehen lassen, denn das ist schon ein kleines Kunststück. Von der Liebe zu einem Menschen betrunken zu sein – und dabei liebt man gar nicht den Macker, sondern nur das Gefühl. Weil es ja genau das ist, was man immer im Fernsehen gesehen hat, wo dann immer die satten Streicher im Hintergrund spielten und aus den Augen der stets gutfrisierten US-Schauspielerin das nackte Verlangen schrie, während der Schwanz von James Stewart schon gegen den Reißverschluß drückte. Genau das wollte ich ja, nur einmal in meinem Leben, und dann umklammern, bis es nicht mehr ans Wegrennen denkt.
Und so wartete ich dann an diesem ersten Morgen auf deine Heimkehr, zerfloß bei den Beatles und ihrem ‹Day in the Life› und fühlte mich schließlich wirklich wie das frischgeküßte Dornröschen, als du endlich im Zimmer standest. Endlich verliebt, und das nach nur 18 Jahren! Eine wirklich satte Leistung.
Okay, okay, was dann lief, das war wirklich Liebe, in sich ehrlich, davon brauche ich nichts zurückzunehmen. Aber sie beruhte halt auf einer gigantischen Illusion. Das muß man sich nur mal klarmachen, wir lagen im Bett, starrten beseelt an die Decke und rechneten aus, daß ich 54 sein würde, wenn wir deinen 65. Geburtstag feierten. Hollywood läßt grüßen.

Natürlich war das eine schreckliche Zeit. Wieder zu Hause in der Hansestadt, stiefelte ich stundenlang die Weser rauf und runter, konnte nichts mehr anfangen mit Freunden und Bekannten, mit Straßen und Häusern, schrieb jeden zweiten Tag zweiseitige Briefe und wartete nur auf den Augenblick, wo ich für 85 Mark die neue Vorzugskarte nach Süden kaufen konnte, die Zahnbürste einpacken, die FR besorgen und den reservierten Sitzplatz einnehmen konnte. (Immerhin hab ich auf die Art und Weise die schöne Eisenbahnstrecke zwischen Bonn und Mannheim kennengelernt. Bei gutem Wetter ist die wirklich erlebenswert. Und reservierte Intercityplätze sind meist am Fenster.)
Natürlich ging das nicht, konnte es nicht gehen. Weil wir uns absolut nichts zu sagen hatten, nichts sagen konnten. Du warst in Stuttgart, ich in Bremen, zwischen uns lag mehr als die halbe Bundesrepublik. Wenn ich genau überlege, waren wir in der ganzen kurzen Zeit meines Gastspiels in Stuttgart nur einen einzigen Abend ganz nah beieinander. Ein einziger Abend. Der Rest war schwierig, kompliziert, nervenaufreibend, ätzend. Wir beide haben es gewußt, haben es immer gespürt, bei jeder Worthülse, jedem mühsam formulierten Statement. Und einmal, nach einem faktisch durchschwiegenen Tag, da haben wir uns abends auf der Schwulenfete in Tübingen in den Armen gelegen, haben uns in unseren Küssen fast erstickt, als wenn uns dieser gigantische Widersinn nicht den Schweiß ins Gesicht treiben müßte, über diesen Betrug an uns selbst, über diese Hommage an das geile Gefühl, vor den Augen der anderen Doris Day und Rock Hudson zu sein. (Keine Angst, mit Doris Day meine ich mich.)
Der Ausstieg war ganz schön fetzig und wird mir unvergeßlich sein. Ich hab gelitten in jenen Tagen, da ich in Bremen alle zehn Minuten daran denken mußte, was du wohl gerade mit Jups machst. Jeder ausbleibende der sonst so kontinuierlichen Anrufe war ein tödlicher Beweis.
Aber der krönende Abschluß kommt ja noch. Anstatt uns nun schnellstens aus dem Staube zu machen und in uns zu gehen, froh darüber, daß noch keine Gütertrennung abzuwickeln ist (immerhin hatte ich mir schon eine Liste der Stuttgarter Zivildienstplätze schicken lassen), da haben wir nichts Besseres zu tun, als uns dem Joch des Wienerwald-Reisedienstes zu unterwerfen und drei Wochen auf eine der berühmten, kaum bekannten griechischen Winziginseln zu jetten. Und da ge-

hen wir uns dann drei Wochen lang aus dem Wege, du an deinen Strand, ich an meinen, du in deine Dorfdisco, ich auf meinen Balkon, plaudern übers Frühstück und über den Zauberwürfel, streiten über Mietfahrräder, konkurrieren um Urlaubsbekanntschaften. Es ist zu schlimm, um wahr zu sein. Der Urlaub war nicht schlecht, klares Meer, gutes Essen, Antigone in Epidaurus, aber das alles hätte ich auch allein machen können, du warst nicht mehr als ein wandelndes Mahnmal. Und das nehm ich uns übel. Das und unser Kino im Kopf.
Die Sendepause seitdem ist fast absolut. Die Ab-und-zu-Talks sind nur der Beweis unserer Katastrophe von Anfang an. Aber, von wegen Sendepause. Was meinst du, Macker, was du in meinem Kopf rumspukst. Die blühenden Bäume im April lassen meine Gedanken zur Zugfahrt wandern, die durch Schwabens blühende Obstgärten führte. Jede lonesome-Fete läßt mich nach deinen Armen, deinen Lippen lechzen. Jedes griechische Essen läßt mich an die guten Marktplatz-Souvlaki denken. Und dann schmeckt's mir nicht mehr, verstehste? Wenn selbst dieser Urlaub sich noch in der Erinnerung verklärt. Denn das ist es ja gerade, was uns an einem guten Kontakt hindert: unsere Vergangenheit. Also, verdufte, Rock Hudson! Ich will auf den Feten endlich wieder flippen, ohne nach starken Schultern zum Anlehnen Ausschau zu halten.
Rolf, dein Nachfolger auf meiner Liste bleibt anonym, muß anonym bleiben, denn die Umstände unseres Zusammenseins verhinderten den Austausch detaillierter Informationen. Er war weder groß, noch schön, aber er saß an jenem späten Oktoberabend mir gegenüber im Vorortzug, und das war genau der Ort und die Stelle und die Zeit und der Punkt, wo wir aneinandergeraten mußten, du, Anonymus, und ich, eigentlich ins Heim strebend und doch wieder unausgefüllt bis zum Rand, orientierungslos durch die Nacht taumelnd (bildlich gesprochen). Da hast du mich scharf angeguckt, und ich hab verwirrt hinunter in meinen «Stern» gesehen, während mir der Gedanke durch den Kopf ging, warum eigentlich nicht, genau das brauchst du doch jetzt, eine Zunge und zwei Hände und einen Schwanz, und dann hab ich hochgeguckt, hab deinen scharfen Blick erwidert, erst zögernd, dann standfest. Und als der Zug anfuhr, da hast Du angefangen, mir nicht nur starr in die Augen zu sehen, sondern auch noch mit der Zunge über die Lippen zu fahren, was mich noch unruhiger machte,

meine Hose anspannen ließ. 20 Minuten dauert die Zugfahrt, und es ist eine Meisterleistung, 20 Minuten lang starr einander anzugucken und dabei an den Lippen zu lutschen. Wir beide haben es nicht gebracht, zwischendurch hast du nach draußen oder aufs Gepäcknetz geguckt, aber ebenso lutschend wie zuvor. Und als wir dann ausstiegen, du vier Stationen weiter als eigentlich geplant (immerhin das hast du mir nachher noch erzählt, und daß du mit Kollegen aus dem Betrieb auf dem Bremer Freimarkt gewesen warst), da bist du vorausgegangen, vorbei an den Bushaltestellen mit dem spärlichen Leben einer Vorstadt kurz vor Mitternacht, bist an Häusern vorbei auf einen Bauplatz gegangen und ich zögernd hinterher, hin und her gerissen zwischen Über-Ich und Es, heftig mit meiner Feigheit und all meinen Schreckensvisionen von durchschnittenen Hälsen und eingeschlagenen Schädeln kämpfend, aber dann doch dem Ruf der Triebe gehorchend, dich mit ein paar schnellen Schritten einholend, ein schneller Kuß, angefüllt mit zehn Kilo Geilheit, du aber strebst weiter in die gottverlassene Dunkelheit, weg von Neonlampen und Straße, weg von der Gefahr eines angetrunkenen Spätheimkehrers, suchst die Stille zwischen alten knorrigen Eichen (Buchen sollst du suchen), gehst mir an die Hose und löst das aus, was sich da seit einer halben Stunde angebahnt hat. Ich reib mich an dir und stöhn in die Wildlederjacke (leider nur Wildleder) und steh dann da wie Hannes Messemer ohne Dextro-Energen. Hab dich vor mir, der nun hansestädtisch-betulich-langsam aufdreht, und während ich da stehe und dir ins Ohr hauche und an dir rumreiß und rumzieh, da fängt's mir an zu stinken (Eichen sollst du weichen), da kommt's mir langsam, aber sicher hoch, und als mir schließlich die Zeit etwas öde wird, da sag ich, daß mein Bus gleich fährt. Das wirkt prompt, wir sinken uns in die Arme, unsere befreite Lust flattert jetzt schon über Norderney, und dann schlendern wir zurück, du zum Zug, vier Stationen zurückfahrend, ich nach Hause. Erzählst mir die Sache mit dem Freimarkt und wünschst mir noch einen schönen Abend. So, als wäre ich mit auf eurem Betriebsfest gewesen, hätte eben mit dir noch eine Rostbratwurst zum Abschluß reingezogen und würde nun nach Hause wanken. Ein schöner Abend noch – weißte, Anonymus, das war ein ganz schlechter Abgang. Den hätten wir uns beide möglichst ersparen sollen. Und überhaupt hätte ich mir lieber meinen «Stern» reinziehen sollen. Und wie so oft zu Hause einen runterholen. Vielleicht mit der Marlboro-Reklame als Vorlage. Aber wenn ich auch deinen Namen nicht kenne, so bist du mir doch verdammt vertraut. Du bist die sanfte Versuchung kurz vor zehn am Abend. Du willst mich vergessen machen, was da noch war, außer Rausch und so. Aber deine Chancen stehen schlecht. Denn ich habe beschlossen, dein Kapitel ad acta zu legen. Bauplätze sind mir zu öde für Liebe et cetera.

Nicht viel später kamst dann du, Pit, kamst über mich wie eine Erscheinung, hell und glänzend und erhaben, kamst zum rechten Augenblick, denn es war eine schlechte Zeit, eine schwere Zeit, eine Zeit im trüben November, 30 Tage Buß- und Bettagsstimmung, und was kann da Besseres passieren als der Sturz in eine neue Liebe, als der Sturz in neue Illusionen, als der Sturz in Mai und linde Nächte voller Süße und Harmonie. Am Totensonntag bist du aufgetaucht, mit Schnauzbart und Käsekuchen, und wir haben nicht mal drei Stunden gebraucht, um ganz ineinander aufgehen zu wollen. Wir sind's dann nicht, und das rechne ich noch heute der ganzen Geschichte sehr hoch an. Das Tempo der Annäherung behagte mir sehr, und dieses Ideal meiner Vorstellungen habe ich nach dir nie wieder erreicht. Um so mehr konnte ich dann genießen, was geschah, wenn wir genug geredet hatten. Es war eine hohe Zeit, eine wahnsinnig hohe Zeit. Was für eine Änderung in der Existenz einer schwulen Vorstadtkreatur – sie braucht sich nur noch in den Bus zu setzen, einige Stationen zu fahren (zugegeben, einige sehr viele) und steht dann vor der Tür, kann mit dir Klaus Hoffmann hören oder Schumann-Sonaten, kann Streitpatience legen oder Visconti-Filme gucken.

Die Bedeutung einer Sache steht nur selten im rechten Verhältnis zur Zeit. So auch hier. Nur ein Monat, nachdem ich erstmals in meinem Zimmer mit einem Mann geschlafen hatte, während nebenan der Großvater ‹Was bin ich› guckte, nur einen Monat später, nicht mehr, begann das Abbruchunternehmen, und es war gründlich. Du warst plötzlich dicht, und Stuttgart wiederholte sich, so wie sich bekanntlich alles wiederholt, was man vergessen will. Die Strecke bis Null war langwierig und ein Desaster. Ich hab dir beim Umzug geholfen und hätte mich spätestens da verpissen sollen, hätte mich nicht einlassen sollen auf Besuche, die doch nur unangenehm wurden, auf Gespräche, die nichts als Angst vor der Stille waren. Ich hatte Angst vor deinen

Angriffen, deinen spitzen Bemerkungen und Seitenhieben, aber anstatt sauer auf dich zu werden, auf dich, deine Ideologie und deine festen Mauern, auf deine Unlust, etwas verstehen zu wollen, was dir fern liegt, auf deine maßlose Anmache, meine Sprache und meine Art, zu denken und zu fühlen, würde dich rasend machen, anstatt daraus die einzige Konsequenz zu ziehen, zu winken und die Tür von außen fest zuzumachen, statt dessen hing dein Foto immer noch über meinem Bett, denn beim Abhängen hätte ich mir ja eingestehen müssen, daß alles eine schlechte Illusion war, eine wackelige Konstruktion mit wohlkalkulierten Baufehlern.
Wir haben es geschafft. Zweimal waren wir noch zusammen, hatten nichts außer uns. Zweimal hab ich dich vergessen können und war so bei Dir und keinem anderen. Aber ansonsten feierst du regelmäßig frohe Einkehr bei mir, tauchst wieder auf in meinem Kopf, fährst mit mir Rad auf der Weserinsel oder gehst mit mir durch die Kleingärten am Stadion, spazierst mit mir bei klirrender Kälte an der Lesum oder hörst mit mir Don Giovanni. Eine italienische Seifenoper ohne Ende. Der Held will und will nicht sterben, obwohl ihn alle Nebenrollen mehr nun wirklich nicht bedrängen können. Eine endlose Kadenz bei wachsender Unruhe im Publikum. Ein Königreich für einen Vorhang!
Ich hätte all das, den ganzen Syph, runterspülen sollen. Zeitweise ging ich beim Scheißen die Wände hoch, denn das Bumsen mit dir hatte für ein paar Tage Hämorrhoiden zur Folge. Ich starrte die hellroten Blutflecken im Becken an und kämpfte mit der Übelkeit. Wie so vieles hatte aber auch das keine Konsequenzen, weder den Gang zum Arzt, noch die Abrechnung mit der Vision.
There's anything but love, baby.
Hans-Rüdiger, du bist der letzte auf meiner Abschußliste und derjenige, der sich noch am berechtigtsten darüber beklagen könnte. Denn bei dir hab ich selbst noch am meisten vermurkst. Aber das ist auch wirklich das Kreuz mit euch Mittdreißigern: Ihr kokettiert dauernd mit eurer potentiellen Vaterschaft. Dauernd fragt ihr scheinheilig, ob es mich denn nicht belasten würde, mit einem Typen zusammenzusein, der mein Vater sein könnte. Und dabei wollt ihr mein Nein dann gar nicht hören, wollt vielmehr, daß ich mich an euch kuschle und mir durchs Haar streichen lasse. Nichts paßt euch mehr in den Kram als

mein Schmollmund, wenn ich zum zehntenmal die Frage verneinen muß, nichts weniger als meine Bemerkung, daß es Situationen gibt, in denen wir über vieles, aber nicht über das Alter sprechen müssen.
Es war dieser Vaterpopanz, der mich vertrieben hat, Hans-Rüdiger. Damit nahm ich nur die von dir beschworene Unverbindlichkeit unserer Beziehung in Anspruch, die dich aber damals als Verlierer zurückließ. Denn du hattest ganz schön dran zu knabbern, und das ist das, was mir an der Geschichte leid tut.
Dabei begann alles mit Blitz und Donner, die wir vom Balkon aus betrachteten und belauschten, ein Balkon, der gegen alle Blicke von außen geschützt war, sonst hättest du ihn auch nie mit mir zusammen betreten. Du warst nun wirklich eine angepaßte Existenz. Zu dir paßte wirklich alles: dein Job, deine Juso-Vergangenheit, das Kursbuch-Abo und «Die Welt» auf dem täglichen Frühstückstisch. Das alles war's aber nicht, was mich nachher so zaudern ließ, denn gut war's zunächst, zu dir in die Badewanne zu steigen, in das viel zu heiße Wasser, in dem ich mich immer wie ein Brühwürfel fühlte (was aber zu deinem Hygienetick paßte, bekanntlich gehen desto mehr Keime drauf, je heißer das Wasser ist). Gut waren auch die Motorradfahrten mit dir, auch wenn mich nervte, immer zwei Straßen weiter zu warten, weil du mich nicht von zu Hause abholen wolltest. Was mich zaudern ließ, war deine Gesetztheit, die Art deines auf meine Schenkel Klopfen und Fragen, ob mir denn das Jazzkonzert gefallen hätte, so wie die Frage des Familienvaters am Sonntagabend auf der Rückfahrt, ob das Kaffeetrinken denn auch schön gewesen sei. Nie werde ich deine Anklage vergessen, als ich vergaß, nach dem Rasieren die Härchen vom Scherblatt des Elektrogerätes zu entfernen, nie deine völlig ernstgemeinte Frage, wie ich mich denn unterstehen könnte, beim Kämmen auf der Strecke gebliebene blonde Haare (meine Haare!) achtlos fallen zu lassen, wo ich doch ganz genau gewußt hätte, daß am Nachmittag dein Exfreund kommen würde. Und so konnte ich immer nur nicken: Ja, Papi. Tut mir leid, Papi. Wenn ich mit dir schlief, kannte ich nur dich. Wenn ich mit dir in der übrigen Zeit zusammen war, kannte ich dein Alter und noch die Hälfte mehr dazu. Ich lernte, was es heißt, aufzupassen, daß niemand von unserem Kontakt erfährt, lernte, mich in einer Seitenstraße absetzen zu lassen und die Übergardine zuziehen. Als ich nach einem Besuch

«Schlaflose Nächte» angenehm verbringen zu können . . .

... das ist Ziel dieses Buches von Svende Merian und Norbert Ney. Unser Ziel ist es, Ihnen schlaflose Nächte überhaupt zu ersparen.

Pfandbrief und Kommunalobligation

Meistgekaufte deutsche Wertpapiere - hoher Zinsertrag - schon ab 100 DM bei allen Banken und Sparkassen

Verbriefte Sicherheit

in Oldenburg abends zu dir kam, hab ich mich immer und immer wieder fragen lassen, ob ich auch wirklich nicht mit ihm geschlafen hätte, denn sonst hättest du keine Lust, mich über Nacht zu beherbergen. Ich hätte dich vor die Alternative stellen müssen, mir entweder zu glauben oder mich vor die Tür zu setzen. Statt dessen kam ich aus dem Beteuern gar nicht mehr heraus.
Ich bin ausgestiegen, weil ich nicht mehr ich sein konnte. Ich war 15 Jahre jünger als du und spürte es in Permanenz. Das ist es, was mich mit deiner Person verfolgt, die Gewißheit, Kopf und Bauch nicht vereinbaren zu können, daß nach jeder Nacht ein Morgen kommt, an dem man am liebsten ganz schnell woanders sein möchte, wo man mit Mühe die Formalia erfüllt, das Frühstück runterwürgt, zum Abschied Ich-ruf-dann-mal-an lächelt und schon weiß, daß man nie anrufen wird. Verlogenheit des Handelns, die auf mir lastet. Ich bin vor dir geflüchtet. Die Last blieb.
Ihr alle seid geblieben, meine Macker, schwer und lastend und klobig. Ich renne euch hinterher und gefalle mir insgeheim in meinem Unglück ganz gut. Aber nun wandert ihr auf den Schutt, werdet es euch gefallen lassen müssen. Ich wurde euch und dieses Phantom bisher nicht los. Los bin ich euch wohl immer noch nicht, aber ich werde kräftig an euch kratzen.
Denn man stelle sich nur mal folgendes vor: ich bin noch keine drei Wochen in Berlin und trauere schon wieder einer verpaßten Liebe hinterher. Tigere um das Telefon und latsch mir nachts auf meinen Märschen durch die Stadt die Sohlen ab. Nichts gegen lange Spaziergänge, aber der Kopf muß dabei frei sein, frei von Mai und Geigen und Film und lauen Nächten und starken Schultern zwecks Anlehnen. Frei für nichts, nur für mich.
Denn es gibt diese Augenblicke, wo ich auf dem Weg bin, wo ich den Kopf in den Wind streck und mit der Zunge den Tag auslecke – bis auf den letzten Rest. Es gibt die Tage, wo ich aus einem Konzert, einer Ausstellung komme, wo ich ein Buch zu Ende lese oder einen Spaziergang beende, wo ich nach einer Nacht eine Wohnung verlasse und auch das Frühstück bis zum letzten Rest genossen habe, wo ich mich schon auf das Telefongespräch freue, wo ich durch die Straßen geh, alte Häuser und Bäume bewunder, wo ich niemandem gehöre, keinem von euch, schon gar nicht dieser Vision von Liebe, an der doch nur die

Filmproduzenten und Lyrikverleger verdienen, wo ich niemandem gehöre, nur mir. Der treueste Liebhaber, den man haben kann, ist: ich.
Ich weiß, ihr und die Filmproduzenten und die Lyrikverleger lacht euch jetzt schon kaputt, und ich weiß auch, daß ihr mich nie ganz verlassen werdet. Aber dies ist Euer Abgesang, Leute, eure Tage sind gezählt. Was jetzt zählt, ist die Faust, nicht die Rose. Und wenn ich 80 werd! – einmal hab ich's gepackt. Verlaßt euch drauf.
Salut.

CORINNA MARIA WAFFENDER

Auf Wiedersehen

Es ist halb drei. Ich wollte doch erst um drei kommen. Ich denke, ich werde die halbe Stunde noch warten. Immerhin warst du es, die mich gebeten hat zu kommen. Ich bin nicht sicher, ob ich jemals ohne Einladung hier erschienen wäre, aber nun bin ich da. Diese vier Wochen ohne dich kamen mir vor wie eine dieser kleinen Ewigkeiten, von denen ich nicht sagen kann, wann sie aufhören. Aber das ist bei Ewigkeiten eben so. So gesehen, waren auch die Monate vorher mit dir eine Ewigkeit. Allerdings eine, die aufgehört hat. Ich frage mich, welche die nächste ist ..., die, der wir ein Ende gemacht haben, wird es jedenfalls nicht sein. Die, in der «Ich liebe dich» so ganz anders klingt als am Anfang. Die, in der wir uns aneinander gewöhnt haben, wie an das Zwei-Minuten-Ei jeden Morgen. Der eine früher, der andere später – keiner jedenfalls nie. Jetzt gewöhne ich mich an mich. Als du noch da warst, hast du mich gestört, jetzt störst du meine Gedanken. Zugegeben, anfangs hab ich mich ziemlich geaalt in meiner Einsamkeit (obwohl ich das schon eine ganze Weile mit dir getan hatte), aber es hat mir keiner dabei zugesehen. Ich habe es dann auch bald wieder sein lassen. Ein Märtyrer ohne Gefolgschaft ist eben nur ein halber Jesus ... Statt dessen bin ich dazu übergegangen, das Wort «Eifersucht» aus meinem

Kopf zu streichen, aber es hatte sich zu sehr schon in meine Gedanken eingebrannt. Diese Wut über die Ungewißheit, ob du es mit einer anderen treibst, hat mich krank gemacht. Aber ich habe dir nicht nachgestanden. Ich habe begonnen, mich zu lieben. Ich glaube, das ist die größte Qual, die ich dir bereiten konnte, meinetwegen auf dich zu verzichten. Obwohl, ich habe oft davon geträumt, dich zu vergewaltigen, zu foltern, dich in der Hand zu haben. Ja, eigentlich ist es das, was mich nachts nicht schlafen und tagsüber nicht träumen läßt. Das Bewußtsein, dich nicht mehr zur Verfügung zu haben. Weißt du, was ich mir gewünscht habe, kurz nachdem du gegangen warst? Ich habe mir ausgemalt, du wärst wenige Tage, nachdem wir uns kennengelernt hätten, gestorben. Ja, mausetot. Dann hättest du mir gehört. Ich hätte es machen können, mit wem ich wollte, ohne Gewissensbisse, ohne Skrupel, immer mit der Rechtfertigung, daß ich im Grunde eigentlich nur dich wollte. Ich bin erschrocken über das Konservative in mir. Ich hatte geglaubt, ich sei anders, toleranter. Noch eine Viertelstunde, und ich weiß immer noch nicht, was ich dir zu sagen habe. Die Zeit, in der wir händchenhaltend und Jasmintee-trinkend auf der Veranda von irischen Wiesen geträumt haben, ist Vergangenheit, und jetzt, wo wir uns Campari-Orange zur Gewohnheit gemacht haben, ist uns auch kein brauchbares Luftschloß mehr eingefallen. Ich kann mir, fällt mir gerade ein, nicht mal mehr dein Gesicht vorstellen. Selbst die Farbe deiner Augen ist mir entfallen (hab ich sie jemals gewußt?!). Wenn ich an dich denke, sehe ich nur deinen Körper vor mir, nackt, geschmeidig & weich. Auch deine Stimme hab ich nicht mehr im Ohr. Vielleicht, weil ich in den letzten Wochen so vieles überhören wollte, was du gesagt hast. Das letzte, an was ich mich erinnern kann, war: «Es hat nichts mehr mit Liebe zu tun», und das war mir nichts Neues.
Es ist fünf vor drei, und ich bekomme feuchte Hände. Ich will nicht aufgeregt sein, und ich könnte mich ohrfeigen für meine Nervosität. Vor allem, weil ich weiß, daß du sie sofort bemerkst, und das ist das Letzte, was ich jetzt will. Im übrigen bin ich hier, um dir zu sagen, daß ich mir meinen Kaffee jeden Morgen auch selber kochen kann, und überhaupt, danke, es geht mir gut. Ich will mich nicht verschenken. Nicht hier, nicht heute, nicht dir, nicht so.
O. K. Einmal tief Luft holen. Ich klingle einmal kurz. Ich könnte noch

gehen, aber ich bleibe. Ich atme den mir noch so vertrauten Treppenhausgeruch ein (mein Gott, wie oft hatte ich ihn in der Nase) und stelle fest, daß schon wieder so eine Kranke die Treppen blankpoliert hat wie in der Sofix-Reklame. Ob du es am Ende warst?!
Da, dein Schatten hinter dem Glas. Du öffnest die Tür abrupt.
«Schön, daß du gekommen bist», sagst du.
Ich schiebe mich an dir vorbei. Du riechst nach diesem sündhaft teuren Parfum (ist es nicht Opium?!), und plötzlich finde ich dich ungewöhnlich schön. Deine Wohnung ist, wie immer, wenn du Besuch erwartest, peinlich genau aufgeräumt, was mir die innerliche Bestätigung gibt, daß du im Grunde eine Kleinbürgerin bist. Aber es stört mich nicht besonders. In der Küche brodelt die Kaffeemaschine, du warst dir wohl sehr sicher, daß ich kommen würde?! Was um alles in der Welt soll ich jetzt bloß zu dir sagen? Ich registriere, daß meine Bilder noch immer an der Wand hängen, und ich weiß nicht, was ich getan hätte, hingen sie nicht mehr da. Ich sehe aus dem Fenster.
«Es ist zum Kotzen, das Wetter.» Was Blöderes hätte mir wohl kaum einfallen können, aber ich bin froh, daß ich mein Schweigen gebrochen habe. Außerdem nervt mich der Regen wirklich.
«Stimmt. Willst du Kaffee?» Schwachsinnige Frage. Natürlich will ich Kaffee. Erstens hast du mich zum Kaffee eingeladen, und zweitens habe ich noch nie einen Kaffee abgeschlagen, schon gar nicht in einer Situation wie dieser.
«Ja, den brauch ich jetzt.» Ich sehe dir nach, während du in die Küche gehst, und jetzt spüre ich, nach was ich mich in diesen Wochen gesehnt habe. Ich kann es nicht einmal beschreiben. Ich fühle eine Spannung zwischen uns und habe dieses verzweifelte Ich-liebe-dich-aber-ich-kann-dir-nicht-erklären-warum-Gefühl. Aber ich will jetzt keine Gefühlsstudie aufarbeiten. Ich will dir nichts erklären. Ich will nicht reden. Ich will dich spüren.
«Zieh doch deine Jacke aus. Es sieht so aus, als wolltest du gleich wieder gehen).»
Nein, jetzt gehe ich nicht mehr. Nicht eher, bis ich dieses Gefühl ausgeschöpft habe. Losschreien könnte ich jetzt, noch besser stöhnen. Laut. Ich setze mich dir gegenüber, und du schenkst mir Kaffee ein. Ich muß fast loslachen bei dem Gedanken, mir könnte die Tasse umfallen und

ich müßte zu einer dieser peinlichen Situationen stehen, bei denen ich am liebsten im Boden versinken würde.
«Ich hab dich vermißt», sagst du und zündest dir eine Zigarette an. Ich bin geil. Bin so geil, daß ich dich nur ansehen kann. Ich verschwende keinen Gedanken mehr an die letzten Tage. Es interessiert mich auch nicht, ob das was mit Liebe zu tun hat. Ich will dich nur ganz einfach haben. Das ist mir Liebe genug. Es ist mir egal, ob es vernünftiger wäre, uns zu trennen. Von wegen persönlicher Freiheit und Entfaltung. Gleich, ob wir uns damit gerecht werden oder uns gegenseitig im Weg stehen. Das einzige, was mir jetzt noch im Weg steht, ist die Angst, dir zu sagen, daß ich mit dir schlafen will.
«Ich dich auch.» Ich bemerke die kleinen Schweißtröpfchen auf deiner Nase. Es liegt diese schwere Schwüle in der Luft, und ich habe Mühe, ruhig zu atmen. Tu doch was. Hilf mir. Aber du schweigst und denkst, wie ich. Überlegst dir verkrampft, was du mir sagen sollst. Was gibt es auch noch mehr zu sagen, jetzt?! O mein Gott, ich ahne, was jetzt gleich kommt. Ich will es einfach nicht hören und beuge deshalb vor:
«Sag jetzt nicht, daß du mich liebst. Das ist nicht wichtig jetzt. Ich bin froh, daß ich bei dir bin.»
Es scheint mir, als hätte ich mir eine zentnerschwere Last von den Schultern geworfen und mir im gleichen Augen-Blick die nächste schon wieder draufgehievt. Du stehst auf, streckst mir die Hand entgegen. Es regnet noch immer draußen. Als ich deine Fingerspitzen berühre, weiß ich, daß ich mich wieder an dich verloren habe.
«Komm», sagst du, fast triumphierend.
Ich wache auf, greife neben mich und bin erleichtert, daß du nicht da bist.

HANNA WEIMER
Der große Zampano

Eigentlich bin ich stocksauer, weil ich ihn EIGENTLICH nicht mehr sehn wollte, den großen Zampano. Weil: was will eine emanzipierte Frau (doch, klar –) mit einem großen Zampano. Mit dem großen Zampano meine ich ihn, den Gegenstand (nie im Leben ist ein Mensch ein Gegenstand!) meines Ärgers; jemanden, der glatt macht, was er will, ohne Rücksicht auf meine Pfeife, nach der er tanzen soll. Gefälligst. Also wenigstens in einigen Punkten.
Wie bin ich überhaupt an den großen Zampano geraten? Eines Tages lebte er in Mainz auf und eröffnete mir, daß er sich mir offenbaren wollte. Ich dachte: der ist übergeschnappt. Es war aber nur seine Wortgewalt, so redete er meistens. Er meinte das genauso, wie er es sagte. Er störte sich nicht am Slang; der Slang macht Nichtse aus den Gefühlen.
Mir ist es nie gelungen, die Art, wie ich den großen Zampano kennengelernt habe, ofenfrisch aufs Blatt zu setzen. Ich versuche es trotzdem noch einmal. – Diesmal ist es wirklich das letzte Mal. – Ich habe ihn am Telefon kennengelernt. Er steckte mit einer derartigen Gegenwärtigkeit und mit einer solchen Zärtlichkeit in der Stimme im Hörer, daß mir die Spucke wegblieb. Ich kannte vorher niemanden, der so unbefangen mit Fremden am Telefon plaudern konnte. Es ist so seine Art, wie sich später herausgestellt hat. Aber damals fand ich das Telefongespräch außerordentlich besonders. Ich war erstaunt, angetan und erhöht – weil ich ja dachte, so etwas widerfährt nur mir. Im nächsten Atemzug machte ich mir eine Vorstellung von diesem Mann. Es war keine körperliche Vorstellung, sondern nur die, daß es jemand sein mußte, der mir gefiel. Stimmte auch.
Ich sah ihn aus dem Aufzug kommen. (Es tut mir leid, daß ich nicht schreiben konnte: ich sah ihn unter Lindenbäumen; aber hier in der Stadt gibt es keine Lindenbäume.) Ich wußte, daß er da rauskommen würde, und stand davor und wartete. Mir war angst und bange, es könnte ein Mensch herauskommen, mit dem ich nichts anfangen

kann. – Aber der große Zampano hatte genau das Gesicht, in dem ich mich spiegeln konnte. Es war alles nur ein bißchen größer und ausgeprägter als in meinem. Er war betrunken; das war er meistens, wie sich später herausstellte.

Aber das wollte ich gar nicht erzählen. Ich wollte erzählen, warum ich sauer auf den großen Zampano bin. Er war Maler, der große Zampano, was mich anfänglich zu gut verborgener (man ist ja schließlich souverän) Ehrfurcht veranlaßte. Ich war noch nie mit einem Maler befreundet. Ich kannte vorher nur Studenten und Leute, die angefangen hatten, in irgendeinem Beruf zu arbeiten. Einen Maler fand ich schon besonders. Das war er auch, aber nicht, weil er Maler war. Er hatte viel mit sich zu tun, und seine Arbeit war das Wichtigste, weil sie ihm den Boden gab, der grade noch so verhindert, daß man ins Schwimmen kommt. Seine Bilder sind Spuren auf seiner Fährte; es sind gute Bilder. – Seine Arbeit und das Saufen waren tief in ihm verwurzelt. Ich konnte mir nie vorstellen, daß er etwas anderes wäre als Maler. Es hätte einfach sonst nichts zu ihm gepaßt. Ich beschäftigte mich am Rand (immer dann, wenn seine Abwesenheit in Situationen, in denen ich ihn gebraucht hätte, von mir erklärt zu werden wünschte) mit dem Schicksal der Freundinnen großer Maler. IRGENDWIE fand ich sie schon toll, in ihrer sanft abgetönten Selbstaufgabe. Aber ich frage mich, ob sie wirklich so selbstlos waren, wie sie von den Malerbiographen dargestellt wurden, oder ob sie eher eine Wunschvorstellung des Autors waren (möglicherweise der eigenen Frau als leuchtendes Beispiel vorangestellt – aber das kann uns ja hier egal sein). Und selbst, wenn es stimmte, WARUM waren sie so selbstlos? Was wollten sie damit erreichen, oder zogen sie nur am roten Faden eines andern, weil sie selbst nicht in der Lage waren, sich einen zu häkeln? Vielleicht waren sie aber auch einfach bessere Menschen als ich, und ich bin bloß verkorkst mit meinem Warenwerthirn und meiner Unfähigkeit zur Kunst des Liebens.

– Zweierbeziehung ist wieder angesagt, was? Sie äugt von allen Plakaten, aus allen Medien. Dauernd tuten die Hochzeitsautos durch die Stadt. Es wird wieder geheiratet. Vor allem bei schönem Wetter. Sie verfolgt mich, aber sie holt mich nicht mehr ein. In diese Büchse laß ich mich nicht mehr einschweißen. Meistens geht es nur um die Büchse,

nicht darum, daß ich ein Mensch bin und er ein Mensch. Keiner will ein Klammeraffe sein aus Angst vor der Einsamkeit, und die Liebe muß herhalten als gewichtiger Grund für die kleinmütigen Kapitulationen, die das Reifen von Weisheit und Würde verhindern. Jeder kauert in seinem Bekenntniskerker. – Das müßte mal ergründet werden, inwieweit das Gefühl (irgendein Psychologe wird sich schon dafür hergegeben haben, die ganze Angelegenheit pflegeleicht und waschmaschinenfest zu verpacken), nicht mehr ohne einen Zampano leben zu können (NEIN, Zampano heißt nicht Chauvi!), sich auf Anstrengungen bezieht, die noch einmal zu machen die Hauptfigur zu faul ist. Zum Beispiel die Erklärung der eigenen Weltsicht – sofern vorhanden; die Offenbarung der Wasch- und Pflegegewohnheiten; oder wie man miteinander schläft. All die Dinge, bei denen man sich selbst nicht über den Weg traut und die sich so festgefahren haben, ohne daß man sich ihrer sicher ist, – ich mir ihrer sicher bin. Da man sie nicht erprobt, kann man sich ihrer nicht sicher werden. Wahrscheinlich sind das die Klammern um das Gefühl: ich kann ohne dich nicht leben. –
Ich kann ganz gut ohne den großen Zampano leben. Aber ich habe seither nicht wieder die Gelegenheit gefunden, einem Mann zu erzählen, wo ich hin will. Mit der Zeit habe ich den Eindruck bekommen, das will niemand wissen. Vielleicht kommt es daher, daß die meisten Leute selbst nicht wissen, wo sie hin wollen. Ich habe mir sagen lassen, das läge an der unübersichtlichen Zeit. Alles so hektisch und so. Aber es ist ja auch egal. Ich konnte es jedenfalls bis jetzt niemandem mehr erzählen. Dabei ist es ganz einfach; ich müßte es nur auswendiglernen; ich habe es in meinem Zimmer an die Wand gehängt, falls mich mal jemand besuchen kommt, den es interessiert. – Bisher ist noch niemand gekommen; es ist mir noch nicht gelungen, jemanden reinzulassen. – Aber ich kann mir einfach nicht vorstellen, jemandem diese Worte zu sagen. Womöglich in einer Kneipe, mit einem Bier in der Hand. Bis jetzt hab ich sie nur dem Zampano in Form einer Postkarte mitgeteilt:
Wo ich hin will, gibt es urkräftiges Hoffen auf weite Liebeshimmel, auf duftende Gesichte und blühende Augen, auf warme Arme und helle Seelen ohne Vorhängeschlösser und Schießscharten; vorbei an den Schießscharten direkt ins Licht, in die vielen verschiedenen Lichter der

vielen verschiedenen Bewußtheiten. In das, was am Leben erhält. In den jeweiligen Sinn. Dem schenke ich meinen Sinn. So werden wir uns bereichern. Das ist es doch. Oder?
Der große Zampano hat mich daraufhin angerufen – es war unser letztes Telefongespräch – und gesagt, Schießscharten hätte es doch bei uns nie gegeben. Oder?
– Wie ist es denn mit: jemanden bedingungslos lieben, ohne unterwürfig zu sein (o Eduard, was wär ich ohne deine ruhige Gegenwart)? Da fallen mir wieder die Malerfreundinnen ein. –
Ich habe vom großen Zampano das Alleinsein gelernt. Der große Zampano ging hartnäckig davon aus, daß ich ein Mensch sei, der selbst auch allein sein muß, damit es ihm nicht zu eng wird auf der Welt. Manchmal weiß ich nicht recht, ob ich schon immer so war oder ob ich durch seine Brille so geworden bin. Es war mir sehr wichtig, wie der große Zampano mich sieht, denn er war mein Lieblingsmensch. Aber eins sag ich dir, großer Zampano! Es hat mir ab und zu sehr gestunken, so allein in der Gegend rumzuhocken!
Es gab Hinterhofstimmungen, die mir gewaltig auf den Keks gingen. So eine Art Horror schon morgens im Bett. Ich tappte dann ergeben in die Küche, nachdem ich mich zäh gegen das Aufstehn gewehrt hatte, und versuchte, alles so zu machen wie jeden Morgen.
Filter in die Kaffeemaschine, die stundenlang braucht, da sturheil verkalkt – das Mainzer Wasser ist so schlecht, daß sich die Stadtwerke nicht trauen, den Preis zu erhöhen –, das Wasser in den Wasserspeicher; da habe ich jeden Morgen Schwierigkeiten mit der Reihenfolge, ich kann mich einfach nicht erinnern, wie's am rationellsten wäre, Kaffee rein, Knopf an. Ein Schritt zum Küchenschrank (liegt alles sehr dicht beieinander hier), Öffner aus der Schublade, Dose aufmachen, Katze füttern. Stecker vom Heizer in die Steckdose, weil Winter ist und saukalt. Essen. Briefkastencheck – leer. Auch gut. Dann mach ich den Ofen an und denke dran, wie ich gefroren habe heute morgen vor dem Aufstehn. Ein ewig-einziges Zittern. Wenn ich nur warme Füße bekäme, dachte ich – anstatt aufzustehn, wohlgemerkt –, dann wäre die Sache schon geritzt. Wenn jemand da wäre, dem ich die Füße an die warmen Beine strecken könnte. Der seine Arme um meinen Bauch packte und mich an sich zöge.
Das waren Tage, an denen ich es dem großen Zampano gewaltig übel-

nahm, daß er nicht wenigstens kam, um mit mir zu frühstücken. Dabei frühstückte er nie. Er begann den Tag mit einer Kanne Kaffee und Zigaretten. Wechselweise mit Bier und Zigaretten. Kurz danach ergriff ihn die Aufstehhektik. Er kriegte die Krätze, wenn ich noch im Bett lag, wo ich mich doch schon längst hätte in Luft auflösen können, weil er sich auf seine Arbeit vorbereiten mußte. Ich bekam nie die Kurve. Beim besten Willen nicht. Manchmal forderte ich ihn damit heraus. Er wurde auch regelmäßig sauer. Dann dachte ich: EINMAL könnte es doch anders sein. Ein ziemlich blödsinniger Gedanke. Ich weiß auch nicht, wo die immer herkommen, mit einem Schlag leuchten sie im Hirn auf, und man kann sich kaum wehren.
Also gut. Manchmal gab es schon Hinterhofstimmungen, die mich nervös machten. Trotzdem habe ich beim großen Zampano gelernt, allein zu sein. Es wuchsen Tage, an denen die Katze am Ofen schlief, das Küchenfenster mit Dampf beschlagen war, der Kessel auf dem Ofen die Stube mit einem Mordsrauschen erfüllte und an denen die Krähen nachmittags riefen. Bilderbuchtage, an denen ich es zu schätzen wußte, daß ich zum Frühstück immer noch mehrere Tassen Bohnenkaffee trinken kann. Aus Südamerika! Mann! – Die Wurstkordel vor dem Fenster, die entweder die Blumen vor dem Runterfallen bewahren oder als Wäscheleine dienen soll, wackelte ein bißchen. Windig also. Über das Vordach vom Vorderhaus lief ein länglicher Sonnenfleck. Über mir wurde ein Fenster geöffnet, ich kenne das typische Knerzen. Die Sonne schien. Im Haus lief Wasser.
Im Alleinsein muß man sich üben, sonst hält man es nicht aus. Nach einiger Zeit Alleinsein wünschte ich mir dann einen neuen Freund, funkelnagelneu, ganz anders und vor allem ANWESEND. Was den großen Zampano regelmäßig auf die Palme brachte: «Ein Liebhaber Größe 38!» – Die Gegenrede dazu würde etwa lauten: «Ich bin nicht dazu auf die Welt gekommen, um deinen Hühnerhof zu komplettieren!»
Der große Zampano hatte aber mit anderen Frauen nichts am Hut, weswegen ich meine Gegenrede bei ihm nie anbringen konnte. Kunst, Alkohol und ich, damit war er vollständig ausgelastet. Ich glaube, ich hätte hart protestiert, wenn ich die kleine Zeit mit anderen Menschen hätte teilen müssen. – Er fand mich schön; meine Unebenheiten ver-

wendete er nicht gegen mich. Das hielt mich lange beim großen Zampano. Zusammen mit der Erinnerung an das erste Mal.
So eine riesige Verwirrung in unseren Köpfen. Ich war beim großen Zampano zu Besuch. Er wohnte in einem Hochhaus, Beton. Eine Festung, zu Zeiten nur über die Tiefgarage zu erreichen. Jedesmal dachte ich, die lassen die Decke langsam runter, wenn ich zwischen den breitbeinigen Stützpfeilern herumlief, neben denen sich die Autos duckten.
– Für jemanden, der nicht wußte, wo der Eingang ist, war diese Festung uneinnehmbar. Die Türklingeln lagen geheimnisvollerweise im zweiten Stock. Zu den Wohnungen kam man nur mit dem Aufzug und nur, wenn man per Knopfdruck nach oben geholt wurde. Ich besaß nie einen Schlüssel zur Wohnung des großen Zampano. – Er auch nicht zu meiner. – Aber ich war sein einziger Besucher.
– Er würde sich ärgern, wenn er wüßte, daß ich ihn dauernd «der große Zampano» nenne. Es gibt keinen triftigen Grund, das zu tun, aber es scheint mir zu passen. –
Als ich in die Wohnung kam – er begrüßte mich am Fahrstuhl, und der Flur sah aus wie ein Ämterflur, jeden Moment erwartete ich, daß Türme von Aktenordnern um die Ecke bogen –, überfiel mich sein Willkommensgruß. Es war warm. Ein Kater stand auf dem Teppich, Perser, vor dem ich augenblicklich einen solchen Respekt entwickelte, daß ich ihn «Chef» nannte (er hieß «Kater»); Kerzen brannten, und es roch nach Räucherstäbchen. Wir tranken Wein, und ich blieb dort, nachdem ich müdegeredet war und geschafft vom Ankommen in diesem Zimmer. Bilder, Bücher, Platten. Die Frage war, ob ich in dieser Luft atmen konnte. Sie wurde weggeblasen von der Frage: «Tee oder Kaffee?»
Das Fremdkörpergefühl und der eingebaute Knigge – unmöglich, sich fallen zu lassen. Ich bin trotzdem geblieben, wie schon gesagt. Ein außergewöhnlicher Anfall von Mut. Die Finger hatten wir verhäkelt, damit sie uns nicht wegrutschten, so abwärts, wo keiner so recht wußte. Nicht, daß wir die Taktik nicht draufgehabt hätten. So nicht. Wir atmeten leise und wollten an nichts erinnert werden, an keine früheren Körper und an die üblichen Berührungen auch nicht. Die Landschaften der Haut. Keine Kopien von großen Tragödien bitte. Auf deinen Planeten kommen für ein paar Sekunden ... Klar fürcht ich mich ... erinnere mich bloß nicht ... streichel mich, wo du willst, nur nicht

taktisch klug ... wo soll ich dich denn anfassen, ohne mich ins Kissen zu schämen ... Mannomann du pochst an meinen Bauch ... laß uns wieder aufstehn und harmlos tun ... nein? auch gut ... sieh mich an, laß mich doch nicht so im Dunkeln stehn ... ich seh schon die Angst in deinen Augen, Junge, da geht's dir nicht besser als mir ... wir haben soviel abzutragen; mit soviel Gestein laß ich dich nicht rein ... fühl doch mal dahin ... mit den Augen, mit der Haut da in der Wortsteppe ... soviel Gestein über uns.
Das war das, was man gemeinhin den ersten sexuellen Kontakt nennt. BAMM! Wie mir diese Kaltschnäuzigkeit stinkt, die Benamserei, die alles einebnet, was noch mit Anklängen von Herzklopfen verbunden ist. – Und der große Zampano im Suffkopp im Sommer nackt auf meinem Bett! Schweißüberströmt und putzmunter: «Wenn Sie meinen, was ich wisse. Wenn Sie meinen, was ich – wenn Sie meinen ... auch gut ... ja ... durchaus ... doch ... sehr angenhm, großer Zampano mein Name, Maler zu Lebzeiten, bin grade dabei, zu vergessen, wie das mit dem Arbeiten war. Bin inkognito. Ssossussagen in Urlaub, wenn Sie ... Mensch! Die Grammatik haut mir ab! Hasse dassemerkt? Wadenwickel! Du bist ja nicht mehr zurechnungsfähig, hihi (listig), bleibt noch zu hinterfragen, wer hier nicht mehr ganz zurechnungsfähig ist, nicht WAHR, wenn Sie wissen, was ich weiß.»
Was das ist? Das ist eine Mitschrift von hintereinander ausgestoßenen Wortfetzen des großen Zampano im Suff, Sommer 82. Vielleicht trifft es den Leser etwas unvermittelt. Man muß ihn eben kennen, den großen Zampano. Das war er eben im erwähnten Sommer auf dem Flohfloß. So nannte er mein Bett in der Zeit, in der die Katze Flöhe hatte. Jungs! Kommt alle her! schrie der Oberfloh, wir landen auf dem großen Zampano! Ein Schluck von dem da, und ihr seid rackezu. Zur Zeit säuft er den Supermarkt alle, weil er EINMAL das Hirnsausen abstellen möchte.
Er hockte mit Fieber auf dem Flohfloß und gab ab und zu seinen Standort bekannt. «Bei 38°» schwerzüngelte er verschwitzt, denn die traute er seiner inneren Hitze mindestens zu, Thermometer hatten wir nicht, «fängt die Tapete an zu kochen und, JAWOLL, DA KOCHT sie schon. Und, wenn Sie wissen, was ich meine», fügte er hinzu, «der Fußdaumen scheuert sich blank!», wobei er selbstbewußt auf seinen großen Zeh deutete, der Blasen warf, und schweißglänzend nackt zur

Wohnungstür hinauswankte. Ach baby. «Ja, mir ist scheißegal, ob sich wer an meinem Schwanz stört!» vermerkte er renitent auf seinem Weg zum Außenklo. Ich betete, daß Oma Huck von gegenüber nicht grade eben jetzt zur Tür hinaushinkte und über die Schamklinge sprang (Oma Huck geht immer nur heimlich auf dem Trampelpfad zum gemeinsam benutzten Klo, damit keiner was merkt) bei sofortigem Herzversagen. – Da schnaufte der große Zampano schon wieder zur Tür herein, griff kurz vorm Ertrinken zur rettenden Weinflasche und – BANGGG! Aschenbecher umgefällt. Unheilsvoll: «ENT-SCHUL-DI-GUNGG! «Mensch, ist das heiß.» stöhnte er, «MENSCH IST DAS HEISS!» Pause. – «Mann, ist mir schlecht. Wenn ich doch bloß mal kotzen könnte. Den ganzen Tag über muß man sich den übelsten Kram reinziehn, und man kriegt noch nicht mal Bauchweh davon.» Gluck. Gluckgluck. Abtauch unter die Bettdecke. Bein herumschmeiß. Einschlaf.
Die Liebe döste nebenan.
Ich merke schon; es gelingt mir nicht, zu erzählen, wie es mit mir und dem großen Zampano war. Ich habe auch vergessen, warum ich sauer auf ihn war. Auf jeden Fall ist der große Zampano jetzt weg. Ich war so voll mit ihm, daß ich ganz erleichtert bin, daß er jetzt mal weg ist. Tatsache. Aber ich liebe den großen Zampano.

RENATE CHOTJEWITZ-HÄFNER

Schwierigkeiten beim Schreiben der Wahrheit

Den Auftrag, Frau M. um einen Beitrag für unsere Artikelserie «Ich bin mit einer Persönlichkeit verheiratet» zu bitten, habe ich wunschgemäß erledigt. Damit können wir wiederum zwei der Angeschriebenen von unserer Wunschliste streichen. Ihr Mann, auf dessen Beitrag wir ja besonderen Wert gelegt hatten, da er als Autor und Funktionär eine bekannte Persönlichkeit ist, war leider mit kurzfristigen Terminaufträgen völlig überlastet. Er empfahl mir, bei seiner Frau anzufragen, da sie

vermutlich zu diesem Thema etwas beisteuern könne. Im Gegensatz zu ihrem Mann, der kurzangebunden war, machte Frau M. mir am Telefon längere Ausführungen, die ich ihrer Merkwürdigkeit halber hiermit schriftlich niederlege. Ort und Zeitpunkt: Bundesrepublik 1983. Ein Frühsommertag. Dauer des Gesprächs: cirka 15 Minuten.
Meine Liebe, Sie verlangen etwas Unmögliches von mir, fing sie an. Das ist überhaupt kein Thema für mich. Darüber kann und darf ich nicht schreiben, nicht eine Zeile! Ja, das kann ich Ihnen erklären. Erstens, weil mein Mann das nicht gut fände. Er hätte etwas dagegen! Schon, daß ich mir manchmal über unsere privaten Gepräche Notizen mache, sieht er nicht gern. Das ist mein Pech. Ich will Ihnen sagen, warum. Frauen haben von Natur aus Schwierigkeiten, beim Schreiben die Wahrheit zu sagen. Natürlich versuchen sie es immer wieder. Da ist in letzter Zeit eine ganze Menge erschienen. Mein Mann, der sich auf dem Buchmarkt gut auskennt, hat mir einiges von seinen Lesetourneen mitgebracht. Schau, das hier ist eine ganz ordentliche Beobachtung über Frauenverhalten. Damit du mal siehst, was andere Frauen schreiben. Natürlich, sagte er neulich, derartige Literatur geht weg wie warme Semmeln. Wenn ich mir einfach schnell was zusammenfaseln würde über meine Ehe, über meine Schwierigkeiten, so was wird man natürlich los. Eine Ansammlung von Herzschmerz, Liebesleid, Herzblut, Schweiß und Tränen ... da krieg ich sofort einen Verlag, einen dicken Vorschuß! Aber für gute Bücher, für die ist kein Markt da.
Da verging mir sofort die Lust. Kurz, ich würde nie wagen, über Beziehung zu schreiben.
Neulich lief im Radio eine Sendung zum Thema Verhütung. Das hat nichts mit unserer Ehe zu tun. Wir leben ja nicht in der Steinzeit, wo die Kinder gestillt werden, bis sie so groß sind, daß es beim besten Willen nicht mehr geht. Sie kennen meinen Mann ja. Das Vergnügen, das er empfindet, wenn er mit mir schläft, würde empfindlich beeinträchtigt, falls ich ihn daran erinnerte, natürlich im unpassendsten Moment, wie das so meine Art ist, wenn er an andere Dinge denkt, an den letzten Film mit diesem Schauspieler, der so einen Hut trägt, an eine andere Frau oder seinen nächsten Roman. Mit dieser Ansicht steht er gewiß nicht allein da! Die Beschäftigung mit Frauensachen ist ihm lästig. Mach, was du willst, meinte er, als ich sagte, daß ich nicht noch ein Kind wolle, in meinem Alter oder zur nachträglichen Verhütung, nie

gehabt, eine Ausschabung. Er las gerade aus beruflichen Gründen ein Buch, das ärgerlich war. Diese Arbeit nehme ich ihm sonst gerne ab. Das erwähnte Buch bestätigte seine Ansicht, daß Frauen sich, wenn sie über Männer schreiben, nicht an die Wahrheit halten. Sehr wenig! sagte er. Die Stelle, bei der jene Autorin schrieb, wie ein Mann sich geweigert habe, zu verhüten, als es soweit war, erregte ihn sehr. Angeblich hat der Mann sich geweigert, angeblich, rief er zornig. Ich wagte nicht zu fragen, wieso er das so betonte.
Endlich machte sie eine Pause. Also gut, das reicht, Frau M., setzte ich an, als sie fortfuhr: Das erkläre ich mir folgendermaßen, er übertrug die schlechte Meinung, die er sich im Verlauf unserer Ehe, wir feiern bald silberne Hochzeit, über mich gebildet hatte, die übertrug er eben auf andere Frauen, die er gar nicht persönlich kannte. Nein, ich will ihn nicht schlecht machen. Es ist meine Schuld. Von meinem schlechten Charakter schloß er auf den meiner Geschlechtsgenossinnen. Wäre ich eine bessere Frau gewesen, würden auch andere Frauen in meinem Glanz, meiner Reinheit strahlen. Aber der Spiegel ist und bleibt fleckig. Übrigens ist er, wenn er nicht ausgerechnet mit mir zusammen ist, ganz anders. Toleranter. Manchmal bin ich direkt eifersüchtig, wenn ich ihn mit anderen freundlich umgehen sehe, nein, nicht auf andere Frauen, auf diese Toleranz. Alles, was ich weiß, wiederholte er, ist, wenn Frauen über Männer schreiben, dann halten sie sich sehr wenig an die Wahrheit. Ich dachte ganz erschrocken: Haben Frauen vielleicht mehr Phantasie? Sie lehnen den Auftrag ab, versteh ich das richtig?
Ja, schon weil ich nicht schreiben kann. Er, also mein Mann, beschäftigt sich ungern mit meinen Ergüssen, findet sie schlichtweg schlecht. Deine Stärke, sagt er dann ermunternd zu mir, deine Stärke liegt eindeutig im Quellenstudium. Materialsammeln. Da bist du unschlagbar. Hervorragend, wie du das präsentierst. Ich bin sozusagen ein Zulieferbetrieb für seine literarische Werkstatt. Wenn ich ihn, was selten passiert, bitte, dies und das, was ich gelegentlich vor mich hinschreibe, einmal durchzulesen, wird er unleidlich. Ich klopfe dann an seine Tür und warte geduldig ab, bis er Zeit hat, sich mit mir zu beschäftigen, was mich derart nervt, daß ich vor Angst schon zittere, ehe er mich ruft. Also was willst du. Mach's kurz. Er liest mein Geschreibsel dann durch, mit unbewegtem Gesicht, und macht anschließend Hm. Hm. Falls es ein längerer Text ist, muß ich ihm vorlesen. Bei dieser Zumu-

tung ist er schon zweimal eingeschlafen, was ich an seinem Geschnarche merkte, und das, wo ich doch, um ihn nicht zu langweilen, bloß relativ kurze Texte verfasse. Aber meistens hat er keine Lust, das heißt keine Zeit, weil, was ich schreibe ist grauenhaft schlecht.
Oder wenn ich rede, beginnt er zu singen. Tut so, als höre er nichts. Erzählt Witze. Du machst, sagt er, einen derartigen Lärm, daß ich eben manchmal brüllen muß, um mich verständlich zu machen.
Tja, Frau M., sagte ich, das hört sich nicht gut an. Sie sollten sich ein anderes Hobby suchen. Wie wär's mit fotografieren? Und mal ausspannen.
Keine Zeit! Sie ahnen nicht, wie aufreibend es ist, mit solch einer Persönlichkeit verheiratet zu sein. Ich bin schon ein Nervenbündel.
Kürzlich habe ich beim Mittagessen sogar versehentlich aus seinem Glas getrunken. Angesichts meines schlechten Beispiels versuchte eins meiner Kinder sofort, seinem Vater, also meinem Mann, etwas Fleisch vom Teller zu stehlen. Das Kotlett, das ich ihm aufgetan hatte, war in der Tat überaus groß. Er reagierte sehr heftig. Verschränkte Gabel und Messer über seinem Teller, um sein Stück Fleisch festzuhalten und es zu beschützen. Wenn er nicht soundsoviele Male gesehen, erlebt hätte, wie *ihre* Mutter – damit meint er mich, als Mutter seiner Kinder – wie ihre Mutter aus *seinem* Glas, obgleich ihres viel näher stand, getrunken habe, rief er erregt. Da war es aus mit der guten Laune.
Sie haben recht, es sieht nicht gut aus. Ich bin eine unmögliche Frau. Vernachlässige meine ehelichen Pflichten. Überall sieht man Indizien dafür, sagt er, daß du systematisch aus dieser Ehe aussteigst. Zahllose Beweise. Jetzt weigerst du dich schon, mir die Haare zu schneiden! Eine Ehe erkennt man – wie du in jedem Kommentar nachlesen kannst, aber du willst ja nicht – an den fundamentalen Pflichten. Ja, ich habe ein schlechtes Gedächtnis. Ich werde eine Eingabe machen, das war einer seiner beliebten Scherze, wegen Wiedereinführung der Prügelstrafe für Ehefrauen.
Wissen Sie, langsam glaube ich, eine Persönlichkeit, die mit einer ganz normalen Frau verheiratet ist, hat es leichter. Nur haben die meisten Frauen nicht genug Grips, sind nicht gleichwertig. Meint er. Zu Beginn einer Ehe ist es oft umgekehrt. Aber wenn sich erst die Persönlichkeit gebildet hat, wird das Verhältnis, wie ich beobachten konnte, immer ungleicher. Er erwartet von mir einfache Handreichungen, wie

Post vorsortieren bis hin zu literarischer Anregung, Kritik seines Schaffens. Und da hapert's bei mir! Ach, ich glaube, ich rege ihn nicht mehr genug an, insgesamt. Es bleiben diese alltäglichen Erfahrungen in der Familie, mit mir, die er sicher in einem Werk, es braucht ja nicht ein historischer Roman zu sein, verarbeiten kann. Schreiben Sie: Demnächst ist mit einem Roman zu dieser Thematik zu rechnen.
Mein Mann hat sich immer eine dynamische Beziehung gewünscht. Ich habe mit seiner Entwicklung nicht Schritt gehalten, mich wahrscheinlich zu intensiv um den Haushalt, das Büro, die Kinder gekümmert. Du hast ein total verinnerlichtes Heimchenbewußtsein, nennt er das. Früher warst du viel selbständiger. Dabei strampelt er sich regelrecht ab, um meine Selbständigkeit zu fördern. Ich sage euch Frauen immer, tut was für euch, laßt euch nicht immer von euren Männern ausnutzen! Aber es fällt mir schwer, diesem Anspruch gerecht zu werden. Eine Frau, die selbständig wird, darf nämlich nicht einseitig, sektiererisch sein. Und ich bin ihm in letzter Zeit zu einseitig geworden. Wenn du wüßtest, sagte er neulich, als er völlig erschöpft von einem Kongreß zurückkam, ich muß dich immer verteidigen. Der Arme! Du bist verrufen als eine Sektiererin. Meinst du, das macht Spaß, dich den Kollegen gegenüber in Schutz zu nehmen? Dabei kann ich gar nicht glauben, daß die etwas von mir gelesen haben.
Ich soll mich kürzer fassen?
Nun gut. Schreiben Sie, Frau M. ist glücklich, mit einer Persönlichkeit verheiratet zu sein.
Welche Frau kann sich rühmen, daß ihr Mann, entschuldigen Sie den Ausdruck, schriftlich mit ihr verkehrt? Na also. Gelegentlich hängt er mir Zettel an die Wand, mit Anweisungen, erstens Aufträgen, zweitens Bemerkungen, drittens, viertens: ‹Über die charmante Kunst, einen Ehemann zu frustrieren.› All diese Nachrichten tippt er extra für mich, nur für mich. Ich kann sie in Ruhe durchlesen, wenn er längst aus dem Haus ist, unterwegs zu einem Vortrag, zu einer berufsspezifischen Reise, zu einer Freundin. So spüre und sehe ich überall in unserem großen, leeren Haus seine Gegenwart und Kontrolle. Es macht mir Spaß, darüber zu rätseln, ob er diese Zettel und Briefe vielleicht zur Veröffentlichung in einer Anthologie geschrieben hat. Die Grenzen zwischen reiner Literatur und einem Privatbrief an mich verwischen.

Diese Briefe muß ich sehr sorgfältig aufheben, eventuell kopieren, auf seinen Schreibtisch legen, nach der Reise, für seine Akten.
Bei mir ist das, wie gesagt, anders. Ich verzichte ganz freiwillig auf diesen Auftrag. Mein Mann würde sich nur unnötig aufregen. Ich sagte unnötig, weil, in Konflikten bleibt er immer der Sieger.
Schreiben Sie folgendes, sinngemäß: Frau M. kann und darf nicht versuchen, über ihren Mann, über ihre Beziehung zu ihm – entschuldigen Sie den abgenutzten Ausdruck – zu schreiben, weil sie nur immer versuchen würde, ihn in ein schlechtes Licht zu rücken. Deshalb sei sie fest entschlossen, darüber nie eine Zeile zu veröffentlichen.
Und bitte, was ich Ihnen erzählt habe, das muß alles unter uns bleiben.

MAJA BAUER
An Lydia,

ob es Dir paßt, wenn ich mich jetzt einmische, mag ich nicht mehr fragen, es geht um ihn und um mich. Solange diese «Beziehung» zwischen Karl und Dir gut schien, jedenfalls, was ich ihm so anmerkte – er hat mir manchmal davon erzählt –, habe ich nicht daran gerührt (drei Jahre sind das schon?). Er sagte mir öfters, er habe lange, gute Gespräche mit dir gehabt. Ich habe Deine Briefe an ihn aus dem Briefkasten geholt und ihm hingelegt. Er war fröhlich, schon fast ausgelassen, sang, wenn er von einem Treffen mit Dir kam. Und ich dachte: das tut ihm gut. Auch sagte er mir, daß Du an einem Roman schriebst, daß Du ihn gebeten habest, Dir dabei zu helfen; er würde seine Erfahrungen und Erlebnisse einbringen, seine Geschichtskenntnis, Du mit Deiner Jugend, halb so alt wie er (oder wie ich), könntest ja nicht authentisch von damals erzählen.
Nun ist das Buch da. Seit drei Wochen liegt es mal auf dem Bett, mal auf dem Tisch, ich sehe es in seinen Händen und sein Gesicht grau darüber. Kannst Du ihn so falsch verstanden haben, hast Du versehent-

lich oder aus einem künstlerischen Grund so böse verfremdet? Ich erkenne ihn beim Lesen wieder – und doch nicht. Du hast einen widerwärtig Unbelehrbaren, einen blind Ehemaligen beschrieben. Du hast ihm nicht eingeräumt, sich zu ändern; seine Einsicht, seine Güte, wo sind die? In meinem Buch nicht.
Die Kränkung ist so einschneidend, daß sie ihn wirklich krank gemacht hat. Er schläft kaum, er steht nachts auf, ich habe ihn gegen morgen auf und ab gehn hören, das Geräusch der Krücken und des Beines. Wie es eben klingt, wenn er die schwere Prothese abgelegt hat. Als ich aufstand, zu ihm hinüberging, weinte er. Er mag nicht mehr essen. Koch ich ihm seine Lieblingsspeisen. Was ich bisher nur ausnahmsweise tat; er darf nicht dick werden wegen der Prothese. Er ißt kaum. Er hat sich krank schreiben lassen. Sein Herz ist nicht das stärkste mehr. Ach, und seine Zärtlichkeit, ich überwinde meine Scham, in den vergangenen drei Jahren war er unermüdlicher, stärker und lustiger bei mir, als früher. Ich kann mir ja nicht vorstellen, was zwischen ihm und Dir gespielt worden ist, er wird sich und Dir wohl Lust gegönnt haben. Jetzt ist alle Lust eingegangen.
Vorige Woche habe ich unsre jüngste Tochter, die Sofie aus Saarbrücken hergerufen, vielleicht hat er Dir auch von ihr erzählt, wie er sie entbehrt, seit sie nicht mehr bei uns wohnt, wie er an ihr hängt, welcher Spaß es für ihn ist, mit ihr zu musizieren?
Ich meinte, Sofie könnte ihn ablenken. Er aber zeigte ihr Dein Buch. Da. Lies mal, das soll ich sein. Sie sagte, ach, das sei er gar nicht, ihr lieber Vater, nein, da sei von jemand anderem die Rede, vielleicht von einem alten Chauvi (ihr Ausdruck) oder Macho. Faschist. Vergiß es, Vater. Ist Quatsch. Aber so einfach ist es nicht, ihn zu beschwichtigen.
Ich hoffte, er würde sich ans Klavier setzen, sich in die Musik retten; so war es immer, wenn ihn etwas traurig gemacht hatte. Als seine Mutter starb, hat er tagelang gespielt, alle Lieder, die sie geliebt hatte. Da konnte er sogar singen. Kennst Du das Lied, er hat es mir vor Jahren gesungen:

Ich zoch mir einen falken
mere danne ein jahr
und als ich ihn gezahmete,

als ich ihn wollte han
huob er sich auf viel hohe
und flog in andere land
sit sah ich den falken schone fliegen
er trug an sinem fuoße seidene riemen
und was ihm sein gefiedere alrot guldin
got sende sie zusamene die gern geliebe welle sin

Das Singen geht nicht mehr. Er lehnt es ab, Dir zu schreiben. Er lehnt alles ab, verschanzt sich in der Höhle seines Zimmers. In unsrer fast dreißigjährigen Ehegeschichte habe ich ihn nie so herunten gesehen, da komme ich auch ganz herunter.
Deine Geschichte mit ihm ist eine knapp dreijährige Sonntagsgeschichte ohne Werktage. Und setzt ihm so arg zu. Wie, wenn Du Deine Phantasie entfaltetest, vielleicht ist da auch Liebe, obwohl ich sie aus Deinem Buch nicht lesen kann, dort finde ich nur harte, scharfe Augen. Es sollte Dir etwas einfallen, was ihn trösten könnte, ihn umstimmen. Ich meine nicht eine Entschuldigung. Bei Dir ist nicht Schuld, sondern Verkennen seines großzügigen Vertrauens.
Ich kann ihm das Vertrauen nicht wieder aufrichten. Ich konnte ihm helfen, wenn er seine wütenden Jähzornsausbrüche hatte; mit Worten und Blicken konnte ich ausgleichen und vermitteln. Wenn er mit den Söhnen stritt, war ich dazwischen. Ich konnte seinen Leichtsinn bremsen. Das und vieles noch.
Ich wurde schon fertig mit ihm, wenn er Türen schlug, ich hab den Verputz gekittet, wo Risse entstanden waren. Jetzt, seine Verletzung schmerzt auch mich. Seine Scham macht mich arm. Seine Trauer wirft Schatten im ganzen Haus.
Vielleicht schreibst Du ihm. Oder, wenn Du mutig bist, besuche uns. So, wie es jetzt ist, darf es nicht bleiben.
Es grüßt Dich mit ein wenig Hoffnung
Irene
PS 1 Karl weiß nichts von diesem Schreiben.
PS 2 Solltest Du auf die Idee kommen, diesen Brief in einem nächsten Roman verwerten zu wollen, so nicht ohne meine Zustimmung.

MARGOT SCHROEDER
Besuch

Luise zieht ihr Bestes an. Von Ernst zum 45. Hochzeitstag. Ernst starb vor zwei Jahren. Blumen sind schön. Sagt Luise. Sie schmückt ihre Dachkammer mit Wachsblumen. Einmal im Monat denkt sie sich Besuch. Mechanisch öffnet sich die Kuckucksuhr. Achtmal schreit der Kuckuck. Fernsehzeit. Luises Programm ist ein Bild von Ernst. Der Besuch nimmt in ihrem Kopf Platz. Sie plaudert mit ihren Wachsblumen. Die Nachbarn sagen: Die ist verrückt. Luise ist verrückt worden: in eine Abstellkammer.

ROSWITHA FRÖHLICH
Seniorenkiste
oder Warum Philemon und Bautzi ausgerechnet an ihrem sechzigsten Hochzeitstag total verkracht zu Bett gegangen sind.

Also, angefangen hat es eigentlich schon morgens, als nämlich der Phil beim Aufstehen sein miesestes Alltagsgesicht aufgesetzt hat, nur um der Bautzi die Stimmung zu verhageln und zu zeigen, daß ihm der ganze Festtag gestohlen bleiben kann. Und als er dann noch die Kaffeetasse über dem Glückwunschschreiben vom Herrn Bürgermeister ausgeschüttet und behauptet hat, er hielte sowieso nichts von Bürgermeistern, ist der Bautzi zum erstenmal der Kragen geplatzt. Ob er denn überhaupt kein Gefühl im Herzen habe, hat sie gesagt, und wenn es so weitergehe, könne man sich ja auf einiges gefaßt machen.
Dann sind die Leute vom Liederkranz gekommen und haben in der Diele das Lied «Treulich geführt» angestimmt, was dem Phil wieder nicht gepaßt hat, weil er nämlich früher selbst beim Liederkranz Mitglied gewesen ist und damals alles viel sauberer geklungen hat. Dies-

mal hat die Bautzi ihm aber keine Widerrede geben können, denn von jetzt ab ist alles Schlag auf Schlag gegangen.

Zuerst sind die Katrin und der Alois gekommen mit sämtlichen Kindern, und weil im Wohnzimmer schon alles von den Sangesbrüdern besetzt war, sind sie in der Küche über die Erdbeertorte hergefallen, die eigentlich für den Herrn Pfarrer bestimmt war, und der Phil hat dabei gestanden und kein Sterbenswort gesagt, obwohl er doch sonst immer alles besser weiß und sich über die harmlosesten Dinge aufregt.

Aber auch das hat die Bautzi noch geduldig hingenommen, denn schließlich feiert man nur einmal im Leben die Eiserne Hochzeit, und für den Herrn Pfarrer hat ohnedies noch eine Extra-Torte bereitgestanden. Als es dann aber zum drittenmal geläutet hat und statt des Herrn Pfarrers dieser junge Mann vom «Landboten» gekommen ist und das Interview machen wollte, ist es bei der Bautzi endgültig aus gewesen. Denn was tat der Phil? Benommen hat er sich, als könne er nicht bis drei zählen! «Ja ja» und «och» und «wie man's nimmt» hat er geantwortet und dazu so blöde vor sich hin gelächelt, daß der Bautzi ganz jammervoll zumute gewesen ist und sie sich richtig für den Phil geschämt hat. Was soll denn die Zeitung von ihm denken? Gott sei Dank ist ihr dann gerade noch rechtzeitig eingefallen, daß der junge Mann einen besseren Eindruck haben würde, wenn sie selbst etwas aus ihrem Eheleben zum Besten gebe, obwohl der Phil es für gewöhnlich nicht ausstehen kann, wenn man ihm einfach das Wort abschneidet und sich in den Vordergrund drängelt. Aber ehrlich, was ist ihr denn anderes übriggeblieben? Und als der Phil ihr abends vorm Einschlafen diese Vorhaltungen gemacht hat, deswegen, hat sie ihren Standpunkt auch klar und deutlich verteidigt. Der junge Mann ist dann auch ganz zufrieden abgezogen. Das heißt, vorher hat er noch das Foto gemacht, und der Phil und die Bautzi haben sich auf das Sofa setzen und sich Hand in Hand in die Augen blicken müssen, damit es ein schönes Bild gibt und alle Leute sehen, wie glücklich man auch nach sechzig Jahren noch sein kann miteinander. Und wenn die Sache mit Bautzis neuen Schuhen nicht passiert wäre, hätte alles noch einigermaßen gut ausgehen können. Aber natürlich – so was kann ja nur der Bautzi passieren. Oder hat der Phil sie etwa nicht vorgewarnt, neulich beim Schuheinkaufen? Das hat doch ein Blinder mit dem Krückstock gesehen, daß diese lächerlichen Schuchen zwei Nummern zu klein sind für ihre Hammerzehen.

Aber auf ihn wird ja nicht gehört, wie immer.
Und so ist es denn gekommen, daß der Bautzi ausgerechnet dann die Füße so arg angeschwollen sind, als die Bärbel, also die Jüngste von der Katrin ihrer Tochter, das Gedicht «Seit an Seit in Freud und Leid» vorgetragen hat, und daß die Bautzi, anstatt mitzuklatschen wie alle anderen, die Gelegenheit benutzt hat, die lästigen Dinger endlich auszuziehen und sich die Füße ein wenig zu massieren. Schließlich hat sie ja nicht ahnen können, daß der Herr Pfarrer gerade in diesem Augenblick hinten zur Gartentür hereinkommen und alles beobachten würde, wie der Phil genau gesehen haben will. Die Bautzi selbst kann allerdings beschwören, daß der Herr Pfarrer überhaupt nichts gesehen hat von den strümpfigen Füßen, weil die nämlich unter dem Tisch steckten und weil sie sich auch sofort wieder in die Schuhe hineingezwängt hat vor lauter Schreck, um für den Herrn Pfarrer die Reservetorte aus dem Keller zu holen und wie ein anständiger Mensch dazustehen. Und daß der Herr Pfarrer nur deshalb seinen Besuch so schnell beendet hat, wie der Phil ihr abends im Bett einreden wollte, ist eine glatte Lüge. Oder ob der Phil etwa immer noch nicht gemerkt hätte, daß der Herr Pfarrer nur wegen ihm das Weite gesucht hat? Man hätte ja nur sein, also Phils Gesicht sehen müssen, um zu wissen, wer hier wen vertrieben hat! Jawohl! Und gezipscht hat er auch noch, obwohl die Bautzi es ihm doch schon hundertmal gesagt hat, daß er nicht mit der Zunge durch die Zähne schnalzen soll, wenn andere Leute dabei sind.
Na, der Abend ist dann doch noch recht gemütlich geworden, auch ohne den Herrn Pfarrer, und die Sangesbrüder haben noch mal das Lied von der Loreley, wo der Phil früher den Baß gesungen hat, intoniert, und der ganze Wein, den der Alois geschenkt hat, ist alle geworden, und der Phil und die Bautzi haben sich zusammengerissen und sich alles, was in ihnen gebrodelt hat, aufgespart für später.
Aber dann!
Schon, als der Phil zu seiner Rede angesetzt hat, hat die Bautzi gewußt, was alles kommt, und hat sich im Kopf ihre Worte zusammengesucht, damit der Phil nicht wieder als Sieger dasteht. Und zum erstenmal seit sechzig Jahren haben sie sich den Rücken zugekehrt beim Einschlafen, und die Bautzi hat darüber nachgedacht, warum sie damals nicht den Sepp von nebenan genommen hat, obwohl der nun schon lange unter

der Erde liegt und sie jetzt gar nichts mehr davon hätte. Wie es dann ausgegangen ist?
Also: fast schon ein Happy-End ist es gewesen. Als nämlich dann am nächsten Morgen dieser schöne Artikel im «Landboten» gestanden hat, zusammen mit dem großen Foto, haben der Phil und die Bautzi die Angelegenheit plötzlich total vergessen, und der Phil hat vor lauter Rührung so laut gezipscht, daß es der Bautzi durch die Knochen gefahren ist. Aber diesmal hat sie natürlich nichts gesagt und hat nur dem Phil seine Hand gehalten und sich immerfort die Brille wischen müssen, wegen der Augen. Und der Phil hat ihr sein Taschentuch gereicht, quer über den Tisch, weil die Bautzi ihres nicht gefunden hat, und alles ist eine richtig schöne Nachfeier gewesen, ehrlich.

JO MICOVICH

Themenstellung

1

Da ist ein Thema gestellt, sagt Charly, du, das ist genau was für dich. Das könnte wie für dich erfunden sein.
Weiß ich schon längst, sag ich, hab ich auch gelesen, hab ich sogar schon durchgespielt. Das haut nicht hin.
Wieso, haut nicht hin? Du packst das doch sonst, das ist doch kein Problem für dich, zu 'nem Thema was schreiben. Zeig mal, was hast du denn schon?
Hab ich weggeschmissen, sag ich, aber Charly kennt mich gut, der weiß, daß ich so was nicht wegschmeiße, der kennt meinen Fimmel. Könnte ja mal interessant sein für unsere literarischen Urenkel, falls es die noch geben sollte, sag ich immer, und hefte auch mißglückte Versuche ab. Ich stelle mir vor, daß ich das noch mal ansehe, um was draus zu lernen, aber ich sehe so was nie wieder an, und so bleibt es dann tatsächlich für die eventuellen Urenkel.
Charly wühlt in meinem alten Schrank. Da ist sowieso keine Ordnung drin, also laß ich Charly wühlen. Er ist schon auf der richtigen Spur,

hält mir die sauber abgehefteten Blätter entgegen, erster Versuch, zweiter Versuch, dritter Versuch, vierter Versuch. Ach du liebe Scheiße, sagt Charly.
Lies das bloß nicht, sag ich, das ist langweilig. Verbrennen wäre das Beste.
Wie bist du denn da rangegangen? fragt Charly, erzähl mal, so ganz objektiv. Wir brauchen dabei ja nicht über dich und Chris zu reden.
Na, du hast Nerven! Über was denn sollen wir reden, wenn nicht über Chris und mich. Darum geht's doch.
Klar, aber ich meine, welche Formen du versucht hast. Wie hast du das angepackt, von welcher Seite hast du es betrachtet?
Hoffentlich hat Charly viel Zeit. Von welcher Seite ich das betrachtet habe? Ich hab's gedreht und gewendet, ich hab's ganz literarisch genommen und ganz unliterarisch, ich hab's persönlich genommen und hab's verfremdet, ich bin ins Poetische geraten, dann ins Pathetische und ins Gejammer. Jedenfalls habe ich versucht, Chris nicht weh zu tun. Ich erkläre Charly das.
Tja, sagt er, dann kannst du aufgeben. Wenn du beim Schreiben daran denkst, ob du jemand weh tust, dann solltest du es lieber gleich lassen.
Ich bin der Meinung nicht. Ich bin eigentlich der Meinung, daß man über Liebesgeschichten überhaupt nichts schreiben kann. Liebesgeschichten werden mit dem Wort zerstört. Wenn man eine Liebesgeschichte von A bis Z beschreiben kann, dann ist sie wahrscheinlich schon gar nicht mehr lebendig. Höchstens kriegt man noch eine Beschwörung hin: sieh mal, so ist es, sieh das doch, das alles ist möglich, wirf das doch nicht weg, komm, mach weiter, und so ähnlich, in diesem Stil. Aber das käme für mich bei Chris schon überhaupt nicht in Frage, die hat viel zu sehr ihren eigenen Kopf, die würde auf eine solche Beschwörung erst recht nicht einsteigen.
Also, erzähl mal, erster Versuch, sagt Charly und blättert in den unteren der abgehefteten Papierseiten. Er fängt sogar an zu lesen und hat gleich raus, warum das nicht gehen konnte, lauter Symbolismen, feine Verschlüsselungen, das Thema wie ein heißes Eisen mit der vornehmen Zange angepackt.
Also, mein Lieber, das ist Scheiße, sagt Charly, das macht mich nicht an, da kommt nichts rüber.

Ich weiß, daß er recht hat, und doch bin ich wütend auf ihn. Warum gräbt er das auch alles aus? Ich hab doch längst aufgegeben.

2
Wir reden eine Stunde hin und her, dann werde ich sauer. Mann, sag ich, laß mich jetzt in Ruhe. Ich will über das alles überhaupt nicht mehr sprechen.
Okay, okay, sagt Charly beschwichtigend und geht.
Vermutlich ist das Ganze absolut alltäglich und passiert tausend Leuten, nicht nur mir. Da lernen sich zwei kennen, es geht ihnen nicht gut, sie haben beide ganz miese Jahre hinter sich. Sie tun sich zusammen, es geht ihnen gut, und dann stellt einer von beiden fest, daß er sich geirrt hat. In unserem Fall war das Chris, sie hat sich eben geirrt, hat sie gesagt. Mir hat das wahnsinnig viel ausgemacht, und eigentlich war ich vorhin ungerecht zu Charly. Denn er hat immerhin viel von diesem Mist aufgefangen, all die Klagen, die Depressionen, bis ich überhaupt mal wieder auf die Beine gekommen war. Denn das mit Chris, das war ja nicht wie alles andere vorher, das war überhaupt nicht zu vergleichen. Da hatte ich gedacht: das ist es jetzt und nichts anderes, und Chris hat das umgekehrt eben nicht gedacht.
Ich hab mir nicht vorstellen können, wie ein Leben aussieht, in dem ich nicht mehr mit Chris schlafe, in dem sie nicht mehr das Zentrum des Ganzen ist, vor allem nicht wegen der Sache mit der Haut. Das habe ich nicht mal Charly erzählt. Ich hatte nämlich vorher niemals bemerkt, daß ich eine Haut hatte, ich habe immer nur bemerkt, daß andere eine Haut hatten und daß ich gut mit der Haut der anderen umgehen konnte. Mit Chris ging ich nicht um, das war total anders, und wenn ihre Hände meine Haut berührten, dann war das nicht nur meine Haut, das war unsere Haut, ihre Haut, was auch immer, das war alles eins, so verschieden es auch war, und so was hatte ich eben noch nie erlebt.
Darüber kann ich aber nichts schreiben, und außerdem passiert das vielleicht anderen genauso, daß sie an einen Partner geraten, der mehr in ihnen auslöst als irgendwer vorher. Wenn ich das beschreiben wollte, dann fängt das Elend wieder an und auch die Verteidigung.
Chris hat behauptet, ich hätte sie okkupieren wollen, hat gesagt, ich wäre ein richtiger Macho, genau wie ihr Vater, und das ließe sie sich nicht gefallen. Ich hab widersprochen, das hat nämlich wirklich nicht

gestimmt, und wo es gestimmt hat, hätte ich das bestimmt noch geändert. Aber Chris hat keinen Beweis abgewartet.
Also, Schluß, aus, the show is over, das ist doch wohl klar, da gibt es doch gar keinen Zweifel. Aber darüber gibt es eben auch nichts zu schreiben.

3
Vielleicht geh ich doch nachher noch in die Kneipe. Vielleicht ist Charly da, und ich kann ihm sagen, daß ich ungerecht zu ihm war. Sollen sie uns doch alle, die Weiber, man sollte sich einfach nicht mehr dran stören.
Aber so geht das natürlich auch nicht. Das geht bei mir nicht und geht bei Charly nicht. Die Tonart kriegen wir nicht hin. Wir haben uns sogar mal eine Nacht lang was über die Emanzipation vorgejammert, nicht die der Frauen, nein, die haben die meisten schon vollzogen. Unsere Emanzipation, damit sieht es ganz übel aus. Bei der kleinsten Gelegenheit geraten wir in Abhängigkeit. Ein freundliches Wort von Chris und nur ein bißchen Interesse, und schon war ich wieder high und dachte, es würde sich alles wieder ändern. Denn das Vertrackte ist, wir gehen ja noch miteinander um, wir sehen uns oft. Ich tu nichts, um das zu ändern, natürlich nicht, und Chris tut auch nichts. Es gibt ein paar Leute, die halten das nicht für Zufall, und das höre ich natürlich gern. Aber es bekommt mir nicht, ich komm dann zu hoch rauf, dann ist das hinterher wie ein Leerlauf, dann brauche ich Wochen, um mich wieder aufzubauen und um zu wissen, daß ich ich selbst bin, ob mit oder ohne Chris.
Als die Sache mit Ben passierte, habe ich gedacht, nun haben wir endlich klare Verhältnisse. Denn ich bin ja nicht der Typ, der etwas ganz Unmögliches will, der ständig hinter einem Mädchen herläuft, das ihn immer wieder abweist. Nach der Sache mit Ben bin ich mir auf die Schliche gekommen, vorher hatte ich nämlich eine Edelrolle gespielt, der treue Freund, der immer für Chris da ist und so. Ich will schon ihr Freund sein, so ist das nicht, aber das mit Ben, das hab ich nicht ausgehalten. Ich hab gekontert, es gab ja schließlich auch Mädchen, die sich für mich interessierten. Aber damit hab ich schnell wieder aufgehört, denn Chris stand immer dazwischen, und das kann ich fairerweise niemand anderem antun und mir selbst auch nicht.

Naja, hab ich gedacht, dann lebe ich eben allein, so lange es geht. Dann habe ich eben dieses Gefühl und muß damit leben. Und als ich mich gerade darauf eingestellt hatte, hat Chris mit Ben wieder aufgehört. Wie soll man denn da einen klaren Standpunkt kriegen?

4
Charly gibt nicht auf. Es ist nicht nachtragend. Er kommt zurück.
Na, beim wievielten Versuch bist du denn? fragt er.
Ich bin bei gar keinem Versuch. Ich schreib das nicht.
Du willst dich nicht entscheiden, sagt er.
Wieso entscheiden? Es gibt doch nichts zu entscheiden, es ist alles entschieden.
Du bist also ganz sicher, daß nie mehr etwas sein wird zwischen euch?
Klar, ich bin ganz sicher. Chris hat das ja gesagt.
Aber so ganz ohne dich kann sie auch nicht, was?
Das ist nun wieder gemein. Ich habe den Eindruck ja auch, aber ich will doch nicht noch mal in solche Illusionen kommen. Warum spricht Charly gerade davon, von den geheimen Signalen oder was ich dafür halte? Wo Rauch ist, ist auch Feuer, verdammt noch mal, ich will doch da nicht wieder anfangen.
Na gut, sagt Charly, dann ist ja alles klar. Dann schreibst du auf, wie das alles war mit euch, und am Schluß steht dann ein dickgedrucktes OHNE DICH. Ich will ohne dich. Ich will nicht mehr mit dir. Da gibst du dann ein Verhaltensmuster für viele andere, die sich auch nicht entscheiden können. Du machst vor, daß man sich schon entscheiden kann. Du erzählst, wie man wieder auf die eigenen Beine kommt, wie einem das Leben wieder Spaß macht, ob man nun durch jemand bestätigt wird oder nicht.
Also, hör mal, sag ich, du weißt genau, daß das nicht geht. Ich seh das ganz sachlich. Vielleicht ist das gar nichts Besonderes, was Chris an mich bindet. Aber irgendwas bindet sie doch. Aus irgendwelchen Gründen braucht sie mich noch eine Zeitlang. Das geht vorbei, wahrscheinlich, oder es bleibt auch, das weiß man nicht. Aber ich könnte doch jetzt nicht einfach sagen OHNE DICH. Das wäre doch ein Schlag ins Gesicht. Und außerdem stimmt es ja auch gar nicht.
Schön, sagt Charly unbeirrt, dann schreibst du NICHT MIT DIR

UND NICHT OHNE DICH, das ist doch genau das Thema. Das ist zwar was völlig Unklares und Unlogisches, aber vielleicht geht es gerade darum.
Das könnte stimmen. Vielleicht geht es gerade darum. Vielleicht haben eine Menge Leute gemerkt, daß wir irgendwas falsch gelernt haben, diesen verfluchten Gedanken der Dauerhaftigkeit. Irgendwer muß uns das doch falsch beigebracht haben, sonst wären wir doch nicht alle so verrückt. Warum habe ich denn am Anfang so unbeirrbar an Chris und mich geglaubt? Weil sie diesen wahnsinnigen Satz gesagt hat, diesen verrückten Satz, ich will mit dir steinalt werden, das sagt man doch nicht nur so hin. Und solche Sätze sind es, die lösen aus, daß wir die unsicherste Sache von der Welt, nämlich die Liebe, plötzlich für die sicherste Sache halten. Hinterher wird dann so ein Satz widerrufen. Ich bin nicht sicher, ob ich vorher nicht ähnliche Sätze auch schon widerrufen habe und ähnliche Katastrophen auslöste. Warum sagt man denn so was, wenn man es hinterher nicht halten kann?
Wenn ich das so schriebe, käme ich mir schön bescheuert vor, sage ich zu Charly, ich habe sonst immer gewußt, eine Sache ist so oder so. Jetzt weiß ich überhaupt nichts. Wenn ich darüber was schreibe, dann stelle ich mich wie einen Idioten dar, der nicht weiß, was er will, und davon haben andere dann auch nichts.
Doch, sagt Charly, vielleicht 'n bißchen Trost, daß sie nicht allein so blöd sind.

5
Ich versteh überhaupt nicht, warum Charly so hartnäckig ist. Das ist doch sonst nicht seine Art, gerade mit dem Schreiben nicht. Man muß sich Zeit lassen, sagt er immer, eine Sache geht, oder sie geht nicht. Wenn sie noch nicht geht, schreibt man eben was anderes.
Warum bohrst du immer wieder? frag ich, ich kann das nicht schreiben und hab aufgegeben. Vielleicht hat das was mit Chris zu tun.
Nein, sagt er, es hat was mit dir zu tun, und darum will ich es wissen. Ich selbst kann nämlich überhaupt nichts zu dem Thema sagen, und ich denke, wenn du herausfindest, warum du es nicht hinkriegst, weiß ich dann auch ein bißchen mehr von mir.
Guck mal, sage ich, das ist doch ein Schwebezustand, man hat keinen Boden unter den Füßen, und darum läßt sich nichts sagen. Ich denke

immer noch an Chris, ich krieg sie nicht aus dem Kopf. Wenn ich sie sehe, gefällt sie mir verdammt genau so gut wie immer. Und irgend was ist auch da zwischen uns, ich kann's nicht beschreiben, aber es ist da. Vielleicht kenne ich Chris außerdem sogar jetzt noch ein bißchen besser als damals. Aber das alles ist keine Zeile wert.
Schreib doch darüber, daß ihr euch noch verletzen könnt, sagt Charly, das ist doch auch was. Wenigstens ist man sich noch nicht ganz gleichgültig, wenn man verletzbar ist durch den anderen.
Er hat nicht unrecht. Ich war eine Zeitlang ziemlich kalt zu Chris, ich hab gedacht: na bitte, du hast das ja so gewollt, jetzt laß mich in Ruhe. Jeder muß sehn, wie er allein zurechtkommt. Chris hat das nicht vertragen, ich auch nicht, und erst als ich wieder so war wie immer, wurden wir wieder ruhig, und es ging uns besser. Charly weiß das.
Naja, sag ich, das war ja eines dieser unterschwelligen Signale von Chris an dem bewußten Abend, dieses merkwürdige Lächeln. So eine Art verletzte Traurigkeit, traurige Verletztheit, als sie wegging und sagte, es gehe ihr dreckig. Das hieß doch: es geht mir dreckig, und du kümmerst dich nicht um mich. Du fragst nicht nach mir, du bist kalt wie ein Fremder. Ich könnte schreiben, daß man mit Kälte auch nicht weiterkommt und daß ich das erst an diesem schrecklichen Lächeln gemerkt habe. Aber dann beschreibe ich doch bloß wieder einen Zustand von uns beiden, das ist langweilig, eine dämliche alltägliche Geschichte. Zwei Leute behandeln sich mit Gift und Galle und merken erst nach einiger Zeit, daß sie das beide nicht gut aushalten. Das ist nicht das Thema.
Dann kriech doch mal unter das Thema, sagt Charly, damit wir rauskriegen, was drunter ist.
Mein Himmel, was bist du stur, sage ich.

6
Ich will das jetzt mit ein bißchen Vernunft erledigen, damit wir es endlich abhaken können.
Sieh mal, Charly, sage ich, betrachten wir das doch mal in aller Ruhe. MIT DIR, das läßt sich nicht schreiben. Chris will ja nichts mehr mit mir. Und wenn ich mich jetzt thematisch darauf einstellen würde, dann müßte ich sagen: du willst nichts mit mir, aber ich will auch nichts ohne dich.

Na, das wäre doch wenigstens etwas, sagt Charly.
Da wäre gar nichts, sag ich zu ihm, denn wenn ich da voll reingehe, dann komme ich ja mit den Gefühlen wieder ins Schwimmen. Dann muß ich mir erst mal sagen, daß ich keine Lust habe, mit jemand anders was anzufangen, daß ich also vorerst mal allein bleibe. Und das ist doch auch nichts, woran man sich begeistern kann.
Das fällt dir also schwer? fragt Charly.
Nein, das ist ja das Blöde, es fällt mir überhaupt nicht schwer. Es fällt mir schwer, ohne Chris zu sein, aber mir ist immer noch lieber, wir gehen so miteinander um wie jetzt, als daß wir gar nicht miteinander umgehen.
Aha, gibt Charly von sich.
Was heißt aha? frage ich, das heißt überhaupt nichts. Wenn ich diesen Gedanken dann weiter entwickle, dann muß ich von meinen Gefühlen für Chris reden, und das will ich nicht. Ich bin ja froh, daß ich sie nicht so sehr spüre. Im Moment wenigstens.
Deine Gefühle sind also tot?
Nein, Unsinn, die sind nicht tot. Aber mir kommt das so vor, als hätte ich sie ganz tief vergraben. Ich hatte nie soviel Gefühl wie bei Chris, und dann bin ich ja ganz schön auf die Schnauze gefallen. Du weißt, wie lange ich gebraucht habe, bis ich ruhiger wurde. Und jetzt sollte ich das ausgraben, nur um eine Geschichte zu schreiben?
Nein, natürlich nicht, das geht nicht, sagt Charly.
Das geht wirklich nicht. Denn schau mal, ich schlaf ja jetzt endlich wieder ruhig, und ich kann wieder arbeiten. Ich werde nachts nicht mehr wach und spüre Chris, als ob sie neben mir wäre. Ich kann ihren Mund ansehen, ohne immer an alles denken zu müssen. Das ist doch schon was.
Ja, da hast du allerhand geschafft, sagt Charly.
Und wenn ich da jetzt wieder anfange, dann fängt doch auch die Hoffnung wieder an. Dann denke ich, Chris würde eines Tages ihre Meinung doch noch mal ändern, und was ist, wenn sie das nicht tut?
Ist ja schon gut, beruhigt mich Charly.
Und dann seh ich wieder in jedem Signal was ganz Besonderes, dann achte ich wieder auf jedes Wort, was sie sagt, auf jeden Unterton, dann gehe ich ihr damit wieder auf die Nerven. Und wenn ich ihr auf die Nerven gehe, dann gehe ich schließlich auch mir auf die Nerven und

kann mich nicht mehr ausstehen und fühle mich bloß noch beschissen. Und außerdem, wenn ich das alles zurückrufe, dann kapiere ich ja erst recht, was ich verloren habe. Also, kurz und gut, ich nehme es so, wie es ist, nicht ganz mit ihr, aber auch nicht ganz ohne sie.
Eine reduzierte Welt, sagt Charly und sieht mich nicht an dabei, Mann, Mann, was muß dir an dieser Welt liegen, daß sie dir reduziert immer noch lieber ist, als wenn es sie gar nicht mehr gäbe.
Ich will einfach nicht davon reden, wie diese Welt war, sag ich, ich lebe jetzt ohne Angst.
Also entweder, sagt Charly, bleibt man bei seinen ganz großen Gefühlen, und dann muß man die Angst mitleben, oder man gräbt die Gefühle wieder aus, das geht auch nicht ohne Angst, oder man sagt: ich will meine großen Gefühle behalten und will das nicht verkleinern, also will ich dich nicht wiedersehen. Oder man macht ein Grab und wartet, ob das Gras drüber wächst.
Das ist kein Grab, sage ich wütend, das ist Erde. Man weiß nicht, ob was wachsen wird. Das ist im Augenblick auch scheißegal. Jedenfalls ist es selbst so noch tausendmal besser als alles andere.
Ach so, sagt Charly, endlich mal was Klares. Willst du nicht doch darüber –
Nein, darüber kann ich nicht schreiben, brülle ich ihn an, das ist keine Literatur, das ist was, womit man ganz vorsichtig sein muß, egal, was dabei herauskommt. Das gehört zu den ganz wichtigen Dingen auf dieser Welt, auch wenn du das reduziert nennst. Das ist nicht beschreibbar, verdammt noch mal.
Ist ja schon gut, Junge, sagt Charly, und dann gehen wir saufen, obwohl damit nicht gesichert ist, ob wir dem Thema entkommen.

Die Autoren

Bauer, Maja: geb. 1928, Studium der Theologie, Katechetin, Pfarrfrau, sechs Kinder. Seit diese herangewachsen sind, Mitarbeit in Frauenschreibegruppen, VHS, im Frauenbuchladen; verschiedene Veröffentlichungen in Zeitschriften und Anthologien.
An Lydia S. 228

Behr, Hans-Georg: geb. 1937, Autor und Journalist. Veröffentlichungen u. a.: «Söhne der Wüste», 1975; «Nepal», 1976; «Die Moguln», 1979; «Weltmacht Droge», 1980; «Von Hanf ist die Rede», 1982; «Alles Kohl» (rororo 5138) 1983; «Franz Xaver Messerschmidt», 1983. Mitarbeit TRANS-ATLANTIK, KURSBUCH, PSYCHOLOGIE HEUTE u. a.; läßt sein Privatleben sonst prinzipiell unbeschrieben.
Rup S. 77

Binder-Gasper, Christiane: geb. 1935. War 20 Jahre mit einem Maler und Bildhauer verheiratet und hat aus dieser Ehe zwei Töchter und drei Söhne; heute geschieden und lebt als freie Schriftstellerin in Berlin. Schreibt Lyrik, Erzählungen, Hörspiele. Veröffentlichungen in verschiedenen Anthologien.
hol dich der teufel, liddy S. 111

Bittner, Wolfgang: geb. 1941, lebt als freier Schriftsteller in Göttingen. Verschiedene Erwerbs- und Berufstätigkeiten, z. B. als Fürsorgeangestellter, Verwaltungsbeamter, Taxifahrer, Tiefbauarbeiter. Nach dem Abitur Studium der Rechtswissenschaft, Soziologie und Philosophie; 1972 Promotion. Zahlreiche literarische, publizistische und wissenschaftliche Veröffentlichungen, mehrere Literaturpreise; zuletzt erschien «Weg vom Fenster» (1982), «Der Riese braucht Zahnersatz» (1983).
Theorie von den zwei Hälften S. 186

Bollinger, Regina: geb. 1959, studiert evangelische Theologie und will Pfarrerin werden. Veröffentlichungen in diversen Zeitschriften.
Kleine Bogey-Story S. 51

Bongartz, Dieter: geb. 1951, Studium der Germanistik und Pädagogik, arbeitete danach in einem sozialwissenschaftlichen Forschungsprojekt und veröffentlichte gleichzeitig Buchrezensionen und Filmkritiken in verschiedenen Zeitschriften. Buchveröffentlichungen u. a.: «Wie durch Scheiben siehst du dich»

(rororo panther-Band 4919) und «Ich singe vom Frieden – Gedicht 1» (rororo panther-Band 5099).
Schlaflose Nacht S. 40

Chotjewitz-Häfner, Renate: «Ich wurde in der Walpurgisnacht in Halberstadt geboren, machte nach dem Abitur eine Lehre als Kunstglaserin, besuchte die Kunstakademien in Kassel und München, lebte in Pirmasens, Ulm, München, West-Berlin, Rom und wohne seit 1973 in einem osthessischen Dorf. Nach meiner Heirat 1962 war ich mehrere Jahre als Mutter und Muse beschäftigt, später lernte ich Schreibmaschine und begann Material für Funkfeatures zusammenzutragen, die mein Mann verfaßte.» Zusammen mit Peter O. Chotjewitz mehrere Funkreportagen und ein Hörspiel. Veröffentlichungen u. a.: «Feminismus ist kein Pazifismus» (1977), «Die mit Tränen säen» mit Peter O. Chotjewitz (1981)
Brief S. 13; Schwierigkeiten beim Schreiben der Wahrheit S. 223

Chotjewitz, Peter O.: geb. 1934 in Berlin. Erzählungen, Lyrik, Essays, ein Theaterstück und Hörspiele, Romane: «Hommage à Frantek» (1965), «Die Insel» (1968), «Der Dreißigjährige Friede» (1977), «Die Herren des Morgengrauens» (1978), «Saumlos» (1979). Seine Erzählungen erschienen in dem Sammelband «Durch Schaden wird man dumm» (1976). Außerdem veröffentlichte er die Sachbücher «Mala Vita – Mafia zwischen gestern und morgen» (1973) und «Die Briganten» (1975). Lebt als freier Schriftsteller in Osthessen und Hamburg.
Brief S. 13; Eines Morgens bei Schambeins S. 176

Eckert, Vera: geb. 1959, nach längerem Aufenthalt in London Studium in Oberlin/Ohio/USA; studiert seit 1979 an der Universität Hamburg Geschichte, Englisch und Theologie, möchte Redakteurin werden; gibt aber auch die Hoffnung auf eine Lehrerstelle nicht auf. Schreibt Gedichte und Kurzgeschichten. Im Mittelpunkt stehen Menschen und ihre wachsende Fähigkeit, ihre Beziehungen zueinander zu meistern.
Sei doch mal mein Khaki-Prinz S. 54

Eppendorfer, Hans: geb. 1942. Lebt als freier Schriftsteller in Hamburg. Veröffentlichungen u. a. «Der Ledermann spricht mit Hubert Fichte», «Barmbeker Kuß» (panther-Band 4667), «Szenen aus St. Pauli» (1982). Filmdrehbuch «Kiez» (1982). Stadtteilschreiber St. Pauli 1982. Vorsitzender des LIT in Hamburg.
Junge aus einer Kleinstadt S. 70

Fröhlich, Roswitha: geb. 1924, Kunst- und Germanistikstudium; Mitarbeiterin des Süddeutschen Rundfunks; lebt in Mannheim. Veröffentlichungen: «Probe-

zeit», 1976; «Ich konnte einfach nichts sagen», 1979 (panther 4470); «Ich und meine Mutter – Mädchen erzählen», 1980; «Na hör mal!», 1980; «Laß mich mal ran!» (1981), «Meiner Schwestern Angst und Mut – Mädchen, Frauen, Gespräche» (1983), «Der Weg wächst immer wieder zu», 1982 (panther 4893).
Seniorenkiste S. 231

Glaser, Peter: geb. 1957, wuchs in Graz / Österreich auf, wo die hochwertigen Schriftsteller für den Export hergestellt werden, und lebt heute in Hamburg. Veröffentlichungen in Zeitschriften und Anthologien. Zusammen mit Niklas Stiller «Der große Hirnriß» (rororo panther-Band 5167).
Lili und Hardy und ich S. 60

Göhre, Frank: geb. 1943; Lehre als Großhandelskaufmann und Buchhändler; war mehrere Jahre als Buchhändler im Ruhrgebiet tätig, später als Lektor im Weismann Verlag München. Lebt seit 1981 als freier Schriftsteller in Hamburg. Verschiedene Buchveröffentlichungen: zuletzt erschien «außen vor» (zusammen mit Klaus Ebert), bei panther erschienen bereits «So läuft das nicht» (Band 4639) und «Schnelles Geld» (Band 4715) und «Im Palast der Träume – Kinogeschichten» (Band 5190).
So ein Vormittag: Stereo S. 193

Grolle, Daniel. geb. 1963, Abitur 1982, danach Ein-Mann-Floßfahrt einen Wüstenfluß herunter; Regieassistenz am Theater und Experimentalfilmerei; jetzt Zivildienstleistender in der Altenhilfe, lebt in Hamburg.
Sag es mit Blumen S. 101

Haberkorn, Ingeborg: geb. 1940 in der CSSR; «bis zu meinem dreißigsten Jahr lebte ich mit Vorsicht, wurde Lehrerin und Beamtin, heiratete im Durchschnittsalter einen Mann im Durchschnittsalter, bekam zwei Kinder, den Jungen zuerst, dann das Mädchen, und ich irrte mich nie. Wenn ich etwas schrieb, steckte ich es in die Schublade ... Seit meiner Scheidung arbeite ich wieder als Lehrerin, lasse meine Kinder erwachsen werden und möchte endlich meinen Gedichten und Geschichten den Raum geben, der ihnen zukommt.» Veröffentlichungen in verschiedenen Anthologien, lebt in Frankfurt.
Sonntags S. 42; In schönster Zwietracht S. 87

Haidegger, Christine: lebt nach längeren Auslandsaufenthalten seit 1964 in Salzburg. Gründungsmitglied der Autorengruppe «Projektil» und Herausgabe der gleichnamigen Literaturzeitschrift (1975–81). Zahlreiche Veröffentlichungen in Zeitungen, Zeitschriften und Rundfunk im In- und Ausland, viele Anthologiebeiträge. Vorstandsmitglied der «Grazer Autorenversammlung», zahlreiche Literaturpreise; Veröffentlichungen: «Entzauberte Gesichte» (1976), «Zum Fenster hinaus» (1979).
Distanz S. 28

Hausin, Manfred: geb. 1951. Lebt in Celle und Göttingen. Veröffentlichte Gedichte, Lieder, Satiren, Geschichten; zuletzt erschien u. a. «Betteln und Hausin verboten» (1977), «Hausins heiseres Hausbuch» (1980). Stadtschreiber von Soltau 1980.
Pißgelbes Weihnachtsfest S. 113

Hurst, Harald: geboren 1945. Lebt bei Karlsruhe. Nach einigen abenteuerlichen Schul- und Berufsintermezzi Reifeprüfung als Schulfremder und Studium der Romanistik und Anglistik. Referendarausbildung. Danach keine Übernahme in den staatlichen Schuldienst. Seit 1977 unter anderem Tätigkeit als freier Schriftsteller und Gelegenheitsjournalist. Redaktionsmitglied der Karlsruher Rundschau. Zahlreiche Veröffentlichungen in Zeitschriften und Anthologien, Beiträge im Südwestfunk. Eigene Buchpublikationen: 1981, Lottokönig Paul (Kurzgeschichten, Szenen, Lyrik, Mundartgedichte), 1981 S'Freidagnachmiddagfeierobendschtassebahnparfüm (Prosa und Lyrik)
flirt S. 15; fahrt ins blaue S. 16; i hab der's jo g'sagt S. 111; Bei Stenzels und Schleis S. 146; hochzeitstag S. 166; d'eiladung S. 202; abschied S. 202

Kloos, Barbara Maria: geb. 1958, studiert Germanistik und Theaterwissenschaft, ist Mitherausgeberin der Literaturzeitschrift ‹federlese›, veröffentlicht Gedichte, Satiren und Essays in Zeitschriften, Anthologien und im Rundfunk; bekam 1983 den Förderpreis zum «Leonce-und-Lena-Preis»; veröffentlichte (zusammen mit Astrid Arz) «Mund auf, Augen zu – Essen zwischen Lust und Sucht» (rororo panther-Band 5076).
Doppelherz S. 16; Die Liebe. Ein Trauerspiel. Oder Erkennen Sie die Melodie? S. 38; Prost Neujahr einsames Herz! S. 138

Krug, Josef: geb. 1950, lebt seit 1971 in Bochum; Studium der Sozialwissenschaften; Arbeit als Kraftfahrer und Sozialarbeiter für arbeitslose Jugendliche. Literarische Arbeitsgebiete: Erzählung, Gedicht. Veröffentlichungen in Zeitschriften und Anthologien.
Autobahn mit Raubvögeln S. 121

Lassahn, Bernhard: geb. 1951. Veröffentlichungen: «Du hast noch 1 Jahr Garantie», «Land mit lila Kühen», «Liebe in den großen Städten», «Ohnmacht und Größenwahn» (Gedichte).
Der Verliebte S. 14; Liebe in den großen Städten S. 124; Rolltreppenfahren S. 153

Lerche, Doris: Zeichnerin und Autorin. Zahlreiche Buchillustrationen und Text/Bildbeiträge in Zeitschriften. Buchveröffentlichungen: «Du streichelst mich nie!» (Cartoons, 1980), «Kinder brauchen Liebe!» (Cartoons, 1982), «Nix will schlafen» (1982), «Katzenkind» (1983).
Zwischenlösung S. 34

Lodemann, Jürgen: geb. 1936. Fernsehredakteur beim Südwestfunk. Veröffentlichungen u. a. Romane «Anita Drögemöller» (1975), «Lynch» (1976), «Der Solljunge» (1982); Erzählungen und Hörspiele.
Die neue Wildheit S. 155

Lührs, Manfred: geb. 1959, lebt in Hamburg-Altona. Bislang eine Buchveröffentlichung «Alligatorjagd. Totalvital» (Zwei Kolportagen, 1983).
Hier stolpert einer reichlich angeschlagen in seiner Wohnung rum S. 104

Maiwald, Peter: geb. 1946; studierte Theaterwissenschaft, Germanistik und Soziologie; lebt als freier Schriftsteller in Neuss am Rhein.
Schneewittchen S. 87

Martens, Bernd: geb. 1944. Eigentlich Ingenieur und bis vor drei Jahren dem Fortschritt verfallen. Bin ins Grübeln gekommen und damit ans Schreiben geraten. Textbeiträge in Zeitungen und Anthologien. Gedichtband: «Ich schrubb von unten».
Feste Linien S. 119; Anatomisch verzweifelt gesättigt S. 201

Metzger, Kai: geb. 1960, hat Zivildienst geleistet, studiert Sozialwissenschaften in Düsseldorf; veröffentlicht im Selbstverlag, Stadtzeitungen und rororo-Anthologien.
Monika ist auch in Urlaub S. 89

Micovich, Jo: Schriftstellerin, VS-Mitglied, lebt in Wuppertal. Zahlreiche Veröffentlichungen in Anthologien und Literaturzeitschriften; Buchveröffentlichungen u. a.: «Die unbekannte Schweiz» (1980).
Themenstellung S. 234

Middendorf, Ingeborg: Gedichte in der Anthologie «Wir Kinder von Marx und Coca Cola (1972); Gedichtband im Verlag Tübinger Texte (1978)? Dafür Förderpreis NRW; Kurzgeschichte in der Anthologie «Wo die Nacht den Tag umarmt (1979); Schriftstellerstipendium der Stadt Berlin (1982); Fertigstellung eines Hörspiels und verschiedene Lesungen; zur Zeit Arbeit an einem Roman.
Etwas zwischen ihm und mir S. 17

Miersch, Alfred: geb. 1951, Verlagskaufmann, dann zahlreiche Berufe. Herausgeber der Literaturzeitschriften «Tja-Literaturmagazin» (1975–1979) und «Omnibus» Nr. 1 (1980). Veröffentlichungen in Anthologien und Zeitschriften und im Rundfunk; 1981 erschien sein Gedichtband «Lauter Helden»; Kulturpreis Wuppertaler Bürger 1981.
Weißt du den Weg nach Hause? S. 56

Müller, Peter: geb. 1958, 1979–80 Zivildienst in einer Behindertenwerkstatt; studiert Germanistik und Anglistik.
Wunsch S. 137

Rabisch, Birgit: geb. 1953, geschieden, ein Kind. Arbeit als Altenpflegerin; 1981 Stipendium der Kulturbehörde Hamburg. Mitarbeit in Frauenschreibegruppen. Veröffentlichungen in Anthologien; «Jammerlürik» (1980).
Runde Gedanken S. 27; Was kann ich S. 28

Scherf, Dagmar: geb. 1942, Studium an der PH München, danach Studium der Germanistik, Anglistik und Publizistik; 1973 Promotion. Lektorin für Deutsch an der Universität Bristol/GB., bis 1980 Verlagslektorin im Schulbuchbereich. Ab 1981 freie Schriftstellerin. Veröffentlichungen: «Unsagbar mit Zeit-Worten» (1978). Lyrik, Prosa, Kindertexte in verschiedenen Anthologien, Hörspiele.
Eins, zwei, viele ... S. 173

Scheub, Ute: geb. 1955, arbeitete mehrere Jahre als Redakteurin bei der Berliner «Tageszeitung» (taz). Lebt heute in Hannover. Erste Buch-Veröffentlichung: «Krawalle und Liebe» (rororo panther-Band 5270).
Geschlechterkrieg S. 170

Schleider, Tim: geb. 1961, nach Zivildienst Studium der Geschichte, Philosophie und Kunstgeschichte in West-Berlin. Veröffentlichungen von Essays, Kurzgeschichten und Hörspielen.
Abgesang auf meine Macker S. 202

Schroeder, Margot: geb. 1937, geschieden, 2 Kinder. Arbeitet seit 1975 als freie Schriftstellerin in Hamburg. Veröffentlichungen u. a.: «Nichts fällt nach oben» Poem (1981), «Die Vogelspinne. Monolog einer Trinkerin» Roman (1982), «Ganz schön abgerissen» Jugendroman (1983).
Getroffen S. 201; Besuch S. 231

Schulz, Frank: wohnhaft auf dem Lande, 26 Jahre alt; Student der Germanistik und Psychologie, vorher Bürohengst; Schreiber aus Passion.
Wer nicht lieben will muß fühlen S. 96

Seibert, Nora: geb. 1950, Studium der Germanistik und Anglistik, arbeitete als Lehrerin, Dramaturgie-Assistentin, jetzt Lektorin und Autorin in Hamburg. Veröffentlichungen: Lyrik im Selbstverlag und in verschiedenen Anthologien.
«privat» S. 48

Straass, Frank: «Lebe in Hamburg, wenn ich nicht woanders bin. 58 Jahre. Schreibe schon lange mit mehr und weniger Erfolg. Journalistisch vorbelastet. Damit der Kamin rauchen kann, spiele ich auch Theater, zeige mich gegen Geld im Fernsehen ...»
«So nicht, Roland ...» S. 129

Török, Imre: geb. 1949 in Ungarn, seit 1963 in der BRD, lebt bei Tübingen. Deutschlehrer für Spätaussiedler und Asylberechtigte. Roman-Veröffentlichung: «Butterseelen. Mit Hölderlin und Hermann Hesse in Tübingen» (1980). VS-Mitglied.
Marzena S. 42

Venske, Henning: geb. 1939, gelernter Schauspieler und Regisseur, trieb sich lange am Theater, bei Rundfunk und Fernsehen herum, seit 1973 freie Publikationstätigkeit mit zahlreichen Publikationen, lebt in Hamburg.
Eine schöne Beziehung S. 49

Voigt, Karin: geb. 1936, Berlinerin, Pressefotografin, Journalistin, Autorin, Mitglied im VS; Hörspiel- und Literaturpreise. Veröffentlichungen u. a.: «gefahrenzone» (1981); «Köpfe» (1982).
Wachzustand der jungen Frau Katja S. 142

Walther, J. Monika: geb. 1945, aufgewachsen in Friedrichshafen und Tübingen; in Münster Studium der Geschichte, Publizistik, Psychologie und Pädagogik. Auslandsaufenthalte. Seit 1969 Veröffentlichungen von Gedichten und Erzählungen, in Hörspielen, Zeitschriften, Anthologien, Rundfunk; zuletzt erschien u. a. «Die Traurigkeit nach dem Singen» (1981); «Verlorene Träume» (1983/84).
Bruno oder Das blaue Haus S. 166

Waffender, Corinna Maria: geb. 1964, lebt in einem kleinen rheinhessischen Dorf und klettert nach verschiedenen großen und kleinen Ausrutschern auf der akademischen Leiter in Richtung Abitur.
Auf Wiedersehen S. 212

Weimer, Hanna: wohnhaft in Mainz, 32 Jahre alt, MENSCH.
Der große Zampano S. 216

Wilhelm, Hans: geb. 1927, Volksschule, höhere Handelsschule, Wirtschaftsoberschule, für den Staat tätig als Hitlerjunge, im Reichsarbeitsdienst und beim Volkssturm, Abitur 1946; Varietémanager mit amerikanischer Lizenz; Schreiner, Vertreter. Glaser, kaufmännischer Angestellter, verheiratet, kinderlos, Gelegentliche Veröffentlichungen in Zeitungen, einer der letzten Briefschreiber und der einzige ohne Bausparvertrag.
Kurze Begegnung S. 46

Winkels, Hubert: geb. 1955, Studium der Germanistik, Romanistik und Philosophie in Düsseldorf, ist verantwortlicher Redakteur der Düsseldorfer Stadtzeitung ‹Überblick›. Literaturwissenschaftliche, philosophische und literarische Veröffentlichungen in Zeitschriften und Anthologien, Preisträger des 2. nordrhein-westfälischen Autorentreffens in Düsseldorf 1982, gibt z. Z. Essaybände ‹Zum schnellen Altern der neuen Literatur› und zu Pina Bauschs Tanztheater heraus.
Eifersucht – variiert S. 88

Zaeske, Uta: Architekturstudium in Aachen, verheiratet, zwei Kinder. Lebt in einem belgischen Dorf in der Nähe von Aachen. Veröffentlichungen in Anthologien und Literatur-Zeitschriften.
Nebel S. 139

Zimmermann, Ulrich: geb. 1944, in Süddeutschland aufgewachsen. Nach Schule und Studium seit 1971 als Lehrer tätig. Sein erstes Buch, eine Umschreibung der «Leiden des jungen Werther», erschien 1963. Seitdem zahlreiche Einzelveröffentlichungen, Beiträge für Zeitungen, Anthologien und den Rundfunk. Mitglied im VS. Veröffentlichungen u. a.: (als Mitherausgeber) «Plötzlich brach der Schulrat in Tränen aus» (1980), «Von einem, der auszog, das Bleiben zu lernen» (1981).
Die Liebe liebt das Wandern S. 58; Unverhoffte Trennung S. 144; Lysistrata läßt grüßen S. 175

Quellenverzeichnis

Die Texte von Harald Hurst wurden den Bänden «Lottokönig Paul» und «s' Freidagnachmidda» entnommen. Beide erschienen im Fächer Verlag, Karlsruhe, 1981.

Bernhard Lassahn, Liebe in den großen Städten/Amsterdam aus: Bernhard Lassahn. Liebe in den großen Städten. Diogenes Verlag, Zürich, 1983.

Bernhard Lassahn, Rolltreppenfahren aus: Bernhard Lassahn. Du hast noch 1 Jahr Garantie Texte Verlag, Tübingen, 1978

SVENDE MERIAN

Von Frauen
&
anderen Menschen

éditions trèves

ISBN 3-88081-120-2
DM 14,80

Das neue Buch von Svende Merian ist eine Sammlung von Kurzgeschichten und Kurztexten. Es ist ein Buch mit sehr verschiedenen Aspekten, z.B. Erotik, Kinder, Politik und sogar Liedtexten. Uns gefiel dieses Konzept und wir sind sicher, daß es vielen anderen auch so geht. Nach dem Tod des Märchenprinzen beginnt für Svende Merian hier ein neues Leben mit Frauen und anderen Menschen.

LADYKILLERS

ISBN 3-88081-134-2
DM 14,80

Frauen sind die ‚neuen Raucher'. Heute gehört es zum Bild (bes. der emanzipierten Frau) zu rauchen. Das Buch zeigt den Druck auf die ‚Frau von heute' weiterzurauchen und die merkwürdige Parallele zwischen Emanzipation und ihrer kommerziellen Nutzung durch die Tabakindustrie, der es dank der Frauen so blendend geht. Vielleicht pfeift frau in Zukunft auf die kleinen weißen Killer, denn die politschen & wirtschaftlichen Zusammenhänge sind zum Abgewöhnen.

Diese und viele andere è.t.-Bücher gibt's im Buchhandel.
Kostenloser Katalog kann beim Verlag angefordert werden (Postf. 1401, D-5500 TRIER 1)

éditions trèves

panther

Anthologien

Aber besoffen bin ich von dir
Liebesgedichte
Herausgegeben von
Jan Hans
4456

Anders als die Blumenkinder
Gedichte der Jugend
aus den 70er Jahren
Herausgegeben von
Ronald Glomb
und Lothar Reese
4656

Grüne Lieder
Umwelt-Liederbuch
Anders leben 2
Herausgegeben von
Manfred Bonson
4640

Kein schöner Land?
Deutschsprachige
Autoren zur Lage
der Nation
Zusammengestellt
von Uwe Wandrey
4458

39°
Texte von Fernweh
und Reisefieber
Herausgegeben von
Michael Kellner und
Lothar Reese
5038

Nicht mit dir und nicht ohne dich
Lesebuch für schlaflose
Nächte
Herausgegeben von
Svende Merian und
Norbert Ney
5283

Seit du weg bist
Liebesgedichte danach
Herausgegeben
von Jan Hans
5002

Sweet Little Sixteen
Jugend in den USA
Herausgegeben
von Jürgen Schöneich
5111

Unbändig männlich
Ein Lesebuch für halb-
starke Väter und Söhne
Herausgegeben
von Rudi Finkler
und Nikolaus Hansen
5167

Unbeschreiblich weiblich
Texte an junge Frauen
Herausgegeben
von Anna Rheinsberg
und Barbara Seifert
4881

VEB Nachwuchs
Jugend in der DDR
Herausgegeben von
Haase/Reese/Wensierski
5178

Herausgegeben
von
Jutta
Lieck

rororo

1075/8 b

panther
Literatur zur Sache

Anders, Knut
Auf zu neuen Ufern
Eine Arbeitslosgehgeschichte
4960

Eppendorfer, Hans
Barmbeker Kuß
Szenen aus
dem Knast
4667

Fröhlich, Roswitha
**Ich konnte einfach
nichts sagen**
Tagebuch einer
Kriegsgefangenen
4470

Goeb, Alexander
**Er war sechzehn,
als man ihn hängte**
Das kurze Leben des
Widerstandskämpfers
Bartholomäus Schink
4768

Göhre, Frank
Im Palast der Träume
Kinogeschichten
5190

Kahl, Reinhard
Schule über leben
Handbuch für
Unbelehrbare
5234

Kirchner, Wolfgang
**„Denken heißt zum
Teufel beten"**
Roman über eine
Jugendsekte
4582

Marcus, Maria
Das Himmelbett
Geschichten über
Liebe, Lust und
Sexualität
4906

Martin, Hansjörg
Frust
Schule lebenslänglich...?
4990

Der Verweigerer
4508

Tondern, Harald
**Colombian
Connecton**
Drogenkrimi
4455

Wochele, Rainer
Absprung
Geschichte
eines Entzugs
4819

Herausgegeben
von
Jutta
Lieck

rororo